U0910990

初恋暗号

（全2册）

上

陌言川 著

First Love Code

江苏凤凰文艺出版社
JIANGSU PHOENIX LITERATURE AND ART PUBLISHING

目录 CONTENTS 上册

第一章　一个芒果的孽缘

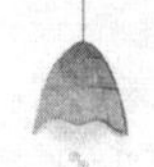

六月八号的下午四点，全国高考英语正在进行。

住院部某个单人病房里，房门紧闭，窗帘拉得很严实，只露了一条缝，午后的阳光透过缝隙照进来，尽管病房里开着空调，依旧能感觉到室外的炎热。

这是盛厘住院的第三天了。因为是芒果过敏，入院当晚身上和脸上都是红疹，脸上最惨，又红又肿，这对于一个女演员的打击是毁灭性的。偏偏她好得很慢，医生说至少要一个星期脸上的疹子才能褪得差不多。这病痒起来盛厘都想对着自己的脸挠几爪子，难看又难挨，吃不好睡不好，脾气也越来越暴躁。

她戴着口罩靠在病床上，伸手点开微博热搜榜，扫了一眼，热榜前十个中有六个是跟高考相关的，热门话题百分之八十都围绕着高考。

“没劲。”盛厘冷笑了声，“你说为什么每年都有考生忘记带准考证呢？为什么每年都有考生迟到呢？”

助理圆圆正在果篮里挑水果，挑中一个最大最红的苹果，回答道：“可能太紧张，所以忘了吧。”

盛厘瞥了她一眼，“我不吃苹果，给我洗几颗葡萄。”

圆圆赶忙说道：“好好好！”

“圆圆，你说忘记带准考证或迟到的考生里面，有没有那个小浑蛋啊？”

“有有有！”圆圆应付道。

小浑蛋？

圆圆就是顺嘴回答，答完才显得有些茫然，“哪个小浑蛋？”

盛厘斜眼看她，“你说呢？”

哦哦哦！就是害盛厘过敏的那个小浑蛋。

那个小浑蛋叫余驰，今年正好高考。

“可……可能有，新闻都打码的，也不曝光姓名。”圆圆小心翼翼地瞧着她，拼尽全力顺毛，“就算没有，那小浑蛋成绩肯定很烂！英文不及格！总分考不过三百分！”

盛厘吐槽累了，挥挥手让她去洗葡萄。

微信消息一直在屏幕上方闪烁，很多都是关心、问候她的，还有想来探病的，盛厘不想别人来探病，干脆就没回复。

又跳出一条消息。

备注名是“周皇后”——她最好的朋友。

周皇后：怎么《江山卷》刚开机几天就出事了，谁给你喂毒了？

《江山卷》是盛厘的新剧，时光影业大手笔投资的一部权谋剧，她是这部剧的女主角，五月三十号开机。这部剧取景的影视城比较老旧了，地方也偏僻，因此到这边取景的剧组一年也没几个，周边的商业圈也很冷清，剧组在为数不多的餐馆中挑了一家订餐。

六月六号的晚餐有个菜是菠萝咕噜肉，餐馆老板说要做咕噜肉，让儿子去买菠萝，但不知道哪个环节出了问题，反正老板儿子买回来的是芒果。老板也不讲究，直接用来炒了，毕竟芒果咕噜肉和菠萝咕噜肉味道也差不多。

当老板娘去后厨催送餐时，才发现做的不是菠萝咕噜肉，但上百人份的菜已经做好了。她怕剧组责骂，又不舍得倒掉重做，就把芒果都挑出来，又去跟果汁店的老板买了三个菠萝，炒完跟

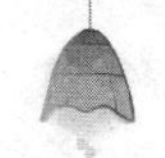

之前的肉混在一起，剧组要的菠萝咕噜肉就完成了。

不知道该骂老板娘“奸商”还是夸她“人才”呢?

那些咕噜肉混在芒果里翻炒了一回，早就入了味。

当晚，虽然盛厘只尝了两块肉，但她是一点芒果都碰不得的那种体质，吃完饭不到一个小时，就被紧急送往医院了。

这倒霉事，盛厘完全不想提，直接忽视。

半小时后，对面得不到回复，直接拨了视频请求。

盛厘毫不留情地挂断。

三个回合后，一个电话打进来，盛厘顺手挂了。

挂完才反应过来，她挂的是容桦的电话。

容桦是盛厘的经纪人，一个雷厉风行的女强人，强势到变态的程度。盛厘都二十三岁了，每次想谈个恋爱都被她无情地驳回：“不行，你现在是上升期，谈恋爱就是死，你有没有点事业心?”

盛厘咳了一声，把电话拨回去，开了免提。

容桦并没有问她为什么挂电话，直接说正事：“今天脸上的疹子怎么样了? 刘导上午问我你什么时候可以恢复，剧组前期给你排的戏很多，现在剧组整个节奏都被我们这边打乱了。”

“没好，不能上妆，不能上镜。”

盛厘十四岁拍了第一部戏，也算是童星出道，作为一个普通工薪家庭的女孩，她的运气算是不错的了。十七岁时，她被金牌经纪人容桦签走，容桦挑剧本的眼光还毒辣，一部部戏拍下来，硬是把她捧进了年轻实力演员的行列。

老实说，容桦除了不让她谈恋爱，没什么缺点了。

她的话，盛厘一般情况下都很愿意听。

“我晚上赶过去，后天你出院，我跟你一道回剧组。”容桦语速很快。

盛厘这两天压根没敢照镜子，用手轻轻一碰就知道脸上的红疹没褪多少，嘴唇附近尤其严重，嘴唇又麻又肿，想也知道有多难看。

除了医生和护士，就只有圆圆和容桦见过她的脸。

再多一个人看见她这张脸，她就不想活了。

盛厘看着那些慰问的花束和果篮，觉着碍眼，打发圆圆拿去送给医生和护士。

圆圆麻利地抱起花束，拎起果篮，“今天午餐吃得晚，我跟订餐的酒店说了一声，让他们晚一点送晚餐过来。你要是饿了，我就催催。”

预定的晚餐每天下午五点半准时送达，因为盛厘怕住院这几天会水肿发胖，六点之后就不再进食，现在都快六点了。

“让他们早点送吧，太晚吃会发胖。”

圆圆应了声，弯腰抓起手机，抱着东西出去了。

余驰高考被分配到三中的考场，距离医院很远，校门口人多车多，堵得厉害。

他提前十五分钟交卷，走了一站地，坐公交车去医院。

晚上六点十分，他站在住院部楼下给他妈打了个电话。

对面一问三不知。

盛厘住哪个病房，不知道。

对方的联系方式，哪怕是助理的，也不知道。

赔偿方式，更不知道。

“她是公众人物，就算我们问她要联系方式，她也不会给的，不怕我们卖号码啊？所以真不怪我们。”那边顿了一下，小心翼翼地说，“小驰啊，你叔叔去了解过了，盛厘现在身价很高，如果要算误工费和医药费，我们家肯定赔不起，要不……”

“要不什么？”

余驰冷声打断，直接把电话挂了。

夕阳的余晖洒在人来人往的医院门口，他脸色阴沉，站着不动，显得格格不入。

余驰原地冷静了一分钟，转身往里走。

或许他的运气还不错，在电梯里跟一个送餐员碰上了。送餐员穿着酒店统一的制服，胸口还别着一枚长方形的胸牌，提着精致的餐盒，正在给人打电话。

“圆圆小姐，我现在上楼，马上就到了，你可以到电梯口拿餐盒了。”

叮——

电梯门打开，余驰拽了下书包带，手插在裤兜里走出去，迎面走来一个身材微胖的圆脸女孩，他脚步微顿。

圆圆的目光先是被余驰吸引，心里感叹这男孩子长得这么好看，她多看了两眼，才跑过去接过送餐员的餐盒。

余驰瞥见圆圆身上的工作证，确定这个女孩就是盛厘的助理，他正要开口，对方的手机就响了。

电话是剧组打过来的。

圆圆一边接通一边走向病房，病房门刚被推开一条缝，她脚步突然顿住，惊叫道：“你们说谁来？”

与此同时，余驰已经站在她身后，低声说：“等一下。”

两道声音重合，圆圆的女高音盖过了余驰的声音。

盛厘并没有听见他的声音，她从洗手间出来，把门拉开，“谁来也不行。”

下一秒，盛厘愣住，目光盯在圆圆身后的少年身上。

穿着白色短袖、黑色休闲裤的少年站在门边，个子很高，左

边肩上搭着个黑色书包，侧脸轮廓利落，身上带着少年人特有的干净气质。

二人四目相对，少年表情微动。

盛厘突感一阵窒息，猛地想起一件事——她没戴口罩！

“厘厘，刚刚剧组……”圆圆话说到一半，反应慢半拍地回头，震惊地看着不知何时站在她身后的少年，不确定地问：“你是……谁啊？”

余驰目光在盛厘脸上扫过，低声道：“余驰。”

盛厘瞪大眼睛。

“你谁？”

下一秒，圆圆放下手机，转头看了看余驰，又看向眼神充满杀气的盛厘，慢慢往里挪了一小步，小声说：“厘厘，刚刚剧组打电话来说，那个余驰来医院看你了。”怕她听不懂，又含糊地飞速念了句，“就那个小浑蛋。”

余驰却听清楚了。

他看了盛厘几秒，再次低声开口道：“我来问问医药费和误工费多少钱。”

“你觉得赔钱就可以了？”盛厘差点气笑了，她冷着脸，抬手指向他，“圆圆，把这个小浑蛋赶出去吧。”

余驰微微皱眉，眼底情绪复杂，透着一股无所谓的暗沉。有种放弃挣扎、任你处之的平静。

盛厘觉得余驰的眼神里充斥着傲慢和挑衅，她的话对他起不到一点震慑作用。

这令人相当不爽。

就没见过这么讨人厌的弟弟。

盛厘冷哼，转身往里走，“还不把门关上，等别人来围观吗？”

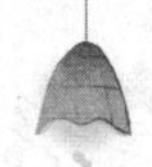

“那小浑……”圆圆及时改口，“余驰怎么办？”

盛厘迅速把口罩和帽子戴上，背对着门，“让他进来。”

一分钟后。

盛厘坐在椅子上，拿出自己演刁蛮公主的气势，冷冷地看向站在面前的余驰，“你说要跟我谈误工费和赔偿费，那你知道我一天挣多少钱吗？”

圆圆像个小丫鬟似的站在她旁边，小声补充道：“而且还要一个星期才能恢复。”

夏天晚上的六点多，天还亮着，余驰背着光站得很随意，手指轻轻拽着书包带。他一路匆忙赶过来，额头前方的头发被汗水打湿，有几缕贴在皮肤上，侧脸泛着晶亮的光。

他垂眼看着她，眼底暗沉的情绪收敛了不少，说：“不知道。”

盛厘看了圆圆一眼。

圆圆收到讯息，立马说了一个大概的赔偿数。

余驰抿了抿唇，沉默下来。

盛厘挑眉，这小子承受不住金钱压力的模样，看起来倒是乖了。

她记得他们家的餐馆，面积不太大，而且生意应该也不太好。如果认真算赔偿，把那家店卖了都赔不起。

她心想，只要这个小浑蛋好好跟她低头认错，再卖个乖，她也不会太为难他。

她眯起了眼，突然想起一件事，“你成年了吗？”

余驰道：“我成不成年，跟赔偿有关系吗？”

“当然，你要是没成年，我肯定不会欺负你。让你爸妈来跟我们谈。”她看了眼时间，朝他伸出手，“你刚从考场下来吧？身份证给我看看。”

余驰没动，摆明不想给。

盛厘抱着胳膊，上下打量他，“你说你是余驰，我又没见过你，我怎么知道你是不是假的？”

余驰面无表情，从背包侧面摸出一张英语准考证递过去。

盛厘接过一看，目光首先被准考证上的一寸照吸引。照片里的余驰头发比现在短，眉眼间透着几分阴鸷和不驯，像被隐形锁链套着脖子的小狼，攻击力有限，但一定不会很乖顺。

哪怕她对余驰印象很差，也不得不承认他长得是真的好看。

啧，也不知道高考能考几分。

“看这么久，能看出照片作假了吗？”

盛厘抬眸看他，淡淡地说：“不能，但也看不出来你满没满十八岁，身份证给我。”

余驰烦躁地瞪着她，清晰凌厉的喉结滚动了下，吁出一口气后，才不耐烦地拽下书包，从包里翻出身份证，递给这个胡搅蛮缠的女演员。

盛厘一看，果然没成年，生日在六月二十九号。

“没成年，但也差不了几天。”余驰不懂她为什么这么执着于他成没成年的问题，“也不用找他们谈，没必要，也没用，他们赔不起这个钱。”

就算赔得起，他们也不会掏一分钱。

盛厘觉得很奇怪，反问：“那你就能赔？”

“我。”余驰顿了顿，微垂着眼，那模样看起来又挺乖了，他低声说，“我会写欠条，利息可以算上，我总会还上的。如果不放心，可以请律师公证。”

盛厘莫名有点于心不忍，感觉自己此刻就像个恶霸。

“如果你同意，那我就先走了。”他像是早就准备好了，往桌

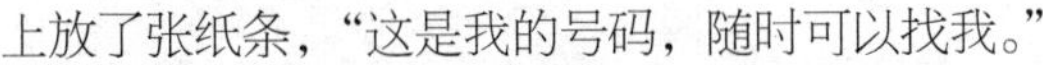

上放了张纸条，“这是我的号码，随时可以找我。”

他往前一步，伸手要拿回自己的身份证。

盛厘却突然抓着不放。

一张小小的身份证，被两只手各捏住一边。

余驰的手指碰到盛厘的，他手指温热；她大概在空调房里待久了，手很凉。

盛厘近距离看余驰的脸，对上他漆黑的瞳仁。他大概没想到她会攥着不放，当下愣了，却也没放手。

僵持了三秒，盛厘快速把手抽回来，“身份证先押我这里，我后天回剧组，你随时可以跟你父母来找我。”

“爱押押吧。”余驰直起身，看了眼盛厘，垂眼低声说，“抱歉。”

被余驰一搅和，盛厘吃上晚餐已经快晚上七点了，这顿饭吃得相当没滋味，加上时间太晚，她吃了几口便放下筷子。

圆圆看她吃得太少，以为她是担心发胖，“你这两天没休息好都瘦了，多吃几口没事的。”

“不想吃了。”盛厘看了眼丢在桌上的身份证，用指尖轻轻碰了下自己的脸，“圆圆，我现在是不是真的特别丑？所以那小浑蛋才这么嚣张？”

“可能他不喜欢女演员？”

每一个女演员的助理都不会太瘦，因为每次女演员不吃了，助理还在疯狂扫荡。圆圆那圆润的身材就是吃出来的，她咽下嘴里的食物，眼睛眨了眨。

盛厘捧着水杯，想了一下，“他跟他父母关系应该不太好。”

她想起自己的十八岁，那时候容桦联合她爸妈把她管得死死的，要拍戏、艺考，还要准备高考，艺考和高考的最低标准还是全国第二。

晚上九点，盛厘正捧着剧本坐在床上背台词，圆圆在旁边小声汇报："海市那边下暴雨，容姐航班延误，她改签到明天上午了，下午才能到。"

盛厘头也没抬，"嗯"了一声。

桌上的手机又响了，圆圆把手机拿到她的眼皮底下，屏幕上显示"周皇后"请求语音通话。

这回总算没再丧心病狂地拨视频通话了。

盛厘刚点了接通，对面就喊："我到医院楼下了，让圆圆下楼接驾。"

今天是什么黄道吉日，探病大酬宾，来一送二？

盛厘又一次把口罩和帽子戴上，冷眼看向刚拍完广告、光鲜亮丽的周思暖。

周思暖伸手要摘她的口罩，"来来来！把你的口罩摘下来让我看看，不就是芒果过敏嘛，我几年前也见过了，包袱不要这么重。"

盛厘拍掉她的手，丢给她一个白眼，"我晚上六点发的朋友圈没看到吗？"下午圆圆去给医生、护士送花送水果的时候，她发了条朋友圈统一回复了关心她的人，并且明确拒绝这些人的探病请求。

"过敏这么丑的病有什么好看的，都说了不要来看我，让我静静地恢复美貌。你来凑什么热闹？故意的吧！"

这几年盛厘身边的人对她的饮食十分上心，上一次过敏已经是五年前的事了。那时候她刚考上华影，大一开学的第一个晚上，吃了一口热情的室友送到嘴边的蛋糕，就中招了。

这个喂了她蛋糕的热情室友，就是周思暖。

当时容桦为她拿到了李导的电影试镜名额，但因为过敏住院，

脸不能见人，错过了试镜。而周思暖的经纪人正好也争取了一个试镜名额，她通过了试镜并拿到了那个角色。

那件事发生得太过巧合，容桦和盛厘一致觉得周思暖是故意拿“毒蛋糕”来喂她的。盛厘跟周思暖两人就此杠上，大学四年都在吵嘴，直到去年，两人进了同一个剧组。

在剧组的两个多月，两人被迫演一对感情深厚的闺蜜。两人戏外死对头，戏内感情深，两个月后，竟然有点分不清戏内戏外了。

杀青当晚，周思暖买了小龙虾和冰啤酒去敲盛厘的门，两人尴尬地在门口对视半天，盛厘还是把她请进了门。

那晚，两个节食几个月的女演员背着经纪人和助理，吃了六斤小龙虾，喝了十听啤酒。周思暖特别真诚地跟盛厘道歉，表示自己真的不是故意喂她吃“毒蛋糕”的，她不知道她芒果过敏。

盛厘大概喝多了，或者入戏太深，信了周思暖的话，她大度地道：“算了，反正那部电影也没怎么火，你还被骂了好几年。”

两人哈哈大笑，然后碰杯和解。

第二天早上，盛厘有点后悔，但说出口的话不好收回，周思暖大概也是入戏太深，都杀青了还经常主动联系她，时间长了，两人竟都感觉“和解恨晚”。

近半年来，两人微博互动频繁，约吃饭、逛街，还拍合影，互相给对方宣传新戏。

“我来看你，你还嫌弃？”周思暖点开自己的微博私信，把手机塞给盛厘，“你过敏住院的事都上热搜了，大家还把五年前我喂你吃‘毒蛋糕’的事又翻了出来。你自己看看我的微博评论和私信。我拍完广告饭都没吃，司机开了两个小时的车才把我送过来，你还我清白。”

盛厘有点疑惑，“我住院的事只有少部分人知道。”

“盛白雪，你真低估自己的人气了，剧组百来号人你能封得住口啊？医院每天人来人往，圆圆和你经纪人进出总有人看到吧。”周思暖没好气地翻了个白眼，“反正，惨还是我惨。”

盛厘皮笑肉不笑，“是吗？周皇后。”

因为当年那口“毒蛋糕”，周思暖荣获恶毒称号“周皇后”，盛厘这个受害者，在粉丝眼里是从里到外都雪白雪白的，比白雪公主还白，于是粉丝都称她为“盛白雪”。

“盛白雪”和“周皇后”一开始是粉丝给的称呼，现在已经成了两人互侃的词了。

盛厘觉得周皇后确实有点惨，她同情地看看周思暖，“我晚点发个微博解释一下。”

“为什么要晚点？”周思暖不满地催促，拿回自己的手机，顺手把她的手机塞过去，“现在就发，快快快。”

周思暖问：“你还没回答我呢，这几年你身边的人都警惕得很，谁那么大胆子给你喂毒了？”

盛厘懒得开口，圆圆业务熟练地解释了一遍，还把余驰来谈赔偿的事说了。

周思暖进来就看见桌上放着一张身份证，反面朝上，下面还压着两张纸。她拿起那张身份证，眼前一亮，“长得不错，再过个三五年，长开了更不得了。”

“依照我的经验，给你下过毒的人都是勇士，我就是活生生的例子。”周思暖把余驰的身份证放在盛厘的剧本上，挑眉道，“我有预感，这个弟弟一定是个干大事的人。你手下留情吧，别太狠。”

周思暖想了下，问：“所以，到底是哪个环节出的问题？”

盛厘一愣，“忘记问他了。”

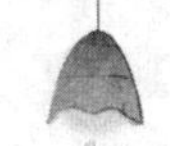

深夜十点半，住院部。

盛厘手里捏着那张纸条，把号码输入手机，编辑了一条短信发过去。

但将近凌晨，都没收到回复。

刚高考结束的毕业生一般情况下要么有毕业聚会，要么就放飞自我疯玩，肯定不可能老实睡觉。

盛厘直接打了个电话过去，冰冷的女机械音提示道：“您好，您所拨打的电话已关机，请稍后再拨……”

说好随时可以打电话找他呢？

余驰插着兜从KTV大门进来。“余驰，这！”徐漾大声喊道。

徐漾问：“给你打电话怎么不接？”

余驰语气平淡地说：“手机丢了。”

“怎么不去换一个？”

“明天再说吧。”余驰道。

余驰给人的感觉就像灵魂里藏着叛逆因子，骨子里透着点痞气和倔强，这种男生的确很吸引女生，但人缘不会太好。徐漾是学声乐的，前段时间就过了华影的艺考，是余驰在学校最好的朋友。

徐漾也知道他跟家里关系很差，但余驰平时很少提这些，对具体情况不太了解。

徐漾道：“高考完学校宿舍就不能住了，你有什么打算？要是暂时没地方去，可以在我家住一段时间，我家有好几个空房间呢。”

“不用了，我回松山。”余驰推开包厢门。

刚进包厢，就听见有个男生喊：“到底是谁害盛厘过敏的？”

余驰脚步顿了顿，往那边看了一眼。那男生是他前座，是盛

厘的忠实粉丝。

男生被班主任一巴掌拍在后脑勺上，“刚高考完就想搞事？平时少看点手机，多看点书，高考还能多考几分！”

众人哄笑。

余驰在沙发角落坐下，有个女生在他旁边坐下，包厢里有点吵，她靠得很近，几乎是凑到了他耳边，“余驰，你要去哪里上大学？”

余驰不动声色地往后撤，淡声道：“还不确定。”

女生长得很漂亮，勉强笑笑，“我去海市，同班这么久了，以后常联系啊。”

余驰靠在沙发上，随口“嗯”了一声。

“大家拍几张照片吧！”有人凑过来，朝大家招手，“留个念想！”

一群人涌过来，把余驰和女生挤在了中间。

第二天早上，盛厘刚起来，圆圆就说：“厘厘，剧组问我们，要不要换一家餐馆？”

这个问题，之前盛厘刚住院的第二天，导演就问过了。虽然是餐馆的责任，但整个剧组那么多人，只有她一个人过敏，总不能让这么多人因为她的事再折腾一遍。

容桦当时就拒绝了。

估计是昨晚热搜的事，剧组才又问了一遍。

“不用。”

盛厘拿起手机，给容桦打了个电话。

死缠烂打了一番，把之前被没收的微博账号和密码要了回来。

容桦说：“既然微博账号给你了，你自己再发一条微博安抚一下粉丝。”昨晚公司已经在官博上表示盛厘没事，过几天就可以正

常拍戏了。她也用盛厘的微博转发了一下，或许太过官方了，粉丝还是有点担心。

盛厘摸了摸自己的脸，感觉触感好像没那么吓人了，斗胆去洗手间照了下镜子。确实好了不少，起码不怎么肿了，她戴上帽子和口罩，背着光站在窗前拍了张自拍，发上微博。

盛厘：我这不是很好吗？过两天再给你们露脸。还有，希望不要有人去打扰剧组，也不要去餐馆问责，真的只是一个小意外。大家不要把这件事放大了。

粉丝评论来得飞速，“厘厘终于露脸啦！就算只看见眼睛也是超美的！”

还有粉丝说：“这才是厘厘自己发的微博，昨晚绝对是官方！官方！”

下午五点，容桦从海市赶过来，她还不知道余驰过来的事，看到桌上的身份证，问了一下才知道。容桦淡淡地说：“把一个十几岁的孩子推过来处理，那家父母是怎么做人的？”

圆圆弱弱地举手，“据说餐馆老板的大儿子不是亲生的，余驰从来没有叫过老板爸爸，好像叫叔叔。”

盛厘愣了一下，“确定？”

如果真是这样，那也不怪余驰自己来找她，还说了那种话。

圆圆点点头，“当地的群演知道你住院后，当八卦说起来的，应该是真的吧。”

三人沉默了一会儿。

盛厘抿唇想了想，把身份证从容桦手上抽回来，“这个事情我自己处理吧。”

容桦看了她一眼，把她接下来的工作安排说了一遍，盛厘听得头都大了。因为住院几天，之前的工作节奏全部被打乱了，进

组期间有几天是用来拍广告和参加品牌活动的，拍广告和活动的时间也都是商定好的。

可想而知，接下来的三个月，盛厘可能一天休息时间都没有了，还要面对高强度的工作。

“容姐，你这么压榨我，我要是过劳死，你以后是要遭报应的。”盛厘感觉人生暗无天日。

容桦难得温和，“等这部戏拍完，我给你排一个星期的假。”

盛厘讨价还价道：“两个星期。”

“行啊，我干脆给你放一年假，你早点退休算了。”容桦道。

“明天等我跟剧组详谈再说。”容桦忽视她愤怒的眼神，“我再安排一个助理过来给你做饭，免得再出状况。”

盛厘想也不想就说：“不用了吧，圆圆就够用了。”

圆圆跟了她四年，忠诚度很高，勤快又机灵，一个顶两个用，是她出道以来最中意的助理了。

平时圆圆肯定会附和“对对对”。

这会儿她看着手机，也没吱声。

盛厘拍了她一下，“干什么呢？”

“啊，没有。”圆圆把手机递到她面前，“有个小姐姐八卦，说余驰以前就在剧组做群演自己赚钱了。”

每个影视城都有上千个群演，男女老少皆有，一般拍古装剧需要的群演最多，尤其是拍战争戏的时候。《江山卷》这部剧里战争戏份很多，占用场地很广，所以剧组才挑中松山影视城。有战争的地方就有众多难民和成堆的尸体，剧组一开机，就有很多群演闻讯而来，在群演候场区等待。

导演用群演一般都不喜欢长得太好看的，小孩还好，观众只会觉得这个小孩长得真好看，长开了就不行了，容易抢戏。像余

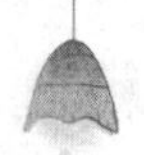

驰那种过分优越的长相，肯定会被经纪公司挑走，除非他演技太烂，毫无才艺。要么就是他本人或家长不想让他当演员。

盛厘把手机塞回给圆圆，以余驰对自己的冷淡态度，她更倾向于他不想当演员。

第二天下午，盛厘出院回剧组。

松山市区距离影视城有三个多小时的车程，盛厘在车上看了一路剧本，快到的时候，容桦提醒道："今晚我请导演们吃个饭，等会儿你过去跟导演和魏诚几个主演打个招呼，打完招呼可以回房休息一会儿。"

盛厘"嗯"了声，突然想到什么，对副驾驶的圆圆说："圆圆，你再给余驰打个电话。"

圆圆应了一声，"今天早上打的时候就是关机呢。"

"所以才叫你打。"盛厘用看傻子的眼神看她，"虽然高考完了，但他还是未成年人，失踪警方就可以立案了。"

盛厘这句话成功地把圆圆吓坏了，慌忙给余驰打电话，嘴里念念有词："可千万不要想不开啊，你长得这么好看，还没享受人生呢。"

盛厘对余驰的印象是不太好，但她并不觉得余驰是那种承诺后会搞失踪的人，现在失联这么久，她确实有点担心。

盛厘咬着唇看窗外。车正好经过群演等候区，乌泱泱的一大片人，她突然眼前一亮，"停车！"

司机连忙刹车。

余驰换了件黑色半袖，皮肤白皙，身形挺拔修长，手插在兜里倚在墙边，右脚抵着墙根，跟一群长相参差不齐的群演混在一起，更显出余驰的颜值。

盛厘忍住下车把人骂一顿的冲动，咬牙切齿道："圆圆，去把那小浑蛋叫过来。"

圆圆看向窗外大喜道："好咧！"

她麻溜地下车，跑过去。

夕阳的余晖在少年身上洒下一层金光，余驰抬了抬眼皮，看见圆圆跑来，目光往她身后那辆车一扫，跟降下车窗、戴着口罩的盛厘四目相对。

圆圆喘着气跑到他跟前，开口便责备："你干吗关机啊！"

余驰收回目光，他站直身体，低头说："你们给我打电话了？我手机丢了。"

他是今天中午到的，跟剧组的一个场务打听到盛厘今天出院，就在这里等候。

但凡车经过，他就能看见。

群演们都探头看看这边，又看看那辆保姆车，交头接耳地热议。

"那不是盛厘吗？她回来了啊。"

"是她、是她，那双眼睛那么水灵，除了她还能有谁。"

"这里不是说话的地方。"圆圆说，"你跟我过来一下。"

余驰点了下头，抬腿走过去。

他人高腿长，没几步就走到圆圆前面，站在车前，垂眼看盛厘，语气平静地说："你找我签字？"

"我……"盛厘被他云淡风轻的样子气坏了，她深吸了口气，弯起笑眼，"签你个头。"

容桦侧身，冷声道："在外人面前，注意你女演员的形象气质。"

余驰看到容桦的脸，有一瞬愣怔。

他其实知道她，几年前也见过，是有名的经纪人。

盛厘恢复面无表情，冷声道："是啊，电话打不通，人也找不

到，我不怕你跑路了？”她看他垂下眼，睫毛纤长浓密，看起来又恢复了那副承受不了金钱压力的乖巧模样，只是紧抿的嘴角泄露了几分倔强。

盛厘嚣张的气焰突然灭了一半，“去剧组那边，在我化妆间等我。”她说完这话，快速把车窗按上去。

车开出去后，盛厘从后视镜里看见少年转身，不疾不徐地跟在车后。

剧组正在拍男主角跟配角的戏，盛厘跟容桦站在监视器后，刘导都没发现。

有人看见盛厘后惊喜地看过来，盛厘朝他竖起食指，“嘘。”

十分钟后，刘导拿起喇叭，“过了！”

“厘厘回来了。”有人喊。

刘导很快转过身，看见盛厘还戴着口罩，高兴劲去了一半，问道：“小厘啊，这脸上还没好啊？”

盛厘不是第一次拍刘导的戏了，刘导的古装剧一向是业内的典范，画质堪比电影，三年前盛厘就是借他的戏人气才上升得那么快，她乖顺地说道：“已经消肿了，还有点印子，可能还要跟您再申请一天假期。”

“行行行。”刘导摆摆手，“准了，拍得好比较重要，慢点就慢点。”

容桦跟刘导客套了几句，才问：“今天什么时候可以收工？咱们去吃个饭，边吃边聊。”

刘导看看时间，“快的话，半小时。”

男主角魏诚拿过最佳男演员奖，今年三十四岁，刘导花了不少工夫才把人请来拍电视剧。虽然盛厘有时候总想着休假，累死累活的时候甚至想罢工，但她热爱演员这个职业，也很尊敬前辈。

这部剧聚集了许多前辈，耽误了前辈们好几天，盛厘心里过意不去，笑着跟大家卖乖，“我会尽力少点失误，努力不拖后腿。”

在剧里演她父亲的演员哈哈笑道：“女儿乖。”

“哇！那帅哥谁啊？”

某个演员的助理小姑娘惊道。

盛厘侧头看过去，余驰已经到了，正站在一个临时搭建的棚檐下，看着这边。

圆圆咳了声，说：“就……那个餐馆老板的……”说儿子好像不对，又不是亲的，她挠了挠脸，“就餐馆老板家的那个小孩，刚高考完的那个。”

有人说：“跟餐馆老板长得确实不像。”

这时，魏诚说了句：“这孩子，有点眼熟。”

“哪里熟？”盛厘看向他。

魏诚笑了笑，“不太记得了，只是看着有点熟。”

招呼也打完了，盛厘心里惦记着收拾小浑蛋，带着圆圆走过去。

经过余驰时，她看了他一眼，“跟我过来。”

余驰没说话，跟在她后面走了一段，进了她的化妆间。

盛厘的化妆间东西很多，桌上就一大堆的化妆品，余驰只扫了一眼，便目不斜视地站在化妆桌旁。盛厘在小沙发上坐下，抬眼审视他几秒，才开口说：“你真打算赔我钱？”

余驰有些心不在焉地看她，“你没打算让我赔太多。”

“如果我真打算呢？你怎么还？”她眯了下眼，“你刚刚是在群演那边等工作？你做不了群演，要做，你也只能演尸体。”

余驰不耐烦地说：“我没等工作，等你。”他顿了一下，“我手机丢了。”

盛厘愣了一下，眨了眨眼。

一时间没人说话。

盛厘看着他漆黑的眼睛，手指在桌上轻轻敲了敲。

她笑得很温柔，“那你从明天开始，就来给姐姐做助理吧。我叫你做什么你就做什么，直到你开学为止。这件事就一笔勾销，怎么样？”

余驰愣了一下，随即皱眉，脸色彻底冷下来，“不怎么样。”

“为什么？”盛厘无辜地看着他，越想越觉得自己这个主意不错，欺负这个又乖又倔的小浑蛋可太有意思了。她忽略他冷酷的表情，语气温柔地说：“这不是很划算吗？从现在到你开学也就两个多月。想给我做助理的人都绕剧组一圈了，我直接给你转正，你还委屈了？”

余驰面无表情，“那我还不如去演尸体。”

盛厘差点一口气没提上来，这意思是她在他眼里，连一具尸体都不如？

“圆圆。”她也冷下脸，突然站起来。

圆圆战战兢兢地说：“啊，我在呢……”

这几天化妆间没什么人进来，里面也没空调，只有一个立式的空调扇。一进门圆圆就把空调扇开了，但制冷效果差，空气还是很闷热。盛厘走路带风，她快步走到余驰旁边，淡淡地扫他一眼，“我们去一趟餐馆，找老板和老板娘谈谈，没必要为难一个未成年人。”

余驰大概没想到她会去餐馆，他用一种极其冷淡的眼神看她，“你这是什么意思？”

那瞬间，盛厘似乎在他眼底看见一丝厌恶。他的头发剪短了，跟高考准考证上的照片模样重合，眉眼里透着倔强。但很快，他便露出一个笑，露出整齐的白牙和一颗尖尖的虎牙，眼睛漆黑明

亮，像个正常的十八岁少年，意气风发，坦率纯真，“接下来这段时间，我给姐姐做牛做马。姐姐让我做什么，我就做什么。”

盛厘的心莫名一跳，愣愣地看着他。

下一秒，余驰就收起那副人畜无害的笑容，手插进兜里，站直身体，不咸不淡地问：“什么时候开始上班？”

盛厘有种余驰在跟她对戏的感觉，对方趁她不备，迅速进入角色，又擅自抽离，让她猝不及防，失了优势和先机。毕竟当演员这么多年，她没道理被一个未成年震慑得做不出反击。

很快，她扬起笑脸，“好啊，后天早上七点准时到剧组，迟到有处罚。”

余驰已经懒得去问有什么处罚了，“身份证给我。”

她回头道：“圆圆，把身份证给他。”

圆圆还沉浸在“我是谁，我在哪儿，我怎么突然多了一个同事”的迷茫里，机械地摸出身份证还给余驰。等人走了，才慢慢回神，犹犹豫豫地说：“厘厘，容姐肯定不会同意的。”

“为什么？”盛厘把口罩和帽子摘下来透气。

圆圆哀叹道：“哪有长得这么好看的助理啊！”

“长得好看不好吗？”盛厘脑子里不经意又闪过余驰那个坦率纯真的笑，她拍拍圆圆的肩膀，“不要有长相歧视，以后他就是你同事了，好好相处。”

圆圆说：“我哪有！”

盛厘威胁道：“你别跟容姐说，我自己去说，不然扣你工资。”

圆圆点点头，“好……”

晚上，盛厘跟容桦和剧组主创吃了晚饭，餐厅就在影视城最繁华的街中心。因为第二天还有拍摄任务，大家都没喝酒，主要

是容桦跟刘导在协商盛厘的拍摄工作，盛厘安静地陪着。

深夜十点半，众人驱车离开。

路上经过剧组订餐的餐馆，餐馆大门敞开了，灯光大亮，貌似还有客人没走。容桦这人工作效率奇高，有什么事能马上做的就绝对不拖到下一秒，高效得仿佛一个设定好工作程序的机器人，她吩咐司机："绕到对面去。"

"等等！绕对面干吗？"盛厘一听就知道她想做什么，她捂住肚子，"我肚子不舒服，有什么事情回头再说，先回酒店吧。"

她演得逼真，容桦不知道她是真是假，只好作罢，"那回去吧。"

盛厘装了两分钟肚子疼，等车开远了，就摸出手机查看信息。

周皇后：你出院了吧？

周皇后：我实在有点好奇，你把那个帅哥弟弟怎么样了？

盛厘用手小心地遮着屏幕。

盛厘：我让他来给我做助理，我叫他做什么他就得做什么。

周皇后：什么？

周皇后发了一个冷漠的表情包过来。

周皇后：你至于记仇到这个地步吗？果然天蝎座的人不能乱惹。

周皇后：我觉得你也别叫盛白雪了，改名盛皇后算了，我跟你比起来都白多了。

盛厘：我跟你解释不清，反正你别给我透露出去。

快到酒店了，司机减速准备进入停车场。

前面有辆车不知出了什么状况，堵在前方不动了。

司机只好也把车停下。

盛厘放下手机，往窗外随意一瞥，就看见一道熟悉的身影正走在对面的人行道上，他拖着一个黑色的大行李箱，肩上还挂着个书包，步伐迈得很快。

路灯被枝叶繁茂的槐树遮挡住了，光线细碎地落在少年身上，一切都显得朦胧不清，盛厘也不知道自己是怎么凭一个轮廓就看出来那人是余驰的。

余驰走出那片细碎的光晕，穿过马路，看见了停在前方的车。

他只顿了一下，就收回目光，快步走向旁边的一家便捷旅社。

这家旅社装修老旧，明显房价便宜，跟盛厘住的酒店档次相差甚远，但距离倒是不远，走路几分钟就到了。

他不住家里？

盛厘不知道他跟家里的关系糟糕成什么样，让他放假了都不愿意住家里。

第二天早上，酒店房门被圆圆打开。

盛厘爬起来，摸着脖子坐在床上发愣。容桦过去拉开一点窗帘，想借自然光看看她的脸恢复得怎么样。她走近一看，皱眉道：“你昨晚几点睡的，怎么还有黑眼圈了？”

“十二点吧。”盛厘有气无力地说，手还摸在脖子上，“没睡好，做了个噩梦。”

容桦道：“梦见自己毁容了？”

她梦见自己被余驰咬了一口脖子，梦里的痛感太过真实，以至于她醒过来还觉得脖子隐隐作痛。

“没有。”

盛厘想起余驰那个坦率纯真的笑容，莫名打了个寒战，手飞快地在脖子上搓了搓，“做噩梦没睡好，有点落枕。”

圆圆闻言，马上过来给她揉捏。

盛厘爬起来，“不用揉了，我去洗个澡。”

容桦大概是太忙了，没再提去找餐馆老板的事。她手上除了

盛厘，还带了一个男演员叫路星宇，比她还小三岁，今年刚二十岁。容桦一直说自己唯一一次看走了眼，就签了个不省心的路星宇，隔一段时间就给她捅个娄子。

这次不知道又出了什么事，容桦一直在打电话联系媒体，盛厘见怪不怪，懒得关心这个不成器的师弟。

傍晚，容桦要提前走了。

盛厘的脸已经好得差不多了，只有嘴角附近还剩下几颗零星的小红点，看起来像是被蚊子咬的，也像是故意点出来的雀斑妆。

她画了眉，涂了口红，大大方方地送容桦下楼。

司机已经在路边等候。

容桦上车前还在打电话，说了几分钟才挂断，她看向盛厘说："助理我已经给你找好了，明天就安排她过来，是个女孩子，挺乖的。"

盛厘看着前方，目光落在从路口经过的少年身上。

她突然说："不用了，助理我自己找好了。"

"嗯？你还会自己找助理？"容桦皱眉，顺着她的目光看过去，突然有了不好的预感。

果然，盛厘指指余驰，"就他，他家开餐馆的，做饭应该不成问题。"

容桦的脸一下黑了，她深吸了口气，气笑了，"我看你是疯了吧？"

"余驰。"

她喊了他的名字。

余驰本来想视而不见的，这会儿不得不回头。这是他第一次看清楚盛厘的脸，她的脸已经恢复成荧幕上的模样，白皙漂亮，那几颗小红点并不影响她的漂亮，甚至平添了几分灵动。

她笑容明媚灿烂，冲他勾勾手指，"过来一下。"

余驰拧眉，脸上带着点不耐烦，朝她走过来。

他在她面前站定，冷淡地说道："什么事？"

"容姐，你看看这位的脸色。"盛厘饶有兴致地看着他的脸，挑眉一笑，"他哪里像是愿意的表情？一脸的不耐烦，恨不得离我十米远。"

余驰面无表情地看她，满脸写着"离我远一点"。

大概是余驰脸上的嫌弃之情太过明显，容桦一时间竟然不知道说什么，也觉得新鲜。

"那也不行。"容桦依旧拒绝。

盛厘想了想，瞎话张口就来："他距离开学还有两三个月呢，之前你也听说了，他十来岁就在剧组演群演了，昨天还在群演那边等戏呢。你看他这个样子，能演什么？尸体？"她无视余驰冷漠的表情，说得冠冕堂皇，"这大夏天的在地上躺几个小时要掉层皮的，他想趁暑假勤工俭学，我这是帮他。"

说完，她冲余驰挑眉，"对吧？"

余驰麻木地说："是，我谢谢你。"

容桦皱眉，还想说什么。

盛厘抢先开口，她嘴角一撇，语气颇为委屈："路星宇那样的你都忍了，我这还什么都没干呢你就跟我急眼。"

容桦一整天被路星宇气得胃疼，她心力交瘁地说："算了，我懒得管你，你自己懂分寸。"

盛厘目送车开走，刚转头想再跟余驰说两句，却发现对方已经转身走了。

第二天早上六点五十分，盛厘坐在化妆间的椅子上，化妆师在仔细地检查她的脸，"还有几颗红点没消，不过不影响今天的妆

容，妆化起来也快。”

《江山卷》一开头，盛厘饰演的女主角云兰生一家就惨遭灭门，她是唯一一个逃出来的，这一段她住院前已经拍过了。现在，要接着拍她的逃亡戏份，既然是逃命，自然不可能美美的。她今天是风尘仆仆的男装扮相，需要混在过路的商队里，骑马逃往邻国。

盛厘微仰着脸，任由化妆师在她脸上倒腾。

她看了眼手机，已经七点零五分了，余驰还没来，不是被她昨天的话吓跑了吧？

一个小时后，盛厘的妆化好了。

“余驰，你怎么在门外站着啊？”

盛厘刚起身，就听见圆圆站在门口喊。她往那边看去，却连余驰的衣角都没看见，只听见他略低沉的声音：“进去不方便，我在外面等，有什么事需要我做？”

圆圆拿不定主意，转头求助道：“厘厘……”

盛厘走到门口，看见余驰懒洋洋地靠在门边。他今天戴了个黑色鸭舌帽，耳朵上挂着一只耳机，另一只垂在胸口，脸侧对着这边。盛厘看着他，问：“什么时候到的？”

余驰目光在她身上停了几秒，转头看前方，不冷不热地说：“七点。”

“那你不知道吱一声？”

“吱。”

盛厘愣了一秒，直接笑倒在圆圆身上。

圆圆反应了几秒，也跟着哈哈大笑。

余驰皱了皱眉，难道不是她让他吱一声的？

“你怎么这么可爱。”盛厘笑得眼泪都快出来了，她愉悦地欣赏余驰恼怒的表情，觉得自己把他留在身边做助理真是太明智了。

化妆师走过来，笑问："这是谁啊？"

盛厘收了笑，一本正经地说："这位弟弟刚高考完，暑假想在剧组勤工俭学，容姐安排他这段时间给我做助理。"看余驰脸色不好看，她大气地挥手，"你先去导演那边等我吧。"

余驰一刻也不想多留，他点了下头，直接走了。

前天傍晚余驰来过剧组，大部分在场的人都见过，但看见他又来了，大家都很好奇他来做什么。不过他站在拍摄场地外，没有工作证，进不了拍摄场地。

直到盛厘和圆圆从化妆间过来，才把他带进去。

关于余驰，圆圆如法炮制盛厘的话，统一回答，还自作主张遮掩了几句："因为余驰一定要给误工费和赔偿费，厘厘看他还是学生就说算了。但余驰过意不去，正好容姐要给厘厘再找个助理，就让他来帮忙，这件事就算了。"

中午快收工的时候，余驰不想跟来送餐的店员碰面，更不想让他妈和江东闵知道他最近这段时间都待在剧组，便戴上耳机走开了。

刚走到厕所门外，就听见有人在谈论他。

那是几个本地的群演，跟剧组一个场务大哥在厕所里说话。

有个本地群演说："他爹不是亲的，妈倒是亲的。都说有后爹就有后妈，说的就是余驰……"他顿了一下，又说，"不过，余驰那小子很犟，不愿意拿后爹的钱，小小年纪就跟我们在剧组做群演，那时候我们就只能演背景和尸体，拿的钱也很少，一天百来块钱。他不一样啊，又有灵气，又长得好，剧组要找那种长得好看的小少年，一准找他，就演男主角小时候之类的戏份……"

余驰走到门口，淡淡地看着那位群演，"吴叔，你又不是吴婶，这么八卦。"

那位吴叔呛了一下，尴尬地嘿嘿笑，“就……好久没看见你了，突然想起点往事，就随便说几句。”

余驰进去洗了个手，出来继续往前面走。

剧组正好结束拍摄，正推着拍摄设备往这边走。

他脚步顿了顿，抬头看向前方。只见盛厘一身男装打扮，骑着马过来，很飒。

夏天拍古装剧非常辛苦，烈日当空拍上一天，对演员来说也是个大考验。盛厘已经很久没在六月天拍古装剧了，她今天有一场戏失误了好几遍，晒了两三个小时，这会儿都有点头晕目眩。

魏诚也骑着马，在她旁边说了一句什么，她也没听清，转头问：“诚哥，你刚说什么？不好意思我没听清。”

“我说余驰，就是你新带来的助理。”魏诚往余驰的方向看了一眼，“我想起来了，几年前我来这里拍电影，剧组找了个小群演演我小时候。导演让他演了几场戏，演得不错，很有表演天分。前两天看见他的时候只觉得眼熟，没想起来。今天上午听见助理说了几句，才知道他小时候在这里做过群演，就突然想起来了。他人是长大了，但眉眼却没怎么变，还有小时候的影子，所以我当时才觉得他有点眼熟。”

这个消息太令人震惊了，盛厘一下清醒了，忙问：“是哪部电影啊？”

“《花杀》，电影剪出来只有一两分钟的戏份。”魏诚笑了笑，“这种对群演来说是个莫大的机会了，而且他表现很好，当时还以为有人慧眼识珠，会把这小孩签走，没想到……”

盛厘往余驰那边看了看，不知道该做何表情。

她……还以为他只能演尸体呢。

魏诚又说：“可能有人找过，或许是他不想当演员。”

“或许吧。”

盛厘满心疑惑，余驰年纪不大，心思倒是深沉，秘密也不少。

一般人跟魏诚这样获得过最佳男演员奖的演员拍戏，不都要炫耀一下吗？何况他还演过诚哥小时候。就连她拿下这个角色，得知自己能跟魏诚搭戏都兴奋了好几个晚上。就算低调，那也不必什么都不说吧？

盛厘回到休息室后的第一件事就是站到空调扇前，疯狂补防晒。她补完防晒，又去照了照镜子，看起来还好，不过还是有点担心，“圆圆，我没晒黑吧？”

“不会的，去年夏天在海边拍了一个月的戏，你也没怎么晒黑啊。”圆圆抬头看看她，又低头把午饭全部摆好，有点纳闷，“厘厘，你今天什么也没让余驰做啊。那他来干吗？”

“现在还没想到。”盛厘漫不经心地说。

圆圆一抬头，“余驰回来了……”

盛厘愣了下，转头一看，余驰果然正站在门外。

“进来吃饭吧。”盛厘说，突然想起什么，又笑了一下，“吃完饭陪我对一下台词。”

余驰皱了皱眉，倒也没犟，走进来坐下。

这个年纪的男孩饭量都很大，他闷头吃饭，一副不想理人的样子。

盛厘之前热晕了，现在没什么胃口，只吃了小半碗就放下了。她拿起手机查了一下《花杀》的演员表，一般演男主角小时候的，演员表上都会给个姓名。

她拉到最后，都没看到演员表里有余驰的名字。

倒是找到一张很小的剧照。

剧照像素感人，乍一看确实跟余驰有点像，但因为是古装打

扮，又不太确定。她低头看了看剧照，又抬头盯余驰，试图把那张剧照里的小演员跟余驰的每一个五官都对上。

一分钟后，余驰像是被她盯得不耐烦了，抬头看她，“你是不是对我有意思？有就直说。”

盛厘惊讶地看着余驰，完全没料到他还能说出这种话，但好像又一点也不意外，她三番五次招惹，他要是真能一直忍下去，那也确实不像他的性格。

这人骨子里就藏着会攻击人的狼性，遇强则强，被逼迫到一定程度还能反咬一口。

突然一阵噼里啪啦的响动，圆圆扒着门鬼鬼祟祟地左右探了一眼，确定没人在门外才拍着胸口转回来，一副吓得半死的模样，“呜呜呜，求求你们注意一下场合，别在剧组里谈这种事好吗？要是被人听到怎么办？容姐会骂死我的！”

“我又不是公众人物，对我有什么影响。你应该问问这位三番五次招惹我的大人物，是不是该注意一下自己的言行。”

盛厘道：“那就再议吧！”

余驰僵着没动，耳根发热。

谁要跟她再议，他疯了才跟她再议！

晚上十点，盛厘结束了一天的工作。

盛厘换好衣服卸完妆出来，问圆圆：“余驰呢？”

圆圆指着前方，“那呢。”

白天用来遮阳的大伞棚已经被收起来，只有桌椅还放在原处，剧组晚上有人守夜，有些东西不用收，免得第二天还要折腾，浪费时间。余驰敞着双长腿坐在休息椅上，低头看手机，屏幕的光映着他好看的脸，修长白皙的手指在屏幕上快速地划拉。

盛厘刚开始以为他是在玩游戏，走近了凑过去看了一眼，也只来得及看一眼，因为余驰察觉到她靠近，就把手机反扣住了。

盛厘不确定地问："你在剪辑视频？"如果她没看错的话。

"是。"余驰承认得干脆，起身把手机塞进裤兜里，低头看她，"既然你什么都不需要我做，我又必须每天待在这里，我自己找点事情做总可以吧？"

盛厘挑眉，"当然。"

余驰说："那我可以把电脑带来吗？"

盛厘说："你带电脑来做什么？"

"接活，帮人剪视频。"余驰不想解释那么多，但一整天无所事事确实很令人烦躁，他转身抓起小桌上的帽子扣到头上，帽檐落下的阴影将他的脸分隔成明暗两部分，他的眼睛落在阴影里，"如果你看不顺眼，那就算了。"

盛厘眼神笔直地看他，挑眉道："怎么会？我看你越来越顺眼了。"

余驰把帽檐往下一压，也不看她，"我可以走了吗？"

"你要不要搬过来？"盛厘突然问。

"不搬。"

盛厘又开始胡搅蛮缠，"我也不能偏心，圆圆跟着我好吃好喝，你也是我的助理，待遇应该一样才对。"

余驰瞥了眼圆圆，淡淡地说："看出来了。"

圆圆一脸呆滞。

"我不需要这种待遇。"余驰转身大步走了，丢下一句，"走了。"

过了几秒，圆圆瞪着眼指指自己，"他刚刚是在说我胖吗？"

盛厘打量圆圆，"嗯，你最近是吃得有点多，等会儿回去上称看看。超过一百三十斤，你明天开始就每晚跑五公里减肥吧。你刚来给我做助理的时候，也是挺眉清目秀的，怎么就圆成这样了？"

深夜，盛厘敷上面膜靠在床上，打开电影《花杀》。

这部电影当年的票房很高，算是武侠电影里的经典了。她当年看了三次，但已经四年没有重温了，剧情大概还记得，但人物的脸有点模糊了。她记得小男主角大概是在二十多分钟的时候出现，但今天不适合重温电影，她已经有点犯困了，直接划拉到二十分钟以后，又等了五六分钟，才看到那个小男主角。

电影画质很清晰，而且小男主角的镜头很多，一分多钟里，好几帧画面都是特写。跟那张像素感人的剧照不一样，盛厘几乎一眼就能确定，这个小男主角的饰演者就是余驰。

她按了暂停键。

屏幕里，十二岁的余驰双手垂在身侧，双手握拳，通红的眼底情绪复杂，悲痛、愤怒、仇恨，几乎溢出屏幕。

怪不得连魏诚都夸一句“表现很好”，是真的很好。

这演技足够吊打她十四岁时的演技了。

也不知道是哪根筋搭错了，等盛厘反应过来，她已经把截图发给余驰了。

两人的微信是吃晚饭的时候加的。

设施老旧的旅馆房间里，余驰刚洗完澡，他胡乱擦了擦头发，就坐在房间里的小桌前开始剪辑视频。这种地方一般只有外地来的群演才会住，房价便宜，但隔音不好，他戴上耳机隔绝噪声。

过了一会儿，桌上的手机亮了一下。

他瞥了眼。

已经过了十二点了，手机上显示“盛厘给你发了一张图片”。

又亮了一下。

他松开鼠标，拿过手机点开微信列表。

盛厘：这是你吧？不要说谎。

盛厘：是你。

余驰手指微顿，目光落在那张照片上，不用点开看就知道是《花杀》电影里的他。这是他十二岁那年拍的电影，跟魏诚搭戏，这么多年过去了，他以为没人记得这件事了。

《花杀》是六年前的电影，十二岁跟十八岁的样子还是有差别的。不知道他小时候在剧组做过群演的同学看到这部电影，也只是截图过来跟他说“这个小孩长得有点像你呢”。

而且，魏诚好像也不记得他了。

他不知道盛匣怎么会突然翻出来，还这么肯定地说是他。

余驰往椅子后一仰，湿润的黑发在灯光下泛着水光，修长的脖颈线条利落好看，他闭了一下眼睛，喉结随着气息滚动。过了一会儿，他才拿起手机。

余小驰：是我。

几秒后，她的信息一条条跳出来。

盛匣：之前说你只能演尸体，是我看错了。

盛匣：不过，我也没看错，甚至眼光很好，相中了一支潜力股。

盛匣：还想演戏吗？姐姐给你资源要不要？

盛匣不知道为何，莫名有些兴奋，噼里啪啦地打了一堆消息过去。

她本来以为余驰会否认，没想到他却承认了。

等了几分钟，他都没再回复。

这个小浑蛋，竟然敢这么冷落她。

盛匣直接拨了个语音通话过去，等了一下，被人挂断了。

几秒后。

余小驰：不陪聊。

是谁说深夜令人有倾诉欲的？是谁说深夜适合挖掘对方秘密的？

余驰这个人内心就不存在倾诉欲，深夜谈心失败。

第二章　我以为你早就看上了

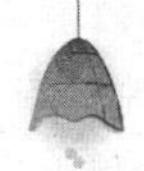

第二天早上，余驰拎着自己的笔记本电脑过来，刚到门口就被圆圆瞪了一眼，他有点莫名其妙。圆圆一想到今晚要跑五公里，就心绞痛，都怪余驰这个小浑蛋乱说话！

她平时都是笑着的，今天难得冷着脸塞给他一张工作证，“你先过去吧，厘厘说你自己找个地方坐就好，有事会叫你，不用在这里等。”

余驰点了下头，接过工作证，没问什么，转身走了。

盛厘今天也是一整天的戏，中午吃饭都是跟刘导和几个主演一起吃的，边吃边说剧本，一直到傍晚才有了喘气的时间。圆圆上来给她擦汗递水，小声说：“厘厘，余驰的后爹后妈来了，说是要跟你道歉。”

盛厘握着杯子，轻轻一笑，“我还以为他们不敢来了呢。”

平时都是餐馆员工负责送餐过来，今天老板和老板娘也一起过来了，送完盒饭也不走，在边上等了快一个小时。圆圆又说：“余驰过去跟他们说了几分钟话，冷着脸回来的，看样子关系是真的很不好。”

“他们在哪儿？去看看。”盛厘捧着杯子走过去。

“我把人先请到休息室了。”

“余驰呢？”

“在休息室外面。”

盛厘走到休息室附近，就看见了余驰。

这会儿已经过了七点，天已经开始灰暗，大家都聚成一团在吃饭，只有他孤零零地站在收起来的伞棚旁边，左手垂直拎着笔记本电脑，耳机塞着，隐隐听见他低沉的嗓音，似乎在打电话。

盛厘脚步微顿，还是往那边走了过去。

走近了，听见他冷冷的一句：“我不拍，你签了也没用，我断个手、断个腿，摔破个头就会被退回来的。”

盛厘一愣，她只听清了后面那句，什么断个腿、断个手？还摔破个头？

她转头看圆圆，圆圆比她更茫然。

余驰听到声响，侧头看过来，脸上的戾气来不及收回。

他一声不响地把电话挂了。

那边大概被他气得够呛，没再打过来。

盛厘还是第一次在余驰脸上看见这种表情，但她来不及细究，余驰就已经恢复了冷静。她斟酌了一下，皱眉问：“你刚刚说什么断手断脚、摔破头？你后爹后妈……虐待你？”

“谁说那是我后妈？”余驰把耳机拔了，自嘲一笑，“妈是亲的。虐待倒不至于，但关系确实差。”

关于余驰家里的事，估计连本地群演也不一定完全清楚，具体是怎么样的，盛厘也不太清楚，余驰这个人大概率也不可能说出来。

盛厘直截了当地说：“那你刚刚说那些话是什么意思？”

余驰漫不经心地斜睨她，“没什么，随便吓唬人的，这你也信？”

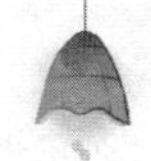

“我信啊。”盛厘往前走了两步，她身高一米六六，余驰跟魏诚身高差不多，魏诚身高一米八五，余驰也是一米八五左右。她不得不抬头看他，目光直视他，“你这么叛逆的小浑蛋，像是能干得出来的。”

有一瞬间，余驰感觉内心被人窥觑了一般，他皱眉移开目光，无所谓道：“那又怎么样？”

余驰回头看她，她还是戏里的扮相，一身粗布男装，化妆师把她的脸化黑了一些，还化了几道污痕，眉毛也修得很英气。

她把水杯给圆圆，淡淡地说：“我去跟你后爹还有你妈谈谈。”

他心想，随便吧。

反正也没人知道，也没人在意他到底想要什么。

盛厘一踏进休息室，拘谨地坐在木椅上的中年夫妻便站了起来。男人长相一般，女人三十多岁的模样，并不显老态，有这个年纪女人特有的风韵，看起来很漂亮。

余驰的五官跟她有几分像，确实像是亲妈。

女人叫余曼岐，语气里带着几分讨好：“盛小姐，之前的事真的很抱歉，一直想亲自来跟你道歉的，但小驰说他自己处理了，不让我们来。昨晚听说他在剧组给你当助理，所以还是想亲自来跟你说声抱歉，小驰他……”她顿了顿，为难地说，“他脾气不是很好，我怕他做不好助理，还冒犯了你。”

哪有亲妈这么说自己儿子的。

盛厘挑眉，“是吗？我觉得他脾气挺好的啊，听话又能干，你这当妈的怎么这么诋毁自己儿子？有几个小孩在十几岁就能独立承担责任和问题的？”

余曼岐跟江东闵愣了下，意外又尴尬地对视一眼。

“真……真的吗？那我就放心了。”余曼岐语气讪讪，随即又满脸堆笑，“我听说你收他做助理，那之前的事，是不是就算了？”

盛厘在化妆椅上坐下，眼神淡淡地看向他们，“你们倒是听说了不少。”

“我在这里开了好些年餐馆了，认识的本地人很多，昨晚几个熟识的群演上餐馆吃饭，听他们说的。”江东闵笑着搓了搓手，拘谨地解释，“其实余驰小时候也经常在剧组混，那时候他运气最好，就是脾气太倔了，也不听我们的话，要不然……”

盛厘觉得这后爹的笑容里透着一股猥琐，本能地讨人厌，她冷声打断：“那是你们的家事，我没时间听你们在这训儿子。而且听说余驰也不是你亲生的，你对他也不怎么样吧？一个小孩从小到大没人疼，他不叛逆才怪。”她起身看向圆圆，“送他们出去吧，我饿了，要吃饭。”

夫妻俩脸色尴尬，原本准备了很多话都还没说出口，再看盛厘冷冰冰的脸色，只好作罢。

门外，余驰正低着头，听到这里，起身大步走进旁边的窄巷。

昏暗的巷子里，余驰漫不经心地倚着墙，侧头看向巷子外，余曼岐跟江东闵从巷子口一闪而过。

他收回目光，塞上耳机走向巷子另一头，不打算回去了。

手机响了一声。

他脚步不停，摸出来看了一眼。

盛厘：余小驰，讨厌的人走了，回来吃饭。

余驰脚步一顿，挺拔修长的背影立在光照不进来的巷子里，屏幕微弱的光照着他的脸，他盯着手机，眉眼透着几分乖顺。过

了一会儿，他把手机塞进裤兜。

盛厘没等到余驰回复，以为他不会回来了。

几分钟后，少年拎着电脑出现在门口，脸上看不出情绪，他跨过门槛，走进来。余驰把电脑放在柜子上，拉开椅子坐下，拿起自己那份盒饭吃起来。

盛厘慢悠悠地喝着甜汤，眼睛不时往他身上瞟。

余驰额上的青筋微微冒出来，他知道自己长得可以。他本来想当作没看见，但到底年纪还轻，受不了她这样的直白。

他抬头，微眯着眼，“你能不能别这么……”

“这么什么？”盛厘挑眉，她拉着椅子蹭过去。

盛厘感觉到他身上阴鸷不驯的气息收敛了许多，有点乖顺。

余驰冷声道：“你懂。”

“我不懂。”盛厘的眼神无辜又直白，“倒是你好像对我没那么不耐烦了。”

余驰看着她的眼睛，嗤笑了一声，冷酷地别开脸，当场给她表演了一个“我相当不耐烦”的表情。

圆圆生怕他们再谈什么不可描述的交易，心累地站起来，端着盒饭去门口探风。

余驰回头看了眼，嘴角一抽，表情越发冷酷。

“别装啦，我感觉到了。”盛厘笑眯眯地看着他，“有个问题一直忘记问了，你六月六号不应该在准备高考吗？怎么会给餐馆买芒果？”

“身份证丢了，回来补办。”余驰从初中就开始住校，初三是在附近的中学念的。高中考到市一中，距离这里三个多小时的车程。他高三一整年就回来了两次，一次是寒假过年，一次是那几

天回来补办身份证。

“派出所知道我要高考，给我办加急，那天早上我本打算拿了身份证就走的。江东闵，就是我继父，他从我小时候就喜欢打发我干活，看见我闲着就觉得我吃白饭，养我没用。他跟我说厨房要做咕噜肉，水果材料不够。我妈当时也没阻止，我想也就最后一回了。”余驰语气淡淡的，他转头看盛厘，表情有些不屑，“大概是我倒霉，出门不远就看到卖芒果的。”

六月八号中午，江东闵和余曼岐先后给他打了电话。

大概是说责任在他，让他以高中生的身份去卖惨，或者去拍戏赚大钱。

这两个余驰都没做，也不可能让他们如愿。

盛厘还是第一次听余驰这么老实地说了这么一长段，眼睛眨也不眨地盯着他，突然抬手在他脑袋上揉了一把。她动作很轻，余驰僵了一下，抬手把她的手挡开。

盛厘不在意地笑笑，支着下巴看他，“我们倒霉到一块了，说明我们有缘分。”

余驰翻了个白眼，有个屁的缘分。

“你真的不要演戏吗？你明明演得很好。”盛厘眼神变得认真。

余驰冷淡道：“不要，小时候混口饭吃而已，现在不需要了。”

盛厘看着他冷硬的侧脸，暂时收回触探他底线的想法，“我出去候场了，圆圆饭后半小时记得跑步。”

圆圆哭丧着脸道：“能不跑吗？”

盛厘说：“不能。”

当晚，圆圆去跑步之前，又忍不住瞪了余驰一眼。

余驰莫名其妙，他想了想，说：“你瞪我也没用，有本事叫盛

厘收敛一点，或者直接让我走。”

好吧，两人不在一个频道上。

圆圆苦巴巴地说：“我要是能让厘厘听我的，我至于这么难吗？”她想了想最近厘厘对余驰的态度，觉得她才是最倒霉的，自从余驰出现后，她的工作越来越难做了。

剧组人多口杂，就算圆圆已经很圆滑地把余驰的身份说明了，但还是有人背后议论。尤其是余驰每天像个少爷似的对着电脑剪视频，什么助理工作也没做。

一个谎要用另一个谎言去圆。

圆圆只能解释：“照顾人的工作有我了啊，他用电脑做的就是厘厘交代的工作。”

这才勉强打消了别人的疑虑。

要怪就只能怪余驰长得太好看。

这才刚开始，还有足足两个多月啊！圆圆总有种要出事的预感。

某天，盛厘偶然看见余驰的电脑卡住了，又看了眼他的电脑配置，是两年前的款式，内置也一般。

盛厘转头便让圆圆去查查哪款笔记本比较适合剪辑。

当晚，在酒店房间里，圆圆把查到的资料念给正在护肤的盛厘听。一共七个牌子，七个款，优缺点都列得清清楚楚。

“第五款，性能好也没什么缺点。”圆圆又说了一句，“只是有点昂贵。”

盛厘打断道：“等等？这叫什么缺点？”

圆圆不服道：“对普通人来说，就是过于昂贵啊！这个笔记本电脑最高配置两万多块！余驰怎么也不可能买个两万块的电

脑吧？”

“我看看。”盛厘看了眼那款所谓过于昂贵的电脑，感觉挺漂亮的，也很适合余驰。

“就这个了，过几天再订。”她看了下日期，还有一个多星期就到余驰十八岁生日了。

“厘厘。”圆圆认真地说，“我觉得余驰不会接受。”

盛厘挑眉，“我既然想送，那肯定是有办法让他接受的。”

“什么办法？”圆圆好奇道。

“不能告诉你，这是秘密。”盛厘上手掐了一把她的小圆脸。

圆圆欲哭无泪，这是什么危险的秘密讯号？

盛厘手机振了几下，是关于路星宇的消息。

她看了一眼，忍不住挑眉，“路星宇又闯祸了。这家伙怎么这么死性不改呢？”

她丢下手机，看圆圆还傻愣着，问：“想什么呢？”

“我就是觉得，你跟诚哥挺配的。我之前还想过你要是给我找个姐夫，那也是诚哥那样的，成熟又可靠。”

“诚哥有女朋友了，别瞎说。”盛厘拿起剧本，漫不经心地说。

隔天傍晚，余驰刚把剧组发下来的盒饭放到休息室，兜里的手机突然振了振。

徐漾：过几天可以查高考成绩了，你要不要来市区啊？咱们出去玩啊。

徐漾：赵殊彤说她给你发了消息，你没回。

徐漾：你回一下人家吧，人家平时待你不薄，别这么冷漠。

余驰皱眉，刚要回复，就听见外面有人惊叫道：“圆圆，你怎

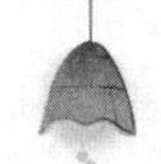

么啦？”

他快步走出去，之前绕着周边慢跑的圆圆已经倒在地上，正满脸痛苦地捂着肚子，面容苍白，盛厘蹲在她旁边，扶着她，吓得声音都有些变了调：“圆圆，你哪里痛？别吓我啊！”

余驰很快说：“我叫人把车开过来。”

“已经有人去开了。”

松山影视城这边有个小医院，距离影视城不太远。

余驰在盛厘旁边蹲下，看了眼圆圆按着的地方，低声说：“可能是急性阑尾炎。”高二的时候，徐漾也得过这病，还是他把人扛下楼的。

车很快就开过来了。

有个场务试图抱起圆圆，却发现抱不动。

这一百三十斤的圆圆，也不是谁都能公主抱抱得起来的……

圆圆哭唧唧地拉着盛厘，盛厘一时间也慌了神。

刚有人上前说要帮忙，余驰道：“我来吧。”

他俯身，手臂穿过圆圆的腿弯和后背，膝盖抵着地面，一把将人抱了起来。盛厘愣了一下，转头看他，少年手臂的肌肉因用力而紧绷，肌肉线条流畅利落。

车就在旁边，余驰走了几步，把圆圆放到车上，他跟着上车，转头看盛厘。

他额头冒着汗，声音微哑，说：“你拍戏吧，我跟过去。”

盛厘本来想跟上去的，但一身戏服没换，晚上还有一场戏，刘导也没发话。

最后，跟圆圆关系还不错的一个姑娘被安排跟上车，余驰坐在副驾驶上，一起跟去医院。

晚上十点，割了阑尾的圆圆被推进病房。

余驰给盛厘发了条语音，“手术做完了，没事。”

盛厘回道：“我到楼下了。”

余驰把手机放到耳边，听完语音，把“我先走了”又删掉，回了个“哦”。

几分钟后，戴着口罩、墨镜和帽子的盛厘出现在病房门前，余驰松散地倚在墙边，转头看她。盛厘把墨镜摘下来，露出一双漂亮的眼睛，冲他弯了弯眼睛，轻声问：“吃饭了吗？”

余驰别过眼，低声道：“没。”

盛厘想了想，说：“我先进去看看。”

虽然急性阑尾炎是个小手术，但估计圆圆也得在医院住上一两个星期。

盛厘之前就让余驰在医院找了护工，护工是个四十多岁的阿姨，正跟陪同圆圆一起的小谭小声说话，抬头看见盛厘，愣了好一会儿。

“小谭，你先跟司机回去吧，也不早了。”盛厘对那小姑娘说。

小谭眨眼，“那你呢，还有那个余驰。”

盛厘把口罩也摘下了，说：“司机送我过来的，晚点我们再回去。”

小谭走后，护工阿姨才不确定地问：“你是不是那个女演员，盛厘？”

“长得像吧。”盛厘眨眨眼，并没有直接承认。

“何止是像，简直一模一样！”

“嗯嗯，别人也这么说，说我俩跟双胞胎似的。”

“你就是盛厘吧？”

余驰脑袋微仰，抵着墙，听她在那忽悠人，嘴角无声地勾了勾。

圆圆虚弱地睁开眼，“厘厘，你来啦……”

盛厘看她这样，有点心疼，“怎么样了？我下次不叫你减肥了。”

“疼死了。”圆圆委屈巴巴地说，“也不是你叫我减肥的原因，可能还是我吃得太多了。”

盛厘摸摸她的脸，叹了口气，“那以后少吃一点，你看你的体重，剧组没几个男的能把你抱起来的，要是被人抬上车，那多难看？这次多亏了余驰，以后对他好一点，知道吗？”

圆圆很不好意思，又小声说：“那这些天谁照顾你啊？我给容姐打个电话吧，让她再找个助理过来。”

“不用。”盛厘眨眨眼，“不是还有一个吗？”

圆圆哭丧着脸，就是因为还有那一个，她才不放心啊！

盛厘在病房待了半个多小时，和护工阿姨拍了张合影，才出来。

她出门没看见余驰，却收到一条信息。

余小驰：我先下楼了。

她都不怕，他倒是躲得快！盛厘翻了个白眼，只好打了一行字：“那你在车上等我”。

车停在路边，盛厘刚走近，车门就被人从里面打开了。

车厢光线昏暗，余驰懒洋洋地敞着两条长腿靠在座椅上，仰头靠着椅背，皮肤冷白，侧脸的线条利落好看，目光轻轻往盛厘那边一瞥。

盛厘扶着车门盯着他看了几秒，才从容不迫地坐在他旁边。

车子启动，司机把车开出去，涌入黑夜中。

余驰身体靠在椅背上不动，左手在胃部按了按，微侧过脸，他的眸光很轻，身上干净冷冽的少年气很重，给人感觉纯情又深情。

盛厘转头发现他按在胃部的手，立即皱眉道："你是不是胃疼？"

"一点。"余驰松开了手。

从中午到现在快十一点了，他平时饭量就挺大的，这么长时间没吃东西，也难怪胃疼。盛厘皱眉看向窗外，外面一排排店门都关门了，这个点要找个吃饭的地方不容易，圆圆这个吃货平时最爱囤零食，车上一般都少不了吃的。

"我给你找点吃的垫垫肚子。"她转身摸了摸，没摸到，便对司机说，"刘叔，在前面停下车。"

余驰转头看她，"别折腾了，我不疼。"

"你这种人，说不疼的时候特别假。"盛厘看了他一眼，扣上帽子下车，绕到车后面，打开后备厢，里面有一小箱子零食，咸的、辣的、甜的都有，但这些花花绿绿的包装袋一看就不太健康，也不是余驰喜欢吃的，幸好翻到了几包平时圆圆偶尔泡给她喝的米稀。

盛厘回到车上，抬手按亮顶头的灯，倾身拿了保温杯，把米稀包装撕开倒进保温杯盖里。保温杯很大，杯盖就是一个杯子，她一边倒水冲米稀一边说："多亏胖圆圆平时都有给我带保温杯的习惯。"

"先喝杯这个。"盛厘把杯子递过去。

余驰没动，看她的眼神有些复杂，目光微垂，落在她手上。

盛厘想了想，说："这是我的杯子，圆圆没喝过。"

余驰无奈，关键是这个吗？

"你有洁癖？"盛厘眯了眯眼，"还是你怕我介意？"

少年修长白皙的手横过来，夺过杯子，仰头把那杯东西大口喝了，细微的吞咽声在安静的车厢里格外清晰。

余驰闭上眼睛靠回座椅，脸侧对窗外，一杯热米稀喝下去确实感觉舒服了不少。

盛厘抬手关灯，让司机开车。

这时，余驰兜里的手机响了，他拿出手机看了一眼，是徐漾打来的。

余驰接通电话。

"你没看群里啊？"徐漾那边很吵闹，他嚷得很大声，"别一放假就消失，消息不重要的就不回，还是不是哥们儿了？"

余驰道："没注意，说什么了？"

徐漾继续说："这几天都在等高考出分，大家也没心思出去旅游。盛厘不是在影视城拍戏吗？胡一扬拉了个小群，说他想过去那边看看，说不定运气好可以看到盛厘。我们约了几个人，你不是在那边吗？跟你说一下。"

胡一扬就是余驰的前桌，盛厘的忠实粉丝，还说要把害盛厘过敏的人揍一顿。

余驰瞥了眼盛厘，盛厘似乎对他打电话没什么兴趣，抱着狐狸抱枕闭上了眼睛，幽暗的车厢里看不太清她的轮廓。

余驰心想，有什么好看的。

下一秒，盛厘脑袋一歪，靠在了他肩上。

余驰身体一僵，徐漾说了什么他没听清，倒是听清了盛厘的呢喃，“我好累，让我靠靠……”

这些年太忙，盛厘早就练就了随时随地补觉的本事。在车上补眠的时间多了就有个弊端，她上车熬不了多久就想睡觉。昨晚又是夜戏，早上一大早爬起来，她是真的累了。

两人靠得很近，余驰还能闻到她身上很淡、很好闻的香水味。他保持着原本的姿势没动，舌尖在嘴角顶了一下，转头看窗外，低声问徐漾：“你刚说什么？”

“我说，赵殊彤也去，还有她同桌，反正一共五个人。”徐漾怕他拒绝，急忙说，“都说好了啊，明天就过去，可能还会在那边玩一晚上，你带我们玩啊。”

余驰面无表情道：“说得好像你们没来过一样。”

松山影视城也是当地的一个景点了，今年来的人比较少，但松山市的人说没来过那多半是瞎话。

徐漾嘿嘿笑道：“说定了啊，挂了。”

余驰侧头看了一眼靠在他肩上的女人，其实她也就比他大五岁，她不化妆的时候，看起来也不比他们班女生大多少，但她终究是万众瞩目的女演员，气质和长相摆在那里，哪怕不化妆，站在人群中也是最亮眼的那个。

他皱眉考虑了几秒，要不要把人推开。

几秒后，他低头按开手机，浏览着网页。

十分钟后，车停在酒店门口，盛厘迷迷糊糊地睁开眼，转头看向余驰。

余驰没情绪地按掉屏幕，盛厘撩了撩头发，笑道：“酒店还有消夜，你跟我上去吃点？”又问了一句，“或者，你搬过来？”

“不可能。”余驰冷声拒绝。

盛厘挑眉，不得不提醒他，要有做助理的自觉，“之前圆圆在，你不搬就算了。现在圆圆住院，她所有的工作都交给你了，余助理。”

余驰靠在椅子上，看着前方，“工作没问题，但我不搬，需要做什么你说。”

盛厘想了想，转头扬起笑，“圆圆每天早上六点半会去开我房门，叫我起床。”

余驰沉默了一下，转头看她，冷笑了声，“早上六点半，我会给你打电话。”

“好吧，那我不开闹铃了，你记得打电话。”盛厘勉强接受了，她拉开车门，又转头看他一眼，“你记得吃点东西。”

余驰看着她走进酒店，跟司机的车到地下停车场，再从停车场绕出去。之前那个旅馆隔音太差，所以他在附近租了个房，两个月租期。

第二天早上六点半，盛厘还在梦中，手机便响了。

第一次，她按掉了。

第二次，她又按掉了。

第三次，她脑子一个激灵，突然想起了什么，摸过手机迷迷糊糊地看到屏幕上“余小驰”三个字，清醒了五分。

电话接通。

余驰冷冰冰地问：“醒了吗？姐姐。”

难得叫她一声姐姐啊，盛厘又清醒了一分，嗓音还带着刚睡醒的柔软沙哑，耍赖道：“没醒，不然你再叫一声？”

对面沉默了半晌，低笑了一声，“好，那你起来给我开个门。”

盛厘这下完全清醒了，她一骨碌爬起来，往肩上裹了条披肩就要去开门，走到门口脚步突然一顿，她站在门后，迟疑地问：“余小驰，你是不是骗我？”

余驰淡声道：“你可以开门看看。”

打开门万一人不在，她岂不是要闹笑话？

“醒了吗？”余驰又问，声音里带了点懒洋洋的笑意，“醒了我挂了。”

盛厘深吸了口气，一大早就被小浑蛋摆了一道，真是失策，她面无表情地把通话挂了。

她走进洗手间，突然又转回来，小心翼翼地拉开一条门缝，往门外探头——走廊空荡荡，盛厘又上当。

七点整，盛厘心情欠佳地下楼，司机已经在门口等候。

从酒店到拍摄地就十分钟，盛厘在化妆间门外看到了余驰，他今天没带电脑，懒散地倚着墙，耳朵里塞着耳机，懒洋洋地看她，似乎心情还不错。

盛厘感觉这是他给她做助理以来，心情最好的一天。

她朝他走过去，站在他面前，淡淡地问：“骗人好玩吗？”

余驰嘴角微勾，“还行。”

盛厘点点头，“好玩就行，当心别翻车了。”

化妆师手里拿着个鸡蛋饼探头出来，笑着说：“厘厘早啊，余驰带了早餐过来。”

剧组是准备了早餐的，但没有鸡蛋饼这种品种。

盛厘喜欢吃鸡蛋饼，有时候圆圆会让酒店的厨师做。她看到桌上一次性盒子里的鸡蛋饼，心情愉悦地转头看余驰，“总算还有

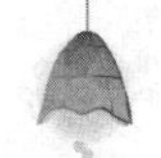

点做助理的自觉，记得我喜欢吃什么。”

余驰看了她一眼，把手机微信点开，递过去，示意她自己看。

盛厘狐疑地接过，看到了躺在医院里的胖圆圆，半夜十二点半给余驰发了一个名为“做厘厘助理需要明白的二三事”的文档。

她突然有种不好的预感，点开来看，越看越觉得眼前发黑，里面何止二三事，简直是二三百事好吗？里面详细记录了她的喜好和习惯，细致到保温杯里的水最好是五十度，早上最长赖床多久，最快能在几分钟内起床，如果她赖着不起怎么办，等等。

就连她发脾气，要怎么哄都写了！

整个文档统共八千八百六十八个字，真是吉利。

吉利到令盛厘绝望！她呆滞了好一会儿，余驰给她看这份文档，简直是明明白白地在嘲笑她自作多情。她第一次体会到被人“出卖”的感觉，“出卖”她的人还是平日最贴心的助理。

余驰漫不经心地看着她，嗤笑一声，“你自己的事，也要看这么久？”

盛厘在心里咬牙切齿地盘算，等胖圆圆出院，是要把她煎了还是炸了呢？

盛厘抿紧唇，问也不问一句，直接把文档删了，删完把手机递过去，从容不迫道：“这种东西不是百分百正确的，我已经删了。”

“没事。”余驰不在意地接过手机，“我过目不忘。”

盛厘白了他一眼，转身进去，跟化妆师说：“开始化妆吧。”

化妆的时候，盛厘愤愤地给圆圆发微信。

盛厘：胖圆圆，你真是身残志坚啊！昨晚刚做完手术，躺在病床上还能搞出八千八百六十八个字的文档，你做了个假手术吧？

圆圆回复得倒是很快，发了一排委屈的表情。

圆圆：真手术！真割阑尾了！我都疼醒了！

圆圆：也不全是昨晚写的，我一直有记录的，这是日积月累的成果！

盛厘：我怎么不知道你还有这种研究成果？

圆圆：因为我是助理啊！我照顾好你就行了，你不用知道的，有些习惯你自己都不知道呢，都是我日常观察出来的。

圆圆还挺理直气壮，以盛厘对她的了解，估计这会儿还想等她表扬呢。

盛厘心想，平时挺机灵的一个人，怎么突然就犯了傻？她转头看了眼余驰。今天圆圆不在，余驰没法做少爷了，他插着兜，无聊地倚在柜子前，等水烧开。

盛厘抿了抿唇，看了眼镜子，化妆师正专心给她弄头发。

她低头，在手机键盘上打字。

盛厘：这个文档如果交给别的男人，可以叫“追到厘厘需要明白的二三百事”，你这是教人给我做助理吗？你这是在教别人怎么追我！

圆圆：惊恐！

盛厘：算了，余驰也不会追我。

盛厘关掉圆圆的聊天窗口，低头给余驰发了条消息。

盛厘:过目不忘啊？好本事。关于姐姐的一切都要好好记住哦，千万不要忘记。

叮咚一声。

余驰拿出手机扫了一眼，愣了一下，偏头看过去，对上她狡黠愉悦的目光，突然明白过来。

他面无表情地把手机放下，转回头，盯着水壶。

半晌，啪嗒一声，是水烧好后跳闸的声音，却像极了胸膛里怦的一声心跳。

中午一点，盛厘结束了上午的戏份，刘导关心地问："你助理要住院一段时间吧？你一个人行吗？"

"那不是还有一个临时助理吗？"盛厘笑笑，又补充了几句，"没什么不行的，正好可以压榨一下那家伙的劳动力，之前害我过敏耽误了那么多工作。"

这话是说给旁人听的，免得别人背后说闲话。

刘导笑了笑，"那就行，不行让容桦再给你安排一个过来，或者剧组临时安排一个给你也可以。"

盛厘婉拒了刘导的好意，临时助理太容易出事了。

正午是一天最热的时候，此时却乌云层层，微风阵阵，倒比前些天多了丝凉意。

"是不是要下雨了？"

"下雨了就拍不了了吧？"

"导演，要收东西吗？还是再等等？"

"到了？你们先找一家店坐一会儿，我等会儿过去。"余驰正在打电话，盛厘走回休息棚下，疲倦地倒在他旁边的躺椅上。因为天气太热，她每次休息，都把古装裙摆撩到腰上打个结，裤腿拉到膝盖以上，露出修长白皙的双腿，脚踝纤细，线条漂亮。

余驰微微侧目，便垂下眼，对徐漾说："我这有事，只能过去一会儿。"

徐漾说："什么事啊？需要帮忙不？"

"不用，你们先玩。"

余驰挂断电话，盛厘正盯着他，问："谁来找你了？"

"同学。"他说。

盛厘挑眉道："男的女的？"

这时，观完天象的刘导招呼一声："估计要下雨了，大家收拾东西先收工吧，具体安排等雨停了再通知。"

剧组工作人员瞬间忙得人仰马翻，闹哄哄的，没人注意这边。

"都有。"余驰居高临下地垂眼看她，"既然提前收工了，那你回酒店休息吧，我出去一会儿。"

盛厘把腿放下，站起来看他，"可以，不过快下雨了，我让司机先送你过去吧。"

"不用。"余驰拒绝。

盛厘眼神直直地看他，眨了眨眼，"我去看看你的女同学，这么远跑来找你，一定不是普通女同学吧。"

余驰冷眼看她几秒，"随便你。"

半小时后，两人上车。

余驰没坐后排，他坐在副驾驶上，可以偶尔给司机指一下路。

盛厘坐车犯困的毛病又犯了，没一会儿就搂着狐狸抱枕闭上了眼，车停下的时候她也没有立刻醒。余驰拉开车门下车，目光往后排扫了眼，她脑袋靠着车窗，锁骨平直漂亮，乌黑浓密的长发散在胸前，胸口随着呼吸缓慢起伏。她的脸属于上镜好看的那种——脸小，五官精致漂亮，皮肤细腻，脸颊饱满，闭眼睡着时像只柔软、漂亮，又高贵的猫。

他轻手关门，转身走了。

盛厘被关门声惊醒，坐直一看，副驾驶已经没人了，于是连

忙转头看窗外，少年高瘦挺拔的身影已经走远。她啧了一声，拿起手机给他打电话，“余驰，你一声不吭就把我丢下了？”

余驰脚步微顿，却没回头，语气很淡：“不然呢？你一个女演员真要跟着我去见同学？见了我怎么解释？”

好像确实有点不合适。

盛厘手指敲着膝，想了想说：“你有同学是我粉丝吗？”

半晌，余驰才冷哼道：“有一个，忠实粉丝。”

“他们什么时候走？”

“你想干吗？”

“要是晚上还没走，可以让他们来剧组玩，你有工作证，可以带他们进来，不过不能拍照。”

雨滴毫无预警地啪嗒啪嗒砸在车窗上，盛厘愣了一下，看见余驰大步往前走，迅速走进了一家甜品店。

过了几秒，少年清冽的声音夹着雨声传入耳中，“不用了，他们可以自己玩。”

盛厘冷着脸挂断电话，让司机送她回酒店。

夏季的雨来得快，去得也快。

傍晚五点，导演通知晚上的拍摄继续，盛厘本来想给余驰放假的，转念又改主意了，把通知截图发过去，示意他回来当助理。

几秒后。

余小驰：嗯。

六点半，盛厘从车上下来就看见余驰插着兜，冷脸站在前面，旁边站着他那几个同学，三男两女，一个个表情激动。

女生长得挺漂亮，跟余驰站一起，也算般配，不过……有点

扎眼。

她朝他们走过去，“不是说不来吗？”

余驰看向她，“你发信息过来被你的忠实粉丝看到了，求我带他来。没办法，只能带他们来了。”

雨下了两个多小时，他们哪儿也没去成，就在商场里的电玩城玩了一会儿。余驰在玩投篮机时，手机随手放在边上，盛厘发信息过来，屏幕上显示着她的名字。

胡一扬一看见就追着问给他发信息的“盛厘”是真的还是假的。

连徐漾和赵殊彤都跟着好奇，余驰被他们烦得不行，几句话解释了他现在是盛厘临时助理的事。胡一扬倒是没想揍他了，但死活求着他带他们来剧组，余驰实在受不了一个胖子跟他撒娇，便答应了。

“我相信你了。”盛厘好笑地看着余驰不耐烦的表情，问他们：“你们吃饭了吗？”

徐漾不好意思地说：“没呢，听说可以来剧组，我们就赶紧过来了，就怕余驰改变主意。”

“吃剧组盒饭吗？”盛厘走到余驰左边，轻轻在他肩上碰了碰，抬头看他一眼，“如果不吃的话，叫余驰买别的给你们，我请客。”

胡一扬眼睛发亮，飞速回答道：“可以吃剧组盒饭啊？那我要吃！”

外面的饭什么时候都可以吃，跟盛厘在剧组一起吃盒饭这种事情，这辈子估计就这一次！

其他人自然没意见。

剧组几乎每天都会剩出几份盒饭，有时候是有人不吃自己出

去买吃的，如果有剩下的，一般都被场务拿去喂附近的野猫野狗。

等剧组盒饭分完，余驰把剩下的最后五份拿回休息室。

另外还有一份更丰盛些，是给盛厘的。

盛厘看着余驰把盒饭发给他的同学，自己却两手空空，问道："没有了？"

余驰看了她一眼，想起圆圆平时都是把饭全部摆好的，盛厘完全不沾手。他顿了一下，把盒饭盖子全部打开，白色塑料盖堆成堆，他转身在椅子上坐下，一双长腿无处安放地屈着，微弓着背看手机，随口道："嗯，我晚点出去吃就行。"

旁边的赵姝彤小声说："盒饭很大份，我吃不了那么多，我分你一半吧。"

"不用，你自己吃吧。"余驰没抬头，语气听起来也很冷淡。

十几岁的女孩到底脸皮薄，被余驰拒绝后，赵姝彤也不好意思再说什么。盛厘之前只是猜测，现在基本确定，这女孩喜欢余驰。

余驰拒绝了一起吃一份盒饭这么暧昧的事，说明他对这女孩没意思。

盛厘不动声色地把饭菜分了分，她自己留了三分之一，伸腿踢踢余驰的运动鞋。余驰抬头，盛厘示意他："我吃得少，你吃这些，不然也是浪费。"

余驰淡淡地看着她，低头关掉手机，坦荡道："嗯，助理的工作包括……"

"那就快吃。"盛厘笑盈盈地打断他，不准他在别人面前让她没面子。

"可以拍照吗？"胡一扬弱弱发问。

盛厘笑了下，站起来说：“现在可以拍，等下就不行了。”

胡一扬赶紧过来，占领她旁边的位置。徐漾比他稳重多了，但也挺想跟盛厘站一起的，毕竟以后他要是出道了，还能晒一晒十八岁时跟盛厘的合影。他转头礼貌地问：“盛厘姐，我可以站你旁边吗？”

徐漾长得阳光帅气，又有礼貌，听说是学音乐的，还考上了华影，算是盛厘的小学弟了。盛厘心想小学弟比余驰可乖顺多了，她对他印象很好，微笑道：“当然可以。”

赵殊彤毕竟也是小女生，对能跟女演员合影的事也觉得很高兴。

几个人都围着盛厘，除了余驰。

胡一扬把手机塞给余驰，语气酸溜溜地说：“你帮我们拍吧，反正你最近都在剧组，什么时候想合影都有机会。”

余驰站在门边给他们拍了几张，徐漾转头问赵殊彤：“你们是不是带了自拍杆？拿出来呗，让余驰也跟咱们拍一张。”

正巧，化妆师走到门边，“厘厘，要准备化妆做造型了，时间来不及了。”

“好，我马上过去了。”盛厘看了眼余驰，又叫住化妆师，“毛老师，帮这群同学拍张照吧。”

化妆师笑着说：“好咧。”

余驰本不想拍，但他们都盯着他，他只好面无表情地走过去，在最边上站定。

“准备好了吗？”化妆师问。

“等一下。”

一个男生嬉笑着推推旁边的女同学，女同学理解地笑了一下，把原本站在徐漾旁边的赵殊彤拉出来，推到了余驰旁边。

余驰手插在兜里皱了皱眉，表情冷淡。

赵殊彤红着脸站在他旁边，抿着嘴角看镜头。

剧组封闭拍摄，拒绝路透，也不允许粉丝探班，正式拍摄时，徐漾他们远远看了一会儿，就被余驰请出去了。

余驰手插在兜里，懒散地走在前面，送他们出去。

胡一扬抱着盛厘的签名照一步三回头，恋恋不舍，“我感觉就像做梦一样，我居然跟盛厘一起吃了饭，还拍了照，我曾经距离她那么近！”

他突然拉住余驰，期盼地问：“驰哥，你问问，她还缺助理吗？”

“胡一胖，你别想了行吗？”徐漾拍了拍他后脑勺，突然笑了下，“你不如巴结巴结我吧，以后我要是出名了，你也不是没机会再见盛厘，你想要哪个人的签名照都行。”

“那我祝你早点出名吧。”胡一扬不太走心地祝福，又开始念叨盛厘。

他们走到门口，两个女生去旁边的奶茶店买奶茶。

余驰站在一家便利店前，徐漾笑着过去问他，“你还记得姜南吗？就咱们高二有一次出去唱歌，碰到的那个经纪人？”

余驰皱眉，冷声问：“他找你了？”

徐漾记得当初姜南找余驰的时候，余驰跟他起了点冲突，后来余驰解释说是那人是星探，想叫他去演戏。

当时姜南偷偷给了徐漾一张名片，看了名片他才知道，那人不是什么星探，是星晴娱乐传媒的经纪人。徐漾看余驰那么生气，就没把这件事告诉他。

星晴娱乐是家毫不知名的小公司，手里有几个人，但都不出名。

徐漾不懂余驰脸色为什么这么难看，迟疑道 :“嗯，他跟我谈签约的事，就前两天，到我家来跟我爸妈一起谈的。”

余驰盯着他，问 :“你签了？”

“对……”

余驰声音更冷 :“几年？”

徐漾舔了下嘴角，看他冷冰冰的脸色，有点慌，“五年……”

“浑蛋！”余驰骂了一句，冷冰冰地看他，“你签约之前没查过那家公司吗？那家公司就有几个不怎么样的小演员，你一个学声乐的，签那家公司有什么前途？”

这年头学艺术的太多了，每年毕业生扎堆，能签经纪公司的都是少数，更别说能出头的了。徐漾觉得自己刚考进华影就签了公司是件高兴事，想跟好兄弟分享一下，却莫名其妙挨了通骂，也火了，怒道 :“我怎么了啊？”

“怎么了？你俩怎么还吵起来了啊？”

胡一扬回头，看两人架势不对，赶紧跑过来往两人中间一站。

余驰深吸了口气，突然有点无力，他看了眼徐漾，“没什么，我回去了。”

说完，转身走了。

余驰走到剧组拍摄地外，站在巷子口，摸出手机拨了个号码。

电话很快接通，那头笑了下，“哟，余驰啊，难得你主动给我打电话，是想通了？”

余驰冷声问 :“姜南，你故意的是吧？”

“故意什么？”姜南反问，笑了一声又很快说道，“你说签徐漾的事啊？这哪能是故意的呢，我看他有潜力，签他怎么了？就像当初我看你有潜力，把你签了一样。”

“我没跟你签过。”余驰已经很久没被对方激怒了，“我没认过。”

“你爸妈签的，十年，到现在还剩下六年，白纸黑字，你不承认也得认。”姜南讥笑道，“你爸妈给你签约的时候，可拿了我不少钱。”

余驰挂断电话，整个身体倚在墙上，微仰着头，后脑顶着墙，望着暗沉无光的夜空。

半晌，他听到脚步声，垂眼看向来人。

盛厘捧着一杯冒热气的水站到他面前，一本正经地指责他说：“余助理，我找你半天了，你这是躲在这里偷懒？”

剧组一到中场休息时间，就一改拍摄时的安静，瞬间变得喧嚣热闹。剧组的人那么多，余驰的身影却很容易找，他身上有种特别的气质，能让人在最快的时间把目光集中在他身上。剧组的姑娘们都说余驰不像助理，像来剧组拍戏的男演员。

盛厘从找到他到走到他面前，不过花了三分钟。

余驰刚才的眼神让盛厘敏感地捕捉到他身上那股阴鸷暗沉的情绪，他眼底的挣扎和阴暗很明显，有一瞬间，她仿佛看到了他脖子上套着的无形枷锁。

再一眨眼，发现那不过是错觉。

从今晚的戏份开始，盛厘就不再是男装装扮，也不用再穿束胸衣了。现在她一身浅紫色裹衣，外披白色纱衣，腰被衬得很细，整个人灵动又娇俏。

余驰恼她总是这副随性潇洒的样子，也羡慕她这种没心没肺的洒脱。

昨晚大夜戏，第二天上午盛厘可以多休息两个小时，早上八点半一到，余驰的叫醒服务电话准时打过来。盛厘其实已经醒了，但她心里有气，故意挂断电话。

第五次被挂断后，安静了几分钟。

手机再次响起，却是圆圆打来的。

她面无表情地接通，圆圆问："厘厘，你醒了吧？"

盛厘问："余驰让你打的？"

"是啊，昨天我给他发太多信息了，他大概嫌我烦把我拉黑了，刚加回来的呢。"圆圆小心翼翼问，"你们吵架了啊？"

盛厘挑眉道："你给他发什么了？"

圆圆讪讪道："就让他把文档的内容忘了。"

盛厘掀开被子下床，准备去洗漱，"没事，你好好休息，这几天抽空去看看你。"

挂断电话，盛厘看向镜子里的自己，决定晾余驰几天。

也不是真晾，就是不再像之前那样动不动就逗他几句了。每天早上的早叫服务，她也相当配合，偶尔还抓余驰跟她对台词，余驰说自己过目不忘确实没有夸张，很多台词他看一遍就能记住。

某天晚上，盛厘忍不住说："你台词功底这么好，真的不打算演戏吗？"

"只是会记台词而已。"余驰电脑正开着，他在键盘上输入一个网址，大概高考查分的人太多，网速很慢。他懒散地靠在椅背上，眼神冷淡地看向盛厘，轻嗤道："怎么？姐姐又想给我资

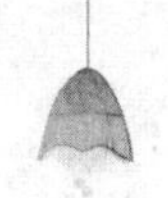

源了？”

盛厘眨了下眼，“如果是呢？你要吗？”

“不要。”余驰烦躁地拒绝，本能地抗拒跟她存在利益交换的关系。

这时，桌上的手机响了，是班主任打来的，问他查没查分。

网页刚打开，余驰垂下眼输入准考证号，“正在查。”

盛厘这才想起来，今天可以查高考成绩了。

她看了一眼余驰，起身站在余驰身后，正好看到余驰的分数出现在电脑屏幕上。

总分：709 分。

她惊讶地低头看余驰，余驰是理科生。她之前问余驰成绩好不好，余驰随口说了两个字“挺好”，她还以为是一般的好，毕竟他的性格看起来并不像她印象中的学霸。

余驰看了分数，跟班主任说了一声，就把网页关了。

班主任很兴奋，唠叨了好几句，才把电话挂了。

“这分数能上华大吗？”盛厘当年是艺考生，高考也是五年前的事了，而且每个省份每年的录取分数线不一样，她只知道这个分数很高很高了。怪不得那个赵殊彤喜欢他，长得帅，成绩还那么好。

余驰把电脑合上，神色很平静，似乎对考了多少分并不上心。

他回头瞥了她一眼，看到她眼底直白的赞赏和愉悦，自嘲地笑了笑，“怎么？姐姐看到我考得好，对我有什么想法了？”

这语气……

盛厘还想说什么，导演喊了句“开拍”，她意味深长地看了他一眼，转身走了。

晚上收工的时候，容桦的电话打了过来。

“机票我已经让人给你和圆圆订好了，二十五号晚上八点的。”

盛厘二十六和二十七号这两天要回海市给品牌拍个新品广告，二十八号上午才能回来。容桦还不知道圆圆住院的事，昨天她抽空去看了她一回，医生说最好再住两天，就算这两天她能出院，也得好好休息，盛厘并不打算带圆圆回海市。

她想带余驰去。

不过，这事容桦肯定不同意。

“圆圆前些天急性阑尾炎住院了，还没出院呢，我自己去就行。”

“什么？她住院你怎么不说？”容桦不悦道，“那这些天谁照顾你？”

盛厘装模作样道：“那不是还有个临时助理吗？在剧组有什么事叫他做就好了。”

容桦皱眉，“那我让小周去接你。”

小周是容桦的助理，盛厘忙说：“不用这么麻烦，不是还有刘叔吗？回去两天而已，也没什么行李，而且行程是保密的，下飞机走 VIP 通道出去，你来接我就行。”

好说歹说，总算劝住了容桦。

挂断电话，盛厘给余驰发了条微信消息。

盛厘：身份证号发给我。

余小驰：干吗？

盛厘：打合同啊。

这次等了很久，都没等到他的回复，盛厘憋着笑回复了一条语音：“怎么？你害怕了？”

良久。

余驰把身份证号发了过来。

盛厘以为他至少还会说点什么，比如冷嘲热讽几句，可等了几秒。

余小驰：我请假两天，回学校有事，二十六号上午回来。

二十五号傍晚六点，余驰肩搭着个黑色书包，从一中附近的连锁酒店走出来，看到马路边停着那辆熟悉的轿车，脚步微顿。他神色有些复杂，大步走过去，拉开副驾驶的车门，坐进去。

盛厘刚睡醒，抱着抱枕懒洋洋地问："填志愿了吗？"

"还没有，只是开了会。"余驰从后视镜看了她一眼，"你要我身份证是为了订机票？"

盛厘笑道："不然呢？"

这女人真是满口瞎话。

余驰嗤笑一声，直接没理她。

因为机票是分开订的，座位订不到连着的，盛厘坐在靠窗的位置，跟余驰隔了一个座位。她在车上睡够了，坐飞机不想睡，拿着手机看电影。

最近，她又找到一部余驰小时候参演过的电影，戏份加起来差不多有五分钟，不过这部电影票房不好，看的人很少，她找得挺费劲。

邻座是个外国中年妇女，大概不认识她。

她摘了口罩，往余驰那边看了一眼。

余驰懒散地靠在椅子上，脑袋歪向窗外，黑色鸭舌帽扣在脸上，看不见表情。他应该是在睡觉。

两个多小时后，飞机降落前，余驰才拿下脸上的帽子，隔壁的年轻姑娘一直偷偷看他。

盛厘一般都住在海市，这次回来她没带什么行李，只带了个包。

她戴了顶渔夫帽，帽檐压得很低，再戴上口罩，把脸遮得严严实实。

下飞机时，余驰也扣上帽子，不动声色地走在她身后，两人顺利走到停车场。

容桦看见盛厘身后的余驰，差点发火，她压着火，“盛厘，你这是疯了吧？就你们两个人从一架飞机下来，要是被人拍到怎么办？”

“刘叔不是人吗？”盛厘瞥了眼余驰，“他是我助理，跟我一起怎么了？”

“你别装傻充愣。”容桦冷眼看她。

盛厘把早就编好的理由搬出来说：“余驰高考成绩只比他们市状元少一分，反正也不麻烦，让他来海市看看学校。容姐，你不要这样用有色的眼睛去看我们，我们纯洁着呢。”

余驰嘴角抽了一下，讽刺地想，是挺纯洁的。

容桦看了眼余驰，大抵是顾了点他的面子，没再说什么。

上车后，容桦才说：“那这两天余驰你自己在海市转转，如果需要的话，给你安排个人陪你玩也可以。”

余驰坐在副驾驶上，对着窗外，“不用了，我自己转转。”

盛厘靠在后座上，琢磨了一下，摸出手机在微信上轰炸余驰。

盛厘：酒店我帮你订好了。

盛厘：把你骗来海市，是姐姐的错，不要生气了好吗？

盛厘：其实你要是真不愿意，当时就不会跟我到机场。

盛厘：余小驰，理理姐姐？

余驰面无表情地看着她瞎聊，烦躁地回了一句。

余小驰：再发我拉黑你。

盛厘挑眉一笑，从容不迫地把手机放下。

她给余驰预定的酒店就在她家附近，把余驰送到酒店后，她才回家。

接下来两天，容桦一直陪着盛厘拍广告，盛厘也没机会见余驰。

二十七号下午拍摄结束，容桦说："今晚我约了景颐鸣在肴庄吃饭，何元任导演也在，你跟我一起过去。"

盛厘愣了一下，心底莫名涌起一股激动，何元任是《花杀》的导演，不知道他还记不记得余驰。

盛厘借着去厕所的空当，给余驰打了个电话。

其实余驰来过海市。他接了几个剪辑的活，这两天除了吃饭，他没怎么离开过酒店。盛厘电话打来时，他刚把剪辑好的视频发给客户。

"你在酒店吗？"她在电话里问。

余驰靠回椅子上，轻声道："在。"

盛厘试探问："那我去接你，一起吃顿饭。"

余驰拉着鼠标的手一顿，垂着眼看键盘，"不用接我，地址给我，我自己过去。"

肴庄是一家私房菜馆，距离酒店不算远，余驰坐地铁六点半不到就已经到门口了。

盛厘和容桦反而被堵在了路上，直到七点她们才到。车经过门口时，盛厘就看见了余驰，他穿了件白色半截袖、黑色运动裤，脚上是一双黑色板鞋，懒散地站在一个人工假山前。

容桦也看到了，她皱眉看盛厘，“你把余驰叫来的？”

盛厘装无辜，“明天早上就要走了，让他过来吃顿饭不过分吧。”

“你真是……”容桦瞪了她一眼，拉开车门下车。

正巧，景颐鸣和何元任也刚到，随行的还有一个合作编剧以及景颐鸣的助理，几个人就在门口碰上了。景颐鸣也是个拿过最佳男演员奖的实力派演员，在成立自己的工作室前，他的经纪人是容桦。虽然两人解约了，但关系一直不错。

盛厘跟他们打过招呼，转身面向余驰，不等她招手，余驰便看见她了。余驰看到容桦跟几个人说话，并没有注意到对方的样子，尤其是何元任是背对着他的。

他皱了皱眉，还是走了过去，他本以为吃饭的人只有他跟盛厘，最多再加一个容桦，却没想到会有这么多人。

“这是容姐新签的小孩？”景颐鸣抬眼看见余驰，转头跟容桦称赞，“这小孩长得真好。”

何元任回头，看到余驰的脸稍微愣了一下，又上下打量了他一番，迟疑地问：“你是不是……余驰？”

余驰脚步一顿，也愣住了。他站在几步开外的地方，看了看何元任，轻点了下头，“是。何导演，没想到你还记得我。”

《花杀》电影里余驰只有一分多钟的戏份，却是拍了一个多星期，何元任是个要求极高的导演，电影剪辑时他都不知道看了多少遍，对余驰的脸自然印象深刻。

何况，两人的缘分不仅于此。

余驰不到十一岁就跟着一群大人在剧组做群演了，他那时候年纪小，并不知道自己还有这方面的天赋。他只是不想看江东闵的脸色，也不想被人骂吃白饭、养他没用，凭着一股倔劲，他觉

得自己也可以养活自己。

何元任选中他的时候，他还没满十三。

他的戏份拍完后，何元任直夸他有天赋，是天生的演员，还说："我认识个金牌经纪人，最近想签两个小孩，一男一女。我回头问问她，要是有人想跟你签约，你跟你爸妈说先别急。入这行的新人，经纪人和经纪公司特别重要。"

当时姜南带了个小演员在剧组拿到一个客串，戏份比余驰还少。他当时也在场，看到了余驰的表现，听到了何元任夸余驰的话。

何元任啊，国内一线大导演，拿过那么多个奖项，连他都夸的人绝对是个潜力股。

姜南坚持认为余驰将来一定能赚大钱，从那天起，就开始围着余驰转，想方设法说服他，想把他签下来。余驰虽然年纪小，但早熟且叛逆，对姜南的各种威逼利诱都无动于衷，而是耐心地等何元任的通知。

直到《花杀》拍完，何元任才遗憾地告诉他，那个金牌经纪人觉得他年纪太小了，她想要的是十七八岁的，十三岁太小了。

余驰那时候正处于非常渴望长大的时期，也非常渴望脱离江东闵和余曼岐的生活，不想要依仗他们，自己也能过得很好。被金牌经纪人嫌弃年纪小，对他打击很大，何元任说要再给他介绍经纪公司时，余驰说："我快开学了，等我再长大一点吧，您不是说华影很优秀吗？我以后就去考华影。"

何元任笑着摸摸他的脑袋，"想法还挺成熟，等等也行，以后参加艺考也好。"

但没等到他长大，姜南用三十万就让江东闵和余曼岐把他"卖"了。江东闵和余曼岐以监护人的身份，给没满十四周岁的余驰签

了十年合约。

后来，余驰才知道，那个觉得他年纪太小的金牌经纪人，没多久就签了一个十七岁的女孩和一个十五岁的男孩。

女孩叫盛厘，前途一片坦荡。

男孩叫路星宇，经常惹是生非。

“这几年一直没在荧幕上看到过你，电视剧、综艺啊什么都没有。”何元任也想起了往事，他还奇怪余驰怎么跟容桦认识了，“容桦，余驰真是你新签的小孩？”

容桦隐约想起点什么，她看了眼余驰。

余驰很想扭头走人，但被盛厘踩住了脚，他低头冷眼瞪她。

盛厘仿佛根本没察觉到自己踩了人家的脚，还把他的黑色鞋面踩出了灰。这个“始作俑者”还抬头冲他笑了笑，用只有两个人听见的声音说：“你看，何导演这么多年都还记得你，说明你真的很有天赋。”

余驰面无表情地把脚从她鞋底下抽出来。

容桦说：“先进包厢再说吧。”

一行人在包厢落座后，何元任看向座位挨着的盛厘和余驰，越看越觉得容桦眼光好，他转头问容桦：“当初我说让你签余驰，你嫌他年纪小，这怎么又兜回来了？”

盛厘愣了一下，吃惊地看向容桦，“签余驰？”

她转头看余驰，发现余驰神色平静地靠在椅子上，显然跟她不在一个频道。

再看看容桦，显然她也是知情的。

容桦一时间不知道要如何解释余驰的身份，她怎么也没料到世界上会有这么巧合的事情，“余驰不是我签的，他……在剧组勤

工俭学，给盛厘当临时助理。”

“当助理？”何元任显然震惊了，“你没签经纪公司？”

“暂时当助理，暑假就结束了。”余驰顿了顿，看向何元任，自嘲地笑了笑，“经纪公司签了星晴娱乐传媒，可能你们没听说过，合约还剩下六年。”

盛厘猛地转头看余驰，脑子忽然一闪，突然想起去年，有一次容桦骂路星宇时，说过后悔签他了，早知道当初听何导的，签那个小孩。之后盛厘问过容桦，容桦说：“我签路星宇前，何元任给我介绍过一个小孩，说很不错，才十三岁不到，我嫌年龄太小了，没要。后来挑了路星宇，谁知道看走了眼，挑了这么个祸害。”

饭局还没结束，容桦接了个电话就急着走了，说是家里老人出了点事。

一个小时后，盛厘送走何元任，转头看余驰，“上车，坐后排。”

余驰没什么情绪地看了她一眼，拉开后排车门坐了进去。

紧跟着，盛厘坐到了他旁边。

司机把车开出去，车速不快，车窗外的光景忽明忽暗地掠过两人身上。余驰微仰着头靠在椅背上，两条长腿随意地敞着，手搭在大腿上懒洋洋地垂着。

盛厘盯着他看了好一会儿，才轻声问：“你跟星晴娱乐还有六年的合约？”

“嗯。”余驰嗓音有点哑，脑袋垂向她，很低地笑了一声，“姐姐，你是在考虑帮我‘赎身’吗？”

两人靠得很近，盛厘穿着一条牛仔短裤，白皙修长的腿贴着余驰的运动裤，少年高大挺拔的身形懒洋洋地笼下来，空气中都

是他身上干净清冽的气息。

盛厘心跳得很快，她抬头紧紧盯着他看。

她说：“怎么，不行？”

盛厘刚在包厢里听余驰说起星晴娱乐传媒时，确实动了这个念头。这家公司连容桦这种在业内做了近二十年的人都没听说过。

她试着用手机搜了一下。

幸好，这家公司虽然小，但好歹还能搜到。

公司注册在余州，法定代表人叫姜南，至于其他的信息，看了等于没看。这家公司里盛厘一个也不认识，最知名的也就演过一部网剧的男三号。而且那部网剧的收视率不好，盛厘都不知道这部剧的存在。

微博上的搜索结果也是一样，那几个演员的微博也没有几个粉丝，更没有个人的话题。

余驰这种颜值又好、气质顶级，还有表演天赋的人，被丢在这种公司十年，简直是“暴殄天物”。

不过，余驰大概率不会接受。

“你想得倒挺美。”余驰声音还是低沉沙哑，他不着痕迹地转头看向窗外，随意搭着的手也挪了一下，仿佛有些不自在，“而且，也没这个必要。”

“为什么没必要？你才十八，六年可不短。”盛厘皱眉，有个问题她想弄清楚，“签你的是姜南吧？我知道肯定不是你自愿签的，你妈和你后爹帮你签的？”

余驰像是在说着与自己无关的话，语气始终很平静：“姜南认定我能成名，花了三十万让他们给我签了合同。”

三十万就把儿子卖了。

盛厘被狠狠恶心了一把，又问：“那为什么这几年你都没拍戏，

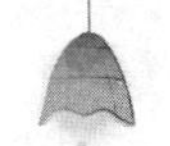

也没上过什么节目？按照那个姜南的办事风格，应该会拼命压榨你才对。”

问题怎么这么多？

余驰瞥了她一眼，语气有些不耐烦：“你知道的，小孩的戏路挺窄的，他刚签我的时候我才十三四岁，半大不小的年龄想要接到合适又出挑的角色很不容易。刚开始他眼光还很高，觉得我拍过何元任的电影，又是被何元任夸成天才的人，想把我往高端路线去捧。但他没什么本事，我也不配合。”

当年余驰终究只是个孩子，哪怕叛逆也没做过什么出格的事。姜南卑鄙无耻，但他没想到余曼岐——他亲妈，会因为三十万就把他卖了，那件事极大地触动了他的逆鳞。姜南能接触到的资源本就非常有限，余驰还相当不配合，跟他进过几个粗制滥造的剧组，还都让他搞糊了，没拍完就被“退货”了。

盛厘情绪复杂地看着他，沉默了好一会儿。余驰被她看得有些受不了，抬手罩住她的脑袋，往另一边转，“别看了，你一个演员，什么帅哥没见过，至于老盯着我吗？”

“这个行业里帅哥是很多，但还真没你这种的，何况我也没觉得他们比你帅。”盛厘抬手顺了顺头发，又盯着他看，“真不要姐姐帮你吗？我会帮你的，你肯定能成为好演员。”

“不要，我不想拍戏了。”余驰语气寡淡。

盛厘一愣，不相信，“可你小时候说过要考华影的。”

余驰转头瞥了她一眼，懒洋洋地笑了声，“华大不好吗？”

这么傲慢的话也不是谁都能够说得出口的。

“很好，非常好，是我这辈子也考不上的学校。”盛厘笑盈盈地看着他。

第二天一早，两人坐飞机返程。

盛厘在飞机上看了一路剧本，上了车没几分钟就把脑袋歪到余驰肩上，咕哝道：“到了先去医院接胖圆圆。”

余驰正低头回微信信息，动作一顿，转头看她，盯了有好几秒，才转回去。

现在的圆圆已经不算太胖了，住院一段时间，瘦了好几斤。盛厘上下打量她，好笑地问：“也算是减了点肥了，瘦了几斤？”

“八斤呢！”圆圆叹了口气。

两人上了车，圆圆看见副驾驶上的余驰，小声嘀咕：“余驰也在啊。”

盛厘语气平常：“是啊，他跟我一起去的海市。”

圆圆瞪圆了眼，“啊？那容姐怎么没打电话来骂我？”

“你住院呢，她骂你干吗。”盛厘无语地看她一眼，“容姐是变态了点，但也不至于因为这点事就骂你，何况我还什么都没做呢。”

车还没开到影视城、经过一个稍老旧的小区时，余驰转头跟司机说：“在这里停一下。”

“你要干吗？”盛厘往外面看了一眼。

余驰解开安全带，拉开车门，一条长腿已经跨了出去，偏头看了她一眼，“旅馆的隔音太差，我在里面租了个房，回去拿点东西。”

“你什么时候租的房？”

“前几天。”

盛厘又往小区门口看了一眼，不满道：“我叫你搬到我们酒店，你不搬，还租了个房子，不嫌麻烦？而且从这里到拍摄地，挺远的吧。”

“不麻烦。”余驰指指旁边一排绿色的自行车，“骑自行车十分

钟，不会迟到。”

重点是迟到吗？

盛匣想了想，说：“那你先回去吧，下午两点再去剧组。”

余驰走后，盛匣转头问圆圆：“我之前让你订的电脑，是今天送吗？”

“昨天就送来了，我让酒店先帮忙签收了。”

回到酒店，盛匣倒了杯水，看到圆圆蹲在地上要帮她收拾东西，过去踢了踢她的屁股，“你别折腾了，我等会儿自己收拾，你再休息几天。”

“没事，我已经没什么事了，你自己整理不好的。”圆圆笑嘻嘻地说，“你的生活不能没有我。”

盛匣看她是挺生龙活虎的，就随她了。她在沙发上坐下，说：“这几天你在酒店休息，不用跟我去剧组。等会儿订一个生日蛋糕，小一点的，今晚送到我房间里来。”

圆圆愣了一下，警惕地回头，“给余驰订的吗？为什么要送到房间啊？”

盛匣笑眯眯地看她，“圆圆，你帮我想想，今晚用什么办法可以把余驰骗到我房间。”

圆圆惊恐地摇头，“我不想，想不到，不会想。”

“你这么害怕干吗？”盛匣鄙夷地看她，“我只是想给他过个生日，也不是要违法乱纪。”

圆圆瞅着盛匣，“可是，容姐会说你没有事业心的。”

“不用听她的，我二十三岁不谈恋爱，难道还要等到三十二岁才谈吗？”

盛匣休息了一会儿，一点不到就出发去剧组拍戏了。

今天拍摄很顺利，晚上十点收工。盛匣刚换好衣服上车，就

收到圆圆发来的一张图片，她点开看了眼。

照片上是生日蛋糕，已经放到她房间的小冰箱里了。

盛厘还在车上等余驰，老刘突然把车开了出去，她忙喊："余驰还没上车呢，先别开。"

老刘指指前面，"他走了啊，刚骑自行车走了。"

盛厘探头，果然看到余驰骑着自行车融入夜幕中，少年的衣角被风吹得鼓了鼓，连背影都满是蓬勃的少年气。

回到酒店，盛厘洗完澡还化了个日常妆，换了条香芋色的吊带裙，看了眼时间，已经十一点半了。

她坐在沙发上，看看桌上的生日蛋糕和新电脑，又瞥了眼时间，快十二点了，马上就二十九号了。她拿过手机，点开余驰的对话框，琢磨着要怎么才能把人骗过来。

装病？装什么病呢？

严重了太假，搞不好余驰直接给她叫救护车，而且圆圆在呢。

轻了又骗不来，啧，余驰怎么这么难搞！

第三章　只告诉你的暗号

深夜的老小区已经陷入宁静，四周寂静无声，只有余驰敲键盘的声音。他租的是一套四五十平方米的一室一厅，前一个租客大概是个女的，房子保持得很干净。

突然，旁边的手机亮了一下。

他看了一眼，拿过手机点开那条语音。

盛厘带着点哭腔的声音听起来可怜巴巴的，她说："余驰，我肚子疼，你帮我买点药送过来吧。"

余驰皱眉，低头看屏幕，单手很快地打字回复。

余小驰：哪个地方疼？

对方请求语音通话，他很快点了接通，直接问："什么时候开始疼的？严重的话得去医院。"

那边盛厘吸了吸气，声音听起来像是一直在忍受疼痛，微颤道："疼了一会儿了，我也不知道是哪个地方，可能是肠胃炎，你帮我买点药来吧。"

"好。"余驰没有迟疑，抓起钥匙，起身走向门口。

影视城附近有一家二十四小时药店，余驰骑自行车过去很快，医药师是个年轻的姑娘，正打瞌睡呢，看到余驰这么好看的男生，瞬间就清醒了。

余驰走到酒店门口，给盛厘打电话，电话接得很快，他低声

问：“我在酒店门口了，你叫圆圆下楼拿吧。”

盛厘小声说：“圆圆刚出院，肯定早就睡着了，你送上来吧，就不折腾她了。”

“你就不怕别人看到？”余驰心里涌起一丝怪异感，感觉盛厘跟平时有点不一样，他有些迟疑，“你不会骗我的吧？”

盛厘坐在沙发上，差点忍不住笑出声，她吸了吸气，声音发颤：“我骗你干吗？如果不是怕影响明天的拍摄，我大半夜的折腾什么？”

余驰深吸了口气，无奈地说：“你房间号给我。”

“1029。”

“嗯。”

“你别挂电话了。”盛厘的声音还是像疼得发颤，实际上却笑得像只狐狸，眼睛弯弯的，狡黠又明亮，“这一层住的都是剧组的人，这个点大家都睡了，应该不会有人。不过为了以防万一，还是要小心一点，被人看到不好。”

余驰走到电梯门口，发现没有房卡没法进电梯，他只好走安全通道。

盛厘听到走楼梯的脚步声，才想起这回事，她问：“你是不是上不了电梯？”

“嗯。”余驰人高腿长，一次两三个台阶，走到八楼，他微喘着气，“姐姐，你要是骗我……”

“我要是骗你，你就怎么样？”

余驰走到十楼，轻嗤一声，没回答。

“你到十楼了？”盛厘漫不经心地站起来，走向门口，“余小驰，等下到了门口，没人的话就对个暗号，姐姐给你开门。”

酒店的走廊上铺着地毯，走路无声，余驰手上提着一袋药，望着冷清无人的走廊，脚步迟疑地迈不开。

他站在原地，低声问："什么暗号？"

盛厘轻轻说："你到门口我才告诉你，只告诉你。"

余驰垂眼走出去，转身向左，目光略过房号牌。

1025、1026、1027、1028……

"我到了。"他低声说。

盛厘站在门后，心怦怦怦地跳，不知道是不是过于兴奋，她手心有些发麻，"那……你吱一声呀。"

"暗号，吱。"盛厘继续说道。

余驰冷眼看着那扇门，面无表情地说出那个丧心病狂的暗号。

"吱。"

少年的声音低沉冷淡，盛厘开门之前都能想象到他的脸色有多冷酷。她拉开门，跟门外的余驰四目相对，她挑眉笑着，用唇语说："进来啊。"

余驰面无表情地看着眼前穿着清凉的女人，果然他就不该相信她，什么肚子疼，什么怕影响拍摄，什么不想折腾圆圆，都是瞎话。

他把那袋药塞进她怀里，转身就走。

盛厘飞快地抓住他的手，小声威胁道："你不进来我就喊了，让别人都知道你半夜来找我。"

余驰难以置信地低头瞪她。

突然，很小的一声"叮"从远处的拐角传来。

电梯门缓缓打开的声音在深夜寂寥的走廊上显得格外清晰，他眼疾手快地反握住她的手把人推进门。盛厘猝不及防，药袋子

掉在地板上。余驰的背抵着门，“砰”的一声，门被关上了。

1029 是个套间，玄关灯没开，光线暗淡，两人身影紧贴，心跳都有些快。余驰大概是洗过澡了，身上味道很好闻，是那种带点清冽的薄荷味。

盛厘合作过不少男演员，吻戏和拥抱戏份也没少拍，但她从来没有在戏外，对一个人有过这样的悸动。

余驰松开她的手，胳膊抱在胸前，高瘦挺拔的身影倚在门背上不动，低头睨着盛厘，冷笑道：“深更半夜，姐姐穿着这样，费尽心机把我骗来酒店，是想做什么？”

盛厘心跳还未平复，她抬头看着他，心跳得极快。

两人看着对方，谁也不肯先移开目光，像是谁先移开，谁就认输了。

盛厘挑眉，俯身捡袋子。

余驰目光一顿，不动声色地转头。

盛厘拎着袋子转身，乌发齐腰，裙摆晃动，背影纤细柔媚。

余驰背靠着门没动，手插进裤兜里，捏着兜里的手机转了转。

几秒后，他迈步跟过去。

盛厘把药放在柜子上，拉开口袋看了看，里面好几种药。她转头看他，语气略得意：“从我打电话给你，到你来到酒店，还买了这么多药，花了不到二十分钟。速度这么快，看来是真挺担心我啊。”

余驰低头看她，淡声道：“正常速度而已。”

“好吧。”盛厘走到冰箱前，拉开柜门，她捧着生日蛋糕转身，对余驰笑笑，“看在你这么关心姐姐的分上，姐姐陪你过十八岁生日，好不好？”

余驰一愣，黑眸盯着她。

盛厘把蛋糕放在茶几上，抬头看他，笑盈盈地问："还是……你不想吃蛋糕，想要点别的？"

余驰耳根微热，面无表情地看着她。

逗他很好玩是吧？

余驰别开目光，高瘦挺拔的身体在沙发上落座，敞开两条长腿，手开始解开蛋糕上的丝带，把盒子拿开。

盛厘笑了笑，在他旁边坐下，把蜡烛盒拆开，很有仪式感地往蛋糕上插了一个数字蜡烛。

"别说你把我骗来只是为了让我吃蛋糕。"他声音有些沉闷，身体往后靠，眼睛睨着盛厘。

盛厘翻了翻袋子，没找到打火机，火柴也没有。

她伸手，"打火机给我。"

余驰出门急，只带了手机和钥匙，"没带。"

没有打火机怎么点蜡烛？盛厘只好起身去找，是不是漏在哪里了，还是根本没有？她拿手机给圆圆发微信。

盛厘：圆圆，打火机呢？

圆圆一晚上都胆战心惊，生怕那边出什么状态，根本没敢睡。

圆圆：余驰在你房间了吗？袋子里没有打火机吗？

圆圆：我这里也没有，不然……我下楼去买？

盛厘：你是不是故意的？

圆圆平时办事可机灵了，生日蛋糕袋子里没打火机这种小错误，一般不会犯。

圆圆：真的没有！我现在就去买。

余驰看她翻不出打火机，无所谓地拆开袋子，把刀叉拿出来，

"没有就算了，我以前也不吹蜡烛，生日蛋糕也很少吃。"

在他小时候，余曼岐还没嫁给江东闵的时候，余曼岐还会在生日当天给他买个小蛋糕。后来她嫁给江东闵后，没到一年就怀孕了，给他生了个弟弟，从那之后，余驰的生日就被遗忘了。

刚开始他还很伤心，每年心里都会隐隐期待妈妈能记得他的生日，时间长了也就无所谓了。

被他们"卖掉"以后，更是彻底麻木了。

初中是他性格叛逆的巅峰期，没什么亲近的朋友，女生也不太敢接近他。高中的时候，倒是有女生往他课桌里塞小蛋糕和礼物，但从来没有谁这样费尽心思地把他骗来，就为了给他过生日，更别说吹蜡烛了。

"先别动。"

盛厘夺过刀叉，她转头看他，"我就知道你很少过生日，以前的就算了，十八岁的生日不一样，仪式感还是要有的。"她眉梢微挑，"十八岁生日，许愿很灵的。"

余驰动作一顿，低头看她，"那你十八岁许的愿，实现了？"

盛厘点头，"对啊，我许愿想当演员，现在不就实现了？"

"迷信。"他说。

余驰兜里的手机振了几下，他摸出来看了看，是赵殊彤他们几个在群里发的生日祝福。

赵殊彤：余驰，生日快乐。

胡一扬：驰哥，明天咱们过去给你过生日，怎么样？

徐漾：一胖，我看你不是想帮驰哥过生日，是又想去剧组看盛厘吧？

胡一扬：我怎么就不是了？

徐漾：去年驰哥生日，也没见你说要给人过生日。

胡一扬：那不是去年跟他不太熟吗，你又不是不知道……

上次余驰跟徐漾吵了一架之后，两人好长一段时间没说话，去学校开会的那天，两人也互相不搭理。徐漾现在一口一个驰哥，显然是想缓和一下关系。

徐漾合约都已经签了，余驰说再多也没用。徐漾家里也不富裕，只比一般家庭好一些，学艺术本来就费钱，解约就不用想了，违约金他们就赔不了。

余驰手肘撑在大腿上，微弓着背给群里回了几句，并拒绝了他们的打算。

盛厘随意一瞥，“你同学想来给你过生日？让他们来吧。”

“麻烦。”余驰语气淡淡的，回完信息，关掉手机。

“叩、叩、叩”，门被人敲得小心翼翼，盛厘好笑地过去开门。

圆圆在门外探头探脑，被盛厘按了一把，“你不是有门卡吗？敲什么门？”

“那不是怕看到什么‘少儿不宜’的画面吗。”圆圆无奈地小声嘀咕，又期盼地问，“我可以进去吃块蛋糕吗？”

盛厘微笑地接过打火机，“蛋糕明天你可以自己去买，几个都行，我报销。”说完，无情地把门关上了。

套房里的大灯都被关掉了，只留了一盏昏黄的壁灯，数字蜡烛被点燃，火苗轻轻晃动，映着两人的脸。余驰被盛厘盯着，敷衍地闭上眼许了个愿，就把蜡烛吹灭了。

盛厘也没问他许了什么愿，就动手把蛋糕切了，“我上次晚上吃蛋糕是三个月之前，我爸过生日的时候。上一次凌晨吃蛋糕，是我去年过生日的时候。”

她把切好的蛋糕递给余驰。

余驰不爱吃甜的，几乎是皱眉吃完了那么一大块蛋糕。

他把垃圾塞进垃圾桶，拿起桌上的手机起身，像是一刻也不想多留，“蛋糕吃完了，我走了。”

“等一下。”盛厘拉住他的手，眯眼抬头，有些不高兴，“还真是吃完蛋糕就走啊？我第一次这么费心给人过生日，你这个态度，有点伤人啊。”

余驰低头看她露在空气里的肩和手臂，在昏黄的灯光下白得有些晃眼，他突然有点烦躁，“那你还想做什么？真想让我留下来过夜？”

“你要是想，没问题啊。”盛厘笑盈盈地说，弯腰从茶几下抱出一个电脑盒，还挺沉。她把东西塞到他怀里，“生日礼物。”

余驰垂眸瞥了一眼，就把东西放下了。

“不喜欢这个啊？”

余驰盯着她看了好一会儿，俯身把电脑盒拎起来，转身走了。

盛厘啧了一声，跟在他身后。

余驰握上门把的手顿了一下，回头看了她一眼，低声说：“下次别用这么丧心病狂的暗号，别人不一定……”他说到这里，又把话咽了下去，转回头。

“等等。”盛厘突然叫住他，像只灵活的猫咪，轻巧地钻到他和门缝中间，余驰下意识地往后退了一步。盛厘却勾住他的脖子，身体往前贴，踮起脚尖在他唇上落下一个吻。

余驰身体一僵，惊讶地低头看她。

盛厘勾着他的脖子，仰头冲他笑，眼睛发亮，“生日快乐呀，余驰。”

余驰心口一悸，像是被亲蒙了，身体僵直不动，左手拎着电脑盒，右手还握着门把，任由她挂在他身上。

他低头紧紧盯着她，眼神里透着一丝不知所措。

盛厘却是得寸进尺，捧住他的脸，笑盈盈地问："你这个反应，难道是初吻？"

她的手微凉，余驰的脸温热，甚至还在升温。他清醒了几分，拉下她的手，把人拽到一边，低哑的嗓音透着恼怒："怎么可能！"

到了这一刻，盛厘反而游刃有余了，她笑着看他，"姐姐会负责的。"

其实，今晚的礼物，不管余驰收不收，都是陷阱。

余驰别过脸，冷笑一声，"不用负责。"

他重新握上门把，最后转头看她一眼，自嘲一笑，"姐姐这样的人，想跟谁谈恋爱，多的是人愿意。何必一直盯着我呢？对你来说，没好处。"

盛厘挑眉，"因为我眼光好，挑了个最好的。"

余驰绷着脸冷哼了一声，拉开门往外看了一眼，凌晨一点的走廊空荡寂静。

少年高大挺拔的身形一闪，顺手关上门，大步流星、头也不回地走了。

盛厘站在门后深吸了口气，拍拍胸口，压下过快的心跳。她走回卧室往床上一躺，心想这余驰也太难搞了，她能感觉到，他对她也是有感觉的，有多少不确定，但肯定是有的。

他在犹豫什么？

还是害怕什么？

上次徐漾他们来剧组，盛厘就看出来余驰跟徐漾关系还不错，

应该是余驰少有的关系好的朋友了。她有点后悔上次没加一个徐漾的微信，不然还可以问问他余驰的过往。

手机叮咚一声。

圆圆：厘厘，余驰走了吗？要我去送吗？

盛厘一看就知道，容桦肯定是特别交代了圆圆要盯着她，圆圆跟了她四年，心里又是向着她的，有些事肯定没跟容桦说，容桦也不知道她跟余驰已经发展到这个地步了。

盛厘顿感悲凉，身边孤立无援，想谈个恋爱连个助攻都没有，还要被助理和经纪人千防万防。登时没好气地戳了一行字。

盛厘：没走，他在洗澡，别再打扰我们。

凌晨六点，出租屋昏暗的卧室内，余驰放在床头柜的手机亮了一下。

一整晚没怎么睡着的余驰恹恹地坐起来，抓过手机看了眼。

圆圆：那个……余驰，你还在厘厘房间吗？

圆圆：趁现在大家还在睡，你快点走吧，不然等会儿走不掉了！

余驰感觉无比荒唐，扯着嘴角无声地笑了下，点开名片，想要把圆圆删除，想了想，还是设置了消息免打扰。他把手机丢回去，起身去浴室。

冷水从头淋下，水珠划过少年宽阔的肩，他其实并不瘦，身上有一层肌肉，腹肌紧绷，加上个高腿长，如果上镜的话，绝对是最恰到好处的身材。

更何况，他还有一张英俊的脸，年龄又小，年轻且有无限潜力。

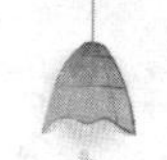

“说明我眼光好，挑中一个‘潜力股’。”

“因为我眼光好，挑了个最好的。”

盛厘的声音像是有种魔力，一直在余驰的脑子里放肆地骚扰着他。

从十二岁开始，就一直有人把他当成“潜力股”，何元任、姜南、余曼岐和江东闵等人都说他有无限可能。

盛厘也只是看中这一点吧。

余驰烦躁地把水开到最大。

七点整，余驰来到剧组，盛厘已经在化妆室里化妆了。化妆师关心地问：“厘厘，昨晚没睡好吗？今天黑眼圈有点明显。”

盛厘有些困倦，喝了一口咖啡，“嗯，睡得有点晚，黑眼圈麻烦老师多遮一下。”

化妆师又转头看圆圆，奇怪道：“你怎么也这么困啊？一直在打哈欠。”

圆圆比盛厘还困倦，又打了个哈欠，含糊道：“做了个噩梦，没睡好。”

“什么噩梦啊？”化妆师笑着问。

圆圆看到余驰的身影从外面经过，心情复杂地叹了口气，“也没什么，虚惊一场……”

盛厘忍不住笑了一声。

今天的妆化了两个小时，盛厘换好戏服后走到拍摄点，余驰正懒散地坐在休息椅上，旁边的小桌上放着他的旧电脑。她站在他旁边，低头问：“怎么不用新的？”

“不用，准备拿去卖二手。”余驰抬头，懒洋洋地说。

盛厘刚想说话，魏诚就走过来，跟她打了声招呼。

盛厘只好把话咽回去，笑道："诚哥早。"

魏诚看了一眼余驰，撩开戏服下摆，在他旁边坐下，转头说："昨晚跟何导演打了通电话，他跟我说起你了，他说你们前两天见了一面。"

余驰转头看他，微微坐直了身，平静道："嗯，难得他还记得我。"

"你之前跟我都客客气气的，还以为你不太记得小时候的事了，原来你都还记得。"魏诚成熟英俊，人也很有魅力，他笑容温和，"听说你高考考了七百多分。"

余驰纳闷道："谁说的？"

他高考成绩没跟别人说过，估计余曼岐都还不知道。

盛厘语气淡淡，莫名带了点小得意，"我说的。"

余驰抿了抿唇，不懂她骄傲个什么。

"何导还跟我说你签了家经纪公司，那家公司不太好，还说可惜了。"魏诚笑了笑，打趣道，"不过，高考考了那么多分，也不算可惜，念个顶尖的学校，确实比在剧组好。"

盛厘说："也不是这么说，这要看他自己想要什么吧。"

刘导拿着喇叭喊了声"准备开拍了"。

盛厘跟魏诚走过去，盛厘往那边看了一眼，刘导叉着腰在抽烟，满脸烦躁，她低声说："我怎么看刘导好像心情不太好。"

导演心情不好，那演员就要遭殃了。

盛厘可不想在太阳底下不断失误。

昨晚她光顾着余驰了，根本没关注其他事情，也就不知道原定于七月五号进组的封煦出事的消息。

封煦今年刚二十岁，人气很高，妥妥的新生力量。他在《江

山卷》里的角色虽说只能算四番，但能跟那么多演技不错的演员合作，这个角色对他来说绝对是首选。而且这个角色，演得好的话，会很出彩。

魏诚道："封煦昨晚酒驾出车祸了，身上骨折了好几处，正在医院住着，估计要好几个月才能恢复，刘导正为换人的事愁呢。"

盛厘没想到还出了这种事，她愣了愣，心底有个念头隐隐冒出来。

她回头看了余驰一眼。

余驰大概没想到她会回头，两人的目光猝不及防地相遇，他不动声色地转开目光。

晚上收工，盛厘跟刘导聊了聊，又趁没人注意，问刘导："导演，杨凌风这个角色要换谁来演？"她跟这个角色对手戏不少，问这个问题，也不显得突兀。

刘导显然还为这个事情烦恼，满脸愁容道："哎，现在还不知道呢，临时找演员挺麻烦，但这也算小事了，主要这事也不是我一个人就能定的。"他顿了顿，又迷信道，"是不是开机日子没选好，这剧组怎么小事不断啊。"

盛厘一下就想到自己过敏耽误了好几天的事。

刘导看看她，笑了笑，"哎呀厘厘，我也不是说你，你这一对比都是小事了。"

"我知道。"盛厘微微一笑，隐晦地暗示，"导演，这个角色跟我对手戏很多，您可一定要好好挑，挑个长得好、演技好的演员跟我搭戏，我先谢谢您咧。"

刘导笑着摆摆手，"行行行。"

盛厘往回走，看到余驰把电脑塞进书包，随手甩到肩上，往

旁边的自行车走去。

她快步走过去。

在他跨上自行车时，她挡在了前面。

见有人经过，她装模作样地说了一句："余助理，你明天早上给我带份鸡蛋饼，上次那个就挺好吃的。"

余驰坐在自行车上，面无表情地看她，"嗯。"

盛厘靠近一点，小声说："不准把电脑卖了。"

余驰笑了，低声说："送我的东西，我想怎么处理，你还要管？"

盛厘笑盈盈地看他，威胁道："你要是敢卖，就等着我收拾你吧。"

圆圆收拾好东西，一回头就找不到盛厘和余驰了。

目光搜寻到目标后，圆圆连忙抱着东西跑过去。

余驰把手搭到车把上，转头看盛厘，勾着嘴角笑了声，"好，地址等会儿我发你手机。姐姐要是来找我，记得对暗号，我给姐姐开门。"

说完，骑着车走了。

刚跑到她身后，听到了这句话的圆圆一脸惊慌。

什么暗号？就一个晚上，他们都已经发展到有暗号了？

回去的路上，圆圆小心翼翼地问："厘厘，你们真的有暗号啊？"

盛厘靠在椅背上看手机，没抬头，"有啊，但不能告诉你，这是我跟余驰的秘密。"

圆圆嘀咕道："我也没问是什么呀。"

圆圆转头看她，又小声说："就是那什么……暗号可能也不太

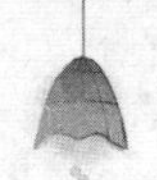

安全，你们要是见面，还是我来打掩护更安全……"

"你不懂。"

"好吧，我不懂。"

盛厘刚回到房间，余驰就把他出租房的地址发了过来。

盛厘乐了好一会儿，给他回了一条。

盛厘：好，等姐姐去找你。

余驰没搭理她。

盛厘洗澡的时候一直在琢磨，如果刘导真的要试镜选"杨凌风"的话，她要怎么说服余驰参加试镜呢。她还是不相信余驰真的不想演戏了，如果他真的非常确定自己想要什么的话，就不会在她问他想选哪个专业的时候，随口说了一句"计算机吧，热门"。

他对剪辑影视剧很有兴趣。剧组的枯燥有时候连她都受不了，但余驰能在剧组待一整天，并不见烦躁。

最重要的是……

手机忽然响了，打断了盛厘的思路。

是容桦打来的。

她开了免提，把手机放在洗漱台上，对着镜子护肤。

容桦一向不说废话，开门见山道："我准备让路星宇去剧组试试杨凌风这个角色，如果能定下来，你在剧组正好能看一下他。"

"容姐，求求你放过我吧！我不想再帮那家伙了。"盛厘飞速打断她。

盛厘实在想不通，为什么会有那么多人觉得她能看上路星宇呢？

"我不想跟他一个剧组，这个角色当时你还嫌不好呢，怎么现

在又让他接了？”

容桦对盛厘和路星宇的定位都比较高，盛厘这三年接的电视剧几乎都是女一号，偶尔客串一下出彩的角色。路星宇虽然胡闹，但是演技确实不错，这两年容桦就没给他接过小角色。

如果容桦插手了，那这个角色百分之八十就要落到路星宇手上了。

她还想让余驰去试试呢。

盛厘的合约还有一年不到，如今她人气很高，容桦今年年初就开始跟她谈续约合同了，所以现在她的态度也不再像以前那么强硬。

“这个角色还不错。”容桦叹了口气，语气微缓，“那就这样吧，刘导要试镜选人，我不插手。让路星宇去试镜，刘导用就用。”

盛厘皱眉，“那路星宇愿意？”

容桦冷笑道：“他惹了那么多麻烦，还有什么话语权？”

盛厘一阵心累，懒得再多说。

第二天，刘导就喜滋滋地跟盛厘说：“我叫了几个男演员来试镜，就定在明天。厘厘啊，你要是有兴趣的话，可以来看看，毕竟跟你对手戏最多。”

当时魏诚也在旁边，盛厘看了他一眼，才对刘导笑道：“好啊，不过导演，我能推荐一个人吗？”

“路星宇啊？他也来。”刘导说，他没把魏诚和盛厘当外人，“他的颜值和演技都在线，最开始我就想用他来着。他最近口碑不太好，也不太稳定了，就跟个定时炸弹似的。我就怕……”

刘导神色有些挣扎，“不过我确实挺中意他的，要是没人表现得比他好，那就……也还是他吧。”

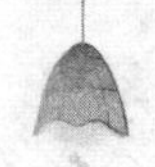

盛厘忍不住笑了声，“我说的不是他。”

刘导好奇，“那是谁？”

“我家余助理啊。”盛厘笑盈盈地说。

“谁？”

刘导以为自己听错了。

盛厘说：“余驰。”

她看了一眼魏诚，眼神透着求助的神情。

魏诚愣了一下，很快笑了笑，“刘导你还记得《花杀》电影里面，演我小时候的那个小男孩吗？”

“记得，那小孩演技不错，他现在长什么样了？在演戏吗？”刘导有些疑惑，“好像没这号人了，他叫什么名字？”

“就是余驰。”魏诚往休息区那边看了一眼，“他这几年没什么作品，但小时候挺有天分的。而且现在外形条件这么好，如果他也想试试的话，不如给他一个试镜机会？”

刘导愣了愣，转头看向余驰，“这小孩长得是很不错，你一说，外形和气质确实很适合……”

盛厘连忙说：“那刘导你是同意了？我去问问余驰。”

刘导点头答应。

晚上吃完饭，有二十分钟休息时间，盛厘趁着这个时间把这件事跟余驰说了。余驰想也不想，就拒绝道：“不去，我说了我不想演戏。”

“你不是不想演戏，你是不想让你家人和姜南如愿，不想受他们的控制，也不想当他们赚钱的工具。”盛厘目光盯着他，“你小时候宁可断手也不想去演戏，也是这样的想法吧。”

余驰正低头回班主任信息，闻言手一顿，抬头看她，“不是。”

盛厘靠近他，轻轻说："你是……我知道你是。以后跟着姐姐，姐姐保证，没人再强迫你做你不想做的事，也没人给你接烂剧本。"

余驰斜眼看她，轻嗤道："那你现在在做什么？"

盛厘这不算强迫他，她是在帮他。

盛厘放在桌上的手机突然响了。

"路渣渣"三个大字在屏幕上跳动。

盛厘拿起手机，余驰看了她一眼，起身往门外走。

盛厘接通电话，路星宇在电话里懒洋洋开口："姐姐，我已经到你们酒店了，今晚住一晚上，你在哪儿呢？"

盛厘是真不想见这人，但两人还在一家公司，用同一个经纪人，还不至于撕破脸，表面功夫还是要做的。休息时间快结束了，她起身走出去，淡声道："当然是在剧组拍戏，还能去哪儿？"

"那我等会儿去接你下班，我们去吃个夜宵，飞机餐不好吃，我就吃了几口。"路星宇笑了一声，"咱姐弟也有段时间没见了。"

盛厘讽刺道："我可不敢跟你吃夜宵，你身后应该尾随了不少狗仔吧？"

路星宇叹了口气，委屈道："真没有，本来是明天早上的航班，我临时让助理改了，应该没人知道。"

盛厘冷哼，有你也不知道。

她说："挂了，刘导催了。"

半个多小时后，路星宇还真带着两个助理出现在剧组，他这人其实不怎么样，但长得好又很会卖乖，从进剧组开始，就招摇地跟剧组的女生们打招呼："姐姐们晚上好呀，辛苦了。"

总会让人觉得恨铁不成钢，想一棍子打死的时候，又觉得算

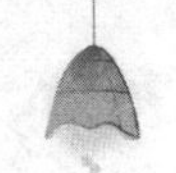

了给他留一口气吧。

这也是容桦一直没放弃他的原因。

余驰被剧组的一个女生请来帮忙搬东西，闻言转头看过去，目光很冷淡。

路星宇看到余驰，愣了一下，不知道是不是他的错觉，第一眼就感觉自己跟这个人气场不合，莫名有种“有他没我，有我没他”的错觉。这种莫名其妙的感觉让他觉得好笑，吊儿郎当地问：“这位帅哥是新人吗？哪个公司的？之前没见过啊。”

“帅吧！但不是演员哦。”那个女生笑嘻嘻地抢答，“是厘厘的临时助理。”

“临时助理？我怎么没听说过这件事。”路星宇疑惑地上下打量余驰，“容桦请你来的？不可能吧。”

余驰冷声道：“不是。”

路星宇啧了声，“那你……”

“小路哥，你怎么来了？”

圆圆哼哧哼哧跑过来，打断了路星宇的盘问，这么多人呢，万一这人口无遮拦，就惨了。

其实圆圆已经二十五岁了，比盛厘和路星宇都大，叫路星宇“小路哥”完全是尊称。

路星宇看向圆圆，挑眉道：“圆圆姐怎么瘦了？”

圆圆说：“割了阑尾……”

路星宇被逗乐了，笑问：“姐姐今晚拍到几点？”

“顺利的话，十一点吧。”圆圆看了一眼余驰。

余驰目光收敛，手插在兜里，长腿越过他们，往前走。

路星宇懒洋洋地搭着圆圆的肩，两人走在余驰后面。路星宇

对余驰还是很好奇，看见他塞着耳机，便压低声音问："这位不会是姐姐的男朋友吧？"

圆圆一脸麻木，果然这人狗嘴里吐不出象牙，幸亏刚刚她喊得快。她没办法，只好把余驰"勤工俭学"那一套说法搬出来，又特别强调，"小路哥，剧组人多口杂，大家现在都没往这个方面想，你可别带节奏啊，免得给厘厘惹麻烦。"

"那你觉得，是我帅还是他帅？"

圆圆好难，一个是演员，一个是厘厘的心头肉，她小心翼翼道："都帅……"

其实余驰的耳机声音没开，他们的话一字不漏地传入了他的耳中。

盛厘正好拍完一场戏下来休息，抬眼便看到神情冷淡的余驰以及吊儿郎当的路星宇。余驰身穿纯黑的半袖和黑色运动裤，他身上的衣服价格肯定都不贵，但气质和长相优越，一眼看过去，气场并不输一身名牌的路星宇。

其实他们俩身上的气质有一点像，都有点拽劲儿，但余驰那股气质明显藏得更深，正因为不显山露水，才更加吸引人。如果余驰也换一身打扮，或者穿上西装，绝对碾压路星宇。

更何况他还很年轻，还没完全长开，再过几年，大概会长得"惊为天人"。

路星宇一如既往地不着调，过来就搭着她的肩，笑得很乖，"姐姐，你好像很不欢迎我啊？"

"那你滚回去？"盛厘弹开他的手。

路星宇懒洋洋地瘫坐在椅子上，卖惨道："那不行，容妈会把我骂死的。"

容桦今年正好四十二岁，路星宇一直就不叫容姐，叫人家容妈，卖得一手好乖。容桦这几年也真跟个老妈子一样，在他屁股后面收拾烂摊子。

盛厘冷哼道："骂你才对。"

"姐姐，别这么冷酷好不好？"路星宇转头，指指插着兜站在后面的余驰，"你这是有了别的弟弟，就不要我了吗？"

我有跟你好过吗？这人真是没一点自知之明。

盛厘看了一眼余驰，突然回头笑了笑，"你想多了，他是我助理。"

路星宇不太信，哪有助理这么拽的，对着他全程冷脸。

盛厘低头看他，"不是要吃夜宵吗？等我收工吧。"又回头看余驰，挑眉道，"余助理，你是本地人，你来选个地方吧。"

余驰抬眸看她，自嘲地扯了下嘴角，"行。"

路星宇瘫了两分钟，站起来说："我去跟刘导和诚哥他们打个招呼。"

十一点，盛厘收工。

路星宇邀请刘导一起吃夜宵，刘导笑着婉拒道："我今晚还得跟编剧商量改剧本的事，没办法去了。"

盛厘和路星宇就各自带着两个助理走了。余驰坐在副驾驶上，盛厘跟路星宇坐在后排，盛厘被路星宇烦了几分钟，便抱着抱枕闭目养神。余驰靠在椅子上，从后视镜瞥了一眼后排的两人，越看眼神越冷。

吃夜宵的地点是一家中餐馆，因为夏季是吃小龙虾的季节，晚上会营业到两三点。

地方有点远，确实只有本地人才知道。

余驰走在前面，那家餐馆老板显然是认识他的，看见他便起来招呼，还往他身后猛瞧，笑说："来了啊，包厢给你留好了，在里面呢。"

"嗯，谢了。"

余驰瞥了眼大厅里坐着的两三桌人，都是本地人，在喝酒、聊天，没几个人抬头看他们。他往身后瞥了一眼，盛厘戴着口罩和帽子走到他旁边。

几个人快步进了包厢。

坐下后，盛厘才转头问："你认识老板？"

余驰敞着两条长腿靠在椅子上，眼神淡淡地瞥她一眼，"嗯，我房东。"

来之前，他打了个电话过来。

他们刚坐下，几盘小龙虾和烧烤就端上来了，还是老板亲自端上来的，饮料和酒都有。

盛厘挑眉，"这么周到啊，你提前订好的？"

余驰语气还是淡淡的，"是，想早点下班回家睡觉。"

盛厘意味深长地笑了一声，在桌子底下踢了踢他的鞋边。

余驰深吸一口气，不动声色地把脚挪开。

路星宇一直瞧着他们，他总觉得两人之间有点不太正常。他撑着下巴，转头看盛厘，笑容很乖，"姐姐，我以后不闹了，你答应做我女朋友吧。"

盛厘目光一转，慢悠悠地说："哦，坚持三个月表现良好我就考虑一下。"

下一秒，余驰面无表情地把一听啤酒拎出来，放在桌上。

包厢里安静了一秒，余驰垂着眼看不出情绪，修长白皙的手指一勾，把啤酒拉环拉开，“咔”的一声轻响。他靠在椅子上，仰头灌了一口啤酒，喉结滚动着下咽，侧脸轮廓英俊。

盛厘漫不经心地瞥了一眼少年绷紧的下颚线，心里暗暗发笑，小样，看你还能忍多久。

她就是在赌，赌余驰对她有几分在意。

路星宇这人憋不住，他看着余驰，冷嘲热讽道：“姐姐，我说你这个助理也太拽了吧？比我还拽。这哪像是个助理啊。”

“你也知道自己拽？”盛厘斜他一眼，虽说她跟路星宇认识多年，但她并不想让他知道她和余驰的事。

路星宇吊儿郎当道：“我拽是有资本的，我长得帅，演戏好，他啥都没有，他拽个什么？”

盛厘皮笑肉不笑地看他，“人家高考七百多分，有资格拽了吗？”

路星宇的笑容有点裂开，当初他高考，容桦要求他文化课成绩在艺考生里必须排在前三。高考前三个月，三个家教加上容桦一起盯着他备考，那三个月简直是路星宇的噩梦。

“哦，学霸啊，怪不得我觉得跟他气场这么不合呢。”

路星宇轻嗤了一声，他对学霸一直有点仇视心理，那种心理就像一层滤镜，有了这层滤镜，他再看余驰，怎么看怎么都不顺眼。

余驰回敬了他一眼，语气不屑，“哦，学渣啊。”

路星宇拿了串烧烤，搂住盛厘的肩，凑过去低语道：“姐姐，把这助理解雇了吧。”

盛厘在桌下用力踩了他一脚，冷声道：“你跟他气场不和，关

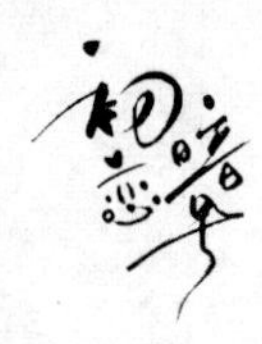

我什么事？把你的狗爪子拿开。”

路星宇痛得哇哇叫，忙把手收走，委屈道：“干吗这么凶？刚还答应做我女朋友了。”

“我说了吗？”盛厘无语。

路星宇理直气壮，“你说了三个月，三个月我肯定行啊。”

盛厘转头，笑盈盈地看他，“那就三个月以后再说。”

闻言，余驰不屑地嗤笑了声，声音很低，只有他旁边的盛厘听见了。盛厘瞬间心情愉悦，接过圆圆递过来的碗，里面是半碗已经剥好的小龙虾。

盛厘要保持体形，不敢多吃，没几分钟就放下了筷子。她目光往余驰脚边的垃圾桶瞥了一眼，里面已经堆了四个空易拉罐，她拿出手机，又开始轰炸他。

盛厘：余小驰，你真的不再考虑一下试镜的事？我相信你一定演得比路星宇好，你要是不参加，那这个角色肯定就是他的，我要跟他拍两个月的戏。

盛厘：这两个月，你要天天面对我跟他同框的画面，不觉得别扭吗？

盛厘：就当是帮帮姐姐好吗？

余驰的手机就放在右手边，他转头看了一眼屏幕上的消息，心里冷哼了一声。

盛厘发了几条就收手了。也不知道这家伙吃不吃这套……

吃完夜宵已经快凌晨一点了。

盛厘吃得少，余驰也没怎么吃，酒倒是喝了不少。

回去的路上，盛厘跟余驰坐在后排，余驰懒散地敞着两条长

腿，侧头看向窗外。盛厘强打精神，手肘垫在抱枕上，支着下巴看他，“明天的试镜从下午两点开始，剧本你之前帮我对过，以你的记性应该还记得。你今晚再考虑一下，如果决定好了，可以做点准备。”

夜晚车少，司机开得很快，车窗外忽明忽暗的光从他身上滑过。

余驰没转头，声音有点哑：“我说了我不去。”

车厢里光线晦暗，空气里蔓延着淡淡的酒气，盛厘靠近他，在他脖子边轻轻嗅了嗅，小声问：“醉啦？”

“没有，别靠我这么近。”余驰烦躁地动了一下。

盛厘也不恼，抱着胳膊坐直了，甚至还笑了声，“我突然想起来你第一次来病房找我的时候，当时我还很奇怪，为什么对我态度这么冷淡？就算当时我的脸是有点丑，但也不至于啊。”

她又转头看他，笑容温柔，“其实你应该很早就关注我了，或者说关注我跟路星宇，在你知道容桦签的是我们的那天起，不管你心里是怎么想的，但你控制不住自己。你或许不太关注别人，但你一定会关注我们，那种无意识的关注最致命，你肯定很早就对我印象深刻了。”

余驰转头，对上她晶亮的目光，语气淡淡地说：“谁教你这么分析的？”

盛厘笑，“心理学家。”

余驰轻笑，“哪位心理学家？”

盛厘理直气壮道：“盛厘，专门研究余驰的那位。”

余驰仰头靠回椅背上，直接闭上眼睛，像是懒得再搭理她。

盛厘盯着他修长的脖子看了几秒，从包里摸出一样东西，她

的手刚碰上余驰的脖子，就被他狠狠攥住。余驰低头盯着她的脸，冷声道："你干什么？"

"你……轻点，抓疼我了。"盛厘皱眉，"就碰一下，你这么用力，是要把我的手弄折吗？"

原本一直坐在副驾驶的圆圆连忙紧张地回头，"你们要干吗？"

余驰缓缓松了手，盛厘说："没事。"

圆圆又转回去了。

余驰觉得自己快要被她搞疯了，他深吸一口气，声音里是压不住的气急败坏："盛厘，你到底想怎么样？不是跟路星宇约定三个月吗？转头又来逗我，是什么意思？"

盛厘手里捏着吊坠，突然问："余驰，你谈过恋爱吗？"

车厢里的酒气越发浓郁，余驰觉得自己大概真有点醉了，情绪有些压不住，他自嘲地笑了一声，"没谈过，初恋还在，所以你别来招惹我。"

车缓速拐了个弯，经过一家便利店，盛厘对前面说："圆圆，你去给我买个口香糖。"

"口香糖包里有啊。"圆圆说完又啊了一声，很快解开安全带，"好的，我这就去买，顺便买点日用品。"

老刘把车停在一棵枝叶繁茂的树下，车厢内光线更加晦暗不明，老刘非常识趣地咳了一声，"我下去抽根烟啊。"

圆圆和老刘下车后，车厢里安静得只能听见彼此的呼吸声。

盛厘揉了揉被他抓疼的手腕，笑盈盈地抬头看他，"所以，上次确实是初吻？"

余驰把实话说出口了反而如释重负。

他依旧懒散地靠在座椅上，冷笑道："是。"

“那你也一直在骗我啊，你是不喜欢我呢？还是在欲擒故纵？”盛厘适应了车厢的光线，慢慢看清楚了余驰的轮廓，他喝酒不上脸，皮肤还是冷白，要不是空气里浮动着淡淡的酒气，她都以为他没喝过酒。

盛厘见他不说话，又开始撩拨他，“姐姐上次说了，会负责的。”

余驰侧头看她，声音还是哑：“怎么负责？”

“跟我谈恋爱啊。”盛厘理所当然地说。

余驰瞥见她手上似乎捏了一个晶亮的东西，他没问那是什么，抬眸看她，自嘲地笑道：“谈恋爱废感情，我不想初恋就碰上你这样的。”

盛厘把手抬到他面前，突然松开手，一个晶亮的吊坠在他眼前晃了晃，她看着他，“刚才我是想把这个送给你。”

所以，才会去碰他的脖子？

“不要再送我东西了。”余驰皱眉，光线晦暗，他看不清楚那个吊坠的样子。但是想到上次那台电脑，这个东西大概也不便宜。

盛厘把手放下，转头问他：“你小时候在剧组当群演，玩过挖宝游戏吗？”

余驰冷淡道：“没玩过。”

“这个是我几年前在剧组玩挖宝游戏挖到的。当时我才十七岁，在沙漠那边拍戏，剧组春节假只放六天，开工那天，剧组拿出二十来个小礼盒，有值钱的，也有不值钱的。导演让人把礼盒埋进风沙里，让我们几个未成年小孩自己去挖，挖到了就是自己的，当是开工红包。”盛厘摊开手心，那个小小的吊坠在她掌心泛着微光，“我挖到了这个，最值钱的。现在看来也不算值钱，但这

个东西确实是我当时挖到的宝藏，我一直放在包里。”

余驰沉默了几秒，低声问：“那为什么给我？”

这个吊坠绳子是红色的，手工编织的那种。

盛厘低头把绳子拉开，突然起身，一条腿支着，一条腿跪在座椅上，几乎跟余驰面对面，再往右边挪一点，她就可以跨坐在余驰的腿上了。

余驰身体僵了一下，却没动，抬头看她，呼吸仿佛停滞了一般。

盛厘把吊坠套到他脖子上，微凉的手指在他脖子后摸索，想要把绳子抽紧。少年皮肤很热，盛厘本来心无旁骛，弄了几下都没弄好后，手莫名地有些发抖。

余驰一直保持着刚才的姿势没动，微仰着头，目光牢牢盯着她的脸。

盛厘低头看了他一眼，四目相对，空气都变得暧昧不清，她突然紧张起来，甚至觉得有些口干舌燥。她凝了凝神，快速把绳子抽好，手却没马上离开，而是捧住了他的脸，直视他的双眼，“因为我觉得，你就像我误打误撞挖到的宝藏。”

余驰的呼吸急促了一下，两人靠得太近，近到彼此呼吸交错。

“叩叩叩——”车窗突然被人敲了几下。

余驰蓦地清醒过来，他微微别了一下脸，拽下她的手把人按回去。盛厘顺势坐回位置上，转头瞧着他，叹了口气，“好可惜，刚刚那个气氛很适合接吻。”她挑了挑眉，“刚刚你看我的眼神，我以为你要吻我。”

所以，她才没主动。

余驰摸了一下脖子上的吊坠，凭手感触摸感觉是一条鱼。他

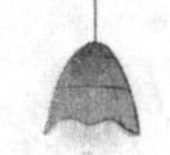

目不斜视地看着前方，嗤笑了声，“你想多了。”

盛厘心想你就装吧。

她降下车窗，看向提着一大袋日常用品的圆圆，“上车吧，回去了。”

车在余驰租住的小区门口停下，余驰推开车门下车，大步流星地走进大门。

余驰打开家门，按开墙边的开关，灯光大亮，他这才看清脖子上的那个吊坠确实是一条鱼。

他深吸一口气，把吊坠从脖子上扯下来，放在那台没拆开过的电脑盒上，转身去了浴室。盛厘说得没错，刚刚在车上，他确实差点控制不住想要吻她。

虽然明知道她可能在逗他，他的抵抗力却在她面前随时可能崩塌。

第二天，因为刘导要试镜“杨凌风”这个角色，剧组上午只拍了几场配角的戏份，盛厘相当于放了半天假，在酒店睡了个懒觉。

下午一点，盛厘到了片场，却没看到余驰。

她拿出手机给他发微信。

盛厘：两点开始，就几个人，都已经到了，试镜最迟五点结束，你记得来。

路星宇对这次试镜十分不屑，他看了眼另外几个来试镜的男演员，语气颇为不满：“容妈怎么想的，让我来试镜一个小角色。看看他们……还用得着试镜吗？她打声招呼，刘导直接定不就行了？”

盛厘冷哼，“你可以直接弃权，买机票马上走。”

路星宇指指自己的两个助理，“姐姐，你看到他们了吗？这次就是专门来盯着我的，我要是敢走，容妈就要把我骂死了。”他懒洋洋地活动了一下脖子，“随便试试就好了，刘导要是不瞎，应该就不会选别人。”

试镜剧本是固定的。

路星宇昨晚就翻过剧本了，他跟刘导说，他最后一个上。

别人演戏，他也没兴趣看，就窝在外面打游戏。

等所有人都试镜结束后，他才懒洋洋地走进去。

几个主演也在里面，盛厘坐在导演后面，焦虑不安地看着手机。

圆圆：余驰还没来……

盛厘抿了抿唇，如果余驰真的不来，那怎么办？就这么算了？

可是，盛厘心底还是有点不甘心，她感觉余驰最想做的事还是演戏，如果错过这次，下次不知道要怎样才能打开他的心结了。她满脑子都是余驰，路星宇演成什么样她都没太注意，手机又振了一下。

圆圆：余驰来了！

盛厘眼睛一亮，正好路星宇表演结束了，他自信地看向刘导，等他拍板决定。

刘导转头看盛厘，低声问：“那个余驰还来吗？”

这时，门被人敲了几下。

助理把门打开，紧跟着走进来一个人。

余驰在路星宇旁边站定，看向刘导演，“刘导，我来试镜。”

路星宇一脸蒙地看着他，音量拔高：“你说你来干吗？试镜？”

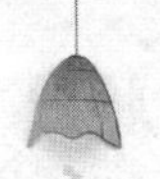

"是，有什么问题？"余驰淡淡地瞥他一眼。

"你不是学霸吗？你不是临时助理吗？你知道怎么演戏吗？你以为长得帅就能当演员？"路星宇瞪着他，一个个问题蹦了出来。

盛厘扑哧一声笑出来，"路星宇你演完了就可以出去了，别影响别人试镜。"

路星宇还是不敢相信，指着余驰，"姐姐，他不会是……"

"不会是什么？他出道比你还早，有经纪公司的。"盛厘漫不经心地看了眼余驰，提醒路星宇，"公平竞争，你别胡闹。"

路星宇一脸蒙，这人还签了经纪公司？

余驰看了他一眼，淡声道："怎么，你怕我？"

路星宇感觉自己听了个天大的笑话，满眼都是"就凭你"的不屑神情。谁能料到，这只是他跟余驰对决的开端。

路星宇不情不愿地被盛厘请了出去，盛厘坐回位置上，捏着剧本深吸一口气，眼睛发亮地看着她挖到的宝藏。余驰的目光不动声色地从她脸上扫过，神色看起来跟平时无异，盛厘完全看不出来他有没有紧张。

在《江山卷》这部剧里，女主角云兰生跟杨凌风的剧情线其实很简单，云兰生在逃生的路上救过一个十三四岁的少年，两人曾经有过一段相依为命的戏份。云兰生因为家族被灭，其中包括她的胞弟，所以，云兰生一开始是把杨凌风当亲弟弟对待，杨凌风则一直暗暗喜欢云兰生，两人在入城后的一场风波里走散了。

十三四岁的杨凌风是个小少年演员扮演的，戏份只有几场，前些天盛厘跟那个小少年就已经拍完了。

杨凌风这个角色一开始很单纯，跟云兰生走散后备受欺辱，逐渐明白只有成为人上人才能不被人踩在脚下，他被权利的欲望

侵蚀，从四王府的一个普通手下渐渐变成了四王爷身边心狠手辣的心腹。

三年后，太子之位争夺得如火如荼，五王爷霍庭衍和四王爷斗得最厉害。云兰生跟杨凌风就在此时重逢了。此时，云兰生跟五王爷已经暗生情愫。

当年的患难姐弟，阴差阳错地站在了对立面，当年单纯的少年早已变了一副心性。

今天试镜的戏份，正是这场重逢戏，台词只有几句话，但对演员的情绪把控能力要求很高。杨凌风不能让四王爷看出他跟云兰生是旧识，但又控制不住重逢的欣喜，其中还掺杂着失望与茫然，整个情绪有个循序渐进的过程。

跟试镜演员对戏的是几个场务，他们只会捧着剧本念台词，这就跟拍玄幻剧，演员对着空气表演差不多。

一开始，盛厘还担心余驰多年没演戏，或许演技会生疏。

但当导演喊“开始”后，他的眼神和气质就变了，把这一场戏的情绪演得恰到好处。

试镜结束后，余驰便出去等候。

刘导演思量片刻，转头问盛厘：“你觉得哪个更合适？”

老实说，盛厘之前都没怎么看路星宇表演，因为她知道路星宇并不稀罕这个角色，来试镜也只是被容桦打压，想给他点教训而已。试镜过程中，他大概也没有百分之百用心，如果他认真对待，或许在这场试镜里并不输余驰，毕竟余驰已经好几年没演过戏了。

盛厘偏心道：“我觉得认真对待角色的人，更适合。”

意思是，余驰更适合。

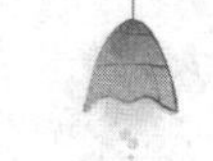

刘导挑眉，笑道："你说得有道理，余驰这孩子确实挺让人惊讶的，他哪个公司来着？"

听这话的意思，刘导似乎更喜欢余驰。

盛厘笑道："星晴娱乐传媒，一家小公司。"

"确实没听说过，新公司？"刘导好奇地问道。

"不是新公司，好几年前就有了。"盛厘不想多说这家破公司，"您是挑演员，也不是挑公司对吧，就看您更中意谁啦。"

等场务都出去后，刘导去窗边给容桦打了个电话。挂断电话后，看盛厘还坐在原位上，便笑道："容总本来也没想过一定要小路接这个角色，最近小路大概惹了不少麻烦，如果这次试镜真有人表现得比他好，正好挫挫他的傲气。如果没人表现得比他好，那也让他受点教训。"

盛厘心里有些急，"那您的决定是？"

刘导笑容满面，"当然是余驰啊，新人便宜又好用。"

虽然是个好消息，但不妨碍盛厘心里梗了一下。

在她心里，余驰是宝藏啊！

路星宇是个什么，这么贵还不好用！

半小时后，在盛厘的休息室里，路星宇得知自己竟然被余驰打败之后，直接气炸了，指着余驰，问："他凭什么啊？比我演得好吗？"他病急乱投医，抓着盛厘问，"姐姐你说，谁好？"

余驰昨晚没怎么睡，这会儿正懒洋洋地靠在椅子上闭目养神，完全把路星宇当空气。

盛厘看了他一眼，对路星宇说："老实说，余驰比你好……"

一万倍。

路星宇完全不能接受这个答案，他怒道："我不信，我又没看到。肯定是容妈联合刘导来整我的。"

盛厘笑眯眯地看他，"信不信由你，反正你已经被淘汰了，至于余驰演得好不好，你今晚可以留下来看看。"

路星宇本来不稀罕这个角色的，但是有人抢的东西才香，他愤愤道："好，我就看看他演得是个什么！"

但是，路星宇没能留下来。

容桦二话不说，给他订了机票，让他回去，别在那边丢人现眼。

半小时后，路星宇心不甘情不愿地被两个助理架上车，赶往机场。

临走之前，还不忘提醒盛厘："姐姐，别忘了我们的三个月之约。"

圆圆出去拿晚餐盒饭，休息室里只剩下盛厘跟余驰了。

盛厘现在怎么看余驰都觉得宝贝，她在他旁边坐下，盯着他的侧脸看了好一会儿，趁着没人，赶紧调戏两句："余小驰，你再不睁眼，我就亲你了。"

余驰睁开眼，面无表情地斜睨她一眼。

盛厘笑盈盈地看他，眼神柔软，声音也软："我本来还以为你不会参加了，你来了我很高兴。"她顿了一下，"以后呢，你就不用做我助理了，什么时候有戏来候场就行，虽然我觉得不能朝夕相处有点可惜，但我还是很高兴。"

盛厘想了想，又说："杨凌风的戏份还挺多的，杀青也比较晚，估计也要拍一个多月，我给你找个助理？"

剧组大部分演员都是有助理照顾的，哪怕是只拍半个月，也

有个临时助理。

余驰嗓子有点不舒服，他清了清嗓子，低哑道："不需要。"

盛厘问："你嗓子不舒服？"

余驰嗯了声，直起身拎过桌上的矿泉水瓶，拧开瓶盖，把剩下的半瓶水喝光。"哐当"一声，空瓶子被他准确无误地投进垃圾桶，人又重新靠回去。

"你是不是感冒了？"盛厘伸手去摸他的额头，"我看有没有发烧？"

余驰一两年都没有感冒发烧过了，他瞥见圆圆抱着盒饭进来，抬手挡开盛厘的手，淡声道："没发烧，只是嗓子有点疼。"他转头瞥她一眼，冷声提醒，"姐姐，你都跟别人有三个月之约了，还这么关心我？"

这酸劲儿，盛厘差点忍不住笑了出来，她一本正经地说："路星宇啊，他坚持不了三个月的。"

余驰不置可否地冷笑一声。

圆圆抱着饭盒走进来，看向余驰，"余驰，刚刚导演说了，你吃完饭就赶紧去化妆，今晚你的戏多，估计要拍到半夜呢。"

"嗯。"余驰接过盒饭，打开盖子。

圆圆现在心情非常复杂，她有很多话想说，又觉得不太合适。

盛厘看她一副快憋坏的样子，大发慈悲道："你想问什么，问吧。"

圆圆咬着筷子，看向余驰，本来很多话的，但到嘴边就只剩感叹，"为什么这个世界如此魔幻，明明一天之前，你跟我一样还是个助理，怎么转眼就变成演员了呢……"

盛厘笑了声，慢悠悠地说："看脸吧。"

圆圆看了看余驰那张脸，默默闭上了嘴。

余驰吃得很快，吃完就去找化妆师了。

关于余驰进组这件事，圆圆还只是感叹，剧组其他人那是惊叹，吃饭的时候就议论纷纷。

“不是说路星宇都来试镜了吗？连他也不行吗？这不太可能吧？路星宇这两年这么有名，演技也过关，他想要这个角色，那刘导不可能拒绝啊。”

“余驰到底是什么来头啊？”

“会不会是盛厘给他的资源？总觉得……”

关于盛厘跟余驰的八卦一直存在，只不过之前那套说法暂时止住了谣言。现在余驰突然进组，虽然他长得好看，但怎么也让人觉得不太对劲。

好在刘导听到一些议论，看不过那群人偷懒，过来解释了一番：“余驰是我挑的，演技不好我能挑他？别议论了，赶紧给我干活去！”

今晚主要拍四王爷跟杨凌风的戏份。

刘导是想趁着余驰下午试镜的感觉还在，多拍两场他的戏份，让他早点进入状态。毕竟几年没拍过戏了，偶尔一场戏好，不能说明他已经进入状态了。

盛厘今晚倒是闲下来了，她坐在休息椅上，等余驰出来。

他身材那么好，古装扮相应该很英气……

“哇，好帅！”有个女孩子感叹了声。

盛厘转头，看到余驰从化妆间走出来，一身黑色劲装，身形高大挺拔，眉目英气，依稀能看出几分坦荡的少年气。她盯着他，很想冲他吹个口哨。

余驰漫不经心地扫了她一眼，便径直走向刘导。

盛厘心情愉悦地靠回椅子上，拿出手机一边刷微博，一边想要不要拍几张自拍发个微博。

岂料，刚点开微博就看见路星宇发的微博。

路星宇：姐姐，别忘了三个月之约！

路星宇这神经病，竟然还把这种事情发微博？盛厘满脸黑线地点开扫了一眼，大家都在猜三个月之约，约的是什么。

评论区的猜测五花八门，从“总不可能是约饭吧”到“难道是三个月之后要公布恋情”。

盛厘的微博评论和私信都要炸了。

微博是路星宇上飞机前发的，这会儿他手机还关机，盛厘一肚子气没法发，只好忍气吞声地把电话打给容桦，“容姐，你快把路星宇那条微博删了！”

容桦语气淡淡道：“不用删，随便网友们猜吧，反正他们也猜不到。所以，你们约了什么？”

盛厘冷笑，“什么也没约，他白日做梦呢。”

“行，我也不问了，反正这事只有你们知道。”容桦把话题一转，“听说余驰是你推荐给刘导的？我就不多说了，你自己懂得分寸就行，别真憋一个大新闻给我。”

“也不止我，诚哥也推荐了，刘导自己做的选择。”

盛厘挂断电话，余驰已经开拍了。

余驰前面几段的拍摄都很顺利，今晚最后一场是他被处罚的戏。

四王爷这个角色属于心狠手辣到有点变态的程度了，他想要考验杨凌风的忠诚度，每一次杨凌风犯一点小错误，就要受一次

大惩罚，大惩之后，杨凌风还能忠心耿耿，四王爷才会觉得他真正可信。

杨凌风被打了一顿后，被吊到井里泡了一个晚上——这场戏余驰拍了差不多一个小时，结束的时候，整个人湿淋淋地坐在井边，脸色有点发白，眼神阴郁，像是还没从角色里抽身。

盛厘把毛巾递给他，低声说："擦一下。"

余驰抬头看她一眼，接过毛巾站起来，嗓音微哑："谢谢厘厘姐。"

盛厘看了眼四周还没散去的工作人员，装模作样地点头，"不客气，你没有助理，之前也帮了我不少忙，照顾你一些是应该的。"虽然少年湿身很养眼，但她还是催促道，"你快去换个衣服吧，别感冒了。"

结果，一语成谶了。

余驰当晚就感冒了。或许是太久没生过病，这次感冒来势汹汹，半夜发了场高烧。第二天中午醒来，嗓子全哑了，晚上还有一场他的戏，肯定是没法拍了。

他低头翻微信，发现除了盛厘和圆圆，他没有加剧组任何人的微信。

想了想，他给统筹打了个电话。

傍晚，盛厘都化好妆了，左看右看没找到余驰，她记得他晚上八点有场戏的，这个点应该来化妆了才对。她给余驰发了条微信。

盛厘：你不给我做助理了，我就一整天都看不到你了吗？

余小驰：是。

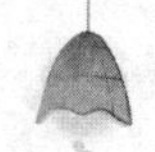

这时，圆圆跑到跟前，说："厘厘，刚刚统筹说余驰今晚请假，多给你排一场戏，行吗？"

盛厘皱眉道："他为什么请假？"

"说是嗓子哑了。"

他真的感冒了？盛厘盯着手机屏幕想了想，在对话框里打了一行字，又删掉了。

她把手机交给圆圆，笑眯眯地小声交代："圆圆，你帮我想个办法，晚上收工后，我想去看余驰。"

圆圆赶紧摇头，不想，想不到，不会想！

深夜十一点，盛厘从浴室洗完澡出来，就开始翻箱倒柜地找衣服，她的衣品不错，经常被粉丝和时尚博主夸赞。她翻了半天，找了件普通的白半袖和牛仔短裤，她换好衣服后，问圆圆："这身可以吧？"

圆圆看了眼她白皙笔直的双腿，直摇头，"这腿太抢眼了啊！"

盛厘皱眉，"那我也不能穿得太丑，就这样吧，把那个披肩给我。"

"你等一下。"圆圆跑出去，过了一会儿拿了件理工男风格的格子衬衫回来，"穿这个吧，这个丑一点。"

盛厘淡定地接过来套上，在她面前转了一圈，"行了吗，我的圆圆？"

圆圆皱眉，小声嘀咕："怎么还是那么好看……"

"因为是盛厘，所以披件麻袋也好看。"盛厘挑眉一笑，戴上帽子和口罩，"行了，别哭丧着脸，我会小心的，如果被人拍到了，我们就随便溜一圈就回来，不会出事的。"

圆圆还能说什么?

要怪就怪路星宇那条微博带上了盛厘，不然盛厘这边好好闭关拍戏，也不用担心狗仔来偷拍。现在形势所逼，不得不小心谨慎，车肯定是不能直接开进小区。

盛厘跟圆圆乘电梯到负一楼，老刘已经在车上等着了。车旁边停的是魏诚的房车，房车很大，正好遮挡视线。

两分钟后，车开了出去。

半分钟后，一辆黑色小轿车紧跟着慢慢开了出去。

三分钟后，盛厘从房车前面绕出来，压低帽子走出停车场。

她在路边扫了一辆自行车。

谁能想到呢？小有名气的女演员盛厘大半夜为了去见个弟弟，在路边扫了辆共享单车。

上次骑自行车还是去年录综艺的时候，她把一袋药塞进车篮，跨上自行车，一开始不太适应，摇摇晃晃地骑着过了马路。

深夜的人行道空荡寂静，几乎没看到人影，树影随风摇晃，路灯都显得有些昏暗阴森。盛厘已经很久没这样一个人深夜上街了，一时间有点慌。她塞在耳朵里的蓝牙耳机传来圆圆的声音："厘厘，你到哪儿了？"

盛厘远远地看见前面两辆车，渐渐放下心来，蹬着自行车往前，"我已经出发了，我看到你们的车在前面了，没事的。"

十五分钟后，盛厘把自行车停在余驰的出租房楼下。

老楼房最高层是十二层，没电梯，声控灯也不怎么灵敏，盛厘在楼梯口跺脚的时候都被自己感动了，这么费尽心机，千辛万苦地来这一趟，要是余驰等会儿敢给她脸色看……

盛厘爬到十楼，累兮兮地靠在墙边对着耳机说："圆圆我到了，

今晚回去给你发红包啊。”

圆圆这个工具人在电话里交代了好几句，才功成身退地下线了。

盛厘喘匀了气，把那件格子衬衫脱了塞进袋子里，抬手想敲门，想了想又改成拨电话，手机响了好一会儿，才被人接通。

电话里，余驰嗓音低沉沙哑，带着几分被吵醒的烦躁：“谁？”

盛厘有些惊奇，这人还有起床气？

几秒后，盛厘温柔开口道：“余小驰，给姐姐开个门。”

昏暗的卧室里，余驰躺在床上愣了好几秒，整个人猛地坐了起来，拿下手机看了眼屏幕。

昨晚发烧，嗓子全哑了，他怕影响剧组进度，下午去了趟医院打吊瓶，希望能好快一点。

晚上八点多回到家，余驰吞了几颗药就睡着了，这会儿脑袋还有点晕，看到屏幕上“盛厘”两个字，整个人都清醒了过来。

深夜十一点。

余驰按开床头的台灯，起身下床。房子很小，从卧室出来走两步就是这套房子的大门。他站在门边，老房子隔音不太好，楼道里有点什么动静都能听得清。

门外的人跺了一下脚，门缝下透进来一点微光。

除了拍戏，盛厘都没来过这么老旧的楼房，灯一暗就感觉有点阴森，最重要的是，有蚊子啊！她又跺了一下脚，知道里面的人已经醒了，抬手拍了一下门，“快开门，外面有蚊子。”

余驰瞥着门缝，倚着墙无声地笑了下，低哑道：“想进来啊？”

盛厘突然想起那个恶作剧般的暗号，心想这家伙不会真让她对暗号才给她开门吧？

都生病了，还这么记仇吗？

她可怜巴巴地说：“我千辛万苦来一趟很不容易，你快给我开门。”

“姐姐是不是忘了什么？”余驰懒洋洋地提醒她，因为嗓子沙哑，听起来多了几分痞坏，“我说过，姐姐要是来找我，记得对暗号。”

盛厘盯着面前那扇重重的铁门，仰天叹息。

她终于明白了，出来混，总是要还的。

她皮笑肉不笑地说道：“什么暗号？”

余驰说：“你自己定的暗号，不记得了？”

盛厘当时存着逗他的心思，故意说了那么一个暗号。

余驰盯着门，冷脸嗤笑道：“还是说暗号太多了，不记得跟我说的是什么了？”

“说什么呢？姐姐只跟你对过暗号。”盛厘轻轻笑了一声，弯腰挠了一下小腿，再这样站下去，她就要被蚊子咬一腿包了，不得已低头屈服。

“吱，吱吱吱吱吱！”

“可以了吗？满意了吗？”

“给姐姐开门！再不开门我就报警了。”

余驰嘴角勾了勾，按开墙边的开关，往前一步拉开门。

门才刚开了一条缝，盛厘就听到她身后那扇门“咔”的一声，伴随着中年男人不悦的牢骚：“谁在外面吱吱吱呢？”

盛厘身后那扇门猛地就开了。

盛厘吓了一跳，怕被身后的人看到，余驰的门刚打开，她就急慌慌地朝门里扑进去，扑到余驰的怀里伸手抱住他，余驰猝不

及防地被扑得后退了一步。

对门的男人扶着门把，瞪着眼看了过来。

余驰跟他的视线对了一下，反应很快地抱住盛厘，右手一抬，按在门背上，连带着盛厘一起压在门背上。

砰的一声巨响，在深夜的老楼道里清晰回荡，大概整栋楼都能听到。

安静了两秒。

对门的男人骂骂咧咧地跟他老婆解释："大半夜的还以为是什么东西在门口'吱吱吱吱'的，还说要报警，我还以为出什么事了呢，就对门一帅哥的女朋友找来了。小情侣玩情趣也有个限度啊，大半夜的扰民懂不懂？"

说完，砰的一声，也把门关上了。

盛厘整个人被余驰按在门背上，微喘着气，心怦怦直跳，她抬头看向余驰。

余驰还抱着她，垂眸看她的脸，眼底的情绪有些复杂。

盛厘被少年身上干净清冽的气息包围，心跳得很快。不知道是不是因为生病，她感觉余驰对她比之前纵容了。她看着他漆黑深沉的双眼，想到自己千辛万苦来到这里的目的，不就是为了看他吗？

这时，手机铃声突兀地响了起来，盛厘吓了一跳。

余驰目光瞥了一眼，屏幕上闪着"周皇后"三个字。

周思暖，几年前害得盛厘过敏住院、错失电影试镜的女演员。余驰看了一眼盛厘，直接走出房间，留盛厘愣了两秒，才摸过手机，接通电话。

周思暖说："你跟谁打电话呢，打了这么久？我起码打了半个

小时都在通话中。”

“没谁……”盛厘嗓子有点干，她忙清了清嗓子，“这么晚你打电话给我干吗？”

“这么晚你不也没睡？”

盛厘走到屋内。这房子很小，但麻雀虽小五脏俱全，有个开放式的小厨房，厨房门口有张白色的小餐桌。客厅里灯光微暗，余驰穿着白半袖和灰色运动裤，身形挺拔修长，正懒散地倚着餐桌喝水，喝完一杯，又倒了一杯。

余驰完全没了刚才的攻击性，满身都是干净坦荡的少年气。

她想要问明白，余驰刚刚到底是什么意思，敷衍地回周思暖道：“是啊，出来遛遛。”

“嗯？莫不是在约会？”周思暖兴致勃勃地问。

盛厘漫不经心地说：“不告诉你。”

周思暖换了个问题问：“昨晚路星宇发的那条微博是什么意思？你们的三个月之约是什么？”

盛厘烦躁道：“路星宇瞎说的你也信？”

余驰放下杯子，目光冷淡地瞥向盛厘。

盛厘皱眉，这人刚刚还如胶似漆的，现在这么冷淡是什么意思？

“我有点事，先挂了。”盛厘对周思暖说。

“大晚上什么事？”

“谈恋爱。”盛厘语气淡淡的，“挂了。”

她把电话挂了，周思暖很有良心地没再打过来，但微信上的轰炸少不了。

盛厘没忘记自己是来探病的，之前掉在门口的药袋子被余驰

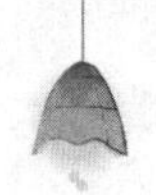

捡起来丢在茶几上，但餐桌上也有个药袋子，还有病历本。她拉开袋子看了眼，是退烧和消炎的药。

“你昨晚发烧了？”她抬头问。

余驰淡淡地嗯了声。

盛厘又问：“现在还难受吗？”

“不难受了。”余驰越过她，走到沙发上坐下，人懒洋洋地靠在沙发背上，看了眼那袋子药，心里有点微妙。上次他被她骗去酒店送药，这次换她给他送药，还对了那个“丧心病狂”的暗号。

大概是发烧把他的脑子和理智都烧光了。

盛厘跟过来在他旁边坐下，笑盈盈地转头看他，“既然不难受了，证明你现在脑子清醒，那你还记得刚刚你对我干了什么吗？”

余驰垂着头看她，自嘲道：“记得，我没失忆。”

盛厘看了他几秒，凑到他脸下方，轻轻挑眉，“都这样了，你还不想跟我谈恋爱？”

余驰跟她对视片刻，低声问：“你想谈多久？”

这种事情谁能确定？盛厘愣了一下，很快想到自己最近一系列行为，自我反省了一下，然后捧住他的脸，直勾勾地看着他，“你放心，你跟姐姐谈恋爱，姐姐一定很疼你。只有你甩我的份，行了吧？”

这种话从她嘴里说出来就半真半假，不足为信。

但余驰看着她的眼睛，哪怕知道她是在哄他，他还是认命地败下阵来，“好。”

嗯？答应了？

盛厘眨了眨眼，有些不敢相信。

余驰看她满脸不敢置信的表情，心想果然又是逗他，他冷笑

着拉下她的手，转头看向别处。

盛厘回过神，这是刚答应就翻脸不认人了是吧？她连忙勾住他的脖子。余驰不耐烦地回头，鼻尖跟她的脸轻轻擦了一下，两人呼吸一顿，凝视着对方的眼睛。

仿佛又回到了那晚在车上的感觉，对方的唇近在咫尺，彼此呼吸交错，只要有个人动一下，就能吻到对方。

盛厘勾着他的脖子，垂眼看着他微薄的唇，轻轻仰头，在他唇上轻轻碰了一下。余驰看着她睫毛下方，嗓音低哑又乖顺地提醒道："我感冒了。"

盛厘心跳得很快，声音含笑地撩拨道："那你亲我一下，看看会不会传染？"

过了一会儿，盛厘抬手摸了摸唇，忍不住抬头瞪他，"你还真是……怕传染不上我啊？"

余驰垂眼看着怀里的人，他呼吸有些热，嗓音低哑："不是你要求的吗？我只是满足你。"

盛厘刚想骂人，突然发现一件事，这家伙喝酒都没上脸，这会儿耳根和脖子却可疑地有点红了。

她在他脸上轻轻一摸，挑眉道："你刚才不是很猛吗？怎么脸红了？"

余驰有些不自在地别了下脸，嗓音有点闷："经验少，没你厉害，不行吗？"

盛厘脸也有点红，心跳都还没恢复正常频率，故意道："那是，毕竟我拍了那么多吻戏。"她说完这句，转头看他，"突然有点后悔让你去试镜了，以后你要是跟别人拍吻戏，我会吃醋的。"

余驰就没见过这样的人，她自己做了那么多气人的事，拍了

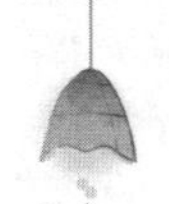

那么多吻戏，他什么都没做过，她倒是恶人先告状了。余驰感觉自己被她拿捏得死死的，语气里有着深深的无奈："你一定要现在提你那些吻戏吗？"

"好好好，我不说了。"盛厘也觉得自己煞风景了，仰头在他唇角亲了一下，"那男朋友，去给我倒杯水？"

家里没有热开水，余驰拿水壶进厨房烧水。

盛厘跟过来，站在桌边，"喝冷的也可以的。"

余驰没回答这个问题，把水烧上，回头看她，"你怎么过来的？"

盛厘一边翻看他的病历本，一边把她如何千辛万苦来这一趟绘声绘色地说了一遍，合上病历本抬头冲他笑笑，"圆圆出的好主意。余小驰，拿到片酬记得给她发个红包。"

余驰皱了皱眉，"大半夜让你一个女演员骑车，万一出事怎么办？"

"你放心，他们的车就在前面。"盛厘没告诉他，刚刚看路上没什么人确实有点慌，她意味深长地看他，"不冒险，哪来的男朋友呢？"

一口一个男朋友，说得真好听。

余驰冷笑道："是吗？三个月后你可能还会有个男朋友。"

盛厘愣了愣，反应过来他说的是路星宇，忍不住扑哧笑了出来，安慰道："别慌，别慌。"

余驰面无表情地转身，盛厘连忙跑过去，从身后抱住他，哄道："骗你的啦，路星宇就是胡说八道，就算他真的能坚持三个月，我也不要。哪有人比得上你啊，你是我唯一的宝藏。"

余驰一边唾弃自己太好哄，一边无奈地问："你还喝水吗？"

“喝。”

背上的触感太柔软了，余驰身体微僵，低声说：“那你松手。”

盛厘松开他，听他嗓子还是挺哑，“你嗓子是上火了吧？是不是那晚吃小龙虾和烧烤的原因？”

“不是。”余驰兑了一杯温水，转身递给她，面无表情道，“是被你气的。”

盛厘有些心虚地接过水杯，喝了一口水，才小声问：“被那个微博气的？”也可能是从路星宇来的那天开始，她的一连串行为以及路星宇的话语。

余驰真的被气得怒火攻心，也不是没可能……

昨晚，余驰回到家已经快十二点了，他不是时刻都看微博的人，但班里同学爱八卦的不少，班群里热闹了一晚上，小群里找他的消息不下二十条，几乎都是胡一扬发来的。

胡一扬还私聊他，追问了十八遍。

胡一扬：驰哥，行行好吧！厘厘到底跟路星宇约定了什么？不会真的是要公开恋情吧？你天天都在剧组，肯定知道情况！透露一点点好吗？

胡一扬：我保证不说出去，我要是说出去，我断子绝孙！

余驰上微博看的时候，那个“姐姐，别忘了三个月之约”的题目已经人尽皆知了。

余驰没说话，像是默认了。

盛厘有点心疼，她把水杯放下，伸手抱住他的腰，像是撒娇，又像是哄人，“都说了是假的，以后路星宇再乱说，我就打他脸，行吗？”

余驰深吸了口气，不想提路星宇，拿手机看了眼时间，已经

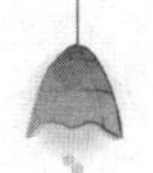

快十二点半了。

他低头问：“你怎么回去？”

“我啊，不回去了。”

余驰凝视她片刻，嘴角勾了勾，“好啊，那姐姐陪我出去买个东西吧。”

她狐疑地盯着他看了一会儿，“好啊。”

余驰拉开她的手，绕到沙发上把那件衬衫拿给她。

盛厘手机响了几声，不用看就知道是圆圆发来的。

已经是深夜，老小区住的大多是本地人，老人和小孩居多，盛厘来的时候没被人看到，出去的时候也不用那么小心翼翼。两人出了门，下楼的时候，盛厘拉住余驰的手。

余驰顿了一下，握紧她的手。

盛厘被他牵着，便拿出手机低头看消息。

圆圆发来一张截图。

余驰：李圆圆，你打算什么时候把她接走？

圆圆：约好十二点半这样……

圆圆姓李，余驰也是前几天才知道，因为所有人都叫她圆圆，不知道的人还以为她就姓圆呢。盛厘看圆圆一下子就把她卖了，忍不住啧了声。

余驰走到一楼，瞥见被盛厘停在树下的自行车，低头看她，“你骑车走，我跟在你后面送你回去。”

盛厘抬头看他，笑眯眯地问：“不去买东西了？”

余驰一声不吭地松开她的手，过去把自行车推到她面前，面无表情道：“姐姐急什么？我是病人，还有差不多两个月才杀青，有的是时间。”

“也是。”盛厘见好就收，抬腿跨上自行车，冲他笑道，“那剧组见。”

余驰看着她，嗯了声。

深夜的小区没什么人，盛厘自行车骑得慢悠悠，长发被风吹散，她知道余驰跟在身后，边骑还边哼歌。余驰手插在兜里，跟她隔了十几米，漫不经心地跟在她后面。

盛厘出了小区，回头看了他一眼，少年的身影在夜色下有些模糊不清，但身形挺拔，少年气蓬勃依旧，像月色里一棵挺拔的小白杨。明明连轮廓都看不清，盛厘却能想到他此时此刻的表情应该是漫不经心，又有点温和的。

因为身后的少年，她来时的那点惶恐，消散得干干净净。

第四章　你是我挖到的宝藏

回到酒店，盛厘给余驰发了条微信。

盛厘：我到了，你快回去休息吧。

余驰站在酒店前方的交叉口，看了眼手机，回了一个字“嗯”。

酒店房间里，圆圆还惊魂未定，生怕被别人发现，留下什么证据，她就完蛋了。盛厘却对今晚的行为非常满意，转头就给她发了好几个红包。

她拍拍圆圆的脸，笑眯眯地说：“这个主意非常不错，感觉可以用很久，不出意外，能坚持到我杀青。”

圆圆瞪大眼睛，“坚持到杀青？”

“对啊。”盛厘提醒她，“记得收红包，回去睡觉吧，辛苦了。”

圆圆恍恍惚惚，连红包都没心情点，小心翼翼地问：“厘厘，那……你跟余驰真的谈恋爱了？”

“当然啦。”盛厘心情愉悦地把衬衫脱了，塞到她怀里，“你要是愿意，可以叫他姐夫。”

圆圆神色恍惚，喃喃道：“余驰上辈子是拯救了银河系吗？”

盛厘掐了一把她的脸，“清醒一点，是我追的他。”

第二天下午，盛厘正靠在躺椅上打瞌睡，就听到统筹喊了声“余驰”。

盛厘昨晚睡得太晚，今天早上又起得太早，她没精打采地往

那边看了眼。

余驰站在统筹面前，声音听起来已经恢复得差不多了，“没事了，可以拍。”

统筹说：“那你先去化妆做准备。”

余驰点头，转身朝盛厘走来，去化妆室要经过她这里。

盛厘懒洋洋地对他笑了一个，余驰不动声色地看她一眼，径直走了。

圆圆凑过来，小声说：“厘厘，我刚刚听到几个群演在议论余驰，你说他家人会不会已经知道他在这里拍戏了，会不会再找来啊？”

“来就来吧。”盛厘语气淡淡的。余驰跟星晴娱乐传媒的合约还有六年，他跟剧组的合约还没签，毕竟要签的话，经纪公司的人得在场，她不知道余驰打算什么时候跟姜南联系。

让余驰主动去联系姜南说他在拍戏，那不是恶心他自己吗？

她倒是巴不得那对家长知道了，主动去跟姜南说，让那人自己过来，不必麻烦余驰。

傍晚六点，剧组的盒饭送过来了，是江东闵和余曼岐亲自送过来的，两人把盒饭放下，目光四处乱转。余曼岐笑着问场务：“那个，余驰是不是在剧组演戏了？他演的什么角色啊？”

场务都听过八卦，自然知道她是余驰的妈，但剧组的事他不方便多透露，随口答了句：“是，你不是他妈吗？有什么你不知道的，自己去问你儿子。”

余曼岐一噎，讪讪笑了下，“也是。”

中午她就给余驰打过电话了，但余驰没接。

江东闵还去那家旅馆找了一下人，得知余驰已经搬走了，他们猜测，余驰大概是进组以后，就跟别的演员一样，住进酒店了。

余驰做好造型出来，毫不意外地看到站在不远处的江东闵和余曼岐。

那两人看到他的扮相，眼睛都亮了。

余驰目光厌恶地看他们一眼，便移开目光。

盛厘不动声色地看着，对圆圆勾勾手指头，圆圆把脑袋凑过来。她低声交代："让场务把人请走，别让他们在这里碍眼。"

几分钟后，江东闵和余曼岐被场务请走了，两人走的时候还回了好几次头。

盛厘见状冷笑了声，起身走到余驰旁边，用只有两个人听到的声音问："余小驰，你在想什么呢？可以跟你女朋友说说吗？"

"你一定要叫我余小驰吗？"余驰皱眉低头。

"那我要怎么叫？"盛厘一本正经地给了几个建议，"跟你那几个同学一样，叫你驰哥？"

余驰似笑非笑地看她，"那你叫驰哥吧。"

盛厘眯了下眼，"你比我小五岁，也敢让我叫你驰哥？你真不要脸。"

刚骂完人家不要脸，下一秒，她就笑眯眯地冲他喊了声"驰哥"。

余驰没想到她真叫得出口，有点无语地看她，剧组的人忙碌着开拍前的准备工作，他压低声音说："不是说我不要脸吗？那你还叫。"

盛厘理直气壮地说："那不是为了哄你吗？"

余驰沉默地看了她几秒，怕被人看出异样，又转头看着前方，

嗓音很低，“我没想什么，只是有点厌恶他们看我的眼神，那种直白的贪婪，这么多年了竟然也没变，让我感觉自己像一件廉价的商品。”他自嘲地笑了笑，“当时把我卖掉的时候，也确实挺廉价的。要不是我跟我妈长得像，我都要怀疑我是不是她生的了。”

盛厘本来想说我帮你解约，但话到嘴边又忍住了。姜南当年签的那份合约肯定没那么简单，违约金肯定也不低。两人现在正经谈恋爱，以余驰的性格和自尊心，肯定不会接受她的钱。

怎么才能让他接受呢？

盛厘转头看他，突然小声问：“晚上，要不要来找我？”

余驰眨眨眼，她不觉得话题转得太快了吗？

盛厘完全不觉得，看他不说话，换了句：“那我去找你？”

“咳咳！”

圆圆在身后猛咳一声，提醒他们注意场合，不要随时随地调情！正好，导演助理过来把盛厘叫走了，解救了随时防备他们在剧组露馅的圆圆。

盛厘走后，圆圆满脸复杂地看了看余驰，有点欲言又止。

余驰语气淡淡地说：“还有事？”

圆圆说：“没有……”

她只是感叹一下有一张好看的脸的重要性。

余驰今晚只有两场戏，其中一场还是背景板，他的戏份拍完了不到十点。刘导喊了“过”之后，叫了声：“余驰，你来一下。”

余驰走过去。

刘导点了根烟，抽了一口，才问：“你经纪人什么时候来？片酬你谈都没谈就先演着了，你是新人，大概也不懂行情，还是让

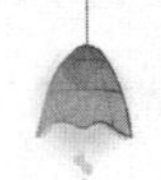

你经纪人早点来，把合同定下来。”

余驰猜测江东闵应该已经给姜南打过电话了，他平静道：“大概明天会来吧。”

“你演得很好，性格沉稳，长得更不用说了，以后肯定大有前途。”刘导满意地拍拍他的肩膀，“去休息吧。”

余驰没有助理，拍摄时他的手机都是暂时交给圆圆保管，圆圆把手机递给他，“刚刚你的手机响了几次，一个是徐漾，一个是陌生号码。”

陌生号码大概是姜南，因为余驰一直没给他的号码备注过，甚至一度拉黑过他，他接过手机，“谢谢。”

余驰换好衣服出来，走出人群，在一个没人的亭子里给徐漾打了个电话。

两人自上次闹翻后，这还是他第一次给他打电话，徐漾接得很快，笑嘻嘻地说：“驰哥，怎么这么久没接电话？”

余驰直接问：“你找我什么事？”

“哦，我明天跟我经纪人去影视城，跟你说一声，有时间咱们可以见个面。”徐漾显然还被蒙在鼓里，“说是去了可以见见导演、制片人之类的，要是有机会接到戏的话，先演戏冒个头也好。”

余驰皱眉，“你不是想当歌手吗？为什么不去参加节目试试？”

徐漾叹了口气，“他说歌手不好当。”

余驰在心里冷笑了一声，问：“他有没有跟你说过我的事？”

“说什么？”徐漾疑惑道。

余驰在亭子里坐下，这里地理位置高，光线昏暗，却能看到不远处的拍摄点，盛厘正在跟魏诚拍暧昧的对手戏。他看到两人抱在一起，魏诚低头在她的额头上亲了一下，忍不住皱眉。

余驰从来没有在朋友面前说过自己的事，跟星晴娱乐传媒那六年的合约，他一直打算混过这六年。六年后，他也不过二十四岁，那时候他大概在读研或工作创业，他的工作和生活跟演员这个少时的梦想偏离甚远，或许除了余曼岐、江东闵和姜南，没人还会记得他小时候演过戏、签过经纪公司，自然也就没人知道，他被亲妈当商品一样“贱卖”过。

余驰上了高中以后，花了差不多三年的时间，让自己把少时的那个梦从身体和意识里剔除，坦然地去接受人生的另一条路。虽然每次听到胡一扬提到盛厘，听到班里的女生提到路星宇，他心里都感觉像是被刺了一下，有瞬间的茫然和窒息，但他依然觉得能让余曼岐失望更加令他开心。她觉得他不去演戏是叛逆，那他就偏不让她如愿，叛逆到底。

如果高考后没有那个意外，没有碰到盛厘；如果盛厘没有戳中他的痛处后，又轻易看穿他的内心，把自己的吊坠送给他，又甜言蜜语地说他是她挖到的宝藏……他也不会被忌妒和欲望所控制，参加试镜，跟路星宇抢杨凌风这个角色。

余驰面无表情地转身，背对拍摄点，眼不见为净。

电话里，徐漾追问：“说什么啊？怎么没声音了？你那边没信号吗？”

余驰靠着护栏，语气很平静地说：“徐漾，我跟星晴娱乐还有六年的合约，我的经纪人就是姜南。”

徐漾被这个消息震惊得傻掉了，安静了好几秒，“驰哥，你开什么玩笑呢？你不是很讨厌姜南吗？你高二的时候还打过他。上次我跟你说我跟他签了合约，你还骂我呢。”他越说越觉得奇怪，“你是逗我玩的吧？今天可不是愚人节啊！”

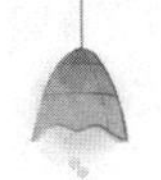

“合约不是我签的。”余驰喉结滚了滚，自嘲地笑了下，“我妈签的。”

徐漾啊了声，就没声了。过了好一会儿，像是想起了什么，急忙问：“之前赵殊彤说《花杀》电影里那个小孩跟你长得很像……”

这件事在班里不是秘密，最开始是一个女同学发现的，后来赵殊彤看到后，高兴地拿着照片来跟余驰搭话：“余驰你看，这个小孩长得超级像你的。”

在学校里，余驰平时对女生态度挺冷淡，但他从来没当面让女生下不来台，那次却当场冷下脸，“你哪只眼睛看出来像我？该去配个眼镜了。”

这话要是开玩笑说的就没什么，但明眼人都看出来，余驰表情冷淡不屑，完全不像是开玩笑。

赵殊彤脸上的笑一下就僵了，委屈得仿佛马上就要哭出来。

当时徐漾忙出来解围，“他开玩笑呢！你可别被他吓到，哭了你就输了……”说完还瞥了眼赵殊彤的手机屏幕，一看就惊了，回头看余驰，“哎，还真挺像的。”

赵殊彤却把手机放下，看向余驰，笑容有点难看，“其实也不太像，你别生气。”

那天下午，徐漾还自作主张，以余驰的名义给赵殊彤送了一盒巧克力赔罪。

余驰说：“是我。”

他没有说得很清楚直接，但徐漾脑子是聪明的，顺着他的话把那些事联想一番，就基本猜到了，他说：“你等等，我脑子有点乱，我捋捋啊。你妈帮你签约的时候，你不同意是吧？姜南是不是做了什么不好的事情，所以你对他印象很差，以至于我跟你说

我签约后，你才骂我有病？”

余驰道：“差不多。”

徐漾沉默了几秒，闷声道：“那你之前怎么不说？你要是早点说了，我可能就不会那么冲动跟他签约了。”

他语气里没有责怪的意思，余驰却沉默了一下，“抱歉。”

“算了，你也别道歉，我现在知道为什么你跟家里关系那么差了。”徐漾深深叹气，“明天见面了再说吧。”

徐漾挂断电话。

余驰在亭子里待了很久，直到手机一连响了几声。

盛厘：宝贝，你上哪儿了？不是偷偷回家了吧？

盛厘：姐姐都没允许你走，你怎么能走呢？

盛厘：快回来。

余驰低头，对着手机屏幕抽了抽嘴角，他起身往回走，回了一句。

余小驰：没走，五分钟到。

休息室里，盛厘已经把衣服换了，穿着一条黑色的一字肩连衣裙，露出平直白皙的锁骨，乌黑柔软的长发蓬松地披在肩头，人已经很困了，正懒洋洋地靠在椅子上打瞌睡。

圆圆站在门口，看见余驰便大声喊：“余驰，你之前有个东西落在休息室了。”

盛厘强打精神，起身走到门口，圆圆又夸张地“啊”了声，“我把水壶忘在伞棚那边了，我去拿一下。厘厘你等等我啊。”

为了掩人耳目，圆圆也是够拼的。

盛厘看了一眼余驰，对圆圆说：“去吧。”

已经是夜里十一点多了，演员们一下戏基本都走光了，还剩

下场务在收拾场地。场地距休息室有一段距离，余驰不动声色地看了眼盛厘，走进休息室。

休息室不大，两人站在半掩着的门后，余驰比盛厘高了二十厘米，在她面前落下一片阴影。

盛厘往前一步，抱住他的腰，抬头看他，“你刚刚去哪儿了？”

余驰低头看她，发现她妆还没卸，不由得皱了下眉，低声道：“去下午你拍摄的那个亭子里，打了个电话。”

盛厘懒洋洋地“哦”了声，昨晚睡得太少，现在整个人都困傻了。她张张嘴，想打哈欠，忙把脸埋到他胸膛上，再抬头，眼底泪水氤氲，连睫毛都是湿润的，像是刚刚哭过一样。

她笑了一下，“好困，今晚没精力出去了。”

余驰盯着她看了几秒，抬手在她额头上用力擦了一下，“姐姐回酒店后，记得把脸洗干净。”

盛厘回到酒店洗漱完毕，思绪从困顿中短暂脱离，才反应过来余驰让她把脸洗干净的意思，她忍不住好笑。

她拿出手机给他发信息。

盛厘：今晚只是亲额头，后面还有吻戏、新婚夜，你是不是得泡在醋缸里？

余驰直接发了一条语音过来，语气冷淡，“你不睡觉？”

这欲盖弥彰的冷淡，盛厘心情愉悦，笑嘻嘻地回了条语音，“现在就睡了，晚安余小驰。”

刚爬上床，手机又响了。

盛厘看到屏幕上的“周皇后”三个字，忍不住翻了个白眼，接通电话，“我说周皇后，你一定要每天深夜才打电话过来吗？”

“我们这个点打的电话还少吗？我今晚拍到十一点才回酒店，

都是演女主角，你怎么这么轻松？”周思暖懒洋洋地说，“难道我又打扰你了？”

盛厘皮笑肉不笑，“是啊。”

周思暖淡定道：“你这语气跟昨晚就不一样，一听就假。”

“你经验丰富，你厉害。”盛厘打了个哈欠，躺下拉上被子，脑袋一沾枕头，就困得快睁不开眼了，语气也含糊，“我困死了，要睡觉了。”

“等下，我听说余驰进组拍戏了，还是跟路星宇一起试镜拿下的角色？”周思暖有一肚子八卦想问，哪肯轻易放她去睡觉。

试镜已经是两天前的事情了，路星宇来试镜不算秘密，但容桦早就留了一手，对圈中好友说过，“他最近正好有几天假期，去探班盛厘，试镜只是玩玩，不是真的。”

至于粉丝，根本就不知道路星宇来试镜的事。

盛厘眯着眼问：“你经纪人跟你说的？”

周思暖说：“嗯，余驰是艺考生？”

“不是。”盛厘避重就轻地把余驰的事说了下，等周思暖把那对父母骂了一顿后，才真诚发问，“你帮我想个办法，怎么才能让余驰接受我帮他呢？”

周思暖想了想，说：“结婚吧。”

“他才十八，距离法定婚龄还有四年，而且我才二十三岁，我就是想谈个恋爱，没想结婚呢。”盛厘强打精神，哼了声，“周皇后，我怀疑你居心叵测，想劝我英年早婚，你好把我这个对手踩在脚底，对吧？”

周皇后一噎，“得得得，盛白雪的阴谋论又来了，当我没说。”

盛厘眼睛都要睁不开了，无情道：“正好，我要睡了。”

第二天中午一点，烈日当空，热得人头眼昏花，昏昏欲睡。

盛厘手里拿着个小风扇走向余驰，余驰身上的戏服有两层，刚拍完一场打戏，里面那层都被汗浸湿了。他正拎着瓶冰水喝，喝完把空瓶子扔进垃圾桶，一转头就被吹了一脸风。

“这个给你。”盛厘笑盈盈地把小风扇给他。

余驰瞥了眼那个粉色的小风扇，没有接，“你自己用吧。”

“余驰。”

有人在他们身后喊了声。

余驰皱眉，转身看过去。

姜南跟徐漾正朝他这边走过来，徐漾落后两步，正惊讶地看着他。姜南表情难掩激动，看余驰的目光透着贪婪、兴奋，还有一丝丝得意，仿佛在嘲笑他以前抗拒进组的行为有多傻。

余驰目光冷淡地看了他一眼，心底的厌恶在胸腔里蔓延。

徐漾走到跟前，才恍惚道：“驰哥，你这怎么都开始拍戏了啊？”

余驰嗯了声，“等会儿再跟你解释吧。”

盛厘看到徐漾跟姜南一起来有点奇怪，她看向徐漾，“徐漾弟弟，看见姐姐都不打招呼了吗？”

徐漾忙转身面对她，直接鞠了个躬，“厘厘姐，我绝对没有忽视你的意思，我只是被余驰震惊了，他没跟我说他已经在拍戏了啊。”

盛厘被他逗乐了，挑眉道：“逗你玩呢，你行这么大礼做什么。”

徐漾不好意思地挠了挠脑袋，咧嘴笑道：“厘厘姐是前辈，应该的。”

“你……”盛厘心里突然有了个不好的预感，她看了看姜南，

又转头看余驰冷酷的侧脸，才皱眉问徐漾，“你签经纪公司了？”

徐漾垂了下眼，嘴角笑意变淡，指指姜南，“嗯，这是我经纪人。”

姜南笑容满面地看着她，语气透着几分激动和恭维：“盛厘小姐，我是徐漾和余驰的经纪人，我还是第一次见到你本人，本人比电视上漂亮多了，没想到余驰第一部正经拍的电视剧能跟你们合作，真是太幸运了。”

盛厘不动声色地看他一眼，不明白这人到底用什么手段把徐漾也忽悠进去了。徐漾是没有余驰帅，但也是个阳光的小帅哥，听说会唱歌、会乐器，还会跳舞，还考上了华影，怎么这么沉不住气？

她语气淡淡地说：“这么说，你不知道余驰是怎么进组的吗？”

姜南也是个会看人脸色的人，能感觉到盛厘不喜欢他，他讪笑道：“我听说前几天有个试镜，应该是他自己试镜的吧，他从小就在表演上有天赋。”

盛厘故作惊讶道：“啊？你不是余驰的经纪人吗？怎么连余驰试镜的事都不知道？”

姜南又不能说他跟余驰关系差到电话都被拉黑。他刚才看她跟余驰站在一起说话，猜测他们关系应该还不错，如果余驰能跟她保持好关系，那绝对是件好事。他赔着笑脸，“余驰平时比较有个性，自己的想法比较多，我们有时候沟通上有点问题。”

竟然还敢暗示余驰不听话？

谁给你的胆子这样说我男朋友？

盛厘在心里冷笑了声，面无表情道：“是吗？余驰在剧组可是人人夸的，不像你说的这么不听话。经纪人呢，在外面应该护着

自家演员才对，你怎么这么说余驰弟弟呢？”

姜南抬手擦了擦汗，嘴唇干燥，“盛厘小姐说得对，说得对。”

余驰漫不经心地看盛厘为他出头，见姜南被她说得直流汗，轻嗤道：“我跟我经纪人关系确实不好，谢谢姐姐为我操心了。如果可以，我倒是想换个经纪人。”

姜南的脸色唰地一下黑了，面子上挂不住，这会儿也只能忍气吞声地看向他，“这个开开玩笑就算了。余驰，你们导演吃完饭了？你带我过去一下。”

余驰看都没看他一眼，对徐漾道：“你找个地方坐一会儿。”

徐漾点了点头，“行。”

盛厘抱着胳膊，笑盈盈地看他，“放心吧，我帮你照顾你同学。”

余驰抿抿唇，面无表情地转身。

他人高腿长，步伐很快，姜南只有一米七多一点，跟在后面有点吃力。

另一边，盛厘温柔地问徐漾：“徐漾弟弟，你吃午饭了吗？”

徐漾笑道：“吃过了。”

盛厘又说：“太热了，你可以去我休息室休息一会儿，我让圆圆拿瓶冰水给你。”

“谢谢姐姐。”徐漾乖巧道。

余驰自嘲地勾了下嘴角，这女人怎么见个弟弟就聊？

姜南艰难地跟上余驰，对余驰刚才在盛厘面前让他下不来脸的事很生气，但念在他自觉进组拍戏的分上，他难得好声好气地说：“这几年我们关系是不太好，但现在既然你已经进组了，我又是你的经纪人，不管你愿不愿意，咱们的合约还有六年，表面功夫总是要做的吧？”

余驰脚步不停，讥诮道："我进组是我的事，你做好你该做的就行了。"

几年了，姜南就没在余驰面前得到过好脸色，他快步挡在前面，威胁道："我还以为你进组是想通了，没想到还是这样软硬不吃，你可别忘了不只是你有合约在身，徐漾也跟我签了五年。你是有本事，软硬不吃，对自己够狠，我是拿你没什么办法。但徐漾不一样，他性格比你好拿捏多了，他要是等五年合约结束了，那以后就更难出头了。"

他以为余驰主动去试镜是因为徐漾，心里沾沾自喜，幸亏徐漾被他忽悠着签约了。

余驰冷眼看他，嘲讽道："你当初拿了三十万给我妈，到现在还没从我身上赚到一分钱，是不是觉得很亏？"

这话踩了姜南的痛处，当初费尽心机花了三十万签下余驰，结果什么都没捞到。这几年他再也没碰到像余驰这种先天条件这么好的苗子。

老实说，每次想起余驰，他都觉得心有不甘。他可是棵摇钱树啊！

余驰语气不屑："我妈都没能让我屈服，你签个徐漾就想威胁我？他发展成什么样，关我的事？我说了，我进组是我自己的事情，你要是再搞些歪门邪道，我今天就可以让自己退出剧组，反正没签约，不存在赔款，你什么也捞不到。"

姜南气绝，"你……"

他深吸了口气，咬牙切齿道："好，你够狠。"

休息室里，徐漾吃了点下午茶，忍不住问："姐姐，余驰是怎

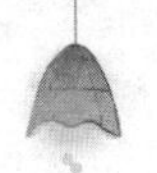

么进组的啊？”

盛厘还在想余驰的事。姜南看起来就不是什么好人，人品问题就先放一边，最重要的是没能力，她看向徐漾，“这个问题放后面，你先跟我说说，你怎么会跟星晴娱乐签约？”

提起这个徐漾就泄气了，很不好意思，“我艺考成绩不是很好，像我这个条件的在华影一抓一大把，想出头很难，姜南说他们公司是小，但我要是签约了，他肯定全力培养我。”面对盛厘这样的女演员，他有点难以启齿，“当时有点着急了，姜南说他跟华娱的一个高层有点交情，说星晴娱乐马上就挂靠到华娱下面了，可以争取到一点资源，我就信了。”

盛厘看徐漾垂头丧气的，有些于心不忍，她笑着安慰道：“别啊，姐姐跟你说，做歌手运气也很重要。艺考成绩高也不能说明什么，一次考试而已，你看你长得阳光又帅气，性格还好，肯定有机会的。”

她话音刚落，余驰就垮过门槛走了进来。

二人四目相对，余驰面无表情地移开目光。

她当自己是救世主吗？哄他一个还不够，看到个遭遇不幸的弟弟就当失足少年一样拯救一番？

盛厘莫名有点心虚，偏偏徐漾这个乖乖崽还感激地说了句“谢谢姐姐，你太好了”。

盛厘看了眼在对面坐下的余驰，发现他脸色越来越冷淡，转头对徐漾笑道：“你是余驰的同学，又是我学弟，鼓励几句而已，也没帮什么忙。”

她看向余驰，挑眉问：“你合同签好了？这么快啊，你那个经纪人呢？”

余驰神色冷淡，“签个字而已，能废多少时间？他除了抓紧机会巴结导演和制片人还能做什么。”

徐漾转头问他：“你怎么进组的啊？”

余驰随口道：“试镜。”

“咱们认识三年了，同桌两年，你竟然半点也不透露。”徐漾对余驰的刻意隐瞒还是有点不爽，“要不是签了同一个经纪人，我跟胡一胖他们是不是得在电视上看见你了，才大吃一惊地发现，你竟然会演戏啊！”

余驰松散地靠着椅背，他还是戏里的扮相，冷淡的神色里透着不耐烦，眉眼间那股张扬不驯的劲儿收都收不住，整个人气质特别冷酷，偏偏脸还长得好，让人多看几眼，目光就有点收不回来了。

盛厘盯着他看了一会儿，拿起手机，对着他拍了一张。

“咔嚓”一声。

好的，她忘记关声音了。

余驰抬眼看向她，盛厘面不改色，还趁机抓拍了一张。

又是“咔嚓”一声。

盛厘满意地放下手机，一本正经地看向余驰，“要不，我现在发条微博，就说你是同剧组的一个帅弟弟，先给你的同学老师打个预防针？”

徐漾惊讶地看向余驰，心想，你什么时候跟盛厘关系这么好了？

余驰用一种“你疯了吧”的眼神看她，盛厘从来没在微博上单独发过哪个男演员的照片，这条微博要是真发出去，后果可想而知。他就算要当演员，也不想靠她的热度。既然已经想好了要

入这一行，他很清楚自己想要什么，哪怕真的身不由己，也想尽力抓住些自己能握住的东西。

他自嘲地说：“算了吧，我不想整天被狗仔盯着。”

盛厘看着他，煞有其事地点头，“有道理，被盯着，有些事就不太方便了……”

徐漾完全看不出两人的暧昧，他根本没敢往那方面去想，毕竟盛厘是知名演员，跟一个没名气、没钱的十八岁男生谈恋爱不现实。

下午，盛厘去拍摄时，徐漾趁机问：“你真的要入这行了吗？”

余驰说：“嗯。”

“那大学怎么办？早知道，你当初跟我一起艺考不就得了吗？我记得你之前说想选华大计算机专业的吧？那你还怎么赶通告啊？”徐漾说到通告，咳了声，“虽然现在不知道能不能接到通告，毕竟公司那么坑，但你长得帅，到时候剧播了，机会肯定很多。”

“那是以前随口说的。”余驰语气淡淡的，“我填的华大的戏剧电影文学。”

徐漾愣了愣，随即笑道：“这个专业不用艺考也跟电影沾边，挺好的。”

余驰不置可否，瞥见姜南朝他们走来，神色便冷了下来。

姜南快步走到他们跟前，“我刚问了，你不住酒店，那你现在住哪儿？”

“我住哪里你不用知道，别影响我拍戏。”余驰自然不会告诉他地址。之前工作人员就问过他了，用不用搬来剧组包的酒店，说距离近一点，他拒绝了。

姜南现在指着他赚钱，想发火也只能忍着，“别人都有助理或

经纪人陪着，我……”

余驰冷声打断他：“你要是在这里看着，我会演不下去。”

余驰又说：“也不用给我找助理。”

姜南找个助理，跟监视他有什么区别？

于是，晚上拍摄开始后，余驰连续失误了十次，姜南就黑着脸主动走了，连徐漾也被他一起带走了。

等人走后，余驰沉默了几秒，跟同样黑脸的刘导道歉：“抱歉，刘导，让我再来一次吧。”

余驰情绪被影响了，再来两次，还是失误。

刘导念在他之前表现好，也没太为难，只是烦躁地摆摆手，“你休息一会儿，调整调整状态。”转头对魏诚和盛厘喊，“先拍你们那场。”

盛厘目光追着余驰的背影看了几秒，有些心不在焉地收回目光，“好。”

今晚余驰的状态不太好，明眼人都能看得出来，但只有她知道原因，那是因为之前姜南在场影响了他。她心里惦记着余驰，拍摄状态不够投入，失误了好几次才过。

这样一来，拍完这场已经快十点半了。

按照计划，原本还要接着拍余驰那场的，刘导却拿起喇叭说：“今晚就先收工吧，剧组请吃夜宵。”

众人齐呼道：“哇！太好了！”

有人喊道：“总算等到剧组请客吃夜宵了，导演，可以吃小龙虾吗？”

“当然可以，想吃什么随便点，就在路口前面那家烧烤店，有点远，大家自行拼车过去。”刘导演笑着放下喇叭，看了眼站在边

上候场的余驰，半开玩笑半认真道，“这顿算是你请的了，你不住酒店省了一笔开销。”

盛厘不知道余驰拒绝了住酒店，心里有点不高兴，干吗不住酒店啊？住酒店见面多方便啊！不过也容易露馅。她看了眼余驰，故意问：“那余驰弟弟，你住哪儿？来剧组方便吗？”

余驰不动声色地看她一眼，低声道：“附近租房，方便。”

盛厘在心里哼了声，看向刘导演，调侃道：“导演，不止省了酒店开销吧？剧组不能小气啊，多请几次客才行。”

余驰是新人，便宜又好用，还不住酒店，确实给剧组省了不少钱。

刘导哈哈大笑道：“行行行。”

半小时后，盛厘拉开车门，看到懒洋洋地靠在后排座位上的余驰。

她坐到他旁边，余驰低头看她。

两人对视三秒，盛厘突然伸手搂住他的腰，在他紧实的腰腹上摸了又摸。

余驰有些无语。

司机和圆圆还在前面呢，他没想到她这么放得开，身体僵了一下，有点受不了地按住她的手，盛厘被他按住了手，笑出声，小声说：“余小驰，你有腹肌吧？”

余驰的手因为经常打球和敲多了键盘，指腹有点茧，掌心温暖干燥，盛厘的手软若无骨，皮肤光滑细腻。车缓缓地开了出去，车厢内光线昏暗，余驰的手紧紧地按在她的手背上，贴着自己的腹部，交叠的两只手随着呼吸轻轻起伏。

他轻轻滚动喉结，转头瞥向窗外，无奈地说：“你怎么这么……”

盛厘的手隔着薄薄的一层面料，紧紧贴着余驰的腹部，触感硬实紧绷。

“我记得，明晚你有一场戏要露上半身。”盛厘脑袋贴在他的胸膛上，小声叹息，“我只是在想，我男朋友的身体我都没看过呢，明晚先让剧组的人看了，有点亏。”

余驰沉默了几秒，低声问：“那你想怎么样？”

盛厘声音很小，但不影响她语气里的霸道：“我的人，当然得我先看啊。”

余驰捏着她的手，在她头顶懒洋洋地笑了声，“行啊，那姐姐今晚跟我回家。”

月朗风清，街边的烧烤店热火朝天，充满了烟火气。

剧组上百号人把烧烤店里里外外都占满了，老板都快把桌子摆到街上了，幸亏刘导让人提前打过招呼，不然一下来这么多客人，食材都不够。

主创和主演们坐在店里吹空调，盛厘跟演女二号的程思绮挨着坐，两人以前合作过一部剧，关系还算熟悉。程思绮今晚刚到影视城，看到跟几个男演员坐在外面的余驰，眼前一亮，转头问盛厘：“那个就是接替封煦演杨凌风的新人啊？”

盛厘往外瞥了眼，外面的桌椅比较矮，余驰坐在塑料矮凳上，一双长腿无处安放，敞得大大咧咧，背却挺得很直，两手搭着膝盖上。他偏头跟旁边的人说话，神色有些漫不经心。

盛厘笑笑，“你怎么知道是他？”

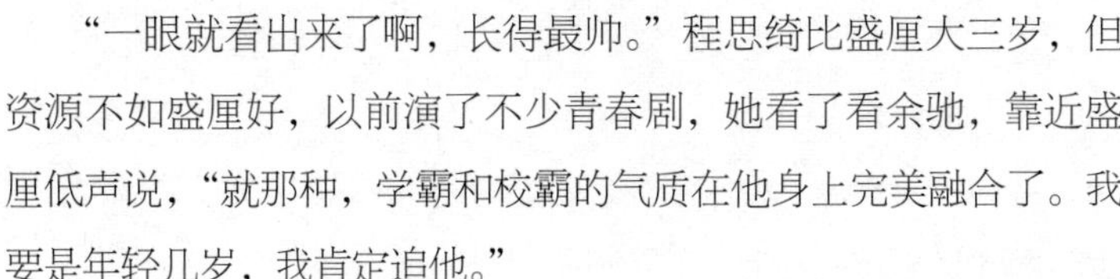

“一眼就看出来了啊，长得最帅。”程思绮比盛厘大三岁，但资源不如盛厘好，以前演了不少青春剧，她看了看余驰，靠近盛厘低声说，“就那种，学霸和校霸的气质在他身上完美融合了。我要是年轻几岁，我肯定追他。”

盛厘心想，幸亏你年龄大点，不然你就完了，抢也抢不过我。

明天早上还得拍戏，盛厘不敢多吃，酒也不敢喝，怕明天起来水肿。才吃了几个小龙虾，她就放下了筷子，拿着漱口水问洗手间的方向，人还没走到门口，就被追上来的圆圆拦住了。

圆圆指指厕所，苦着脸说：“今晚可能人多，厕所挺脏的，等会儿回酒店再漱吧。”

盛厘听她这么说，顿时不想进去了，她凑到圆圆耳边，低声叮嘱道：“等会儿我先走，你跟大家吃饱喝足都散了，再给我发信息。”

“你要去哪儿？”圆圆警惕地看她，心里有个不好的预感。

果然，盛厘笑容狡黠地看她，“你说呢？我的圆圆。”

圆圆忍不住在心中吐槽，别再“我的圆圆”了，你一说“我的圆圆”我就知道你要去对暗号了！

两分钟后，盛厘跟导演和主演们打过招呼，拎着包先走了。

剧组人太多了，烧烤和小龙虾先上给主创和主演，然后从右往左开始上，最左边那三张桌子上只上了一壶茶水，余驰端着茶杯，抬头就见盛厘低着头走向车。

他手微顿，裤兜里的手机就响了。

盛厘：姐姐先去你家等你。

余驰赶紧把手机锁屏，把杯子里的水喝光。之前在车上他说完那句话，盛厘就问他要了出租房的钥匙。

他把杯子放下，自嘲地勾了下嘴角，你紧张什么？又期待什么？还害怕什么？

旁边的人嚷道："我们这桌怎么还没上烧烤啊！怎么这么慢！"

服务员高声回答道："马上马上！"

余驰拎起一听啤酒，勾住拉环扯开，他喝完一听啤酒，这桌的烧烤和小龙虾终于上了。余驰没动筷，喝了两听啤酒，把空易拉罐放桌上，拿着手机起身，跟同桌的人打了声招呼："你们慢慢吃，我有点事，先走了。"

两人前后脚离开，间隔不到二十分钟。

余驰在楼下远远地就看到出租房的灯是亮着的，窗帘也是拉上的。他在楼下站了一会儿，路边两只野猫叫了好几声，他才深吸了一口气，朝楼梯口走去。

他站在家门口，抬手敲门。

屋子里，盛厘正盘腿坐在沙发上，腿上放着那台新电脑。她对电脑不太懂行，照着网上搜到的步骤设置好都花了快二十分钟，她刚设置好开机密码，就听到了敲门声。

这么快就回来了吗？

她不动，拿起手机给余驰发了条语音，问："你回来了？"

余小驰：嗯。

盛厘把电脑放边上，笑盈盈地站起来，发了条语音："哦，那你对个暗号。"

她踢开地板上的纸箱，套上拖鞋走向门口，拖鞋是余驰的，对她来说很大。余驰站在安静的楼道里，隐隐能听到她走路时鞋跟拖在地板上"嗒嗒嗒"的声音。

余驰也是服了，不懂她这是什么癖好，他无奈地按着语音键

低声说：“你非要用那个丧心病狂的暗号吗？”

盛厘就站在门后面，悠哉悠哉地说：“你不喜欢这个啊？那我们可以换一个，你想换什么样的？”

余驰不想思考这种无聊的暗号。

他也不想“吱”。

门里的人手机响了一声，盛厘低头看了一眼。

余小驰：姐姐不是要看腹肌？不开门我走了。

盛厘一瞬间心跳快了起来，她心想，去他的暗号，姐姐是来看腹肌的！她一把拧开门。门外，余驰一手插在兜里，一手拿着手机，垂眼看她两秒，走了进来。

客厅很小，余驰一进门就看到沙发上的电脑和丢在地板上的纸箱。

盛厘把门关上，顺着他的目光看过去，主动说：“电脑我帮你设置好了，开机密码是我生日。”

那台电脑是盛厘强塞给余驰的，他本来就没打算用，盛厘就是故意的。她抱住他的腰，抬头看他，“已经注册了，退不了了，这是定情礼物，不准退货，以后用新电脑，知道吗？”

余驰感觉自己被她拿捏得死死的，无论他怎么抗拒，怎么故作镇定，最后总是功亏一篑。

他低头认输，“好。”

盛厘突然问：“我生日多少？”

“十一月二十一号。”

盛厘满意地点头，刚想亲他表扬一下，桌上的手机就响了。

她松开余驰，边走过去边吐槽：“如果又是周皇后，那她今天就进黑名单算了。”

屏幕上“容姐”两个字在闪动，都已经十一点半了，容桦一般没事不会这么晚打电话给她。她看了一眼余驰，有些心虚地说：“我经纪人，你别说话。”

余驰点了下头，在她接通电话前走进卧室。

盛厘倚在卧室门边，目光追着他，“容姐，有事吗？”

“明天是路星宇的生日，你记得发条微博祝福一下。”容桦开门见山道，“现在十一点半了，再过半小时就零点了，要是你没睡意就踩点发吧。”

两人刚跟容桦签约的时候，年龄都还小，性格也都单纯，那会儿两人感情确实挺好，相处起来也有点像姐弟，每年过生日要是没通告，还一起庆祝。但两年前，路星宇被她拒绝后，就开始放飞自我，越玩越开，容桦在他屁股后面收拾烂摊子，盛厘两年下来也烦了，连他过生日都要容桦提醒，才勉强发一条微博祝福。

余驰拿了套衣服，漫不经心地从盛厘身边经过。

他只有一双拖鞋，现在被盛厘穿着，他只能光脚去了浴室。

盛厘回头看了一眼，心思就被勾远了。

容桦看她不吱声，又劝道：“你这部戏还有两三个月才能杀青，今年一部戏都还没上，时间长了，对你的发展不好。”

盛厘知道这里隔音不好，怕容桦听到浴室的水声，走进卧室把门半掩上，坐在床边，淡声道：“发微博可以，不过我肯定不会踩点发的，又不是我男朋友，我还踩点祝福？”她冷哼了声，“是不是路星宇那家伙惹了什么麻烦？”

容桦笑笑，“那倒没有，他最近挺安分，在家看剧本呢。”

浴室里隐隐约约传来水声，盛厘忙捂住话筒，生怕容桦听出

什么来，匆匆说自己要准备睡觉了，便把电话挂了。

盛厘坐在床上晃了晃腿，宽大的拖鞋从脚上脱落，掉在地板上。

她低头看了一眼，淅沥沥的水声钻进耳膜，她把脚套进拖鞋，往浴室门口走，房子是真挺小的，没几步就到了门口。

水声已经停了，磨砂玻璃门上连一点雾气都没有。

她抱着胳膊，突然出声："余驰，你洗冷水澡？"

余驰擦头发的手猛地一顿，转头面向门口。

盛厘没听到他回答，笑盈盈地说："别紧张，姐姐是给你送拖鞋来的。"说着把脚上的拖鞋脱了，踢过去，鞋尖撞上玻璃门，"砰砰"两声。

余驰把毛巾挂好，嗓音微哑："不用，你穿吧。"

盛厘脚上穿着双白色短袜，她听出他的紧张，瞬间觉得自己占了上风，手抓住门把手，试探地问："余小驰，你有没有反锁？"

"没有，对吧？"

"我给你十秒钟穿衣服，数到十我就开门了。"

"十、九、八、七……"

余驰脸色一言难尽，匆匆套上运动裤，手上抓着还没来得及穿的上衣，在她数到"一"的时候，迅速抬手把门反锁了。

门外，盛厘把门把下压，却纹丝不动，她挑眉，"余驰弟弟，你怕了？"

余驰喉结微微滚动，手撑在门背上，深吸了一口气，手挪到门把上把锁拧了回去，"你再开一次试试。"

盛厘酝酿了一下，把门把按下。

"咔"，门开了。

余驰赤着上身，宽肩细腰，身上不是健身房那种刻意练出来的肌肉，肌肉线条流畅利落，腹肌紧绷显形，黑色运动裤松垮地卡在胯骨上，右手拎着件白色半袖，正面无表情地看着她，整个人看起来又冷又欲。饶是盛厘做好了心理准备，脸也忍不住红了。

他看着她，低声问：“看够了吗？”

当然没看够！

盛厘往前一步，把人抱住，大概是刚洗了冷水澡，他的皮肤还有点凉，盛厘手莫名地哆嗦了一下，心跳得很快。

她仰起头，“余驰，吻我。”

余驰低头盯着她看，眼底的情绪有些挣扎，可此刻再多的挣扎，也抵不过她这句话。他把上衣丢到洗手台上，手按在她腰上，一把将她带进浴室。地板上全是水，盛厘袜子一下全湿了，她在他后腰上报复地抓了一把，不满道：“我袜子湿了，等会儿穿什么？你……”

余驰捧住她的脸，低头吻她，堵住了她的抱怨。

半晌，余驰埋头在她颈窝里喘息，嗓音低哑沉闷：“姐姐，你别骗我。”

这语气怎么听起来这么可怜呢？

盛厘整个人都快软在他怀里了，明明她才是更惨的那个好吧？不过，余驰这种示弱极大地满足了她在恋爱里的主导心理。

她抬头捧住他的脸，笑得很温柔，“就这么不相信姐姐吗？”看他眼神实在委屈，却倒打一耙，“你这样防备我，我会以为你以前被哪个姐姐骗过。老实交代，有没有？”

余驰觉得自己就不该示弱，眼底的委屈瞬间消失得一干二净，他冷淡地勾着嘴角，“你不就是那个骗子吗？”

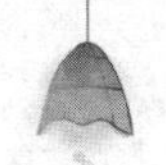

“你别冤枉人啊，我就摸了摸腹肌，接了几次吻而已。”盛厘袜子湿透了，脚底冰凉粘腻，很不舒服，她勾着他的脖子，脚踩到他的脚背上，在他唇边威胁，“不准怀疑姐姐的真心。”

余驰静静地看着她，没说话。

她很轻，体重也就九十斤，整个人踩在他脚上并没有多少压力。他搂着她细软的腰，低头深深地看着她，他眼皮有点薄，平日里没表情时看起来冷酷又薄情，但他又是一个很有表演天赋的演员，一个演员最重要的是眼里要有戏，因为情绪最直观的表达都在眼睛里。

盛厘发现，余驰认真看着一个人的时候，他的眼睛格外深情且纯情。她的心跳蓦地加快，搂紧他的脖子，柔声道：“现在，抱姐姐出去，穿着湿袜子很难受。”

“嗯。”余驰低声回答，抓起洗手台上的衣服，扶着她的腰，俯身把人打横抱起。

他穿上门口的拖鞋，抱着她走到客厅，把人放在沙发上，低头看了眼她脚上湿透的白袜，伸手帮她脱掉。盛厘反应过来的时候，他已经脱掉一只了，她突然有点不好意思，把右脚一缩。

“别动。”他抓住她的脚踝，把那只袜子也脱了。

那双脚白皙细腻，涂着红色的指甲油，连脚后跟都泛着细嫩的粉，余驰握着她细瘦的脚踝，用手上的衣服把她的脚包住。盛厘脚趾在里面蜷缩，害羞地看着他冷酷的侧脸，又忍不住调戏道：“第一次有人用自己的衣服给我擦脚，余小驰，你是不是特别爱我呀？说实话，你是不是很早就爱上我了，还在我面前装。”

余驰顿了一下，把衣服扯开，捡起地上的袜子卷在一起，一并塞进旁边的垃圾桶。

余驰直起身，冷淡地看着她，“这样就算爱你了吗？那姐姐之前的男朋友也不怎么样。”

“是没你好。”盛厘笑着对他眨眨眼，又往垃圾桶里瞥了眼，“不过你这样……有点废衣服啊。”

余驰静静地看她几秒，转身回卧室，从柜子里翻出一件黑色上衣。卧室里灯没开，门敞开着，光线昏暗朦胧，盛厘靠在沙发上往里面看，少年套个衣服的动作都很养眼，她光着脚踩地板，走向卧室。

卧室很小，除了床和衣柜，只有一张靠在窗边的桌子，桌上放着一摞书和那台旧笔记本电脑，墙角立着个黑色的大行李箱，就没别的了。

一看就知道，余驰没给这个屋子添置过什么东西。

盛厘突然想起江东闵和余曼岐，他们开着餐馆，在本地肯定是有房子的。余驰是余曼岐的儿子，却自己在外面租房子住，像个没家的孩子。

余驰看了她一眼，把拖鞋踢给她，“穿上。”

盛厘低头把拖鞋穿上，他已经转身打开了电脑，她想了想，还是回客厅把新电脑抱进来，放到桌上，命令道：“用新电脑，你要是不用，我等会儿就把你的旧电脑没收了。”

余驰回头看她，嗤笑问：“你要我破电脑干吗？”

盛厘站在他身后，看他把移动硬盘插到旧电脑上，把电脑里的资料拷贝进去，猜测他是要拷到新电脑上。她手搭在他肩上，突然问：“你后爹跟你妈有孩子吗？”

余驰顿了一下，淡声道：“有，男孩，上初中。”

盛厘心疼地摸了摸他的脸，刚想说什么，手机又响了。

她去客厅拿手机，是圆圆打来的，她看了眼时间，十二点半了。

圆圆小声说："厘厘，大家都快吃完了，但有些男的估计还要喝一会儿，你要不要先回去？不然等他们都走光了，估计得很晚，明天是不用六点半起来，但也只能睡到八点……"她顿了一下，拿出撒手锏，"睡太晚，皮肤状态不好，你上次去对暗号回来的第二天状态就不好。"

盛厘啧了声，服气道："好好好，知道你的良苦用心了，我等下就回去。"

两分钟后，盛厘戴上帽子口罩，身上还穿了件余驰的棒球服，长度遮到大腿中部，露出一双笔直白皙的腿。余驰懒洋洋地站在门边，手里拿着手机和钥匙，准备送她回去。盛厘光脚穿上小白鞋，笑盈盈地抬头看他，"余小驰，记得买双拖鞋给我。"

余驰转身拧开门，背对她低声道："嗯。"

第二天晚上，昨晚余驰那场失误了十几次的戏一次过了。

程思绮站在盛厘旁边，啧啧称赞道："这也太棒了吧，真的是新人吗？"

盛厘心里很骄傲，却一本正经地说："是很厉害，小时候做过群演，演过一些戏，但好几年没进过组了，大家都不认识，当然也算新人了。"

"你怎么这么清楚？"程思绮好奇地转头看她。

盛厘把余驰给她当过一段时间助理的事说了一下，这事在剧组不是秘密，就算她现在不说，程思绮过些天也会听到八卦的，与其遮遮掩掩，不如坦然大方，这样反而不会容易引起注意。程思绮最近一年走的路线跟她有点像，资源也越来越好，人气也在

涨，大概是团队有意而为，如果真是这样，两人总会变成竞争对手的，防人之心不可无。

恋爱要谈，事业也要抓。

程思绮听完笑了笑，“怪不得，那余驰进组是你推荐的吗？”

“诚哥也推荐了。”盛厘没有否认，漫不经心地笑了笑，“《花杀》不知道你有没有看过，演诚哥小时候的那个小演员，就是余驰。”

程思绮愣了愣，惊讶道：“是吗？几年前看过，不太记得了，回头有时间我再重温一下。”

余驰这场拍完，就轮到盛厘跟程思绮的对手戏了，刘导把两人叫过去说戏，说完让两人酝酿一下，他抽根烟再开拍。

圆圆拿着手机过来，小声说：“厘厘，容姐刚打电话过来催你发微博，你要是没空发，她就帮你发了。”

盛厘翻了个白眼，接过手机，冷哼道：“我这就发。”

要是容桦帮忙，不知道会发什么，配什么图。

半分钟后，盛厘把微博发了出去。

盛厘：小路生日快乐。

她自认很官方了，连张图都没给配，谁知盛厘刚要把手机给圆圆，路星宇的电话就打了过来。

这人是守着她的微博吗？

盛厘接通，路星宇懒洋洋地问：“姐姐，我的生日礼物呢？”

去年路星宇也缠着她要礼物，盛厘在当当打包了两箱书寄到他家，嘲讽着让他多读书，把他气了半个月。

盛厘笑眯眯道：“礼物啊，没有准备。”

路星宇委屈道：“姐姐怎么可以这样，你每年生日我都精心准

备礼物的。”

“那你算算账，我转钱给你。”

“姐姐别这样，我生日都没出去玩，在家看剧本呢。”路星宇可怜巴巴地说。

盛厘毫不留情地戳穿：“你那是不敢出去玩了吧？最近狗仔都盯着你呢，毕竟你的照片和视频这么容易被拍到，价格还高。”

路星宇没话说了。

盛厘道：“我要拍戏了，挂了。”

挂断电话后她想了想，还是在微信上给路星宇发了个两百块的红包。

几分钟后，盛厘正在拍戏，路星宇转发了盛厘的微博。

路星宇：谢谢姐姐，我很满足很喜欢很高兴，准备去买糖吃！

配图是盛厘给他的红包截图。

余驰今晚拍完那场戏就结束了，他换好衣服出来，不过才九点多。昨晚接了两个活，对方要得急，他没在剧组多逗留，扣上棒球帽，把剧本塞进包里，就去路边扫了辆自行车，骑车走了。

在路口经过一家便利店，他把自行车停在路边，想去买瓶水。

进了店门，他突然想起昨晚盛厘说的话。

余驰脚步一顿，从旁边拎了个篮子，“做厘厘助理需要明白的二三事”那个文档是个好东西，过目不忘也是个好本事，盛厘喜欢吃的零食，连牌子他都记得一清二楚。

他买了三十六码的女士拖鞋，粉色的，还有盛厘喜欢的各种零食若干，两瓶冰水。

回到家，余驰先去洗了个澡，出来后捞起桌上的手机查看微

信消息，他嫌消息多、太吵，消息列表上清一色的“消息免打扰”。

列表最上面依旧是六人小群和班群。

六人小群是胡一扬上次拉的那个，消息一直在刷新，闪过几个关键词“厘厘”“微博”“路星宇”。

余驰点开对话框。

胡一扬：我疯了！路星宇配不上盛厘！他们俩哪里般配了？哪里合适了？

胡一扬：厘厘女神跟路星宇的三个月之约到底是什么啊？

胡一扬：驰哥，你给她做助理，你真的不知道吗？

徐漾：额……

胡一扬：漾漾，你额什么？难道你觉得路星宇配得上她？

余驰：不配。

群里静了两秒，胡一扬飞快回复。

胡一扬：驰哥竟然来了！你也觉得不配对吧？你都觉得不配了，那肯定就不配了！是不是厘厘在背后吐槽过路星宇？

余驰看着群消息，面无表情地退出来，打开微博，看了眼路星宇的那条微博。他把手机丢在桌上，拧开瓶盖，喝了半瓶冰水，胃里冰凉的感觉让人舒服了不少。

余驰走到桌前把手机放桌上，盯着桌上那台新电脑，自嘲地勾了下嘴角。

深夜十一点。

余驰冷着脸剪视频，桌上的手机一连振了好几下。

盛厘：余小驰，回家不跟姐姐说一声？

盛厘：你看微博了吗？那个是经纪人要求的，你别吃醋哦。吃谁的醋也不要吃路星宇的醋，他不值得。

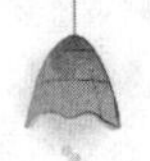

余驰靠在椅子上，目光冷淡地睨着屏幕上的消息。

几秒后，手机又振了一下。

盛厘：姐姐谁都不爱，只爱你。

酒店房间里，盛厘盯着手机屏幕等了半天，也没等到余驰的回复。她的表白就这么没有吸引力吗？还是说过犹不及了？

一切还得怪路星宇，她忍不住点开路星宇的对话框，发了条语音：“路星宇，你戏怎么这么多？要是实在无聊，就找你的旧情人去，别老找我。”

路星宇：姐姐，我转发的时候真的是想买糖的。

路星宇：我还记得姐姐说的三个月之约呢。

路星宇：你别赖账。

盛厘翻了个白眼，懒得再搭理他。

她想了想，直接给余驰打了个电话，电话响了好几下，总算是接通了。那头很安静，键盘和鼠标的声音很清晰，盛厘心头莫名就软了，她笑嘻嘻地说：“驰哥，理理我呗。”

余驰手机开着免提，丢在一边，电脑屏幕映着他冷酷的脸，他垂眸瞥了眼屏幕，心想她还真是什么话都说得出口。修长的手指继续在键盘上敲击，“干什么？”

盛厘应对如流，“我现在去找你，好不好？”

余驰心底涌起一股挫败感，跟她的没心没肺相比，自己这种吃闷醋的行为显得十分幼稚可笑。他漫不经心地笑笑，“来呗，拖鞋给姐姐买好了。”

盛厘眨眨眼，真的假的？这么听话的吗？她咳了声，“每天晚上都出去，怪累人的，改天？”

余驰笑说：“好，我等着。”

挂断电话后，盛厘左思右想，还是觉得没把余驰哄好，她脑子灵光一闪，挑眉点开外卖软件。

半小时后。

出租房门外，外卖员敲了几下门，“你好，您的外卖。”

半分钟后，余驰皱眉从外卖员手里接过纸袋，打开一看，满脸黑线地给盛厘发了条微信。

余小驰：盛厘，你有病吧？

盛厘：收到糖了吗？多吃几颗，嘴巴能甜一点。

余小驰：哼。

盛厘：余小驰，我明天早上想吃鸡蛋饼，你之前买的那家比酒店厨师做的好吃。

余小驰：没有，倒闭了。

第五章　我赚翻了，余小驰

第二天早上，休息室里，盛厘一边吃着酒店厨师做的鸡蛋饼一边跟她妈妈陆女士打电话，她妈妈看到路星宇那条微博，实在不放心，一大早就打电话来求证，“厘厘，你跟小路是怎么回事啊？不是真跟他……”

“妈妈，停停停！”盛厘打断她的话，“网上那些消息，你跟我爸爸看看就算了，我的眼光不至于这么差。”

陆女士还是有点不放心，“你可别学别人乱来……”

这种话盛厘从进圈以来就听了无数次了，她耳朵都要起茧了，忙求饶：“好好好，我知道了，我一定不乱来。我现在还是单身呢，要是谈恋爱了肯定先带他回家给你们看，行了吧？”

“别嫌我烦，我这还不是为了你好？”陆女士冷哼，“我跟你爸爸周末去看看你吧。”

盛厘父母都是企业里的小高管，都还没退休。

她十几岁就开始进组拍戏了，那会儿年龄小，父母不放心，一有时间就进组看她。

这两三年来得少了，偶尔心血来潮才会来一趟。

“现在拍摄挺紧张的，你们来了我也没时间陪你们，而且现在天气很热，来这里就是遭罪，还是在家好好吹空调吧。”盛厘忙阻止，咬了一口鸡蛋饼才说，“等这部戏杀青后，我可以休息一段时

间，到时候再回家看你们，好吗？”

陆女士勉为其难地答应了。

挂断电话后，盛厘一转头，就见圆圆抱着个袋子进来，她不明所以，“这是什么？”

圆圆神色有点复杂，小声说：“刚刚余驰给我的。”

她把袋子拉开，里面是一大袋糖，可不就是盛厘昨晚买的那些吗？

圆圆说：“余驰说他不喜欢吃甜的，怕蛀牙。”

盛厘脑子忽然一炸，忙问：“他什么时候来的？”

“在你说‘我现在还是单身呢’的时候……”

盛厘觉得自己最近运气有点背，明明她什么都没干，清清白白，却总是莫名被人拖进“修罗场”，她谈个恋爱真不容易。她想了想，对圆圆眨眨眼，“我的圆圆，你说……”

圆圆忙双手合十，苦着脸说：“厘厘，我求求你休息几天好吗？容姐昨晚还打电话交代我，让我看着你。”

盛厘叹了口气，也知道最近不能太放肆，上手捏了捏圆圆的脸，“行了我知道了，辛苦你了。”

盛厘从袋子里摸了两颗糖，就去化妆了。

今天她的戏很满，从早拍到晚。

不过也迎来了她跟余驰的对手戏，这也是两人第一次正面的对手戏。

五王爷霍庭衍跟云兰生感情渐深，不仅情场得意，连老皇帝也越来越偏向他，四王爷心里很急，趁着霍庭衍出京办事，便命令杨凌风去把云兰生掳来，以威胁霍庭衍。

杨凌风万分不愿意，如果云兰生真的被掳来当人质，后果不

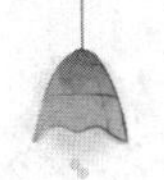

堪设想，很可能连命都要丢掉，但他又不得不听令，只能咬牙应下。杨凌风设局把云兰生掳来，又在云兰生受刑之后，再设计一场救人行动，把云兰生救了出去。

之后，云兰生被杨凌风藏了起来。

今晚要拍的，就是这场云兰生受刑、杨凌风救人和藏人的戏份。

如果拍摄不顺利，明晚就要接着拍。

傍晚六点，盛厘就开始化受刑的伤妆，因为拍摄受刑过程的伤不一样，妆也是拍一点，补一点。从化妆的时候，刘导演就开始给盛厘和余驰，以及饰演四王爷的演员讲戏。

刘导说："杨凌风这段没什么台词，你负责打云兰生，但你爱慕她，舍不得下狠手，但又不得不下狠手。因为四王爷是个疯子，如果你不下狠手，那他很可能就会起疑心，让别人来下手，别人手下没轻重，所以这个机会你要把握在自己手里，打得要狠，还要有技巧，情绪还要随着云兰生受伤的程度，循序渐进地去呈现。"

余驰垂眼听着，低声说："嗯。"

刘导看了看盛厘，说："这场你全程受虐，等会儿肢体动起来，可能你真的要挨点打，没问题吧？"

"没问题，尽管来吧。"盛厘认真点头，受虐戏她拍了好几次，这种戏不下狠手拍出来会很假。

刘导满意地点头，又看向余驰，"等会儿先来试试，看怎么打比较合适。"

余驰很轻地皱了下眉，"好。"

刘导转头交代："道具组把道具都准备好，马上开始了。"

十分钟后，试戏开始。

“不行，杨凌风你手劲儿太轻了，再狠一点。”

“好。”

“不行，手收得太快了，显得有点假。”

“好，我再来一次。”

“还是不行，再来一次。”

“好……”

这场戏光是试戏就花了不少时间，盛厘能感觉到余驰对她下不了手，她忍不住拽着他的衣角，笑盈盈道：“余驰，打吧，姐姐保证不会记仇，不会画圈圈诅咒你的。”

余驰表情有点无奈，皱了一下眉，这场戏也不知道是在折磨谁。

众人哈哈大笑，刘导倒是没骂人，还十分理解，“正常男人都打不下去，这种让美女演员受虐的戏最难拍。而且你年龄小，又算刚入行，盛厘是前辈，一般新人还真不敢上手，你没有畏首畏尾，已经很不错了。”

盛厘趁着没人注意，在镜头拍不到的角度，悄悄在余驰的掌心勾了勾。

余驰垂眼看她。

盛厘对他眨眨眼，“来吧，要是真打疼了，最多就是你……给我送药呗。”

众人又是一阵哄笑。

只有余驰面无表情地看着她，盛厘对他笑得更甜了，这个梗别人都不知道，只有他们懂。这种大庭广众下心照不宣的暧昧，让人抓心挠肺，欲罢不能。

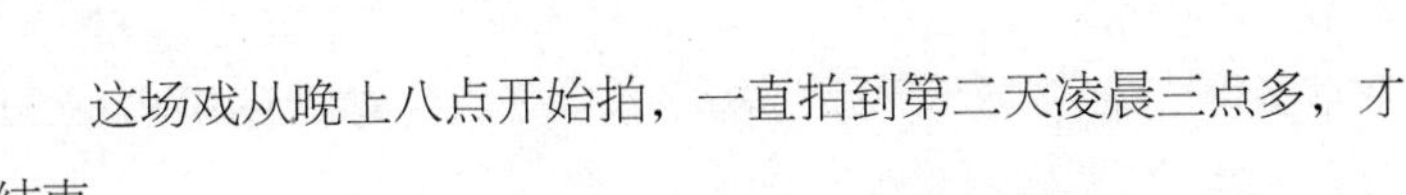

这场戏从晚上八点开始拍，一直拍到第二天凌晨三点多，才结束。

最后一个镜头，是杨凌风把受伤的云兰生抱进事先准备好的宅子里，轻轻把人放在床榻上，手在她苍白无色的脸上轻轻抚摸，痴狂地盯着她的脸，嘴角轻轻勾了勾，病态似的呢喃道：“姐姐，我找了你好久好久，你知不知道？好不容易把你找到，却连话都不能跟你说，不敢认你。我把你藏在这里好不好？藏一辈子，谁都不能把你抢走，只给我一个人看。你说，好不好？”

云兰生了无生气地躺在榻上，一句也听不见。

但盛厘是听得到的，余驰那几句台词的功底太好了，光是听声音就能感觉到杨凌风对云兰生那种痴狂的爱意和病态的占有欲，让她的睫毛不受控地颤了一颤。

仿佛，这些话不是戏里的，是余驰内心深处的秘密。

刘导喊道：“过了！”

盛厘睁开眼，对上余驰深沉漆黑的双眸，被他眼底没来得及收回的占有欲震慑住了，愣了一下。

余驰站了起来，收敛神色，礼貌认真地道谢：“辛苦了，厘厘姐。”

“你也辛苦了。”盛厘忙爬起来，想了想，捞起裙摆从内衬的口袋里摸出两颗糖，递给他一颗，笑眯眯地说，“演得很好，来，姐姐请你吃颗糖。”

余驰面无表情地接过那颗糖，嘴角微抽，“谢谢姐姐。”

两人装模作样，实则旁若无人地调情，让场外的圆圆看得胆战心惊。

刘导看了一下回放，不吝夸赞道：“余驰这段演得很好，情绪

非常到位。”他又看了一遍，皱眉道，“云兰生的睫毛刚刚怎么动了？不行，这个镜头要补一下。”

凌晨四点，剧组收工。

从这场戏开始，云兰生就被杨凌风藏在这间宅子里，因为受伤，她走不了，杨凌风也想方设法把人困在这里，过了一段“蜜月”。当然，那只是他自己心底的想法，在清醒的云兰生面前，杨凌风只是当年被她救过的少年，规矩克制。

盛厘跟余驰的对手戏多了起来。

克服了第一场对手戏后，两人的对手戏逐渐默契，甚至还能在拍戏间隙暗暗调个情。这种明里暗里的暧昧，让盛厘感觉欲罢不能，就算一连拍了好几个晚上的夜戏，也觉得没那么难熬了。

她对周思暖说：“怪不得那么多人因戏生爱，剧组里的夫妻一对又一对，谈恋爱调情多解压啊。”

周思暖笑她，“那之前你拍了那么多戏，怎么没听说你跟谁因戏生爱？”

“我眼光高呗，谁都能入我的眼，那我跟路星宇有什么区别？”盛厘理直气壮，脑子里晃过余驰的模样，感觉余驰就像照着她心里喜欢的样子去长的，要再找一个让她这么着迷的，很难。

周思暖对余驰越来越好奇了，忍不住说：“我八月初杀青，去给你探班。”

盛厘冷笑，“别来。”

周思暖说：“哎呀，别这样，我绝对绝对不拍照不泄密，就去看看。”

盛厘想了想，两人那部剧也快播了，不好拒绝，“等你杀青再说吧。”

七月二十号，盛厘跟圆圆要离开剧组三天，去录个节目。

录制当天，路星宇正好要拍个广告，是国际某大牌新产品的广告，容桦好不容易给他谈下来的，自然很重视。所以，那天录制节目，容桦没跟着去，只有造型师、化妆师和助理跟着盛厘。

节目录制到十一点多，盛厘拒绝了节目组的聚餐邀请，准备早点回去休息，却在化妆间门口碰上了黄柏岩带人来录节目，他手上有两个男演员，都很年轻。

其中一个，就是出了车祸，退出剧组的封煦。

黄柏岩找盛厘的原因很简单，盛厘跟容桦的合约还剩下不到一年，跟她联系的公司和经纪人不少，开的条件也很优渥。不过，盛厘跟容桦合作这么多年，还算合拍，也有感情在，除去偏袒路星宇容桦确实没亏待她什么，毕竟她跟路星宇路线不一样，不存在资源竞争。

论实力和手段，目前还没有比容桦更合适的经纪人。

不过，盛厘也没有直接拒绝黄柏岩，她试探地问了句："黄哥，你带不带新人？"

黄柏岩一愣，无奈地笑道："这是拒绝的新方式吗？"

盛厘笑着眨眨眼，"也不算，只是问问。"

黄柏岩疑惑道："你是想给我推荐新人？"

盛厘笑了笑，"是个很有潜力的新人，你应该也知道的，但没见过。"

黄柏岩到底是圈内人，而且是封煦的经纪人，他知道杨凌风是被一个新人顶替了，不过他没具体去了解，他问："难道是饰演杨凌风的那个新人演员？"

盛厘把手机里余驰的照片调出来，放到黄柏岩的面前，笃定

道："你是经纪人，带人你比我在行，《江山卷》一播，他肯定能火一把，后续发展也不会很难。"

黄柏岩眼睛一亮，显然是被余驰的剧照惊艳了，他的目光从屏幕挪到盛厘脸上，笑了笑，"这小孩，是你家亲戚吗？"

盛厘知道他对余驰上心了，避重就轻地把余驰的情况说了一遍，表示自己只是觉得一个有才华、有天赋的弟弟被埋没在一家小公司，有些于心不忍，"正好遇上你来找我，顺便一提，签不签在你。"

黄柏岩犹豫，"但他还有六年合约，解约金不低。"

盛厘没再为余驰说话，只说："这个问题不大，你先考虑一下签不签。"

第二天傍晚，盛厘回到松山影视城，老刘在停车的时候，接了个电话，电话挂断后整张脸都笑皱了。盛厘听到他说"录取通知"，才想起老刘的女儿今年也高考。

大学录取通知书已经发了？

她一边走进电梯，一边给余驰发微信。

盛厘：你的大学录取通知书呢？给姐姐看看！

过了一会儿。

她收到一张图片。

盛厘定睛一看，愣了。

盛厘：怎么是华大？

余小驰：因为我填的就是华大，姐姐觉得华大没有华影好？

他这话就有点欠揍了啊。

也不是不高兴，就是有点吃惊，当时试镜算是盛厘千方百计

才把他哄去的，她确定余驰很喜欢演戏，也知道余驰哪怕不演戏，随便学一个热门的专业，以后都会过得很好。

她只是没想到，他会接受得那么坦然。

盛厘：当然不是，驰哥超棒。

盛厘：你现在在哪儿？在剧组？

晚上七点，天色才刚刚有了一点灰暗的痕迹，出租屋里没开灯，窗户窄小，光线稍显昏暗。余驰懒洋洋地靠在沙发上，茶几上摊着录取通知书，他没再打字，低头发了一条语音："在家，今天跟导演请假了，去学校拿录取通知书，刚回来一会儿。"

他微信上消息很多，有老师、同学的祝福，余曼岐的信息也混在里面，他点开看了一眼，自嘲地笑了笑，难得她还会关心他要上什么大学，当然也不排除她觉得他没上华影是件很可惜的事。

余驰直接忽略掉她的信息。

屏幕上方跳出来一条新消息。

盛厘：姐姐今晚去找你。

深夜十一点，盛厘穿着余驰那件棒球服，戴着帽子和口罩，骑着自行车进了小区。

爬到十楼，她靠着门喘了口气，才轻轻敲门。

要是余驰敢再让她对暗号，她进去就……

"暗号。"那人在门后懒洋洋地开口。

盛厘深吸一口气，笑盈盈地开口："余驰，你是不敢让我进去吗？"

不等他回答，她就十分配合地出声道："吱吱吱吱吱！"

蚊子有点多，她光着腿，一下就把楼道里的蚊子全都吸引了

过来，她忍不住跺了一下脚。余驰站在门后，垂眼把门打开了，盛厘抬头，两人四目相对，暧昧瞬间在空气里流窜。

她低头走进去，瞥见门后那双女士拖鞋，脸瞬间就热了起来，心脏怦怦地乱跳，仿佛有一万只小鹿在里面横冲直撞。她没想到，他这么听话，竟然真的买了。

身后，对门的中年男人喊了句：“啧，隔壁帅哥的小女友又来吱吱吱了，不知道的还以为是老鼠呢。”

老房子的隔音就是不太好，门没关，对门声音稍微大一点，听得都一清二楚。

余驰低头无声地笑了笑，揽住她的肩把人带到身边，关上了门。

盛厘靠在他怀里，闻到他身上干净清冽的气息，混着一点淡淡的沐浴露香味，这个味道跟他上次去酒店找她那次一模一样。她推推他的胸膛，有些口干舌燥地说：“我想喝水。”

余驰顿了一下，松开她，转身去厨房倒水。

盛厘把身上那件棒球服脱下，里面是件白色的一字肩连衣裙，她抱着外套，换了拖鞋。一抬头，余驰从厨房出来了，他把玻璃杯递给她，低声说：“温的。”

盛厘接过水杯，低头喝水时心跳依然很快，她余光扫向余驰，这家伙看起来反而比她还淡定。她突然有点不服，迅速喝完水，把杯子往柜子上一放。

“啪”。两人心跳均停了一秒。

余驰漆黑深沉的眼睛盯着她，嗓音低哑：“姐姐，你想好了吗？这里很破很旧，如果不是我，你这辈子都不会住这样的房子，不觉得委屈吗？”

四目相触，似有电流在窜，从未有过的刺激和紧张令盛厘几乎招架不住，光是听他的声音，整个人就开始发软。半晌，她勾住他的脖子，抬头吻上他的唇，柔声道："当然不会委屈，你以后只要想起我，就觉得我是陪你吃过苦的姐姐，你会对我好一百倍、一万倍。而且，以你的性格，你大概会永远都记得我。我赚翻了呀，余小驰。"

台灯昏黄柔和的灯光映着这间小小的卧室，老屋子有空调，但大概年代久了，空调运转起来声音很大，也感受不到几分凉意。空气湿热厚重，盛厘触碰到余驰紧绷的肌肉，一手的汗湿，明明被抱得很紧，却感觉没有一丝安全感。余驰身材是真的好过了头，也真的算不上温柔，她心里承认自己害怕，嘴上又不想认输。

某一刻，余驰有些难以置信地看她，跟平日里的冷酷完全不一样，眼底微红，喉结上下滚动。他吻掉她眼角的泪，又挪到她唇上不依不饶地在她唇边低哑道："姐姐，你又骗我。"

"姐姐，你一直在骗我，我是你初恋吗？"

"回答我，姐姐。"

"别骗我。"

"以后不准再骗我了，好不好，姐姐？"

盛厘抱住他，所有动静在寂静的夜里听起来格外清晰撩人，木板的交响乐以"吱"一声重响开了头，她忍不住转头，在他肩上咬了一口。

屋子里的窗帘遮盖得很严实，光线昏暗，床头柜上放着两个手机，两只手机的闹铃几乎同时响了。

余驰睁开眼，伸手把两人的手机闹铃都关了。

瞥一眼手机屏幕，凌晨五点。

一个多小时前，盛厘撑着最后一口气说，她要凌晨五点半回去，趁着剧组里的人还没起床的时候。

余驰借着屏幕微弱的光，低头看了看怀里的人。女人脸蛋薄红，睫毛还是湿的，眼皮也有点肿，整个人蜷缩在他怀里，漂亮的眉毛皱了皱，似乎十分不满闹铃的声响。

他犹豫了一下，没忍心叫她。

微信上有十几条未读信息，余驰点开看了看，全是圆圆发来的。

从凌晨十二点开始，到凌晨两点才消声。

之后就没了。

圆圆：姐……姐夫，我担心被别人看到，早上能早点把厘厘送回来吗？如果需要接应的话，随时可以打电话叫我，拜托啦拜托啦！

余驰按开床头柜的台灯，调到最暗，疯狂胡闹了一晚上，他跟盛厘完全是两个状态。他抱着她躺了一个多小时，整个人从身体到大脑都处于极度亢奋的状态，闭上眼，却根本睡不着。

在六月八号之前，余驰绝对想不到，他会遇见盛厘，更没想到会跟她有任何牵扯，哪怕一开始，她恶作剧地把他强留在身边当助理。他也以为，两个月熬过去，他跟她就再也没有瓜葛了。

甚至在刚刚，看到屏幕上“姐夫”两个字，他低头盯着盛厘看了好一会儿，都还以为这只是一场荒谬的梦。

余驰有过一瞬间疯魔的想法，他也想像杨凌风一样，把人藏在只有他知道的地方，不用在天未亮就把人送走，每天随时随地都能看到她。

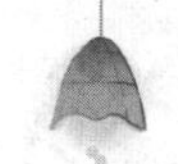

理智和现实却告诉他，这不可能。

时间又悄然过了五分钟，已经五点十五了。

余驰掀开被子，想要翻身下床，一动那床就“吱”了声。睡梦中的盛厘几乎是条件反射般地抱紧他的胳膊，眼睛都没睁开，娇软又嚣张地威胁：“小浑蛋，不许乱动。”

余驰有点好笑地低头，在她耳边低语：“姐姐，五点半了。”

盛厘抱着他的胳膊，困倦地呢喃：“五点半关我什么事……”

“你之前说，五点半要回酒店，让我一定叫醒你。”

“那今天不去剧组了，我让圆圆帮你请假。”

请假?

不去剧组了?

盛厘终于在困顿中挣扎出一丝理智和清醒，睁开了眼，跟余驰四目相对，理智瞬间回归，她也不觉得多羞耻了，把人往边上一推，翻脸不认人，“你离我远点。”

她顿了一下，补充道：“不对，你出去等我，我叫你你再进来。”

余驰盯着她看了几秒，难得没跟她呛声，捡起地板上的衣服套上，把她的衣服放到床边，居高临下地站在床边，有些欠揍地开口：“姐姐需要帮忙再叫我。”

余驰走出卧室，把门掩上。

盛厘浑身酸软地爬起来，没有什么比刚睡一个多小时，又被叫醒更难受的事情了，偏偏还不能不起。

她现在十分后悔，没挑个上午没戏的日子。

几分钟后，盛厘穿戴整齐地坐在床边，看了下手机，给圆圆发了条信息，本来以为她睡着了，她想自己回去，没想到圆圆秒

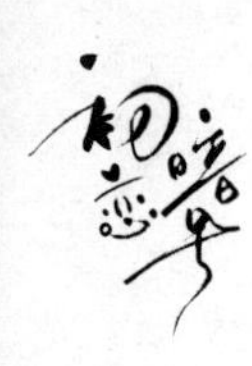

回了。

圆圆：我在楼下了，厘厘你下来就好。

盛厘：余驰叫你来的？

圆圆：嗯嗯，快六点了，咱们快点啦！

盛厘嗓子有点哑，端起柜子上的水杯喝了几口，把余驰叫了进来。

余驰把钥匙和手机塞兜里，走进去。

盛厘实在是太困了，眼睛都是红的，满脸委屈地抬头看余驰，“我不想走路，你背我下楼吧。”

余驰眼底隐隐有笑意，点了下头，弯腰把她抱了起来。

盛厘抱住他的脖子，把脸埋在他肩窝上打了个哈欠，含糊道：“十楼哦，你是准备把我抱下去吗？”

“嗯。”余驰低声应道，抱着她走出去，打开门，“你很轻。”

“这话听着高兴。”盛厘被取悦了，手指忍不住在他头上撩了撩，楼道的小窗敞着，她被晨风一吹，清醒了几分，随口夸道，“是，我男朋友体力好，长得帅，身材好……”

“姐姐，再休息会儿吧。”余驰脚步一顿，低头似笑非笑地看她。

盛厘闭上眼，把脸埋进他肩窝，装死。

凌晨六点不到，小区还在“沉睡”中，万籁寂静，空旷无人，楼下停着一辆黑色小轿车。

圆圆一看到楼道的声控灯亮起，马上从车上下来。

余驰抱着盛厘走出来时，她眼睛都瞪大了，人愣在车边一动不动，等他们走到了跟前才蓦地醒神，结结巴巴地说：“那个，厘

厘……你没事吧？”

盛厘脸有点热，说了声“没事”，推推余驰，“放我下来。”

车是圆圆昨天傍晚跟剧组借的，这辆车一直停在停车场，平时不怎么开，圆圆的借口是“他们的车有点问题，借用一晚”。

这是一辆很普通的轿车，比盛厘的车低调许多，不会引人注目。

余驰把盛厘放下，圆圆偷偷看了他一眼，她一直承认余驰是帅的，但之前怎么也想不到，这个人会变成厘厘的男朋友。

以前怎么看都觉得他好像还挺小的。

现在，怎么看都觉得有点不一样了，比之前更有魅力了。

圆圆咳了声，“我们快上车吧。”

晨曦熹微，天空透着一丝光亮，西边还挂着半轮弯月，那丝说不清是晨光还是月光的光亮，朦朦胧胧地笼罩在余驰身上，连轮廓都变得模糊起来。他手插在裤兜里，身体高瘦挺拔，站得很懒散，背后是一栋老旧的房子，乍一看像电影里陈旧又美好的画面。

盛厘靠在座椅上，看着窗外的余驰，目光被吸住了。

四目相对，她心底升出了一丝梦幻感，像是在拍一场电影：某年某月某日，和这个英俊冷酷又懒散的少年，谈了一场不算特别正经的恋爱，荒唐一夜，在晨曦中分别。

她心里升起一丝不舍，不想走了。

旁边，圆圆突然小声来了一句：“姐夫，再见。”

车开出去后，她才恍惚回神，转头问圆圆：“你刚刚叫余驰什么？”

圆圆无辜地眨眼，“姐夫啊，你之前不是说，我要是愿意，就叫他姐夫吗？”说完还幽怨地看她一眼，“你们都……这样了，我还不改口，岂不是太没眼色了？”

圆圆你可真是个机灵鬼。

凌晨六点，盛厘偷偷摸摸回到酒店，一进房门就倒在床上，意识模糊的前一秒，还含糊地说了句“圆圆，七点叫我起来，我睡会儿”。

昨晚圆圆也就睡了三个多小时，她在套间外的沙发上躺了一个小时，七点进卧室看了看，感觉盛厘肯定起不来，就算勉强起来状态也很差。她想了想，还是去跟统筹商量了一下，把盛厘早上的戏份调整到明天上午。

“明天上午是余驰的戏，我先打个电话问问他，不行就另外安排别的戏份。”只是调整一个上午的戏份，统筹很快就有了安排，又关心道，“厘厘是不舒服吗？”

圆圆想了想，姐姐的债，姐夫来还，应该可以吧？而且，他今天早上还能把厘厘抱下楼，看起来也不是很累！

圆圆毫不犹豫地把新上任的姐夫卖了，脸不红心不跳地说：“她肚子不舒服，还有点发烧。”

统筹理解道：“那让她好好休息吧，如果下午还是不舒服，再提前跟我说，我好安排。”

出租屋窗帘拉得严严实实的，屋内昏暗，空气里还残留着暧昧的气息。手机响的时候，余驰正半梦半醒地躺在床上，眼睛也没睁开，伸手捞过手机接通。

统筹问：“余驰，盛厘有点不舒服，你明天的戏份提到今天可

以吗？”

余驰几乎是立即睁开了眼，嗓音有点哑：“可以。”

“你刚醒吗？”统筹语气有点抱歉，“那要是没问题，你就过来准备吧。”

余驰清了清嗓子，说：“好。”

挂断电话，余驰撑着坐起来醒了醒神，去浴室洗了个澡。到底年轻且精力充沛，洗完澡换身干净的衣服，整个人又神清气爽了，连化妆师都看不出他昨晚只睡了一两个小时，说明状态没问题。

中午十二点多，盛厘醒过来一看手机，整个人都蒙了，忙喊：“圆圆，你怎么不叫我！”

圆圆一看她要骂人，忙解释道：“我看你实在是累，不忍心叫你，就跟统筹说你肚子疼，调整了一下时间，上午拍的是姐夫的戏，别慌别怒。”

盛厘的手机振了一下，一条新微信。

余小驰：姐姐，醒了吗？

盛厘睡了几个小时，身体和精神状态都恢复了一大半，看余驰这么乖顺的语气，再想起昨晚……这个男朋友真的没有任何缺点了。

余驰现在的样子，是盛厘对姐弟恋最理想的期盼了。也不用像昨晚那样，节制一点比较好。

她心情愉悦，心底还泛着丝丝甜意，慢吞吞地回复。

盛厘：醒了，我去洗个澡，等会儿去剧组。

下午，盛厘化完妆去候场，遮阳棚下，余驰懒洋洋地敞着腿

靠在藤椅上，脸上盖了把道具扇，似乎是睡着了。

盛厘在他旁边的椅子上坐下，拿起桌上的小风扇对着脸吹，不时往旁边瞥一眼。

过了一会儿，她忍不住伸手，把小风扇拿过去，那把纸扇被风吹开，余驰的脸露了出来。很快，余驰便睁开了眼，大概是刚睡醒，眼底有一丝倦意和茫然，却定定地盯着盛厘，眼里好似藏了一片汪洋的深情眷恋。

盛厘被他的眼神盯得浑身一酥，心跳也快了。

原本桀骜不驯的少年，心甘情愿地臣服于自己，不仅满足了她的征服欲，也填满了爱欲。身体的亲密度就像两块怎么也分不开的磁场，一句话，一个眼神，两人之间的氛围就完全不一样了。

盛厘瞥见有人走了过来，故意问："余驰弟弟醒了啊，昨晚干什么去了，这么累？"

余驰似笑非笑地看着她，低声道："姐姐。"

盛厘眨眼道："嗯？"

余驰撑着坐起来，把那把扇子放到桌上，右手搭在膝盖上，左手伸过来夺走了她手上的小风扇，懒洋洋地说："这个借我用用，等会儿还给你。"

"厘厘来了啊？"刘导往这边喊了声，"过来听戏。"

盛厘忙起身，捡起桌上那把扇子顶在头上遮阳，走到一半，突然反应过来，刚刚两人的对话有点不对劲。

盛厘愣在太阳底下，感觉脸都要烧起来了。

第六章　我去看你，行吗

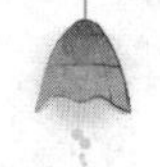

剧组拍摄顺利进入七月底，盛厘每天戏份都很满，不敢再半夜出去，剧组人太多，也都熟悉余驰了，她也不太敢让他来酒店。

这天晚上，盛厘跟余驰拍完最后一场“金屋藏娇”的戏份。

杨凌风藏人的事快暴露了，加上云兰生伤势见好，一直坚持要走，要去找霍庭衍。为了云兰生的性命安全，杨凌风不得不向霍庭衍通风报信，让他来把云兰生带走。霍庭衍把云兰生带走的那晚，临走时，云兰生问杨凌风愿不愿意跟她走。杨凌风看了一眼霍庭衍，对云兰生道：“姐姐，我不想跟你走。”

云兰生皱眉道：“为什么？”

杨凌风深深地看着她，低声道：“因为我不愿意看你跟别人在一起。”

至此，云兰生才惊觉，杨凌风喜欢她。

霍庭衍想动手杀了杨凌风，一是因为他是四王爷的心腹，二是因为醋意大发。

云兰生回过神来，拦住了霍庭衍，她定了定神，看向杨凌风，“你确定不跟我走吗？如果你继续跟着四王爷，我们迟早会成为敌人，兵刃相见。”

四王爷和霍庭衍，注定只能活一个，不管以后谁继位。

杨凌风眼里只有云兰生，“我不走，如果有一天霍庭衍败了，我会保你性命。”他顿了一下，嘴角勾起一抹病态的笑意，嗓音温

柔到了极致，“如果四王爷败了，姐姐不用替我求情，我死了就给我立个碑吧。每年清明节，记得去看我。”

这场戏拍完，盛厘眼睛不受控地红了，作为云兰生的饰演者，她不仅琢磨过自己的角色，对跟她有对手戏的角色也都认真琢磨过，她对杨凌风这个角色印象很深。

他坏事做尽，但在云兰生面前自始至终都是纯情的，所以哪怕他再坏，盛厘对这个角色也恨不起来，就像云兰生也恨不起杨凌风一样。

电视剧播出以后，大概很多观众也是一样的想法。所以，这是个能让观众印象深刻的角色。

拍完这场戏，盛厘觉得余驰已经完全把这个角色演活了。

不只是她，连魏诚都忍不住夸赞道：“余驰演得很不错，不愧是何导看中的人。”

余驰漫不经心地看了眼盛厘，才说：“谢谢诚哥。”

“何导？”程思绮在旁边问，“哪个何导啊？是何元任吗？”

魏诚笑笑，“嗯。”

程思绮看了眼余驰，又问：“何导找余驰拍电影吗？”

“没有，以前的事。”魏诚不是个喜欢八卦的人，一直专注演戏，他跟程思绮不熟，不欲多说，毕竟不是他自己的事。他过去拍拍余驰的肩膀，走了。

刘导把盛厘和魏诚叫去说戏，下一场要拍他们俩的吻戏了。

余驰没走远，就在旁边站着，盛厘感觉他一直漫不经心地盯着自己，顿时感到压力山大，当着男朋友的面拍吻戏这种事情，她以前想都没想过。

现在一想，竟然有点怯场了。

刘导说完戏，就笑呵呵地挥手，“你们可以去准备一下。”

众所周知，魏诚是个非常绅士的人，拍吻戏前一定会先去漱口。当然，盛厘也是这样的，不仅拍前漱，拍完也马上漱口。

她回休息室做准备，经过余驰旁边，悄悄看了他一眼。

余驰面无表情地将目光扫过来。

回到休息室，盛厘忍不住给余驰发信息。

盛厘：你要不要回避一下？眼不见为净？

赶紧答应，这样她压力也能小一点！

余小驰：不要。

盛厘：那你有什么话要说吗？

余小驰：别失误。

拍戏失误不失误也不是盛厘说了算啊，这是导演说了算！

盛厘从业将近十年，哪怕是荧幕初吻，都没现在这么紧张，但余驰这小浑蛋今晚软硬不吃，无论盛厘怎么威逼利诱，他都不为所动，就是不愿意回避。

实在没办法，盛厘只好硬着头皮出去候场了。

这场戏拍摄地点是在王府庭院，刘导已经让场务清了一次场，无关工作人员都被请了出去。

余驰站在监视器不远处，脸上表情很冷淡，连眼神都没什么温度，盛厘努力控制自己不往那边看，不被影响。魏诚似乎看出了她的焦虑，绅士道：“别紧张，这场戏不复杂，不用拍太久的。”

盛厘心想，你不懂的，我男朋友在旁边观看，我怕失误一次他就要给我记上一笔！

她深吸了口气，拿出自己专业的态度，开玩笑道：“能不紧张吗？这得引多少人的嫉妒啊。”

魏诚漫不经心地往余驰的方向看了一眼，意味深长地笑了笑，

低声道："不然让导演再清个场？"

盛厘被他笑得头皮有点发麻，诚哥这不是看出来什么了吧？

心正慌着，余光瞥见余驰转身走了。

嗯？怎么突然走了？

下一秒，原本紧绷的焦虑情绪总算缓解下来。走了好，她可以放松地拍了。

余驰面无表情地走出拍摄棚，进到没人的巷子口，他控制不住自己，不想让她拍吻戏，不想让别的任何男人碰她，只有他可以碰。

手机忽然响了。

他低头盯着手机屏幕，沉默了一会儿，还是接了。

余曼岐打了几次电话，余驰都没有接，这次猝不及防地接了，她愣了一下，经江东闵提醒，才柔声道："小驰，你今晚没戏吗，能接电话？"

余驰垂着眼，冷声问："有事吗？"

母子俩关系冷淡也不是一天两天了，余曼岐这会儿想说些缓和的话，都不知从何开口，主要是觉得余驰不接受。她温和地笑笑，"听说你不住在剧组，你现在住哪儿啊？"

余驰说："你问这个做什么？如果是想让我搬回家，那就免了。"

"我知道你不愿意回来住，我也不是这个意思。"余曼岐叹了口气，"我听说导演和几个主演都很喜欢你，都夸你演得很好，而且你戏份挺多的，别人都有助理，你身边都没个助理。我跟你叔叔商量着，要不然，这段时间我去剧组照顾你一段时间，可以吗？"

余驰像是听到了一个笑话，冷笑着提醒："妈，我成年了。"

他顿了一下，收敛情绪，语气平静冷淡："我之前几年都不用

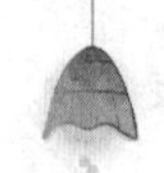

你来照顾，现在我成年了，你觉得你能照顾我什么？给我端个水还是递个毛巾？如果是这样那就不必了，没必要。如果是担心片酬分不到你们手上，那大可不必，你们当初跟姜南签约的时候，应该都谈好了吧。”

其实余驰已经很久没喊余曼岐“妈”了，余曼岐怕他挂电话，忙说：“妈知道你怨我，可都这么多年了，你现在是自愿进组拍戏的，说明你还是喜欢拍戏的。”

余驰面无表情地想，余曼岐到底知不知道，他喜欢跟他被卖掉，是两回事。

余曼岐又问：“你录取通知书到了吧？回家吃顿饭吧。”

“不用。”余驰说，“没事我挂了。”

回家？

他没有家。

电话另一头，余曼岐拿下手机，看向江东闵和姜南，无奈地摇了摇头。

姜南回去了一趟，忍不住又跑了过来，但又不敢去剧组，怕惹怒余驰，就只能来找余曼岐了，怎么说他们都是母子，总不可能一直记仇。

他手上夹着烟，吞云吐雾道：“他一直这样不配合，我以后很难安排啊。”

“他有自己的想法也不是坏事，你看，他愿意接戏了，一接就是个不错的角色，戏份也多。”余曼岐到底是余驰的亲妈，这几年也一直有些愧疚，但更多的是对姜南的埋怨，看他现在混得也不怎么样，就知道当年被骗了，她语气嘲讽：“让他自己来接戏，说不定比你这个半吊子经纪人靠谱。”

姜南脸色冷下来，“要不是我把徐漾签过来，他能去拍戏？别过河拆桥，翻脸不认人。”

“哎，别吵了。”江东闵打了个圆场，“我回头去打听一下，看看余驰住哪儿吧。”

十点半，盛厘终于拍完了今晚的戏份，她目光四处搜寻，都没看到余驰。

圆圆小声说：“姐……余驰在你开始拍吻戏的时候就走了，应该是回去了。”

“手机给我。”盛厘伸手。

圆圆忙把手机递过去，总有种不好的预感，一般这种不好的预感，总是很灵……今晚，她怕是又要不得安眠了，呜呜。

盛厘一边往休息室走，一边点开微信。

余驰半小时前，给她发过微信。

余小驰：我到家了，姐姐别忘了自己说过的话。

她说了什么？

盛厘往上翻了一下聊天记录，看到自己之前哄人的记录……

盛厘：宝贝，失误真的不能保证。

盛厘：等拍完这场戏，你来休息室找我，我亲你十遍可以吗？

盛厘：驰哥，我以后叫你驰哥，保证不叫你余小驰了。

盛厘：那……我今晚去找你？随你处置，好吗？

距离上次去出租屋已经过了一周多了，盛厘也不是不想去，只是上次的经历有点累，折腾得太过了，她心有余而力不足。

她转头问圆圆：“明天我是不是十一点才有戏？”

圆圆一脸麻木，果然……

她撇撇嘴，小声道：“可你也不能那么晚才回来了，肯定要早

早回来的。”

“我知道，可以回来补眠。”盛厘笑眯眯地看她，“辛苦了我的圆圆，明天早上五点半去接我。”

圆圆想了想，小声说：“不能让余驰来酒店吗？他……应该不怕折腾吧。”毕竟姐夫年轻体力好，总比折腾盛厘跟她划算些。

盛厘戳了下她的脸，“平时挺机灵的，现在脑子怎么秀逗了？酒店这么多演员，就算不蹲我，也可能蹲别人，被拍的可能性比较大。”

“也是……”圆圆苦巴巴地点头，今晚只能再辛苦一次了。

盛厘回酒店洗漱完毕，换好装备，才偷偷摸摸地出门。

二十分钟后，她站在出租屋门口，有种被“吱”支配的恐惧，实在不想再对那个丧心病狂的暗号了，当初想出这个暗号，只是想逗逗余驰，现在简直是自食其果。

盛厘站在门口，刚想敲门，门就从里面开了。

她愣了一下，抬头。

余驰站在门后，头发还有些湿，显然是刚洗完澡没多久。盛厘走进去，脱掉身上的外套和帽子，摘掉口罩，抬头看他，挑眉道：“今晚不用对暗号了？”

“那你出去，对了暗号再进来？”余驰面无表情地提议，顺手把门关上。

盛厘傻了才出去，她把东西放在玄关柜上，伸手抱住他，笑盈盈地抬头，“今晚只失误了两次，别吃醋了，余小驰。”

余驰垂眼睨她，嗤笑道：“不是说不叫我余小驰了吗？”

盛厘说：“驰哥。”

余驰沉默了几秒，抬手触碰她的脸，嗓音低哑道：“姐姐，今

晚想要什么剧情？比上次更激烈的吗？”

话音一落，盛厘就被抵在了门背上，她血液瞬间上涌，心跳又快又急，他像是不想给她选择的机会。

虽然前两次是她要求激烈一点，但他为什么会觉得经过上次之后，她还会给自己挖坑呢？盛厘刚刚骑自行车来得有点急，额头上冒了些汗，一缕鬓发贴在脸颊上，眼神因动情而变得柔软动人，往日的嚣张霸道都藏了起来。

她伸手勾住他的脖子，仰头在他喉结上亲了亲，用气音说：“别动。”

余驰喉结不受控地滚了滚，垂眼睨着她的脸，抬手把粘在她脸颊上那缕鬓发拨开。盛厘从喉结往上，一路吻到他嘴角，低声说：“今晚不要激烈的，想要温柔一点，弟弟可以满足我吗？”

屋子里窗帘拉得很严实，卧室灯没开，客厅灯光是暖色调的，将小小的空间映照得昏黄暧昧。明明挺破旧的一个小房子，却怎么看都觉得温馨浪漫，这里像是两人热恋的一个秘密空间，所有的爱意交缠，几乎都在这里发生。

余驰没回答她的问题，扣着她细软的腰，低头在她唇上咬了一口，又含住她的唇，低笑道：“我喜欢激烈的。”

这小浑蛋，故意的吧？

下一秒，她就被打横抱了起来。

盛厘被扔到床上，那张床又重重地“吱”了声，仿佛比上次更不结实了。她手抵着他的胸膛，抬头看着支在上方的余驰，紧张地开了个玩笑：“这个床，不会塌吧？”

要是塌了，就好玩了。

余驰贴在她耳边低笑，“不知道，可以试试。”

试个屁啊！谁试谁傻子！

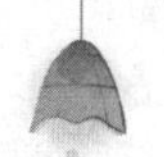

客厅茶几上，手机不合时宜地响了。

盛厘的手机还在兜里，她推推余驰，声音含笑道：“你的手机。”

“不想管。”余驰埋进她颈窝，声音有点沉闷。

铃声停了，隔了不到一分钟，又响了。

余驰手撑在她身侧，不耐烦地翻身下床，拧着眉走向客厅。手机屏幕上闪着“徐漾”两个字，他捞起手机走到窗户前，接通电话。

徐漾笑道：“我还以为你睡了呢，刚想挂断。”

余驰语气冷淡：“睡了也被你吵醒了。”

“真的啊？”徐漾不太相信，“还没到十二点，你会睡那么早吗？”

“没睡。”余驰有些不耐烦，“什么事？”

徐漾叹了口气，“也没什么，就是我爸妈知道被骗签约后，现在两人整日都唉声叹气的，觉得当初不够谨慎。我能不能跟他们说，你也签了星晴，让他们知道我不是一个人，这样他们也能放心点，别整天自责了，我都烦死了。”

“你想说就说吧，这也不是什么秘密。”余驰无所谓道。

徐漾又说：“我去咨询过律师了，解约基本不可能，解约费太高了。你还有机会，如果明年剧火了，说不定有公司愿意帮你赎身。”

“明年的事，明年再说吧。”余驰漫不经心地往卧室看了眼，盛厘说过要帮他，但他并不想要。

他顿了一下，对徐漾道：“如果真的有公司帮我赎身，我会想办法也帮你解约。”

毕竟，徐漾从某种程度上来说，是被他连累了。

卧室里灯没开，光从半敞着的门透进来，整个空间朦胧暗淡。余驰推门进来，盛厘还保持着那个姿势，她今天穿了那件香芋色的吊带裙，露出精致白皙的锁骨，乌黑柔软的长发散在灰色的床单上，正举着手机在刷微博。他俯身过去，用膝盖顶开她紧闭的双腿，强势地抵在中间，伏在她身上，把她手机拿开，低声道："不怕手机砸到脸吗？"

盛厘有点困了，在他进门前就打了个哈欠，含糊道："徐漾给你打电话？"

"嗯。"余驰现在不想听她说别人，堵住她的唇，重重地吻她。

老空调换气，咯吱咯吱地运转，空气闷热湿重，盛厘捂着脸后悔不已，当初就不应该乱"吱"，报应来了。半个晚上，她都被"吱"声安排得明明白白。

"姐姐。"余驰手撑回她身侧，抱着她闷声问，"你上次还没回答我，我是你初恋吗？"

"不是。"盛厘矢口否认，要是说是，他岂不是要上天？

余驰浑身肌肉紧绷着，低头隐忍地看着她，没再追问这个问题，他低头在她侧脸轻吻，在她耳边不舍地问："早上还是五点半走吗？"

"嗯。"盛厘尾音微颤，眼睛湿润。

其实，也不是一定要那么早走，来的路上她就想过了，十一点才有一场戏，她九点前赶到剧组化妆就差不多了。让老刘把车开出去绕一圈，再让圆圆来接她，如果碰到熟人，可以说他们是出来吃早餐。

凌晨两点多，盛厘给圆圆发完微信，脑袋往余驰怀里一靠，很快就睡着了。

第二天早上七点，余驰先醒了，他生物钟很准，一般七点左

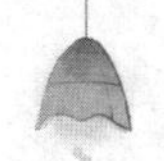

右都会自动醒来。卧室里光线很暗，他伸手拿过手机，屏幕微弱的光线映着盛厘的脸，她丝毫没有要醒的痕迹。

如果没人叫，她大概能睡到中午。

余驰的手在她细嫩光滑的腰上轻轻捏了捏，觉得不能再躺下去了，便拉开她的手，翻身下床，拿了套干净的衣服出去，关上门。

余驰洗完澡，走进厨房。

厨房有个小冰箱，厨具挺齐全，但余驰几乎没用过。他其实会做饭，毕竟小时候就被江东闵指使着做这做那，做个早餐，炒几个简单的菜，还是会的，而且做得还不错。

但剧组有盒饭，早餐可以在外面吃，他在这里住了一段时间，几乎没用过厨房。

他从柜子里拿出一只平底锅，这个是他刚搬家的时候在超市买的，因为什么？因为圆圆住院时，不仅给他发了文档，还发了各种食物的图片，说盛厘早上喜欢吃这种鸡蛋饼。

这方圆几公里，各类早餐都能找到，唯独没有那种家常版的鸡蛋饼。

当时他不可能真的去酒店让厨师做，只能自己动手。

八点，盛厘被闹钟叫醒。

她穿好衣服，困倦地走出房门，客厅没开灯，窗帘微微拉开一条缝，窗外天刚大亮，清晨的阳光从那条缝透进来，正好落在茶几上。

茶几上放着一个透明的一次性饭盒，里面装着几块切好的鸡蛋饼。

余驰懒洋洋地靠坐在沙发上，他穿了件白半袖、一条纯黑的运动裤，正低头看手机，听到开门声，抬头看过来。

她走过去，直接坐在他腿上，指指饭盒，“你出去买早餐了？不是说倒闭了吗？”

余驰把手机放一边，伸手扶她的腰，随口道：“骗你的。”

“骗人不好啊，余小驰。”盛厘手指勾住他的下巴，眯着眼瞧他，“下次不准骗我。”

余驰往后仰靠，她的手顺势滑下来搭在他肩上，他静静地看着她，“姐姐骗我的还少吗？”

盛厘贴过去，抱住他的脖子，假装失忆道：“是吗？那你说说我都骗了你什么？我都不记得了。”

“你这句话就是在骗我。”余驰皱眉看着她，虽然他不知道自己是不是她的初恋，但是他不在意她过去怎么样，他不明白的是，既然都说他是她挖到的宝藏，她一个女演员，愿意冒着被拍的危险来见他，还在他吃醋生气的时候耐心地哄他，到底图他什么呢？

从来没有人这样哄过他，也没人对他这样好。

她好像给了他很多，他应该知足的。

但他并没有，反而觉得不够，一点都不够。

这种患得患失的感觉，从一开始就存在，余驰很讨厌这种感觉，却又无能为力。他知道为什么，因为他喜欢盛厘，很喜欢、很爱她，想拥有她的一切。

明明是她先招惹他的，可她却没那么喜欢他。

如果有一天两人分手，大概只有他一个人难过。

盛厘的手机响了几下，不用看也知道是圆圆发来的。

她没管手机，凑过去在他唇上轻轻吻一下，笑盈盈地挑眉，“宝贝，我劳累一晚上了，正常情侣不是应该多温存一会儿吗？哪有人一早上就开始翻旧账的？”

余驰皱眉盯着她看了几秒，突然翻身把人按在沙发上，一条

腿跪抵在她身侧，一条腿支在地板上，他按着她的腰，居高临下地睨着她。

这房子的沙发不太结实，沙发脚摩擦在地板上发出一声“吱”。盛厘愣愣地看着余驰，腿根还隐隐作痛，她忍不住咽了下喉咙，说：“圆圆应该已经在来接我的路上了。”

余驰低头要吻她，盛厘把脸侧开，她没刷牙。

余驰身体压下来，把头埋在她的颈窝上，像小狗一样在她细腻白皙的皮肤上蹭蹭，嗓音沉闷道：“姐姐，以后别骗我了，也别玩我，我玩不过你。”

盛厘一愣，这是在撒娇吗？

她高兴地摸摸他的后脑勺，软声哄道：“没有，骗你有必要这么累吗？”

余驰抬头，垂眼深深地看着她，认真问：“那你到底为什么要跟我谈恋爱？你喜欢我吗？”

“当然喜欢。”盛厘觉得他问的问题有点傻，忍不住捏他的耳朵，“你真当姐姐那么随便啊，见个人就往上凑，我说过了，你是我挖到的宝藏，是我喜欢的类型。”

余驰盯着她看了几秒，捧住她的脸不让她躲，低头在她唇上咬了又咬，闷声道：“你说过的，只有我甩你的份，我记住了。”盛厘睁大眼睛“呜呜”两声，力气不如他，只能在他背上、腰上掐，但他也不怕疼，不怕痒，她只能躺平任他咬。

还是圆圆的电话救了她。

圆圆这个电话打得压力山大，她坐在车里战战兢兢地问：“厘厘，可以下楼了，一定要遮好自己啊。”

盛厘还被余驰压着，余驰靠她很近，也听到了电话里的声音，他抱着她翻身坐起来。盛厘吐了一口气，才说：“等几分钟，我刷

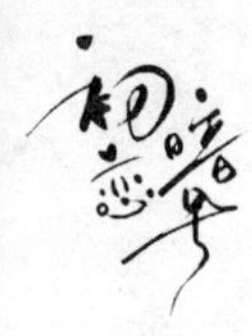

牙洗脸马上下去。”

圆圆忙说：“好，快点，都要八点半了。”

挂断电话，盛厘看向余驰，“有牙刷和毛巾吗？”

“有，在里面。”余驰的下巴往洗手间方向抬了抬。

盛厘去洗漱，出来后套上外套和帽子，拿起茶几上的一次性饭盒和脱脂奶，低头看向懒散地靠在沙发上的余驰，笑盈盈地说：“我走了哦，等会儿剧组见。”

“嗯。”余驰看着她，“姐姐，下次什么时候来？”

盛厘挑眉，“周六早上没戏，我周五晚上过来。”

余驰嗯了声，坐直了抬头看她，低声说：“我不送你下楼了，你自己小心。”

这模样太乖了，让盛厘忍不住心软，又说：“不一定周六，如果不是太累的话，我就提前来。”

三分钟后，盛厘遮挡严实，下楼钻进车里。

圆圆坐在驾驶座上，回头看了一眼，忙把车开了出去，忍不住提心吊胆道：“厘厘，下次还是五点半走吧，八点天太亮了，我都怕死了。”

盛厘坐在后排打开饭盒，拿了块鸡蛋饼咬了一口，是这个味道，比酒店厨师做的好吃。她心满意足地又咬了一口，笑眯眯道：“好好好，下次听你的。”

在剧组拍戏的日子过得很快，一转眼就到了八月。

余驰的戏份到月底才能杀青，如果按照正常的拍摄时间，他就赶不上军训了。剧组的拍摄很紧张，如果只是调整几天的戏份，那还能勉强调得过来，半个月就很难了。

毕竟，他只是个新人，剧组不可能这么将就他。

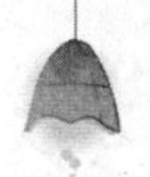

余驰申请了第二年军训，如果是艺考生，那就简单得多，毕竟请假拍戏在华影是再正常不过的事情。如果不是出了姜南那个意外，按照余驰的计划，他现在应该是华影的学生，也就不必纠结这些东西了。

处理完这个事情，七夕快到了。

余驰想给盛厘买个礼物，但还没想好送什么，片酬还没打到他卡上，华大的奖学金有两万，加上他之前存下来的两万块，加起来可以给她买一个像样的礼物了。

这天下午他拍完戏不到四点，他回家换了身衣服，准备去市区逛一下。

余驰刚下楼，就看见江东闵跟余曼岐站在楼下。

那两人看见他，神色都有点不自然，尤其是余曼岐，想装慈母，但余驰比她高太多了，一段时间没见，仿佛又比上次成熟沉稳了，也更好看了。以前看他感觉就是一个长得很帅的高中生，现在连气质都变了些，给人更难以接近的感觉。

余曼岐笑了笑，“小驰。”

余驰面无表情地站在楼梯口，冷声问：“你们怎么知道我住这里？”

余曼岐笑得不太自然，“跟人打听的，不太放心你，你不让我们去剧组，我们就只能来你住的地方看看了。”

余驰太了解他们了，没耐心再跟他们绕弯子，直接道：“我说过了，我进组是我自己的事情。合约我毁不了，你们跟姜南签过什么合约，我拍一部戏你们抽成多少，那是你们的事情，我管不了。所以，你们也不用再试探我，更不要妄想干涉我，我十四岁的时候你们都没能拿我怎么样，我已经成年了，你们更拿我没办法了。”他顿了一下，看向余曼岐，自嘲地勾了勾嘴角，“也不用

想着跟我缓和关系，从那天起，我们的关系注定就这样了。”

余曼岐脸色尴尬，笑不出来了。

江东闵皱眉看向余驰，“你当时喜欢演戏，年纪又小，我们作为父母帮你把关是应该的。那时候姜南开的条件好，我们就帮你签了合同，后来发现他公司不行，那也只是我们不懂行，被他糊弄了，这也不能完全怪我们吧？”

当年，江东闵和余曼岐并不知道何元任要给余驰推荐经纪人的事，以余驰当时的条件，哪怕容桦不签，他也可以签一个很好的经纪公司。就算不签经纪公司，等到高考艺考，也能有更好的选择，绝不会被星晴娱乐绑定十年。

余驰从来没跟他们说过这些，毕竟没有任何意义，余曼岐从来也不关心他的想法。至于江东闵，就更不在乎他的想法了。

“我只有一个爸，已经死了，你算哪门子的父亲？”余驰冷冷地瞥向江东闵。

江东闵说：“我好歹养了你几年，养父为大，怎么不算？”

余驰十一岁就开始在剧组做群演了，就算他年纪小，需要依靠余曼岐和江东闵，但那几年他的吃穿用度花的钱都不超过三万，江东闵更是从来没照顾过他，也没把他当成孩子，余驰在他眼里从头到尾，只是一个工具罢了。

余驰不再理会江东闵，看着余曼岐，平静地问：“你也是这么想的吗？”

余曼岐先是看了一眼江东闵。

“算了，当我没问。”

余驰失望透顶，转身就走。

余曼岐在身后喊了几声，他充耳未闻，脚步越来越快，很快就走远了。

留下余曼岐和江东闵，两人对视一眼，江东闵嫌弃道：“你是他妈，就不知道哄他一下吗？”

余曼岐皱眉道：“他已经不是小孩子了，宁愿租房子住都不愿意回家，这还没说明他的态度吗？我怎么哄？”

两人在原地吵了起来，直到一个三十来岁的男人打断他们：“你们找谁？”男人看到余曼岐的脸，恍然道，“哦，你是我对门那帅哥的妈妈吧？”

江东闵偷偷摸摸跟了余驰好几次，才知道他住这里，但不知道他住哪层。他看向中年男人问：“你住几楼？”

“十楼。”男人看了看他们，随口劝了句，“孩子大了，交了女朋友想在外面住那是正常的，不回家就不回家，不用管那么严。”

说完就上楼去了。

余曼岐和江东闵愣在原地，余驰交女朋友了？

五点半，在剧组片场，盛厘下了戏就急匆匆去了一趟洗手间，“大姨妈”造访，差点把戏服给弄脏了。她换好衣服，有气无力地靠在沙发上休息，圆圆给她泡了一杯红糖水，“要暖宝宝吗？”

盛厘往杯子里吹了吹气，“这么热的天，我又穿这么厚的戏服，再贴个暖宝宝，是想让我自燃吗？”

盛厘问：“余驰呢？”

“他下午拍完就走了。”

门外，工作人员的对话传到了休息室内。

“下周六七夕，你说剧组会放假吗？”

“放假就别想了，聚个餐还差不多。”

盛厘喝了口红糖水，心想这是她跟余驰在一起后的第一个节日，是个值得纪念的日子，正常情况下，他们应该出去吃个饭，

约个会的。但是，现在条件不允许，在剧组偷偷摸摸调个情、私下见一次面都挺累人，出去约会……别想了。

不过，给余驰买礼物还挺简单的，衣服、包、配饰等，随便哪样都可以。

余驰长得这么帅，身材这么好，不打扮打扮多可惜。

她立马来了兴趣，拿出手机看几个男装款式，按照自己的喜好，从头到尾搭了几套，把图片发给熟悉的造型师，让造型师帮忙买回来。

造型师八卦了一句："给小路哥买的吗？"

余驰的气质跟路星宇是有点像，正好这几个牌子也是路星宇喜欢的，也不怪造型师多想。

她想了想，谨慎回复道："不是，给家里一个表弟买的。"

喝完红糖水，订好礼物，盛厘靠在椅子上，在微信上调戏男朋友。

盛厘：余小驰，你又去哪儿了？我一下戏就找不到你。

余驰还在出租车上，他神色冷淡地靠在后座上，闭着眼睛，阳光从玻璃窗照到他脸上，他却一动不动，直到手机振了一下，他才睁开眼，点开微信。

余驰嘴角勾了勾，低头回复。

余驰：有事，去市区一趟。

去市区？

这家伙不会是去给自己买礼物吧？

盛厘噼里啪啦地打了一行字，想了想又删了，又发了一条。

盛厘：今晚姐姐不能去找你了。

余小驰：为什么？

盛厘：生理期，大姨妈，懂吗？

余小驰：不懂。

盛厘翻了个白眼，不懂个屁啊，你以为你还是纯情少年吗？

手机振了一下。

余小驰：我想见姐姐，不一定要做什么。

盛厘一看他这话，就有点心软了，想了想，还是没忍住答应了。

晚上十一点，盛厘回到酒店，洗完澡就趴在床上一动也不想动了，很累，肚子也疼，浑身都不舒服。她没忘记跟余驰的约定，挣扎了好一会儿，还是不想动，只能摸到手机，给余驰打电话。

余驰刚回到家，他把买好的礼物放茶几上，手机便响了。

盛厘在电话里有气无力地说："余小驰，姐姐今晚要爽约了，不准生气。"

"很难受吗？"余驰低声问，"我去看你，行吗？"

如果是平时，盛厘肯定心软答应了。她把脸埋在枕头里，眼睛都要睁不开了，含糊道："我怕我撑不到你过来就睡着了，今天太累了，也有点不舒服，过几天我去看你，好不好？"

"我要是说不好呢？姐姐会让我过去吗？"余驰低声问。

她感觉他情绪不高，以为他不高兴了，努力睁开眼，耐心哄道："想我了啊？再忍几天好不好？下周我再找机会去看你，好吗？"

过了一会儿，余驰才沉闷地回答："好。"

两分钟后，盛厘已经钻进被子里躺下了，却莫名失去了睡意，又爬了起来，给余驰发微信。

盛厘：余小驰，姐姐突然又想见你了，你来找我吧。

盛厘：记得对暗号哦。

当时，他们谁也没想到，这是两人分手前，最后一次对暗号。

深夜十二点半，余驰穿着一身黑色休闲服，戴着黑色棒球帽、黑色口罩，虽然遮得很严实，但少年身形高瘦挺拔，气质出众，一个轮廓就能看出这男生骨相很好，长相肯定也不错。

余驰快步走进地下停车场的安全通道，一口气上到十楼。

他塞着耳机，电话一直处于通话中。

盛厘听到他气息微喘，嘴角弯了弯，“是不是快到了？”

“嗯。”余驰站在楼道入口，看了眼空荡寂静的走廊，心跳微快，转身踩到地毯上，走路无声，他声音压得很低：“十楼了，姐姐准备给我开门。”

盛厘走到门口，站在门后面，慢悠悠地说：“我要听你对暗号。”

之前被他占了那么多便宜，她不占回来，那就不叫盛厘了。

距离余驰上一次“吱”，已经过去一个多月了。

余驰依旧觉得这个暗号丧心病狂，却没那么难以启齿了，他甚至很喜欢听盛厘“吱”，这是他们两个人的暗号，只有彼此知道。

他脚步很轻，目光略过房号牌。

1025、1026、1027、1028……

他环顾四周，确定没有人，停住脚步，无奈地低声道：“吱。”

下一秒，门开了。

盛厘站在门后，得逞地笑着看他，余驰很快闪身进去，背抵着门，把门关上。他倚着门背，拉下口罩，垂眼睨着她，帽檐在他脸上落下一片阴影，分隔出明暗，看起来冷清又禁欲。

她贴过去勾住他的脖子，笑盈盈地抬头看他，很小声说：“余驰，我发现你又变帅了，比上次来这里的时候，帅了不止半点。”

“是吗？”余驰搂着她的腰，低头看她，嘴角勾了勾。

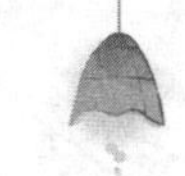

“当然，我就说我眼光很好，挑了个潜力股。”

“抱我进去。”

余驰垂眼睨她，“要剧本吗？”

虽然这是她先提的，但每次约会都要来一个剧本，她岂不是很累？盛厘面无表情道：“不要，姐姐今晚经不起你折腾，抱我去躺一会儿，陪我睡觉。”

余驰听话地点头，把人抱进房间。

套房里只开了壁灯，光线有些暗，卧室里同样只开了床头灯的壁灯，暖光的光线映在白色的枕头上。余驰把盛厘放到床上，盛厘把他的帽子摘下，丢到旁边，勾住他的脖子不放，“躺下来。”

余驰手撑在枕头上，弓着腰，垂眼睨她，他的头发比之前长了不少，被帽子压得有点乱，眉眼干净，目光坦荡纯粹。盛厘被他这样的目光看得心神荡漾，抬头在他唇上亲了亲，手在他脖子上压了一下。

余驰整个人压下来，深深地吻她。

今晚的余驰像一只受伤的小狼，把盛厘当成了糖果，舔上一口就治愈一分。盛厘被他舔着嘴角，感觉有点痒，她忍不住弯了弯嘴角，抬手在他后颈上轻轻抚摸，低声问：“余小驰，你今晚心情不好吗？”

“没有。”

余驰抱着她侧躺下来，他半倚着床头，手垂在她枕头边，支起一条腿，姿态懒散地低头睨她，他来之前心情确实有点不好，现在已经好了。

盛厘躺在枕头上，仰头看他。

她眼睛生得灵气漂亮，黑白分明，格外清澈透亮。

余驰手指摩挲她落在枕边的长发，低头跟她对视几秒，自嘲

地笑了下，“今晚我妈跟江东闵去出租房找我了，我以前总想着我妈如果能跟我道个歉，只要她真心道歉，我就原谅她。今天才发现，不管我演不演戏，她都不会在乎，也不会觉得自己做错了什么，因为江东闵不会觉得自己做错。她永远不会站在我这边，也从来不会为我着想。”

盛厘撑起身体，趴在他身上，捧住他的脸，“所以说她是‘后妈’，不要想她了，有姐姐疼还不够吗？”

余驰笑了一下，看她几秒，低声说：“够了。”

如果能一直这样，这辈子就足够了。

盛厘从十一点多撑到现在，快一点了，实在是有点熬不住了，又滑回枕头上，闭上眼想睡觉。余驰又粘了过来，吻住她的唇，低声问：“我几点走比较合适？”

“等我睡着吧，或者早上五点半。”盛厘嗓音含糊娇软，感觉今晚的余驰比平时还黏人，这个年龄的男孩精力是真旺盛。

余驰闭着眼，下巴埋在她发丝里，闻着她的气息，整个人从身到心都被她拿捏得死死的，“盛厘，我喜欢你，你别不要我。”

我离不开你了……

这是余驰第一次直白地说喜欢她。

她仰起脸看他，感觉他这个样子真是又乖又好欺负，她忍不住笑着在他下巴上轻轻咬了一口，又到他耳边低声说了一句：“晚安，男朋友。”

余驰定了五点半的闹钟，抱住她，满足地闭上了眼。

凌晨五点四十，余驰从酒店停车场大步离开。

距离七夕还有两天，晚上十点，圆圆抱着一堆包裹走进盛厘的房间。

盛厘正在跟周思暖打电话，周思暖已经杀青好几天了，在家

休息了几天，自觉元气满满，就想来剧组探班，“你们后天戏多吗？不多我就订那天的机票了。”

“多，没空理你。”盛厘拿了把剪刀，把手机开了免提，坐在地毯上，兴致勃勃地准备拆快递。

周思暖语气不满道：“盛白雪，你重色轻友啊。”

盛厘一边拆快递，一边说：“是啊，你能拿我怎么样？”

“哪天戏少？快说。”

盛厘拆了一件又一件，停下手想了想，“下周二吧，下周二晚上只有一场戏，拍完估计就九点多，可以出去吃个饭。”

周思暖挂断电话，就去订机票了。

一分钟后，盛厘电话又响了。

她转头瞥了眼，是容桦打来的。

“圆圆接。”

圆圆忙点了接通，还开了免提。

说起来盛厘跟容桦已经有几天没联系了，容桦一般没事不会打电话闲聊，盛厘心想估计是工作的事，要么是合约的事，最糟糕的可能是路星宇又出状况了，得让她配合洗白。

电话接通了，容桦没有立即说话，而是跟她的助理交代：“不管怎么样，先压着，价钱等会儿我去谈。再帮我订张机票，明天一早的。”

盛厘皱眉，果然是路星宇那倒霉蛋又惹事了。

下一秒，容桦冷静地问：“盛厘，你跟余驰是怎么回事？”

盛厘心里“轰隆”一声，像是有什么东西突然坍塌了，她手一抖，锋利的剪刀尖戳到指腹，瞬间破了一个小口，血慢慢渗出来，在指尖凝成鲜红的血珠。

她脑子空白了好几秒，半晌，回过神来，才强装镇定地问：

“被拍了吗？”

容桦冷笑道：“你说呢？”

圆圆直接吓傻了，看见盛厘指尖上的血滴到白衬衫上，才猛地反应过来，迅速抽了张纸巾捂住她的手指。盛厘任由她捂着，整个人都有点麻木，也不觉得多疼。

她以为她跟余驰已经足够小心翼翼了。

而且，现在的余驰一点名气都没有，除了剧组的人，大家都不认识他。

盛厘强迫自己冷静，“在哪里被拍的？什么时候？”

“上周，凌晨五点三十四分，余驰从你房间里出来。”容桦火气很大，听得出来她在控制脾气，“我之前就说过了余驰不像个当助理的，真是一不注意，你就给我憋了个大招。”

盛厘忍不住皱眉，“我跟他是正经谈恋爱。”

容桦冷声道：“你才二十三，你现在公开恋情，你觉得合适吗？就算你想公开，那你想过公开之后的结果吗？你以为狗仔和网友是省油的灯吗？就算你没事，那余驰呢？”

盛厘沉默。

容桦那边很忙，听得出来，因为她的事，公关部忙得人仰马翻。她说了这么一通后，又冷声道：“你今晚哪也别去，待在房间别动，也不用跟余驰通气，我这边先压下来，明天我过去一趟。”

挂断电话，盛厘坐在地板上发愣。

圆圆拿了个创可贴帮她把手指包起来，她心里已经慌成一团了，不安地问：“厘厘，怎么办？”

盛厘抬眼看她，老实道：“不知道。”

这是真实的想法，她之前真的没想那么复杂，一开始确实就想跟余驰谈个恋爱，后来发现余驰有签合约，这算是一个意外。

她越来越喜欢他是真的，可她也没那么天真，觉得谈个恋爱就要天长地久。但她也没想过要分手，她只是想两人感情稳定的话，就先谈个两三年，也藏个两三年，等两人事业都比较稳定的时候，藏不住了再找机会公开。

她没想到这么快就被拍到了。

现在，她整个人都很被动，甚至是束手无策。

盛厘不想承认，现在她心里很慌张。

手机疯狂振动了几下。

路星宇：姐姐，我还在等你，你怎么能去找别人呢？

路星宇：我上次就感觉你们两个有猫腻，你还不承认！

路星宇：跟我约定三个月，姐姐又跟别的弟弟厮混在一起，姐姐这样是出轨！出轨！出轨！

盛厘面无表情地看着他撒泼，回了一个字"滚"。

路星宇：你怎么能这样对我呢？姐姐，我这两个月这么乖，我不好吗？余驰那家伙有什么好的？什么都没有，就一张脸还能看，就算他能演戏，但他那破公司，他能有什么资源？什么时候才能混出个头？

路星宇：跟他分手吧姐姐，跟我在一起。

盛厘：再烦我，我拉黑你。

路星宇发了个委屈的表情，不再说话了。

盛厘烦躁地把手机丢一边，咬着唇沉默，感觉心里空荡荡的。

大概是她沉默得有些久了，圆圆小心翼翼地开口："快递还拆吗？"

快递还剩下两个没拆呢。

盛厘抿了抿唇，深吸了一口气，捡起剪刀，低声说："拆。"

现在想这些也没用，等容桦那边处理好后，再来想该怎么办。

圆圆拿着那件沾了一滴血的白衬衫，皱眉道：“我拿去洗洗，看能不能洗干净。”

“放着吧。”盛厘叫住她，垂着眼继续拆快递，动作迟疑了一下。这回她就买了一件衬衫，本想亲手给余驰扣上扣子的，他的身材和气质穿衬衫肯定很好看，冷清又禁欲。

她瞥了眼脏了的衬衫，低声说：“染了血，不吉利，不要了。”

几千块钱的衬衫呢……

圆圆觉得有点可惜，也觉得姐夫不会介意，但似乎确实有点不吉利，她无奈地把衬衫放下。

“也别扔了，洗干净放我柜子里。”盛厘轻声交代。

圆圆郁闷道：“哦，好……”

盛厘把所有的快递全部拆完，坐在沙发上叠衣服，她不太会叠衣服，叠得有些歪歪扭扭，然后塞进袋子，放进柜子里。

一个小时后，容桦打电话来说：“不会爆出去，但事情还是要解决，明天我过去当面跟你谈。”

盛厘没异议，“嗯。”

挂断电话，已经是深夜十二点了。

盛厘坐在床上，捧着手机，犹豫了好一会儿，才给余驰发了一条信息。

盛厘：余小驰，我明天早上想吃鸡蛋饼。

余小驰：好。

盛厘：驰哥，明天晚上不能过去陪你啦，我经纪人要过来，有工作跟我谈。

余小驰：没事。

盛厘：你生气吗？

余驰直接发了一条语音过来，他散漫地嗤笑：“姐姐，我在你

眼里是个幼稚的小孩吗？天天在你跟前闹着要糖吃，吃不到就生气就哭？”

手机又振了一下。

还是一条语音。

余小驰低声说：“我没生气。”

盛厘沉默了一下，也觉得自己想得太多了，余驰被亲妈签经纪合同的时候，都没有崩溃，他比她见过的任何少年都要干净纯粹，也更坚韧坦荡。

她迟疑了一会儿，缓慢地打字。

盛厘：那要是我很长时间不去找你呢？

打完后，迟迟没发出去。

几秒后，她一个字、一个字地删掉了。

出租屋里，余驰还在剪辑视频，这个视频是他自己做的，花了不少心思，准备在杀青后，再送给盛厘。其实他以前剪过几个盛厘的视频，是胡一扬求他帮忙剪的。

胡一扬说要给他钱，他没要。

那几个视频还存在他的硬盘里。

屏幕的光映着他的脸，少年神色平静，嘴角勾了一下，垂眼瞥向旁边的手机。

怎么还没回？睡着了？

他拿过手机，低声发了一条语音：“姐姐，睡着了吗？”

第二天早上，盛厘走进休息室，让圆圆给她泡一杯咖啡。圆圆出去洗杯子，回来的时候，怀里抱着个一次性饭盒，里面是切好的几块鸡蛋饼。

透明饭盒冒着雾气，鸡蛋饼还是热的。

盛厘往门外看了一眼，余驰手插在兜里，漫不经心地往这边看了一眼，转身走了。

圆圆把鸡蛋饼放桌上，小声嘀咕：“你想吃鸡蛋饼，我叫酒店厨师做就好了，现在……特殊时期，你们应该避避嫌。”她看了眼盛厘，又安慰道，“不过，这里是剧组，封闭拍摄的，时间也还早，倒是不怕。”

盛厘拿过盒子打开，给她递了一块，“酒店厨师做的没那么好吃，你尝尝。”

余驰没多少天就杀青了。

下一次不知道什么时候才能吃到他带的早餐了。

盛厘今天状态不太好，失误不少。

容桦是下午三点到片场的，那时候余驰正在吊威亚拍打戏，他小时候拍过打戏，也吊过威亚，所以并不畏惧。他人聪明，运动细胞又好，学什么都快，武术指导教一遍，他就能完全记住动作，再练习几次，打戏拍起来很干净利落，每一个动作都非常流畅漂亮。

容桦去监视器后面看了一会儿，神色平静。

刘导笑道：“怎么样，不错吧？”

他本来想说，打戏比路星宇拍得漂亮，但顾忌容桦的面子，没说出口。

容桦倒是笑了一下，“挺好的，比较肯吃苦，胆也大，放得开，比路星宇动作利落。这孩子以后应该能火，前提是有个好经纪人，还没有乱七八糟的绯闻。”

盛厘就站在不远处，她听见了，也知道容桦是说给她听的。

晚上八点，盛厘收工，跟容桦一起回酒店。

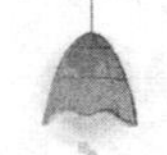

进了房门，两人各坐一边沙发，沉默了几秒，容桦才开口：“你想好了吗？”

盛厘看着她，实话实说道：“没有，我不想分手，也不想公开。”

“你觉得我会有办法？”容桦笑了，她从包里摸出烟盒，点了一根烟，涂着红色指甲油的手指夹着烟，慢条斯理地抽了一口，才平静道，“如果对象是路星宇，那还好办，但现在是余驰。”

她弹了弹烟灰，看着盛厘：“你在这个圈子里快十年了，很多东西不用我说你也明白。我这次能压下来，不一定每次都能压。就像路星宇，我没办法每次都能在稿子发出去前截下来，总会有爆出去的时候，我只能给他洗白，至于有多少人信，那是粉丝的事情，对他的影响是大，但不至于混不下去。

“余驰不一样，他现在没作品，没粉丝，那个星晴娱乐能拿得出钱替他公关吗？

“拿不出，你知道的。

“而且，最重要的是，如果你们恋情一曝光，我可以给你撇得干干净净，也可以按照你的意思公开恋情，给你换一个路线发展，熬过一两年，你还是盛厘。那余驰呢？他以后在这个圈子里要怎么混？大家提到余驰，永远都是‘盛厘的男朋友’，或者‘盛厘的前男友’。

“先入为主的印象，很难改变。你自己做判断吧。”

容桦从容不迫地抽着烟，并不着急，她似乎已经看透了盛厘。

人啊，不能有弱点。

一旦有了弱点，就失去了谈判的优势。

盛厘承认，容桦说的这些，她昨晚全部都想到了，想得一清二楚，甚至更多。

比如，分手后，余驰会怎么样？他会不会恨死她？

她亲口说的，不会甩他。

他是她发现的宝藏，是她把他拽进这个圈子的，他应该前途无量。他被大家记住的，应该是他自己，他叫余驰，而不是谁谁的前男友。

盛厘沉默了一会儿，低声开口："我跟你续约五年，你帮余驰赎身，找谁去谈、怎么谈都行，只要能解决就行，解约金我付。然后再联系黄柏岩，之前我跟他打过招呼，他想签余驰。"

"黄柏岩？"

之前封煦还没出事的时候，封煦跟路星宇是对家。

现在，却要送个余驰过去，岂不是要继续对决？

容桦皱眉，"帮余驰赎身可以，让他换一家经纪公司，不能是黄柏岩。"

"为什么不可以？容姐是怕他跟路星宇路线重合，路星宇比不上他吗？"

盛厘笑了笑，连容桦都怕余驰会火，怕他压过路星宇，她反而放松了，"在这个圈子里，有作品的人才能一直走下去，路星宇只要不作死，就没人能弄死他。余驰不过是个新人，现在什么作品都没有，容姐就这么防着他，是怕余驰出名，还是对路星宇没信心？"

"黄柏岩之前联系过我，我没答应，我只是顺水推舟提了一下余驰。"盛厘看着容桦，语气越发冷静，"我跟你续约五年，未来五年大概会是我商业价值最高的五年，我比路星宇火，也比他稳定，你是知道的。而且只要我合约在你手上，我没再继续谈恋爱，没曝光恋情，我跟路星宇就解绑不了。"

反之，如果她不续约，路星宇很快就会失去一半的热度。

容桦是个精明人，肯定知道这是最划算的买卖了，哪怕余驰

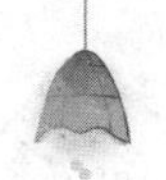

在三年内能大火，那也足够她再培养出一个新人了。

过了一会儿，容桦把烟掐了，抬眼看盛厘，挑眉笑，“你跟余驰谈了没两个月吧？为他这么做，值得吗？”

盛厘的手机振了一下，她低头看了眼。

周皇后：为什么不能去？我机票都定好了！

盛厘：因为我跟余驰分手了。

容桦神色平静，起身看向盛厘，“这几天我都会在这里，解决完事情，估计余驰的戏份也要杀青了。早点休息，你今天状态不太好。”

半分钟后，房门咔嗒关上。

下一秒，盛厘整个人就萎靡下来，她抱着膝盖蜷缩在沙发上发呆。

手机又振了几下。

周皇后：这才多少天啊，盛白雪，你耍我啊？

周皇后：真分手了？为什么？

周皇后：没想到你是这样的人！

过了好一会儿，盛厘才拿过手机解锁看信息，她眼睛微红，拧着眉用力按键盘。

盛厘：真分手了，腻了。

过了好一会儿，那边回了一句语音消息，“下一个更乖，别哭。”

盛厘从小就不爱哭，她现在很难受，却依旧没有大哭的冲动，难道她真的不够喜欢余驰？不然为什么都要分手了，她都没有哭出来呢？

深夜十一点，她给余驰发微信。

盛厘：余小驰，明晚七夕也不能去找你了，我经纪人带了几个剧本，她估计要待几天，我们要商量挑剧本的事。

盛厘：七夕给我准备了礼物吧？

盛厘：明天找机会给我？如果太大的话，就放着，杀青了再给我。

她盯着手机屏幕，不知道要怎么度过接下来的十天，每天都要这么哄着骗着他吗？当初靠哄靠骗把人骗到手，现在要分手了，还是要哄要骗。

盛厘自嘲地想，余驰也真倒霉，初恋就碰上自己。

那会儿余驰在洗澡，十分钟后出来才看见她的信息，他头发还湿着，捞起桌上的手机，边走进房间边回复信息。

余小驰：我还有十天，就杀青了。

盛厘：我知道，你的拍摄行程是按照之前封煦的来定的，他之前应该是赶着要进下一个剧组的，所以后十天戏份很密集，你就好好拍吧。

盛厘：杀青了，姐姐有礼物送给你。

余驰打开电脑，嘴角勾了勾，他也有礼物送给她。

七夕晚上，剧组放假聚餐，容桦一直在，余驰的礼物是让圆圆带回去的，盛厘拿到手上的时候，犹豫了一下，没拆直接塞进了柜子里。

还要拍戏，盛厘不想情绪被影响太多。

几天后，容桦告诉盛厘："已经按照你的意愿解决了，等余驰杀青，黄柏岩会联系他去签约。"

盛厘松了口气，笑了笑，"谢了，容姐。"

容桦淡声道："不用谢我，花的是你的钱。"

杨凌风的最后一场戏是，死在云兰生的剑下。

傍晚七点，刘导就开始跟他们讲戏，余驰沉默地听了一会儿，

看向刘导，“导演，这一段如果是杨凌风自己撞上云兰生的剑，是不是会更好一点？感觉更符合他的性格设定。”

刘导挑眉问：“你觉得他是什么性格？”

余驰平静道：“姐姐要他死，他就去死，死之前还会对她笑一下的那种。”

盛厘心尖一颤，转头看余驰。

余驰低头看她，勾了勾嘴角，“姐姐，你觉得呢？”

盛厘心慌意乱地抓紧剧本，她认真想了一下，觉得余驰说得有道理，杨凌风就是那种设定，她说：“如果是这样的话，确实会很带感。”

只不过，这样的话，这个角色会更抢戏。

她看了看余驰，看他神色平静，大概也想到这点了，但他还是提了出来，主动争取机会。

刘导叫了编剧一声，两人去旁边商量了一会儿。

半小时后，刘导对余驰说：“那就按照你的理解拍一次。”

这大概是盛厘跟余驰默契度最高的一次，谁也没想到，这场戏一次就过了。

刘导喊：“过！”

盛厘跟余驰甚至还没出戏，她握着剑，眼睛微红，脑子里还是杨凌风的笑意，明明那笑意很浅，却给人偏执和疯狂的感觉，还有一丝可怜。

大家都凑过来，高声喊：“恭喜余驰弟弟杀青！”

余驰还穿着染了血浆的戏服，撑着地面站起来，盛厘回过神，笑着过去很轻地拥抱他，“恭喜杀青。”

这段时间，两人都没这么亲密接触过。

盛厘很快就放开他，抬头冲他笑了笑。

剧组当初给余驰开的片酬不高，便宜又好用，刘导对余驰特别满意，也非常有良心，十点就收工了，在片场给他弄了个简单的杀青宴。

余驰举着酒杯，跟大家说："谢谢大家这段时间的帮忙和照顾。"

刘导夸了他几句，魏诚从助理手里拿过一个礼盒递过去，笑道："杀青礼物，不用不好意思，拿着。我们很有缘分，如果有机会的话，希望还能再合作。"

余驰迟疑了一下，接过礼物，看向魏诚，"谢谢诚哥。"

"我也有礼物，在休息室，等会儿跟我去拿吧。"盛厘笑盈盈地看他，故意说，"之前还奴役你给我当助理，现在想想真是罪过。弟弟，以后成名了，不要跟姐姐记仇哦。"

程思绮嗔道："你们准备礼物都不说一声，显得我们很不懂事啊！"

盛厘笑笑，"你跟余驰又没对手戏，不用准备啦。"

不止魏诚和盛厘，剧组还有好几个小姑娘也给余驰送了礼物，还趁机跟他要微信号。当着大家的面，余驰不好拒绝，拿出手机点开微信给她们扫二维码。

简单的杀青宴结束，剧组收工。

余驰跟着盛厘走进休息室，圆圆站在门口，犹豫着要不要进去。

盛厘回头看了她一眼，"进来吧。"

圆圆说："哦……"

她走进去了，把门关上，打开空调扇，自觉地背对他们，收拾东西。

盛厘看了她一眼，又说："圆圆，耳机戴上，开个音乐听。"

圆圆："哦……"

盛厘转身，余驰还站在门边，手插在裤兜里，目光平静冷淡，

没有要过来抱她的意思。她走过去，抱住他的腰，仰头看他，笑盈盈道："好了，圆圆看不见也听不见了。"

余驰低头看她，拧着眉，还是没动，沉闷道："姐姐，我杀青了你好像很高兴。"

"哪有。"盛厘心里一慌，脸上却还是笑着的，"也不能说不高兴，毕竟杨凌风这个角色你演活了，大家都在夸你，你很厉害，很优秀，我不能高兴吗？"

余驰抱住她，低声说："我们马上要分开了。"

盛厘小声道："我们这行的情侣聚少离多是常态，有些在一起快分得也快，这些都是正……"她话音未落，余驰就低头重重地吻住她，在她腰上掐了一把。

"嘶。"盛厘忍不住投降，"呜呜，轻点！我只是举例，不是说我们。"

余驰在她唇上啃咬厮磨，有些不安地抱紧她，他在某个瞬间突然觉得自己抓不住盛厘了，或者说他从来没有完全相信过盛厘。他从小到大没有跟谁亲近过，更没有喜欢过什么人，只有盛厘，可他并不相信盛厘会一直陪着他，一直属于他。

盛厘闭着眼承受他的吻，余驰最后在她唇上舔了一下，低哑道："我时间比你多，只要你有时间，我周末可以去看你，我们每个月都可以见面的。"

好一会儿，盛厘才喘匀了气，抬手捧住他的脸，笑道："余小驰，你以后也要经常进组的，别忘了你自己现在也是个演员了。"

"我应该很长时间都不会有新工作的。"余驰环着她，背靠在门背上。

盛厘盯着他的脸看了一阵，在他脸上轻轻拍了拍，笑盈盈道："我给你介绍个经纪人吧，不要再留在星晴娱乐了，姐姐帮你解约。"

余驰垂眸睨着她，没说话。

解约合同、新的合同都要余驰亲自签字，他已经不是十四岁了，有些事瞒不过他。盛厘沉默了几秒，皱眉道："我是你女朋友，我不喜欢那家公司，不喜欢你经纪人，也不喜欢你后爹'后妈'给你签的那个合同，我想让你脱离他们，不仅是为了你，也是为了我。只要我跟你在一起，我就没办法避免跟他们接触……"

"好。"

"我真的很讨厌……"盛厘倏地顿住，盯着余驰，"你刚刚说什么？"

"我说好。"余驰低头看着她，目光认真而专注，嗓音沉闷，"姐姐给我赎身，我就是你的了，卖给你了。"

他都把自己"卖"给她了，这样互相牵绊，就分不了了吧。

反正，以后他的所有，都是她的。

凌晨十二点，余驰打开出租屋的门，按开墙边的开关，暖色灯光映着客厅每一个角落，他低头换鞋，目光在那双粉色的女士拖鞋上停留了几秒。

他把礼物一股脑丢上沙发，整个人也陷在沙发里。余驰手臂撑在敞开的腿上，弓着背，低头点开微信，把盛厘推送给他的微信号点开。

微信号名字就叫黄柏岩，余驰知道他是封煦的经纪人，也算业内的知名经纪人了，他申请添加对方好友。

申请备注：余驰。

不到一分钟，黄柏岩就通过了好友申请。

黄柏岩：余驰，你好。

黄柏岩：现在方便接电话吗？直接打电话说吧。

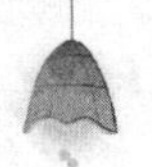

余驰：方便。

半分钟后，黄柏岩的电话就打了过来。

黄柏岩跟容桦不一样，他性格要温和许多，电话接通，他先是笑了声，“我本来下午就想给你打电话的，但今天实在是忙，腾不出空来，这会儿刚忙完。你今天杀青了吧？”

余驰现在心情很复杂，他跟黄柏岩也不熟，其实不知道要说什么，回答道：“嗯，杀青了。”

“声音挺不错，会唱歌吗？”

余驰说：“一般，我比较喜欢演戏。”

“我也不是说要让你往歌手方面发展，只是了解一下，演员身上多一个才艺就多个闪光点。”黄柏岩又笑了声，不再废话，开始直奔主题，“我知道你跟一家小公司还有六年合约，我已经跟对方联系了一回。你杀青了应该也没什么事了吧，如果行的话，就明天来一趟海市，先把合约签了，再跟你说说后续的工作安排。”

余驰顿了一下，没有马上回答。

黄柏岩问：“明天不能来吗？”

余驰说：“可以。”

挂断电话，余驰捏着手机转了转，打开订票软件，订了一张机票。

他把航班信息的截图发给盛厘。

余小驰：姐姐，我明天去海市签约。

盛厘：这么快啊？我明天一天的戏，没办法去送你了，你会生气吗？

余小驰：会。

盛厘：驰哥，别生我气，好不好？

余驰盯着手机屏幕看了一会儿，站起来把卧室里的黑色大行

李箱拖出来。

他行李本来就不多，有些东西不打算带走，收拾起来很快。最后，他走到客厅，把沙发上那个纯白色的硬纸袋拿过来，这是之前盛厘给他的，里面是几套衣服。

余驰没开空调，这么一通折腾，出了不少汗，他把纸袋塞进行李箱，膝盖抵在地板上半跪着，额头的汗珠顺着往下滑，砸在纸袋上“啪嗒”一声，慢慢晕开一个水圈。

他瞥了眼那个水圈，把行李箱合上。

第二天早上七点，余驰拎起椅子上的背包，搭到肩上，垂眼看向桌上那条吊坠，那是盛厘送他的“宝藏”。

他把吊坠戴到脖子上，拖着行李箱走出门口。

第七章　对她念念不忘

下午三点，飞机降落。

距离被盛厘骗上飞机已经是两个月前的事了，余驰一个人从机场出来，戴着黑色棒球帽和黑色口罩，走向冲他招手的中年男人。其实黄柏岩只看过余驰的两张剧照，还是盛厘发给他的，古装剧照跟现代装扮还是有差别的，但他还是一眼就从人堆里认出了余驰，少年身形高瘦挺拔，比例优越，哪怕他戴着帽子和口罩，也挡不住优越的轮廓和气质。

黄柏岩抬头看了看比他高了多半个头的余驰，笑道："余驰？"

余驰点头。

"以后叫我岩哥就行。"黄柏岩说，"走吧，先去公司。"

上车后，余驰把口罩和帽子摘了，黄柏岩又转头看了看他，这脸和气质都是少有的。

余驰偏头面向他，问："姜南也来海市了？"

黄柏岩觉得余驰跟以往接触的新人不太一样，他目光平静，态度不卑不亢，知道自己要什么，也沉得住，其实这种性格才能在演员这条路上走得更远。

"他今天上午就到了。"黄柏岩把车开出去，随口问了句，"昨晚没睡好？我看你眼睛里有点血丝，状态不太好。"

余驰有些疲倦地靠在椅子上，嗓音有点哑："嗯，没怎么睡。"

"怎么，太兴奋了？"黄柏岩开了句玩笑。

余驰看向窗外，嘴角淡淡地扯了下，“是吧。”

黄柏岩笑了笑，一边开车一边说正事：“你的事我也了解了一些，解约的事情已经谈好了，你跟公司的合同也拟好了，你看过没问题的话，我们就可以直接签约了。”他顿了一下，“对了，你什么时候去学校报到？”

余驰手机振了一下，低头看了眼，不是盛厘，是气象局推送的一条短信，提示受台风影响，昨天夜间至今天海市将出现强降雨。

他按灭屏幕，说：“过几天。”

一个多小时后，车停在光线娱乐楼下。

余驰跟黄柏岩上楼，一路上碰见不少人，工作人员好奇地看向余驰，有个姑娘“哇”了声，“岩哥，这是你刚签回来的新人吗？”

黄柏岩大笑道：“哈哈，差不多是了。”

余驰昨晚没怎么睡，顶着一张面无表情的脸，一看就很冷酷，不太好相处。如果换个新人，这群姑娘肯定上前喊弟弟了，这会儿竟然没人敢上前调戏。

黄柏岩伸手推开会议室的门。

姜南已经在里面等了好一会儿了，他转头看见余驰，两人四目相对，姜南讥诮地笑了声，“哟，可算来了，等你很久了。”

余驰没搭理他，面无表情地走进去，拿过桌上的合同，快速地扫过一遍后，拿起桌上的笔，坐都懒得坐，手撑在桌面上签完字，把合同丢到他面前。

姜南虽有点不甘心，但平白拿了这么多钱，心里总归平衡了不少，他拿起合同站起来，对余驰笑笑，“你好兄弟徐漾还在我这边呢，你要是哪天发达了，想帮他赎身，我欢迎。”

余驰皱眉，冷冰冰地看他，“滚。”

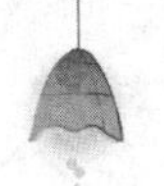

黄柏岩没想到余驰脾气这么大，不过，他对姜南也没什么好印象。

会议室里只剩下余驰和黄柏岩了，黄柏岩把合同放到余驰面前，说："你坐下慢慢看，我去趟办公室。"

黄柏岩刚出去，门又开了，有个姑娘进来给余驰送了一杯水。

余驰低声说："谢谢。"

那姑娘笑眯眯地说："不客气。"一出门就激动地喊了几声："我看见他在看签约合同，酷弟弟是要进我们公司了。"

余驰很快把合同看完，他不知道这是不是盛厘给他谈的，合约六年，开的条件也足够好。

过了一会儿，黄柏岩推门进来，问："看完了吗？"

余驰把合同递过去，平静道："我已经签字了。"

晚上八点，余驰搬进公司提供的公寓，公寓位置不错，装修也是新的，两室一厅，比松山的出租屋好很多，也陌生许多。余驰静静地环顾了这套房子一周，在沙发上坐下，把盖了章的合同拍了张照片，发给盛厘。

余小驰：姐姐，合同签好了。

余小驰：六年。

等了一个多小时，盛厘都没有回复。

夜空漆黑，风有点大，吹得很急，树叶沙沙作响，像暴风雨来临的前奏。余驰十点下了一趟楼，去小区商业街超市买了一些日用品，回到他住的那栋楼下，手机振了一下。

他在花坛旁停住，拿出手机。

盛厘：我刚刚下戏，准备回去了。

余驰把袋子丢在花坛边，低声发了一条语音，"现在可以打电

话吗？”

盛厘：二十分钟后，我回到房间给你打。

余驰低头盯着屏幕，觉得自己此刻就像等待一场已经预知的审判，审判他的人告诉他，二十分钟后再宣判。

二十分钟后呢？会改判吗？

这二十分钟，每一分每一秒对余驰来说，都是“凌迟”。

十一点整，余驰手机响了。

接通后，两人都没有开口，微妙的沉默令人窒息。

半晌，余驰低声问：“姐姐，你是不是不想要我了？”

从昨晚开始，盛厘就怀疑余驰大概已经察觉到了，他过于聪明和敏感，像是看穿了她所有的想法，一句话就让她无所遁形。她原本想要说的话一句都说不出口，有些不知所措。

“为什么不回答？”余驰讥笑了声，“没想好怎么说吗？还是怕我死缠烂打？”

盛厘深吸了口气，轻声道：“上次你来酒店找我，被拍了，容桦拦了下来，没曝光。我跟你谈恋爱的时候，没想过要公开，我今年二十三，事业还在上升期，公开恋情会很影响。”

“我不用你公开，要我避嫌多久都可以。”风更大了，余驰的声音有些虚无缥缈。

盛厘沉默了几秒，说：“没有必要。”

余驰转身，背着风向，他眼睛已经红了，嗓音沙哑：“盛厘，是你先来招惹我的，你追我的时候就说‘姐姐是你的’，你想让我去演戏就说‘我是你挖到的宝藏’，你说要谈恋爱的时候，承诺‘只有我能甩你’。你是不是觉得我特缺爱，特别好骗好哄？我就是个傻子，才会信了你的鬼话。你花钱给我解决合约，是怜悯我，给我的分手费吗？你这样，跟把我卖掉又有什么区别？以为这样

我就感激你了？我就活该被你耍吗？”

“我不是买卖你，我跟他们不一样，我也不是耍你。”盛厘的初衷不是这样的，她没想到余驰会这样想，有些急切地反驳，“我只是想让你脱离那家公司，脱离他们，自由地去追求自己想要的。”

余驰反问：“你不是要分手吗？”

盛厘哑口无言，“是……”

那有什么区别？余驰的喉结滚了滚，深吸了口气，哑声道：“好。”

风夹着雨滴砸下来，他挂断电话，僵直地站在原地，双眼透红，仿佛毫无知觉。

半晌，他抬手攥住脖子上的吊坠狠狠一拽，绳子生生被拽断，余驰狠狠将吊坠砸进花圃，“去你的宝藏！”

松山影视城的酒店里，盛厘抱着膝盖蜷缩在沙发里，手机丢在脚边，心里堵得慌，余驰那个小没良心的，竟然把她和他那“后妈”后爹相提并论。

圆圆在旁边收拾东西，亲耳听完了分手过程。她一开始是不看好余驰，但经过这段日子，她看得出余驰很喜欢盛厘，像他那种性格的人，喜欢上一个人不容易，绝对的专情。

而且，余驰的合约问题解决了，以后前途无量啊。

盛厘后路都帮他铺好了，现在分手，不是很亏吗？

她小心翼翼地说：“厘厘，其实不一定要分手的，谈几年地下情，哪怕不见面，余驰也会答应的吧。”

“我跟他才谈两个月，热恋期怎么可能不见面，忍不住的。那样太难受了，长痛不如短痛……”盛厘深吸一口气，自嘲地勾了下嘴角，“拿几年时间去束缚自己、束缚别人，不太厚道。”

圆圆欲言又止：“可是……”

"可是什么？"

"热恋期分手，打击很大的，余驰会不会一蹶不振？"圆圆道。

盛厘抿了抿唇，问："你说余驰会不会恨我？"

圆圆小声说："不知道，你看他有没有拉黑你？"

过了一会儿，盛厘给余驰发了一条微信。

盛厘：余小驰，我是真的觉得你是宝藏，我知道你高中的时候还想过要考华影，也是真的喜欢演戏。黄柏岩不错，你好好拍戏，好好接通告，让大家都知道你是个宝藏。

她想了想，又打了一行字发过去。

系统发来提示：你还不是对方好友，请通过验证再发送消息。

那个夜晚的海市狂风暴雨，家家户户门窗紧闭，暴雨天出行不安全，路上连车都少了很多，整个城市几乎只剩暴雨的声音。

凌晨三点，高瘦的少年冲进暴风雨中，双手伸进泥泞的花坛里摸索许久。

他攥着个东西，浑身湿透地走回去。

屋子里很暗，窗户紧闭，窗帘只透了一条缝，余驰昏昏沉沉地躺在沙发上，手搭在额头上盖着眼睛，头发凌乱，嘴唇很干，脸色是病态的苍白。

黄柏岩敲了几声门，没人开，就直接按了密码打开门。

一进门，就看见余驰半死不活地躺在沙发上，吓了一跳，刚要喊人，就见余驰挪开了手，睁开眼看他。黄柏岩一愣，过去把窗帘和玻璃窗打开，"怎么不开空调，不闷吗？"

光线大亮，一回头看清余驰的脸色，吓了一跳，"你病了？"

"发烧。"

余驰嗓音干哑，一说话嗓子都疼，脑袋也昏昏沉沉。他忍不

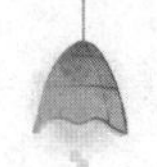

住自嘲，谈个恋爱可真伤身。他两年没感冒发烧，跟盛厘在一起两个月，就病了两次，一次在恋爱前，一次在分手后。

“要去医院看看吗？”黄柏岩问。

“不用，我吃过药了。”余驰从袋子里拿了瓶水，拧开喝了半瓶。茶几上散着几盒药，是上次盛厘去出租屋看他时带过去的，收拾行李的时候他一并带了过来，没想到就用上了。

黄柏岩看余驰也不像一个不会照顾自己的人，不再多说，直接问：“你手机怎么关机了？”

“昨晚淋雨泡水了，就关机了。”

余驰昨晚随便用毛巾擦了擦，就丢在茶几上，他拿过手机，按了开机键。

屏幕亮起，还能用。

已经是下午两点了。

黄柏岩在单人沙发上坐下，说：“昨天有些事没来得及跟你详谈，本来上午想叫你去趟公司的，你电话一直关机。”

“抱歉。”余驰说。

黄柏岩看余驰状态实在有点颓丧，提醒了句：“你没吃饭吧？可以订个外卖，平时多注意身体，保持好的状态，免得有工作的时候耽误了。”

“嗯。”余驰没什么胃口，但胃有点难受，还是点了个养胃套餐。

黄柏岩看着他，“你有微博吧？”

余驰说：“有。”

“这个号不要留有什么黑历史，有些不好的言论或者转发了什么不好的东西，记得删除干净，回头再另外申请一个营业号。”黄柏岩想了想，还是开口，“你有女朋友吗？”

余驰顿了顿，嗓音微哑：“没有，分手了。”

黄柏岩说："谈过几个？"

他见余驰第一面就觉得他有前途，一般这类型的演员，公司都巴不得他们单身到三十五岁。但怎么可能？这个年纪的男孩大部分不成熟，容易膨胀，也禁不住诱惑，在五光十色的世界里很容易迷失自己。

余驰没回答这个问题，他靠回沙发上，扯了下嘴角，"放心吧，我不想谈恋爱，也不会做那些事。"

黄柏岩笑了，"也不是说不能谈，当然这几年不谈最好，等事业稳定再说。现在最大的问题是，你上学和工作比较难协调。"他有点奇怪，"你怎么没参加艺考？"

正常有合约在身的，一般都会参加艺考，而且余驰看起来是真挺喜欢演戏的。

余驰垂下眼，自嘲一笑，"一念之差，没报名。"

当初徐漾报名参加艺考的时候，他犹豫过，最终叛逆因子作祟，不想如他们的愿，就没报名。后来，盛厘说他是她挖到的宝藏，要把他带回他最初想要走的那条路，然后又把他扔在了半道上。

"我会帮你物色剧本，有合适的再说吧。"黄柏岩有点无奈。

一个小时后，余驰订的粥送到了，黄柏岩也走了。

余驰随便吃了点，给徐漾打了个电话，告诉他解约的事。

徐漾一愣，"这么快啊？新公司帮你付的解约金吗？"

"算是吧。"余驰不想多说这笔钱，"你不用太理会姜南，他让你去见什么人去什么饭局，不要去。合约的事，我以后会帮你想办法的。"

"你感冒了？"徐漾这才听出他声音有点哑。

余驰"嗯"了声，"上火。"

徐漾想起合约的事，苦笑了声，"合约是我自己签的，你担什

么责啊。”

余驰确实愧疚，徐漾是他最好的朋友，哪怕不是因为他，他也会帮的。

“你就当我做个慈善救助吧。要是觉得不好意思，你以后还我就行。”余驰道。

“那你可赶紧吧。”徐漾乐坏了，笑完了又有点担心，“光线娱乐这么好吗？能一下给你这么多的解约金，你新合约不会又有什么陷阱吧？”

能有什么陷阱？

这是盛厘给他的分手费。

余驰头疼欲裂，颓丧地躺倒在沙发上，闭上了眼。

盛厘确定自己被余驰拉黑了，不仅微信，电话也拉黑了。

这天晚上，周思暖还是来剧组探班了，她摇头叹气，“你活该啊，我要是余驰，我也拉黑你。你说你谈个恋爱就谈了，还给什么承诺？说什么‘只有你甩我的份’，这种话也就纯情少年相信你了。”

“你是来嘲笑我的还是来安慰我的？”盛厘翻了个白眼。

“当然是……来安慰你的。”周思暖态度转了一百八十度，“不过，还是忍不住吐槽几句，余驰多可怜，人家初恋呢，就被你骗了，阴影得多大啊，别以后不敢谈恋爱了，或者见了姐姐就绕道走。”

盛厘心里委屈，她也是初恋好吗？

不过，当初她对余驰说过的话，几乎全部都啪啪打脸了。

余驰应该是挺恨她的吧。

盛厘苦笑道：“那也挺好，以后就不会再被别的姐姐骗了。”

以后余驰要是再谈恋爱，大概不会再找姐姐了，被这么骗了一回，以后再看赵殊彤那种单纯的小女生，反倒顺眼了呢。

房门打开，圆圆提着好几袋东西进来，放在桌上。

盛厘瞥了眼，“什么东西？”

圆圆说：“小龙虾和冰啤，暖暖姐让我订的。”

周思暖走过去，一边打开盖子，一边说：“八斤小龙虾配冰啤，咱们塑料姐妹情的见证，我可真的是来安慰你的。大吃一顿，明天就好了。”

“你买这么多？我明天还要拍戏，不能那么放纵。”盛厘在地毯上坐下，瞥见桌上送的两包纸巾，觉得有点眼熟，“圆圆，小龙虾是哪家的？”

圆圆小心翼翼道：“就……上次余驰带我们去的那家，我觉得好吃，之后问余驰要了电话，跟小谭他们订过几次消夜，我没告诉你，怕你让我减肥。”

盛厘记得那家店的老板，是余驰的房东。

余驰走了，房子应该也退了吧。

九月中旬，余驰接到房东的电话，他已经住进学校宿舍了，站在阳台上沉默了几秒，才说：“不退，我还有不少东西留在那里。”

挂断电话后，他给房东转了一年的房租。

黄柏岩知道余驰小时候演过《花杀》后，专门去重温了几遍他的戏份，又找《江山卷》剧组要了几个余驰拍摄的花絮，觉得余驰确实很有天赋，是他见过这个年纪里演技最好的一个了，他这次捡到宝了。

当初杨凌风这个角色是黄柏岩给封煦挑的，没想到封煦没演成，落到余驰手里，余驰又成了他手底下的演员，一切就像是命运的安排。

黄柏岩想把余驰重点培养，这时候并不急着让他接戏，所以，

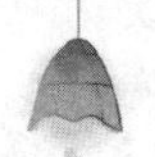

也不像对待别的新人那样安排上什么综艺或者拍个小广告。他想给余驰再挑两三个合适的剧本，电影或电视剧都行，回头剧一播，强势出道。

或者，接下一个男主角，那是最好的。

何元任筹备了两年多的商业悬疑电影《玫瑰》是“双男主”，其中一个男主角是跟何元任合作过好几次的魏诚，那个角色就是给魏诚量身定制的，另一个男主角的设定是高中生，还没定演员。

黄柏岩盯上了这个角色，容桦也盯上了。两人已经暗中较劲了，但何元任说要找时间试镜。

黄柏岩还没把这件事告诉余驰。

路星宇倒是先知道了，容桦冷声道：“上次试镜你就输给余驰了，要是再输一次，你不嫌丢脸，我都替你丢脸。这段时间你最好老实点，有时间多琢磨下演技。”

路星宇烦躁道：“怎么又是他？”

九月底，《江山卷》杀青，盛厘发了一条微博，附带了几张照片，都是剧组的合影。《江山卷》官博也发了杀青照，不过，大家在官博和几个主演微博逛了一圈，都没把“杨凌风”对上号。

官博下面有了不少评论。

封煦受伤了，所以杨凌风这个角色没有了吗？

不至于吧，之前还听说路星宇去试过这个角色，不过最后好像是个新人接演了。

今日迷惑，杨凌风去哪儿了？

剧组跟黄柏岩乐见其成，到了晚上，《江山卷》官博才慢吞吞地发了一条微博。

《江山卷》电视剧官博：杨凌风去哪儿了？当然还在剧里，留

个悬念，等剧播出大家就能看到了！

宿舍桌面上，余驰的手机振个不停，他松开鼠标，拿过手机点开微信。

微信又多了一个小群，胡一扬在群里找他。

胡一扬：驰哥，你肯定又把群聊设成消息免打扰了吧？这么多天不出个声，不新建个群你是不是就看不见我们啊？

胡一扬：驰哥，杨凌风是谁啊？

余驰：不能说。

胡一扬：盛厘都给官博这条微博点赞了，我太好奇了！

赵殊彤：余驰，你在海市了吗？

余驰：嗯。

赵殊彤：改天我去华大找我表姐，能顺便跟你吃个饭吗？

余驰：不一定有时间。

过了一会儿，徐漾私聊余驰。

徐漾：哎，你别老拒绝人家啊，赵殊彤这姑娘挺好的，听说刚开学就被评为他们系花呢。

余驰：你喜欢就去追。

十月二号晚上，盛厘正在跟父母吃饭，手机振了几下，她点开截图看了一眼，火速上微博。

她微博评论和私信都要炸了，点开一看，路星宇果然又发了一条微博。

路星宇：怎么最近这么多评论都是问我跟姐姐的约定是什么，你们怎么还记得？盛厘姐姐，不如你说一下吧，三个月之约还算数吗？

下面又是一堆热心网友的评论。

路星宇跟盛厘到底约定了什么？

盛厘姐姐，出来回答一下我们小路哥啊！

姐姐，说话要算话啊！

盛厘端起桌上的水杯，一口气喝光，才压住要转发骂路星宇的冲动，告诉自己不要冲动，你是清清白白的盛白雪，不能骂人。

然后在微信上给路星宇发了一个字“滚”。

路星宇：姐姐，你跟周思暖那部剧五号开播，我给你预热一下还不好吗？

盛厘：我谢谢你。

路星宇：不客气，我明天去试镜，姐姐给我发个红包吧。

盛厘被他缠了几分钟，烦得不行，发了个红包打发他。

十月三号上午九点，余驰跟黄柏岩走进何元任的工作室，他是昨天晚上才知道今天上午要来试镜，参加试镜的除了他和路星宇，还有一个华影大二的新人。

两人被工作人员领着，走向试镜室，黄柏岩低声说：“不用紧张，尽力就行。”

余驰点头，抬眼看向站在试镜室门口的路星宇。

路星宇转头看过来。

两人四目相对。

余驰目光冰冷，轻轻嗤了一声。

盛厘杀青后，回老家陪了父母几天，等新剧宣传开始了才回海市。她到海市先去了一趟公司，容桦有事要跟她谈。

到了容桦办公室，她才发现路星宇也在，他没个正形地靠在沙发上，苦大仇深地瞪着她。

盛厘在旁边的单人沙发上坐下，瞥他一眼，“前几天还想要我做你女朋友，这会儿怎么一副想杀了我的表情？爱而不得，因爱

生恨？”

路星宇瞪着她，怒气冲冲道：“姐姐，你跟谁谈恋爱不好，非要跟余驰谈？还要给他赎身找经纪人？我跟你那便宜前男友从今往后就是死对头了。”

盛厘轻描淡写地说：“哦，然后呢？”

“然后？”路星宇倏地坐直了，语气难得认真，“你站在哪边？”

盛厘心说，当然是站在余驰那边了，她跟余驰是初恋的关系，你是谁啊？

容桦站在窗前，回头冷声道：“别吵，我再打个电话。”

路星宇突然坐立难安，盛厘不知道这家伙又犯了什么病，又或是惹了什么麻烦，她事不关己地去给自己倒了杯水，突然听到容桦提到了某个人的名字。

“何导，我知道余驰是新人，片酬会比较低。如果您再考虑一下路星宇，我们的片酬也可以调整，比余驰低也不是问题。你之前也说了，路星宇的试镜表演并不比余驰差多少，那调教的空间还是很大的。而且路星宇有名气，这是余驰怎么也比不了的。”

何导？何元任吗？

盛厘愣住，水漫过杯子差点烫到了手，才猛地回神。

她倒掉半杯热水，又接了一半凉的，站在饮水机旁边若无其事地听容桦打电话。

电话的另一头，何元任笑了笑，“容总，不只是片酬的原因，余驰跟路星宇最大的差别在于，他今年刚高考结束，身上那种少年气更贴合‘陈禹诺’这个角色。剧本大纲你也看过了，‘陈禹诺’跟他女朋友感情很深，女朋友被杀害以后，他在罪恶和正义中间摇摆不定，那种情绪是很复杂的。我们也算老熟人了，我也就跟你实话说了，路星宇这孩子玩心比较重，他没办法共情深爱之人

被杀死后的感觉，表演情绪抓不住，但余驰这段情绪把握得特别好，更有真实感。”

容桦神色凝重，沉默了几秒，继续道：“真的没得商量了吗？我可以跟公司申请一笔投资。”

盛厘的心怦怦直跳，虽然没听到对面说什么，但容桦已经很久没有这样毫无原则地求人了。她听说何元任在筹备新电影，但余驰跟路星宇去试镜的时候，她正在老家休假，并不知道这件事。

这个角色不是男一也是男二，不然容桦不会这么低声下气。

容桦叹了口气，“好吧，那期待下次能有合作的机会。”

路星宇像是瞬间被判了死刑，一脸生无可恋，瘫在沙发上。

盛厘捧着水杯，垂眸掩盖情绪，捧着水杯小口小口地啜，心跳依然很快，激动的情绪压也压不下。她有些无奈，自己都跟余驰分手两个多月了，怎么听到他一点消息就心跳加速了呢？就算他接到好的角色，那不是如她所愿吗？

她自己一个人偷偷摸摸激动什么呢？骄傲什么呢？

这种无形中轻易被人影响的感觉令人非常没有安全感，盛厘有点害怕，她怕自己后悔，怕以后看谁都不如余驰。她不断催眠自己，他是被你甩掉的前男友，已经把你拉黑了，就算他曾经是你挖到的宝藏，是你把他又带进这个圈子里的，但你们已经分手了，哪天他出名了，那也跟你没有关系了。

容桦沉默了一会儿，转身看向路星宇，冷声道：“你给我坐好了，像什么样。”

路星宇犹如被抽了魂，呆滞地爬起来，端正坐好，难以置信地低喃道：“我又被余驰抢角色了，自降身价都比不过他？姐姐宁愿跟他谈恋爱，也不要我，我跟他有仇吧！上辈子挖他祖坟了吗？”

如果路星宇知道，何元任几年前曾经给容桦推荐过余驰，而

容桦现在有些后悔当初嫌余驰年纪小没签下来，错过了这个天才，大概心态会崩吧。

初秋天气渐冷，余驰穿着黑色连帽卫衣、工装裤，肩膀上搭着个黑色的包，大步流星地走出校门，找到黄柏岩的车，拉开车门坐进去。

黄柏岩笑着把剧本递过去，“抽时间背台词吧，明年一月中旬开机，到时候你估计也考完试了，正好进组。我已经跟剧组尽量协调了，你的戏份会先紧着拍，不过拍摄周期还是挺长的，你还是得请假一段时间。”

余驰接过剧本，随意翻了翻，塞进包里，低声道 :“嗯，我知道。”

“好好珍惜这两个月吧，这大概会是你大学时光里最平静的两个月了。《玫瑰》剧组开机以后，公司同时会加大力度宣传。”黄柏岩顿了顿，看着他，先提了个醒，“公司会找时机陆续发通稿，关于你小时候做群演、你之前的合约、你的高考分数，都会写上。”

他松散地靠在椅背上，无所谓地说 :“好，我会配合的。”

黄柏岩有点意外，他本来担心余驰不乐意提他小时候的事，还做好了说服他的准备。当然，余驰是新人，有些事公司并不需要跟他打招呼，但黄柏岩比较尊重演员的意愿，经纪人和演员是互利互惠的合作关系，互相尊重是最基本的，更何况余驰是“潜力股”，他当然要客气一些。

余驰想起试镜当天，路星宇特意找了个机会靠近他，低声嘲讽道 :“被姐姐甩了啊？知道为什么吗？因为姐姐跟我有三个月之约，她最爱的还是我，只是在剧组无聊，正好你出现，玩玩你罢了。她也真够大方的，玩就玩了，竟然还给你赎身，你这是大赚

了一笔啊。”

余驰冷笑了声，从黄柏岩车上下来，天色已经昏暗，手机响了，他戴上耳机接通。

徐漾在电话里催促：“你出来了没？”

余驰说：“去地铁站。”

今天徐漾生日，他跟新同学关系都还不太熟，就约了几个在海市念书的高中同学一起吃饭，胡一扬和赵殊彤都在海传。

他们约在一家火锅店，余驰到的时候已经七点多了，他们人已经齐了。

余驰在徐漾旁边坐下，胡一扬看了看他，“驰哥，我怎么觉得你瘦了。”

“你胖了。”余驰把包扔身后，瞥他一眼。

徐漾哈哈大笑，把菜单放到他面前，“我们刚刚点过菜了，你看还要吃什么不？”

余驰靠在椅背上，淡声道：“不用，你们点好就行。”

赵殊彤心怦怦跳，从余驰走进她的视线，她的眼睛几乎就没离开过他。距离上次见面，已经过了四个月了，明明才几个月没见面，却感觉余驰比以前更吸引人了。

“哎，别看见帅哥就眼都不会眨了。”

赵殊彤眼前突然一黑。

徐漾把菜单挡到她面前。

赵殊彤脸红地拍开，欲盖弥彰地说：“我哪有，我……我是看余驰脖子上戴了个东西，有点好奇，以前没见他戴过项链、吊坠什么的。”

几个人目光齐刷刷看向余驰的脖子，他皮肤冷白，领口露出的锁骨很明显，黑色手编绳贴着皮肤，一半都藏在衣服下，看不

出戴了什么，却有股冷清的禁欲感。

徐漾用手肘捅捅他，“哎，你戴的什么啊？”

余驰手隔着衣服按了一下坠子，脸色平静道：“没什么。”

“看一下嘛。”胡一扬起哄。

余驰给自己倒了杯柠檬水，漫不经心地说：“辟邪的，别人看到就不灵了。”

大家一愣，哈哈大笑，胡一扬笑得最大声，“难得驰哥还会说冷笑话，千年一见啊。”

火锅吃到后面，胡一扬强烈安利了一波盛厘的新剧：“你们看盛厘的新剧了吗？没看的记得关注，很好看，盛厘在剧里又美又飒，千万不要错过。”

余驰不太喜欢吃火锅，已经放下筷子，靠在沙发椅上低头回复消息。

听到胡一扬的话，手指一顿，退出对话框，随手点了下朋友圈，一打开，就看见圆圆刚发的盛厘的剧照。

他拉黑了盛厘，却没拉黑圆圆。

圆圆是个“朋友圈狂魔”，一天至少三条朋友圈，三条里，至少有一条是关于盛厘的。

他垂眸冷眼盯了两秒，退出朋友圈，按灭屏幕。

逃不掉的。

电视上、微博上、娱乐新闻推送、随处可见的广告、同学圈里的粉丝，哪里都有盛厘的存在。她都不要他了，却无形中给他编织了一张巨大的网，把他困在里面，根本逃不掉，也避不开。时时刻刻提醒他，他跟她谈过一场短短的恋爱。

她每天都在他眼前晃，他每天都能听到有人提起“盛厘”这个名字。

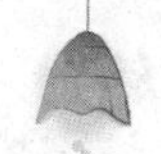

深夜，万籁寂静，秋叶垂落，余驰面无表情地走进公司给他租的公寓小区，他抬手摸了摸脖子上的吊坠，落叶踩在脚下发出咯吱咯吱的脆响，惊扰了路边的一只野猫。

余驰目不斜视，心里腾地升起一股报复性的恶念，他此刻迫切地想出名，他迫切地想要盛厘也尝尝这种滋味，打开电视就能看见他，随处可见都是他的广告，哪里都有人议论他。

哪怕两人不见面，她也避不开，逃不了。

像一个魔咒圈，怎么都逃不开，更忘不了。

不能只有他一个人受这份折磨。

几个月后。

盛厘开始感受到了这种折磨。

《玫瑰》开机仪式当天，官博发了几张照片，余驰和魏诚站在何元任身边，他身形高瘦挺拔，穿着款式最简单的羽绒服，是合照里最年轻的一个，也是最引人瞩目的一个。

盛厘小图都没点开，就一眼看到了他。

很快，光线娱乐官博正式官宣。

光线娱乐官博：余驰是我们公司新签约的演员，捂了那么久，终于可以大声告诉大家了，他将在《玫瑰》里饰演陈禹诺。同时，也是《江山卷》里的杨凌风。祝余驰前途光明！

官博非常大方，余驰的剧照、宣传照、花絮照、九宫图一次性大放送。

这宝贝你们公司怎么藏这么久的！是因为他是你们公司最帅的吗？

原来杨凌风是他啊！剧照帅得我走不动路了……

神颜啊！头发丝都戳到了我的点！已经火速关注弟弟了！

这不是我们学校校草吗？之前我为了看他还特意去他上课的教室偷看，然后亲眼看见他拒绝女生要微信的请求，那叫一个冷酷无情，然后我望而却步了，但是本人超级帅！又帅又酷！

楼上哪个学校的？

华大。

竟然还是个学霸。

盛厘在赶通告的路上，刷着微博，心情十分复杂。

这只是开端。

紧接着，关于余驰的各种通稿随之而来。

余驰到底什么背景，为什么一上来就能拿到那么好的资源？

他只有一个后爹，连亲妈都是后妈级别的，余驰就是个小可怜！

路星宇曾跟余驰一起试镜竞争《玫瑰》陈禹诺这个角色，路星宇竟输给一个非科班的新人？

余驰高考成绩七百多分，但脑子好又不代表演技好。

余驰小时候在松山影视城做过群演！曾出演何元任《花杀》，跟魏诚搭过戏！

大家一起来扒驰崽当年做过的群演啊！人多力量大！

余驰这个名字，这个人，像是横空出世，带来的话题热度空前的高。

同年暑假，《江山卷》开播，收视率节节高升，不仅盛厘的事业上了一个新高度，而且余驰也因为饰演的杨凌风吸了一大波粉。

第二年春节档，《玫瑰》上映。口碑大爆，收官票房三十亿。

余驰如愿成名了，广告代言不断，哪里都有他的粉丝，随处都有人议论他。

他变成了一个“魔咒圈”，把盛厘圈在了里面，无处可逃，哪里都有余驰。甚至有一次，盛厘抓到圆圆对着余驰的新剧照犯花

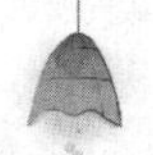

痴，她抱着胳膊，低声说：“圆圆，余驰好看吗？”

圆圆眼睛都没离开屏幕，下意识回答：“好看好看！我……”

下一秒。

她僵硬地抬头回答：“我就随便看看，欣赏欣赏……”

盛厘脸上的笑容淡了，有种怅然若失的惆怅。说不清什么感觉，余驰成名了，她高兴，也不高兴。

这种复杂的情绪，在两人分手两年后的第一次正面相遇，达到了巅峰。

那天晚上，盛厘跟周思暖约了一起吃饭，地点在肴庄。

夏末初秋，傍晚天色暗沉，整个城市霓虹闪烁，巧合随同夜色一道来临。盛厘拉开车门，一下车就迎来一阵凉风，她轻轻一哆嗦。

旁边那辆车的车门被人推开，有人从车上下来。

盛厘余光一瞥，某牌子限量款鞋子，她也有一双，不过这人穿的是男款，腿又长又直。她心跳倏地就漏了一拍，转头看过去，跟他四目相对。

余驰甩上车门，手插进兜里，漫不经心地看着她，嘴角勾了勾，“姐姐，好久不见。”

去年暑假《江山卷》开播后，余驰才真正有了作品。杨凌风在剧中算是小角色，正常宣传有男女主角和配角就足够了，余驰不用跟着。

但《玫瑰》开机后，余驰话题度很高，加上《江山卷》中，云兰生和杨凌风的热度也很高。

剧组联系过黄柏岩，想让余驰也跟着剧组行程走一下宣传，但黄柏岩拒绝了，他说：“余驰寒暑假都要进组拍戏，这段时间戏份紧得很，其他行程也都排满了，实在不好意思。”

这两年余驰都是一年两部戏，寒暑假各进一次组，基本整个

假期都在剧组中度过，还得兼顾学业和各种通告，毫不夸张地说，余驰是一年三百六十五天全年无休。

不过，黄柏岩不想让余驰参加宣传的原因，是他知道余驰跟盛厘关系不简单。

黄柏岩想让余驰跟盛厘避嫌，就连容桦都在防止盛厘跟余驰见面。两个经纪人斗了好几年，竟然在无形中达成了某种默契。

在黄柏岩和容桦的刻意安排下，余驰跟盛厘确实有一年多没遇见过。但海市就这么大，哪怕双方已经在极力避免，但还是会在一些场合遇到。

初恋暗号

（全2册）

下

陌言川 著

First Love Code

江苏凤凰文艺出版社
JIANGSU PHOENIX LITERATURE AND ART PUBLISHING

目录 CONTENTS 下册

第八章　今晚我就找你算账

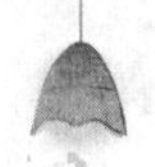

四月中旬的电影节，余驰随《玫瑰》剧组参加。《玫瑰》这部电影包揽了多个奖项，魏诚第三次获得最佳男演员奖，余驰拿下最佳新人奖。那时候盛厘坐在台下，隔着挺远的距离，抬头看着站在领奖台上西装革履、光芒万丈的少年，差点落了泪。有种把自己好不容易找到的宝贝献出来的感觉，他不再是独属于自己的了，那感觉既高兴又惆怅，心酸且无奈。

《玫瑰》剧组被安排在最中间的前排位置，盛厘跟余驰的座位相隔三排，坐在他的斜对面，几米远的距离。余驰捧着奖杯下台时，目光远远地跟她对视了两秒，他嘴角带着笑，笑意却不达眼底，疏离冷淡。

仿佛在嘲讽她：姐姐，如你所愿，你高兴吗？

那一瞬，盛厘心慌意乱地低下了头。

跟余驰分手后，她总是不愿意多想，怕陷入过去无法自拔，也怕自己后悔。每次那种情绪刚涌上来，就被她强行压了下去。

回头草不好吃，难啃。

盛厘敢追一回，却还没勇气追第二回。

但她却没想到，再次碰面，会这样猝不及防。

盛厘愣了几秒，直到前方开过来一辆车，照进来一束光，她才蓦地回神，笑盈盈地看着对面的人，“其实也没有很久，现在你这么出名，打开微博就能看见你，随处可见你的广告牌，连圆圆都快成你粉丝了，背着我看你照片。哪有好久不见，简直是，处处可见。”

那辆车开过去后，光线便暗了下来，余驰低头盯着她看了两

三秒，嗤笑了声，“彼此彼此。”他顿了一下，语气嘲讽，“应该说，比起你来，还差不少，毕竟我作品没你多，更没有绯闻满天飞。”

余驰原本长相、气质就十分突出了，两年过去，他的脸庞变得瘦削了些，五官轮廓更清晰利落，似乎比以前瘦了些，但肩膀却更宽阔，简直是行走的衣架子，整个人的气质介于少年和男人之间，比纯粹干净的少年气多了几分质感。

又是一阵凉风吹过，枝叶沙沙作响，落叶翻飞，一片落叶从盛厘眼前飘落，她眨了下眼，笑着看向余驰，“之前电影节太多记者围着你了，没找到机会跟你说声恭喜。”

《玫瑰》她看了几遍，余驰在里面演技精湛，在她看来，并不比魏诚逊色，不过“双男主”电影的主线总会稍微偏向其中一个，魏诚的戏份比余驰多一些，人设也更加成熟立体。

这时，余驰的手机响了，他抬手看了一眼，是黄柏岩打来的，大概是催他快点。他没有马上接通，而是盯着盛厘，像是把她看穿一般，冷哼了声，“就算有机会，姐姐也不会主动走到我面前，更别说恭喜我了。”

说完这句话，他低头接通电话，转身走了，对电话说：“到楼下了。”

他的助理忙跟了上去。

盛厘站在原地，抿了抿唇，看向呆滞已久的圆圆，“走吧。”

“哦哦。”圆圆也跟了上去。

盛厘看着前方，刚才没注意，这会儿才关注到余驰的助理是个男的，二十多岁的模样，挺壮实的一个小伙。快走到门口，目光又落到余驰身上。

突然，余驰在她面前停住了脚步，她差点撞上他的背。

盛厘忙刹住脚步，抬头看他，“干吗？”

“其实要说谢谢，应该是我谢谢姐姐才是。”余驰背着肴庄大

门的光，居高临下地睨着她，自嘲道，“当初要不是你把我骗来这里，踩着我的脚不让我走，我也不会碰见何导。当然，最重要的是，要是姐姐没帮我赎身，没给我介绍一个好的经纪人，我现在什么也不是。”

盛厘恍然，这个位置，就是当初她踩着他的脚不放的地方。

余驰看她的神色，以为她不记得了，面无表情地转身走了。

盛厘无辜地叹了口气。

这是谢人的态度吗？有你这么拽的吗？

手机振了一下，她拿起来一看。

周皇后：盛白雪，你到了没啊？我饿死了，再不到我就不等你直接开吃了啊！

盛厘：到楼下了。

盛厘：碰到前男友了。

周皇后：然后呢？

盛厘跟余驰间隔了几米距离，看着他停在一间大包厢门外，他推开门，热闹的声音透着门缝传出来，有人喊了声：“小驰来了啊，来这边坐。”

声音有点耳熟，盛厘没记错的话，应该是余驰刚杀青的电影《恶念》的导演刘殊。

余驰走进去，“抱歉，今天下课晚了，来晚了一些。”

“砰”的一声，门关上了。

盛厘经过这扇门，往前拐了个弯，推开包厢门。

包厢里就周思暖一个人，她前两天说馋这家的菜，点了一大桌子的菜，都已经上齐了。盛厘走进去，把包放在玄关柜上，看向周思暖，“怎么就你一个人？”

“周念放鸽子了，说是经纪人找她有事。”

盛厘在周思暖旁边坐下，给自己倒了杯热水。

周思暖冲她挑眉，“话还没说完呢，你跟余驰两年多没正面说过话了吧？刚才说了什么？”

“第一句话是‘姐姐，好久不见’。然后谢谢我帮他赎身，给他找了个好经纪人，他才有今天。”盛厘捧着水杯喝了一小口，忍不住皱眉，“然后，那小浑蛋嘲讽我绯闻满天飞。”

“这话酸味很足啊。”周思暖拿了块面皮包烤鸭，边吃边说，“黄柏岩确实厉害，短短两年就把余驰捧成这样，当然也是余驰先天条件太优越。他那部《恶念》不是刚杀青吗？刘殊的电影票房一向不差，不知道能不能赶上春节档，要是运气好上了春节档，口碑再爆一次，他就彻底挤进一线实力派了。”

盛厘想了想，轻笑道：“这么说，我还挺旺前男友的。”

周思暖忍不住扑哧笑出了声，“这么说也没错，电影跟电视剧不一样，拍电视剧能火的演员不一定能接到好的电影剧本，余驰就拍了部《江山卷》，后面排着队等他挑的，都是电影剧本，路线就是往高端走的。”她忍不住感叹。

盛厘的电视剧作品居多，国民度高，但电影确实拍得少，以前大多是客串角色，今年年初接了第一部电影剧本的女一号，是个爱情片，不出意外应该会在情人节上映，也算春节档。

如果余驰的电影也在春节档上映，那就要打擂台了。

盛厘夹了块藕片咬了口，有些困惑，“其实吧，刚刚正面遇见的时候，我一度以为他会说我还你钱。”而且不是见面的时候才有的困惑，是这几个月就有了。余驰现在作品不多，但代言和广告却不少，还都是高端品牌，钱肯定赚了不少。

当初分手时骂得她多狠啊，还说那是分手费，那愤恨的语气，恨不得要把那些钱甩到她脸上。

周思暖支着下巴盯着她，挑眉道：“我觉得吧，他可能是不想还，就是想欠你的。”

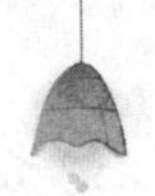

盛厘心里一动，低头笑笑，“这话说得他对我余情未了似的。”

“恨也算是一种情感，忘不掉玩弄自己的女人。”

两人难得一聚，在包厢里聊到九点多，才从里面出来。

一拐弯，盛厘就看见余驰跟《恶念》剧组的主创人员一起走出包厢，他偏头往这边看了一眼，眼睛微亮，大概喝了不少酒，但他喝酒不上脸，眉宇间依旧很干净。

那个眼神朦胧专注，盛厘目光对上他的双眼，脚步都迟疑了。

那一瞬间的画面，仿佛四周的人全都虚幻了，只有他们两个是清晰的，望着彼此。

黄柏岩从后面出来，看见盛厘和周思暖，挡在了余驰前面，笑着打招呼：“巧啊，你们也来这里吃饭？”

盛厘走过去，抿唇笑笑，“是啊。”

主创们也看见他们了，盛厘和周思暖上前打了个招呼。

余驰收敛目光，神色恢复清醒，转身跟刘殊接着聊之前的话题，像是没看见盛厘。

一群人一道下楼。

盛厘跟周思暖走在后面，周思暖盯着余驰高瘦挺拔的背影，这少年连背影都那么帅，气质跟很多年轻演员不太一样，怎么说呢？可能是学霸气质加持，总觉得他身上有股别人没有的劲儿。她转头采访盛厘：“我现在特别想问你一个问题。”

“什么？”盛厘心不在焉。

周思暖怕被别人听见，凑近她耳边，“甩了余驰，以后估计很难遇到这种极品了，你有没有后悔？”

盛厘当初最怕的就是自己后悔，最怕自己看谁都不如余驰。

两年多了，她确实看谁都不如余驰。

但是……

盛厘看向余驰游刃有余地跟导演、制片人道别，收回目光，

平静道："不后悔。"

那晚的偶然相遇，给盛厘情绪上带来的影响持续了将近半个月，主要是余驰电影刚杀青，网上热度很高，粉丝期待他再创票房新高，对家则是期待他从云端跌落。

她那会儿正在家休息背剧本，有事没事就控制不住去关注他，直到进组拍戏，才调整过来。

想什么前男友，想什么恋爱，都滚一边去，姐姐要搞事业。

日子在忙碌中度过，一晃到了年底。盛厘杀青后，便马不停蹄地跟电影《再一次初恋》剧组跑宣传，电影定档在情人节上映，也就是大年初五。

而《恶念》定档大年三十，成为春节档最受关注和期待的电影。

两人在不同时间上过同一个节目，不同时间去过同一个城市，见过同一批工作人员，或许还跟同一批粉丝合过影。

像余驰这个年纪的演员很多都在拍青春片，余驰这种路线的年轻演员很少，发展得这么好的更是稀有。

余驰就是那个稀有物。

《恶念》是一部青春悬疑片，余驰是绝对的男主角，感情线和悬疑线并进，这部电影期待值这么高，不仅剧情预告精彩，电影宣传时还表示余驰为这部电影贡献了荧幕初吻。跟他搭戏的女演员陈瑜今年二十一岁，还是上戏大四的学生。陈瑜不是那种明艳张扬的漂亮，属于清纯耐看型。预告片剪辑很精妙，只剪了几个暧昧片段，电影色调偏暗，质感绝佳，悬疑氛围很强。

电影票房预售就超过了五亿，上映两天口碑就爆了，一打开微博就能看到关于这部电影的热搜。这天盛厘刚回到酒店，打开微博看了眼，就看到一个明晃晃的标题"余驰荧幕初吻"。

她盯着那个微博有点恍惚，整个人思想很分裂，一会儿想着

余小驰都跟别人拍吻戏了，他拍吻戏失误了几次？他亲别人的时候会不会想到我？一会儿又唾骂自己，打住打住！不是你的了！演员拍吻戏不是很正常吗？不要多想！

她忍住点开热搜的冲动，把手机丢开，去洗澡。

洗完澡出来，微信上多了不少信息。

周皇后：我去看了《恶念》，电影好看得我想要二刷三刷，不仅是剧情好看，余驰那张脸在大屏幕上太帅了，连我妈都变成他的粉丝了。

周皇后：二十岁的弟弟，那么英俊的一张脸，我都替你后悔。

周皇后：吻戏拍得又纯又欲，我就是很想知道，跟这种帅哥弟弟接吻什么感觉？

盛厘看到了余驰和陈瑜的剧照，陈瑜背贴着墙，被人捧住了脸靠近，秀气白皙的脸上落下一片阴影，两人隐没在昏暗的光晕里，画面隐秘而美好。

盛厘目光落在余驰轮廓精致的侧脸上，失神地看了好几秒，才皱眉关掉图片。

反正已经看过剧照了，盛厘索性打开微博，把关于余驰的评论都看了一遍，还逛了一次他的超话。

盛厘深吸了一口气，回复周思暖。

盛厘：特带劲，姐弟恋的妙处你不懂。

过了一会儿，周皇后发来一条语音，“所以，你还是后悔了。”

你是周皇后还是周嬷嬷？三番两次拿着针扎谁呢？盛厘丢掉手机，敷上面膜睡觉。大概是最近太累了，她没等到二十分钟就揭下面膜，迷迷糊糊地睡着了。

春节档的电影大多是贺岁喜剧片，《恶念》是唯一的一部悬疑片，而《再一次初恋》是唯一的爱情片。《恶念》是预料中的爆了，

《再一次初恋》属于一开始不看好，大家冲着几个主演去看的电影，几天后口碑慢慢发酵，排片上来后，突然就逆袭了。

《再一次初恋》票房破十亿，盛厘跟剧组又跑了一个活动。活动是现场直播的，盛厘玩游戏输了，惩罚是十个快问快答。

主持人笑着问："速度很快的，不能思考，厘厘准备好了吗？"

盛厘从容不迫道："来吧。"

老旧的出租屋里，茶几上的笔记本电脑正放着这场直播，余驰懒散地靠在沙发上，垂眼看向屏幕。他已经很长时间没回来过了，今年寒假只接了一部友情出演的电影剧本，进组拍了十多天，就杀青了。

黄柏岩念他快三年没有过休息日，给他放了三天假。余驰为了避开狗仔，昨晚就提前回来了。房子定期有人打扫，但一直没添什么东西，几乎是老样子。

屏幕里，主持人开始倒数："三、二、一……"

"你喜欢姐弟恋还是对方比你大的？"

"姐弟恋。"

"恋爱中吵架，谁先哄人？"

"我啊。"

"在恋爱中你是很会照顾对方的人吗？"

"额……还好吧。"

"如果分手了，你会吃回头草吗？"

"不会。"

"分手后，对方求复合你会答应吗？"

"这题是不是跟上题矛盾了？"

"额……那下一题……"

所以，是不会吗？

余驰面无表情地盯着屏幕里的女人，抬手"啪"的一声合上

电脑。屋子里窗帘只拉开了一点，春节还没过，楼下小孩嬉闹的声音断断续续，偶尔响起一声炮仗声。房子明明挺小的，他却感觉空荡荡的，情绪落寞无比，丝毫没有出名的喜悦和兴奋。

她在意吗?

虽然她说不会吃回头草，但他还是控制不住自己，很想她。

三月初春，乍暖还寒，春节档电影收官，《恶念》票房累计三十八点五亿，《再一次初恋》票房累计十七点四亿。余驰这回是彻底出名了，成为电影圈内最年轻的一线实力派。

容桦把几个剧本递给盛厘，说 :“《再一次初恋》剧本是你自己挑的，赌赢了。这次，你自己先看看，看完再跟我商量。”

盛厘接过剧本，并不着急看，她说 :“圆圆已经跟着我做了好几年助理了，我想让她转经纪人。她机灵圆滑，很适合做经纪人。”

“可以。”容桦一点也不意外，“这是正常的，其实你跟我续约前我就问过她了，她自己不愿意。”

圆圆的工资是盛厘开的，工资不比小经纪人低，每年还有丰厚的年终奖，盛厘去年就问过了，但圆圆这个不思进取的姑娘，压根不想离开她。

“我会跟她说说的。”盛厘抱着剧本站起来，提醒了一句，“你要是还想培养路星宇，就趁早让他跟我解绑吧，再晚就来不及了。”

合约还剩下三年，如今盛厘发展得很好，翅膀也硬了，合约到期后完全可以自立门户。路星宇这两三年被余驰踩在脚底，再不另寻出路，一直捆绑着她，迟早要完蛋。

晚上回到家，盛厘去洗澡，圆圆拖出两个大行李箱收拾行李，明天她们要去录一档综艺，要录制三天，需要带的东西不少。

她洗完澡出来，想好好跟圆圆谈谈。只见她坐在地板上，正津津有味地看手机，盛厘悄无声息地走到圆圆身后，垂眸看她的

手机屏幕。

是余驰拍摄时尚杂志的花絮视频。

盛厘抱着胳膊，面无表情地看圆圆一遍又一遍地重复播放花絮，余驰再帅也不必一直重复观看吧？圆圆看完第五遍，终于发觉有什么不对劲，回头一看，吓得手机都掉了。

“好看吗？我的圆圆？”盛厘笑眯眯地看她。

圆圆愣了一下，磕磕巴巴地说：“还、还行……”她弯腰去捡手机，小声嘀咕，“你好久没这么叫我了，我差点以为你要出去约会……”

盛厘也愣了一下，想起当初在《江山卷》剧组，她想跟余驰见面、要圆圆出主意的时候，都会叫一声“我的圆圆”，分手这么久，她确实很久没叫过“我的圆圆”了。

就这么随便的一个称呼，在某种意义上来说，也成了一个暗号。

盛厘顿感烦躁和郁闷，怎么哪哪都有余驰？就算不见面，也完全无法忽视他的存在，她一定是太久没有谈恋爱了，是不是应该去谈个恋爱？

嗯，有道理，再谈个恋爱就好了。

盛厘坐在沙发上，拿着手机翻通讯录，一边翻一边问：“圆圆，你觉得追我的那个陆导演怎么样？”

圆圆呆滞地回答道：“啊？”

盛厘头也不抬，“问你什么，你就回答什么。”

圆圆说：“哦……挺好的，有才华，长得也很帅，但你不是说他人品不好吗？”

盛厘深吸了口气，继续问：“你不喜欢？那换一个，程崤呢？”

圆圆眨了眨眼，你谈恋爱还用我喜不喜欢吗？我有这么大影响力吗？她想了想，“那个帅哥富二代吗？可你不是说豪门少妇不

好当，自己就有钱，不要嫁豪门受气吗？”

盛厘一连又抛出好几个人的名字，包括制片人、演员弟弟……圆圆就像个杠精一样，她抛出一个名字，她就挑个毛病。

最后，她忍无可忍，“圆圆，我以前怎么没发现你这么挑剔？是给我挑男朋友，你那么杠干吗？”

圆圆特别无辜，“我哪有，那些话明明都是你自己说的，我记住了而已。”

追盛厘的人确实不少，很多她根本没放在心上，随便应付的话，哪里还能记得。

她不肯承认，“我哪有这么挑剔！”

圆圆更无辜了，她拿出手机，熟练地调出一个文档，点开递过去，“不信你自己看！”

盛厘狐疑地拿过来看，先是被文档名给闪瞎了——厘厘不喜欢的男人类型要多防备。

盛厘迅速扫了一眼，里面详细记录了这几年追过她的男人的资料，有些甚至还贴了照片，连她拒绝的理由、吐槽的话都记录进去了。

盛厘震惊了，抬头看圆圆，“你竟然还记录这种东西？”

她还以为“做厘厘助理需要明白的二三百事”已经够震撼了，竟然还有这种东西，圆圆这助理做的，是把她当成研究对象了吗？

圆圆还挺理直气壮，“追你的人多，你自己不太记得，我怕万一有用，所以稍微记录一下，后面……习惯了，就一起记录了。”

盛厘嘴角一抽，“我是不是要夸你几句？”

圆圆看她脸色不对，有点心虚，“也不用……”

盛厘哼了声，低头继续往下翻，忽然瞥见余驰的名字，实在是因为他夹在中间格外醒目，比别人多了一条标红的备注。

备注：虽然很帅，但害得厘厘过敏，厘厘很讨厌他，而且性

格太拽太不听话了，不讨喜。

后面又多了几个红字备注“打脸了”。

盛厘头疼地压了压太阳穴，感觉心好累。过了一会儿，她把手机还回去给圆圆，有点好奇，“你这么喜欢余驰？”

圆圆不说话。

盛厘眯了一下眼，“哦对了，你还是余驰第一个公主抱的女人，我都排第二。”

圆圆大惊失色，疯狂摇头，“绝对没有！绝对不是！”

盛厘不信道：“那是什么？”

圆圆瞧着她的脸色，有点不敢说。

几秒后，她才委屈地说：“我就不能同时喜欢你们两个人吗？”

盛厘愣了愣，在圆圆对面盘腿坐下，挑眉问：“还有其他人希望我们两个人真在一起的？”

圆圆小声说：“有。”

鲤鱼？盛厘和余驰？

盛厘拿过手机点开微博，还谨慎地切了小号。

“有，但是……”

但是人很少，非常少。

她郁闷地看向圆圆，“为什么人这么少？”

“因为大家喜欢的是云兰生和杨凌风。”圆圆撇撇嘴。

“圆圆，我记得我当初跟余驰在一起的时候，你不太喜欢他，怎么突然转性了？”盛厘漫不经心地刷了几分钟微博，抬头看圆圆，“是觉得他现在出名了？还是觉得他现在太帅了？”

圆圆忙摇头，“我一直觉得他很帅，当然现在更帅。不过，我当时觉得他确实有点配不上你，换谁都会这么想的吧，毕竟那时候余驰就是个刚毕业的高中生，跟你差距很大。”她小心瞧着盛厘，斟酌道，“可能是因为，这几年他变得太优秀太耀眼了，我看谁都

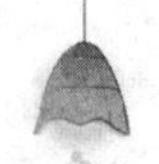

不如他好，总觉得追你的人里面都没他那么喜欢你，还是他跟你最般配……”

还有一句话，圆圆不敢说——最重要的是，我觉得你还喜欢他。

竟然连圆圆都有这种“看谁都不如他”的感觉？

“你说错了，我跟余驰是我追的他。”盛厘突然有点无力，她皮笑肉不笑地说，“都分手这么久了，你吃的都是‘过期糖’。”

不说还好，一说圆圆就心酸不已，突然怀念起当初的日子，她小心翼翼地说：“那就不能……不能重新来一次吗？”

盛厘笑了笑，“你是想让我去追余驰？还是你期待余驰回来追我？”

圆圆不敢说话，摇了摇头。

感觉两个都不太可能。

好伤心，难道要以悲剧结尾了吗？

两人沉默了片刻，盛厘烦躁地丢掉手机，强迫自己谈正事，“圆圆，这段时间我找到了合适的新助理，你就不用整天跟着我了，助理都做这么多年了，也该转经纪人了。”

“啊？”圆圆蒙了，“可我不想做经纪人啊。”

盛厘笑笑，“你都二十八岁了，助理做了六七年，再做助理是耽误你。”

圆圆嘀咕道：“我没那么大志向啊，也不想带别人……”

“那做别的也可以，总归学点东西。合约结束我会独立办工作室，信任的人没几个，你不想帮我打理工作室？”盛厘眨眨眼，掐了一把她的脸，“你的价值比助理高多了，我的圆……”

还有个“圆”及时被吞了，又说顺嘴了。

圆圆总算被激起一点斗志，不过还是讨价还价，“能不能明年再开始？”

盛厘无语片刻，起身时戳了下她的脑门，“你这条咸鱼！”

算是答应了。

容桦递过来的那些剧本，盛厘全部翻看了一遍后，看中一本只有大纲的电影剧本，名字叫《徐媛》，背景从二十世纪九十年代跨到两千年初，故事有点悲，但剧情和人设很有张力。

盛厘想接这部，容桦不赞同，“这部电影偏文艺，一般文艺电影票房都不高，《再一次初恋》是你的第一部电影女主角，票房高有很多因素。但《徐媛》这部电影算是‘大女主’，外加‘双男主’，除非两个获得最佳男演员奖的人来给你搭戏，否则票房不可能超过五亿，你觉得剧组能请得动吗？”

“我没考虑过票房，我是喜欢这个故事。”盛厘平心静气，“票房高低无所谓，差就差了。”

“这个剧本最开始找的是洪妍，她拒绝了，才递到我这里的。洪妍拿了两次最佳女演员奖，她都拒绝了，说明这个剧本不好。”容桦叹了口气，“早知道我就不给你看了。我这里又接到两个剧本，你先看一下，再好好考虑要接哪个。”

《徐媛》的女主角就叫徐媛，故事开始时徐媛是十七岁，两个男主角，一个十四岁，一个十八岁，中间跨度十三年，徐媛跟两个男主角重逢时已经三十一岁了。

洪妍今年三十二岁，拿过两次金花奖的最佳女演员奖，她的阅历和年龄确实很适合这个角色。

哪怕电影明年开机，盛厘那时也就二十七岁，确实年轻了一些。但盛厘真的很喜欢这个角色，心里一直惦记着，她直接回复容桦：“我还是想拍《徐媛》。”

《徐媛》的导演陈渊已经几年没作品了，上一部作品上映还是七年前了。他六年前患了肝癌，虽然治愈了，但身体一直不太好，

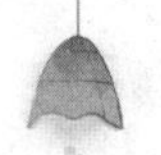

这几年一直在养身体。陈渊的作品在电影节上入围过几次，但总是跟奖项擦肩而过，这部作品作为他的回归之作，其实并不被看好。但盛厘为了这个角色，专门请陈渊和编剧吃了一次饭，现场试镜了一次。

陈渊还是觉得她有点太年轻了。但最后剧组再三商议还是选中了盛厘。

不过，《徐媛》的剧本还在修改阶段，一直等到八月底，盛厘等了整整五个月才拿到最终剧本。

拿到剧本时，盛厘正好在录制一档慢综艺，叫《度假餐厅》，让艺人们去陌生国度开餐厅，招揽生意。

这两年想邀请盛厘做常驻嘉宾的节目组不少，但盛厘一直没答应，这是她第一次做常驻嘉宾。没想到第一天录制就被打发去路边揽客，原因是长得好看，造型师为了把她的盛世美颜完美呈现，给她做的造型就像是要去走红毯似的。

容桦把剧本发过来时，盛厘刚录完，正累趴在床上有气无力地跟她打电话，“男主角定了吗？”

“没有，电影大概要明年年初才能开机，还在谈吧。”容桦顿了顿，“路星宇想接。”

盛厘皱眉道：“我不想跟他搭戏，而且我们要解绑，不适合再搭戏。”

容桦说：“我知道，但这次是他自己想接的，我也不想让他接，这个角色不太适合他，而且……如果这部电影真的失败了，对他的影响比对你的影响大多了。”

大概是受了余驰的刺激，这一年多路星宇倒是老实不少，负面新闻都减半了，但人气确实不如两年前了。

盛厘想到了余驰，有点恍惚，其实她很想跟余驰再搭一次戏。

分手三年，他的成长速度比她预期得还要快，最近网上在预

测今年的金花奖最佳男演员是谁，余驰的投票率很高。就算他没拿到奖项，起码也能入围提名。

盛厘看过《恶念》，她也觉得余驰机会最大。

这部电影爆了之后，余驰跟陈瑜一起上过节目，拍过杂志封面和广告。一部电影或电视剧出名了之后，男女主角合作封面和广告很正常，但陈瑜在一档节目上透露了自己喜欢的类型：性格酷一点，长得帅，演技好，学霸。

这个标准，不就是余驰吗？

盛厘其实不太相信余驰会跟陈瑜在一起，但每次看到绯闻，还是会忍不住胡思乱想，毕竟两人年龄差不多，陈瑜看起来确实很喜欢余驰……

十月底，金花奖公布了入围提名的作品和演员，《恶念》入围最佳影片，余驰也不出所料地入围了最佳男演员提名。

让盛厘比较意外的是，她自己入围了最佳女演员提名。

不过，盛厘和容桦都觉得拿奖的机会不大，但能拿个提名，也很不错了。

同时，《度假餐厅》这个节目已经录制到最后一个主题了。节目收视率一直不错，收官主题节目组的导演还卖了个关子，最后一个主题的嘉宾在录制前一天都没透露。

群里都在猜测，最后一批嘉宾是谁。

也有人说没准会是余驰跟陈瑜？

毕竟节目组有钱，余驰跟陈瑜最近又那么受欢迎，说不定真的会花大价钱请人过来。

盛厘看着群里的讨论，愣了一会儿，心想不可能吧？黄柏岩会让余驰参加她的节目吗？

不会的不会的，肯定不是余驰。

如果是呢？她要怎么办？三天两夜的录制，怎么想都很煎熬，

但又压不住心底隐隐的期待。盛厘忍不住唾弃自己，期待个鬼啊！到时候余驰全程给她冷脸，她要怎么收场？

然而，怕什么来什么。

录制当天，盛厘站在餐厅门口，节目组接送嘉宾的车稳稳当当地停在她面前，后排车门打开，先下来一个很眼熟的人。那人看见她很高兴，笑容十分灿烂，“姐姐，好久不见。”

盛厘愣了愣，这句开场白她去年也听过了，眼前这个人跟去年那个人关系还很好。她看着三年没见过的徐漾，笑了笑，“徐漾弟弟，也不是很久没见，你之前参加比赛，我还看过呢，我还给你投票了。”

话音刚落，又有人从车上下来了，车子是三排座，那人大概是在最后排睡觉，所以下车慢了一些。他手上拿着顶黑色的渔夫帽，似乎刚睡醒，脸色有些困倦，看起来相当不耐烦。

余驰面无表情地把渔夫帽扣到头上，先看了一眼徐漾，才看向盛厘，嘴角很轻地勾了勾，“厘厘姐。”

造孽啊。

盛厘带着余驰和徐漾去宿舍放行李时，心里只剩这个想法了。

宿舍在二楼和三楼，几分钟的路程，全是徐漾在说话，余驰叫了声“厘厘姐”就没再开过口，提着行李，脸色平静地走在他们身后。

徐漾很兴奋，“厘厘姐，你真看过我比赛啊？”

“节目这么火，在微博上看过一些。”盛厘笑了笑，“恭喜你签约出道，现在很多粉丝喜欢你。”

“这要谢谢我驰哥了。”徐漾有些不好意思地挠挠头。

盛厘回头对上余驰沉静的目光，轻轻挑眉，“弟弟出息了。”

一行人到宿舍门口，徐漾回头看看余驰，“明明是你跟厘厘姐一起拍过戏，怎么搞得好像我跟她比较熟似的，我是不是话太多

了？”搞得他都不好意思叫姐姐了。

“昨晚没怎么睡，有点累。”余驰轻描淡写道。

盛厘忙说：“那你们休息一会儿，收拾下行李，时间还早，还有两个嘉宾没到。”

说完，她迅速逃离。

余驰跟徐漾的房间挨着，余驰回到房间，低头在床上坐了一会儿，才拉开行李箱拿了套衣服去浴室。浴室没有摄像头，他打开淋浴，整个人站在水下，手撑在瓷砖上，深深吸了一口气。

这个节目黄柏岩本来要替他拒了，是他坚持要参加的。

他想知道她现在对他还有没有一点感觉，哪怕是后悔也可以，只要她说有一点，他就可以跟她示弱，说他忘不了她，拼命演戏是为了配上她，为了在她面前狠狠地刷存在感，还为了她那句“你是我挖到的宝藏”。

他摸摸垂下的吊坠。他有两部破三十亿票房的电影，入围最佳男演员奖，前辈和导演都说他是不可多得的天赋型演员，粉丝也说他是宝藏。

当初他就是个什么也没有的高中生，她都费尽心思地追他。现在他如她所愿了，她就真的一点不后悔、不动心吗？

盛厘回到楼下，暗自松了口气，有点发愁接下来节目要怎么录，她很担心别人看出什么来。

她去厨房晃了一圈，再出来时，另外两个嘉宾也到了，竟然是斩获金花奖最佳男演员的景颐鸣和女演员蒋晴，两人今年都已经三十四岁，是大学同班同学，相识十六年，都还没婚嫁，还有过一段绯闻。

这时候，导演才宣布，这期主题叫“叙旧”。

正巧，余驰跟徐漾下楼了。

余驰换了身衣服，简单的白色半袖和休闲裤，头发还有点湿，造型都没做，妆也没化，整个人干净清爽。蒋晴眼睛一亮，夸张地“哇”一声，“节目组怎么没告诉我，余驰也来了，我最近可迷他了。”

景颐鸣笑道：“你矜持点儿，一把年纪了还学小姑娘呢？”

蒋晴揍了他一拳，嗔道：“你才一把年纪呢！我哪老了？导演，我不想跟这个人一起录节目了。”

“钱都拿了，跑不掉的，两位老师就将就一下随便录录吧？”常驻主持人罗老师乐呵呵地说。

几人都是会接梗的，一下子就把气氛带活了。

余驰跟徐漾年纪小，跟几个长辈打了招呼，罗老师就开始分配任务了。他目光在众人身上扫过，盛厘突然有点不好的预感，下一秒，就听罗老师说：“盛厘你跟余驰去拉客吧。”

余驰抬眸，笔直地看向她。

盛厘心跳一滞，很快便笑了起来，“难得来了两个年轻活力的帅哥，让他们去拉客不好吗？观众天天看我在外面揽客都看腻了吧，给他们换换口味呗。”她不着痕迹地移开目光，弯腰捏了捏纤细的小腿，“我早就想说了，每次都站得我腿酸，反正这是最后一期了，我不忍了。罗老师，您行行好，让我偷懒一期？我去厨房帮忙。”

众人哄笑，余驰嘴角自嘲地勾了勾，低声道：“我没问题。”

徐漾笑道：“我也没问题，让厘厘姐休息一次吧。”

任务分配完毕，大家各自出发。

出门前，余驰看向徐漾，“把你的吉他带上。”

徐漾哦了声，眼睛突然一亮，“对啊！我可以弹唱吸引客人！”可以在节目上表现才艺，他低声说了句“谢谢”，余驰真的帮了他

太多了。这次带他一起上节目，又让他比同组合的队员多了一次曝光机会，机会难得。他忙往楼上跑，“你等我一下，我上楼拿。”

余驰手插在裤兜里，漫不经心地站在门口等。

不一会儿，徐漾背着吉他跑下楼，搭了下余驰的肩，“走吧。”

前面就是沙滩，已经下午五点了，夕阳照得整个海面都染上了一层淡金色，许多游客悠闲地在沙滩上散步。余驰让徐漾从餐厅出去后，就开始弹唱，一边弹一边往沙滩走，瞬间吸引了许多游客的目光。

还没走到沙滩，两人就被游客包围了。

有几个中国游客认出了余驰，非常兴奋，问：“去吃饭可以要签名合影吗？”

余驰说：“可以。”

盛厘正躲在厨房里洗菜，充当前台的女演员激动地跑进来说：“啊啊啊，余驰跟徐漾带回来好多客人！一大串呢，估计要爆满了！杜大厨你要忙死了！”

盛厘有些无奈，才出去不到半小时就让餐厅爆满，那对比前几期，她岂不是太没面子了？

她忍不住好奇心，跑出去看了眼。

餐厅里，徐漾抱着吉他站在吧台前弹唱，余驰坐在高脚椅上，长腿悠闲地支着地面。过了一会儿，徐漾把吉他丢到余驰怀里，笑道：“你也来一首吧，好多年没听你唱过了。”

高中那会儿，徐漾跟别人搞过乐队，还拉着余驰一起去玩过。余驰这人聪明，学什么都挺快的，偶尔跟着玩玩打发时间，也能学得像模像样。

客人起哄道：“弹一个！唱一个！”

余驰抓着吉他，冷淡拒绝，“很多年没弹，谱都不记得了。”

“少来，你那过目不忘的记性还能不记得？”徐漾一脸不相信，

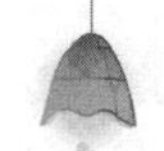

又说，“反正大家是看你的颜值，弹错了也没人笑话。”

余驰余光瞥见一抹红裙，他顿了顿，抬起一只脚搭在脚架上，另一条腿松松地抵在地上，修长白皙、骨节分明的手指在弦上轻轻拨了拨，低头说：“我试试吧。”

其实，盛厘没听过余驰唱歌，也不知道他会弹吉他，他们在一起的时间就短短两个月，在剧组见缝插针地谈恋爱。她站在吧台附近，盯着他轮廓清晰的侧脸，听他弹出一串陌生的音符，前奏很好听，他唱了一首盛厘没听过的歌。

应该是所有人都没听过的歌。

余驰的声音很好听，唱歌比说话的声音要低一点，这首歌音调又很低，特别低音的地方还唱出了一点点烟嗓。

盛厘觉得这首歌被他唱得很性感，她盯着他，心里仿佛塌了一块，有个声音在不断提醒她：“别挣扎了，你就是觉得谁都不如他，你就是后悔了。”

三分钟后，余驰放下吉他，众人大力鼓掌，有人喊“再来一首”。

余驰看向导演，煞风景地说：“导演，这歌没版权，这段要删掉。”

导演愣了两秒，忙说：“这歌是谁写的？节目组有钱！把版权买了不就好了。”

“哈哈哈哈。”徐漾忍不住大笑，“是以前一个街边乐队的队长写的，我有联系方式，导演等会儿我给你。曲是他写的，但是余驰改了几句词。”

原歌词有些露骨，但曲是很好听的。

余驰把吉他塞回给徐漾，突然转头看向盛厘。

盛厘眨了眨眼，慢半拍地鼓掌，从角落走来，笑盈盈地说：“你们真厉害，这么快就满座了，导演怎么没早把你们请来？姐姐

白辛苦这么多期了。”

余驰嗤笑，克制着没说话。

餐厅晚上顾客爆满，大家忙到很晚才打烊，简单吃过夜宵，导演就放大家去休息了，导演说：“明天只接午市，晚上收官聚餐，就随便聊聊，毕竟咱们这期的主题是叙旧。”

正式录制结束后，跟拍摄影就撤了，但一楼和二楼的摄像机随处都有，罗老师提醒嘉宾：“要打私密和工作电话可以上三楼，三楼是助理住的，还有空房间和两个露台，一台摄像机都没有，大家可以放心。”

圆圆的房间在三楼最右侧，旁边就挨着个露台，露台上有张桌子和沙发椅，盛厘每次录制结束的晚上都会上去放松一下，毕竟被摄像机拍了一整天，就想躲开喘口气。因为盛厘每次都躲去那里，阳台又挨着她助理的房间，常驻嘉宾都默认那是她的地盘，都不会过去打扰。

深夜十一点半，盛厘洗完澡换了条红色长裙，接通周思暖的电话，抱着剧本走上三楼。

周思暖在电话里说：“如果他真的拿下最佳男演员奖，那就是圈里最年轻的获奖者了，多少女人盯着他呢，你就甘心吗？我跟你说，过了这村就没这店了，要不是跟你关系摆在这，我都忍不住要上了。”

“不然我要怎么办？虽说那也是为了他好，但当时确实分得很干净了，连分手费都给了，这三年一点纠缠都没有，而且是我要事业不要他。”盛厘压低声音，转身一抬眼就见圆圆满脸恍惚地从露台出来，看见她眼睛都亮了。她走过去，又低声说了句：“我要是说自己后悔，那岂不是犯贱吗？”

盛厘声音很小，圆圆没怎么听清。

等她走近，圆圆打着眼色，才小心翼翼地指指露台，用嘴型

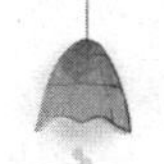

说“余驰”。

盛厘心跳骤停，第一反应就是跑，赶紧跑，当自己没上来过。

一分钟前，圆圆在房间里听到露台有人碰掉了东西，以为是盛厘上来了，就抱着条毯子出去。看清露台上的人后，整个人都蒙了，那个人正盯着桌上的零食筐，微微发愣。

他转头看向圆圆，低声问：“这里有人了？”

零食筐里放着的，都是盛厘喜欢吃的，他记得很清楚，他还给她买过。

圆圆的第一反应就是跑，想去通风报信，然后她真的就跑了。

露台灯没开，柔和的灯光从圆圆半敞着的房门里透出来，分割出一道明暗分界线，余驰的手插在兜里，从昏暗的露台走出来，深深地看向盛厘。

盛厘手机贴在耳边，周思暖说什么她已经听不太清了，她低声说：“晚点再跟你说。”

她利落地挂断电话，暗自深吸了口气，坦然自若地走过去，站在余驰面前，笑盈盈道：“好巧啊，你也来这放松？”

“嗯。”余驰低头看着她，轻笑了声，“要我走吗？”

“不用，这是公共区域，又不是我房间。”盛厘挑眉，“你要打电话吗？要我回避吗？要的话，我就先走了。”

余驰冷冷地看着她，“不用。”

空气静默几秒。

“那就好。”盛厘抱着剧本越过他，按开墙边的开关，柔和的灯光照亮露台，她在沙发椅上坐下，翻开剧本，“我待半小时就走。”

余驰瞥了眼腕表，往回走了两步，背倚着护栏，他紧紧盯着盛厘。三年多过去了，她的模样没怎么变。只是她以前很少穿红

色这种艳丽的颜色，但在这个节目上经常穿红裙。她皮肤本就很白，头发乌黑柔软，红色长裙衬得她皮肤更白嫩，连五官都明艳张扬了几分，比以前多了些别样的韵味。

盛厘如坐针毡，一个字也没看进去，直接走不合适，她想着随便扯几句再走，便转头看向余驰，“徐漾的合约是你解决的吧？”

余驰收敛目光，嗯了声。

“我都不知道你会弹吉他。”盛厘捏着剧本，“唱歌也不错。”

余驰冷不丁道：“姐姐不知道的事多着呢。”

怎么突然又叫“姐姐”了？今天还一直喊厘厘姐呢。盛厘突然感觉待不下去了，她佯装打了个哈欠，站了起来，转身面向他，微笑道：“恭喜你入围最佳男演员奖，我觉得你机会很大，下次见面估计在颁奖典礼上了，到时候真拿到最佳男演员奖了，记者肯定都围着你，我就先提前祝福你了。”

余驰眼神骤然变冷，他死死地盯着她。

盛厘呼吸一窒，保持微笑，“我先回去睡了，你自便。”

说完，她转身离开。

她心跳快到嗓子眼了，不过两秒钟，一条手臂横在了她面前，她惊得剧本都掉了。

他手掌撑在墙壁上，正好压在开关上，把灯关了。

露台瞬间陷入昏暗，连风都静止了，只听闻盛厘急促的呼吸。

盛厘盯着横在她眼前的手臂，余驰往前一步，挡在她面前，紧绷而压抑地问：“姐姐，就这么不想跟我待在一起吗？”他瞥了眼手腕上的手表，“才八分五十六秒。”

盛厘此刻心跳得极快，连脑子都有些缺氧了，她发蒙地看向他的手腕，抬头看他漆黑的双眸，徒劳地挤出一个微笑，“怎么会？我就不能真的想回去睡觉？”

余驰被她避如蛇蝎的态度伤到了，垂眸冷睨着她，冷声问：

“姐姐，你后悔过吗？”

跟我分手，你后悔过吗？

盛厘愣住了，不知是被他的目光冻住了，还是被他的声音给冷到了，她蓦地清醒过来，此刻要是示弱，大概会被嘲笑吧？你看你把我甩了，我现在出名了，你是不是后悔了呢？

“没有。”盛厘抬头看他。

余驰盯着她看了许久，眼睛里的光慢慢黯淡。

半晌，他手垂下，弯腰捡起地上的剧本。

目光在封面上停留了两秒，他把剧本塞给她，一句话没说，转身走了，连背影都透着冷漠。

盛厘抱着剧本在原地愣了几秒，走出去看到欲哭的圆圆，笑着摸了一把她的圆脸，“没事，姐姐给你找个新姐夫，保证不比余驰差。”

盛厘打开手机，就看到周思暖发给她的消息。

周皇后：你干吗说不后悔？你应该一把抱住他，说“我后悔了弟弟”。

盛厘：如果我说我后悔了，他什么都没表示，我要怎么收场？

周皇后：以前你不是挺会的吗？再上一次啊，反正他那么帅，你上多少次都不亏。

盛厘：情况能一样吗？

周皇后：也是，当初他年纪小又什么都没有，你可以予取予求，就连分手都是一手安排好了才通知他。如今他出名了，钱虽然还没你多，但前途无量，跟你势均力敌了。

余驰都能给徐漾赎身了，他都可以拯救别人了，当然不再需要她拯救。

盛厘的心思被戳中，沉默一会儿。

盛厘：是，我承认我害怕被他拿捏在手里，以前不管我怎么作，

我都觉得自己属于掌控方。现在不一样了，我怕自己爱上他，而他又没那么需要我了。

周皇后：所以，本质上你就是渣女，只管追不管负责。我觉得你也别想太多了。

第二天早上，盛厘运气不太好，经过余驰房间，门“咔嗒”一声，突然开了。

她顿了顿，转头看过去。

余驰大概也没想到会碰见她，神色微怔，很快回过神，礼貌地勾勾嘴角，“厘厘姐，早上好。”

平静得仿佛昨晚把人拦住、冷声问她有没有后悔的人不是他。

盛厘目光落在他脖子上，他戴了条项链，黑色的手编绳看起来很有质感，坠子藏在领口里，偶尔能看到衣服下凸起一点点痕迹，不过，也看不出他戴的是什么东西。

他每次开机仪式时、日常照片里都戴着这个东西，粉丝对他这条项链好奇很久了，想要买同款，但一直没找到。

“早上好啊，昨晚睡得好吗？”盛厘笑眯眯地看他，心想平时演戏就算了，录个综艺都要在大家面前演完全场，怪累的。

余驰转身关上门，平静道：“挺好的。”

大家陆续走出房门，一天的录制开始了，余驰跟徐漾和罗老师去采购，罗老师拿着车钥匙，问：“你们有驾照吗？”

余驰说：“上周刚拿到，我来开？”

“那还是个新手司机？”罗老师忙摆手，“安全第一，还是我开吧，你们后排坐着。”

徐漾哈哈大笑，“他太忙了，练车都没时间，学时一直不够没法预约考试，这个驾照前前后后一年才考出来。我坐过他的车，开得很稳，您放心。”

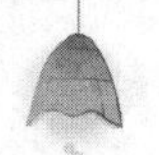

罗老师还是坚持自己开车，余驰笑了笑，拉开车门坐进后排，他敞着腿，懒散地靠在椅背上，脸色冷白，眼底透着几分疲倦。徐漾坐在副驾驶上，从后视镜看了眼，关心道："你昨晚又熬夜剪片子了？"

"嗯。"余驰随口应道。

"戏剧影视文学这个专业作业实践课多，作业也多，熬夜剪片子也正常。"罗老师今年四十出头了，出了名的好人缘，对谁都挺好，他关心道，"艺考生课业要轻松多了，请假也方便，你这几年忙坏了吧，我记得你以前跟剧组跑宣传才会上综艺，这是第一次单独上综艺吧？"

余驰有些心不在焉，抬眼看向前方，勾了下嘴角，"是第一次。"

"还把我捎上了，我怀疑他是为了我才上这个节目的。"徐漾哈哈大笑。

余驰嗤笑道："别不要脸。"

徐漾语重心长地说："驰哥，我从认识你第一天就知道你是个酷哥，但你难得上一次综艺，麻烦你多说几句话行不行？你粉丝欢天喜地想多看看你，结果你把高光时刻都让给我了，回头节目组怎么剪辑啊？"

罗老师深感同意，"徐漾同学说得对，导演组会感谢你的。"

当时谁都没想到，冷酷话少的余驰会在节目收官录制的最后一晚，给了节目组一个爆炸性的消息。

晚上九点，餐厅灯光亮堂，桌上摆着一桌品质不齐的菜。应节目组要求，今晚每个人动手做一道菜，作为今晚的晚餐。

盛厘不会做饭，她只会拌沙拉。

她有点羞耻地把沙拉端上桌，摆在自己面前。

此时，餐厅进来三个外国游客，众人转头看过去。正好，余

驰在外面打完电话，他走到游客身后，游客回头看他，用英文问：“请问还接待客人吗？”

余驰说：“抱歉，已经打烊了。”

盛厘不禁转头看过去，能把英文说得流利又好听的演员并不多，她为了说好英文，必要时不出丑，花了不少工夫。余驰的英文很好，这两天应付外国游客毫无压力，他是标准的英音，听起来很苏。

她忍不住想，余驰上这趟节目，是专门来扰乱她的意志力的吧。

这种男生，谁能抵抗得了？

余驰送走了三个游客，在门口挂上“打烊”的牌子，像是没发现盛厘在看他，目不斜视地走向餐桌，在她对面坐下。

盛厘默默低头，在餐桌前坐下。

今天她依旧在厨房帮忙，跟余驰没有过多的同框画面，每次不可避免地同框和对视时，两人都调动了毕生的演技，让别人看不出半点端倪。

罗老师开了瓶红酒，给每个人倒了一杯，他瞟了眼沙拉盘，忍不住笑道：“厘厘，你这一季节目就整了个沙拉，是不是太没诚意了？”

盛厘面不改色道：“我平时就经常这么吃。”

蒋晴帮腔道：“沙拉怎么了？我等会儿就吃这个，我们女演员多不容易啊。”

“男演员也不容易。”景颐鸣最近要为新戏减重，也不能多吃，看了眼余驰和徐漾，不禁感叹，“还是年轻好，我以前这个岁数也是吃多少都不用担心长胖。”

蒋晴笑眯眯道：“你以前这个岁数可没人家帅，也没人家有事业心，人家现在都在拼事业，你那会儿还追着校花跑呢。”

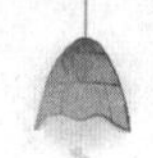

景颐鸣年轻时那点情史早就不是秘密了，听说当时景颐鸣追校花，蒋晴追景颐鸣，最后的结果是景颐鸣没追到校花，蒋晴也没追到景颐鸣。

但严格意义上来说，景颐鸣算是蒋晴的初恋了。

话题不知怎么就转到了初恋上去了。

徐漾和余驰年纪比较小，并不知道这些绯闻。

"哎，弟弟们。"蒋晴笑眯眯地看向他们，"你们谈过恋爱吗？老实交代一下。"

徐漾突然被叫到，愣了下，笑容腼腆道："没有。"

"你没有，余驰也没有吗？你还能代表两个啊？"蒋晴挑眉，看向余驰。

旁边的盛厘正低头啃生菜丝，闻言手一顿，心突然高高悬了起来，抬头看了眼余驰。余驰端着酒杯，垂眸看着暗红色的酒液，沉默着没有立即回答。

徐漾夹着块大排骨，信誓旦旦地笑道："我跟余驰关系好，他谈没谈过，我当然知……"

"谈过。"

余驰抬眸，冷不丁地截断他的话。

盛厘猛地呛了一声，心跳骤停，倏地抬头，不敢置信地看向余驰。

同时，徐漾的排骨从筷子上掉下来，砸在酒杯边沿，还剩下一口红酒的杯子空荡荡，被排骨一砸，迅速翻滚着往下掉，徐漾手忙脚乱地去抓，手肘又不慎碰倒了罗老师的杯子，一时间汤汤水水流了不少。

罗老师忙抽了几张纸塞给徐漾，"没事吧？赶紧擦擦。"

其他人仿佛定住了，震惊地看向余驰。

那一刻，盛厘的表情似乎跟大家无异，那声呛也被徐漾那一

波大动静掩盖住了，只有她自己清楚，她的心脏正不可抑制地剧烈跳动，仿佛全身血液都在奔腾流窜，连脚尖都忍不住绷直了。

她目光没法离开他的脸，既害怕又兴奋，紧张又期待。

余驰反而像是最平静的那个，他镇定自若地一一扫了大家一圈，最后目光又落在他正对面的盛厘身上，多停留了那么一秒，才低头笑了笑，仿佛并不知道自己说了什么了不得的话，老实道："不是蒋晴姐说要老实交代的吗？也没什么不可以说的。"他顿了一下，目光微垂，盯着酒杯里的酒，"我谈过恋爱，十八岁谈的，时间很短，两个月就分了。"

其他几个嘉宾下意识看向罗老师，毕竟他是前辈，这种谈话一向是他控场。

罗老师借着给徐漾擦桌子的时间，琢磨着要怎么接话，就见盛厘笑盈盈地开口道："十八岁，初恋吗？"

这话接得很妙，毕竟之前话题就转到了初恋上。

谁都没发现，盛厘夹带了私心，手指藏在桌布下，正紧张地攥着裙摆。

余驰抬眸，直视她的眼睛，嗤笑道："是初恋，挺难忘的。"说完这话，目光又垂下了。

盛厘感觉心脏莫名抽紧了一下，心绪乱如麻，带着一点疼意。

蒋晴回过神来，"余驰弟弟，你怎么这么单纯啊，我问什么你就真敢答啊。"蒋晴挑眉笑，"你成功勾起我的八卦之魂了，既然难忘，那怎么分手了？你被甩了？"

盛厘端起酒杯，喝了一大口，试图缓解此刻过于紧张的心情。

"是，我是被甩的那个，她觉得那是为了我好吧，是她让我重回演员这个行业的。"余驰自始至终都捏着酒杯，目光在杯口停留，他神色看起来很平静，平静得像是不带任何情绪，就像景颐鸣和蒋晴谈起自己初恋时那样平和，仿佛只是在追忆过去的一段人生

经历而已。

就在盛厘恍神、以为他彻底放下了的时候，他突然抬眸，声音低而紧绷，“如果有机会的话，我想把她追回来。”

他的语气太过认真了。

盛厘的心跳突然漏了一拍，耳朵嗡嗡的，仿佛被他那句“我想把她追回来”刺激得灵魂出了窍，脑子有一瞬的空白，以为自己幻听了。

他在干什么？当众跟她表白？

节目组收视率要飙升了，导演这会儿估计正在偷笑呢。

之前被震惊得傻掉的徐漾终于回过神，满头问号地盯着余驰。

兄弟你什么时候谈的恋爱？十八岁不是刚高考完吗？跟谁谈的？哪两个月谈的？我怎么一点都不知道？

他心里还很慌，欲言又止半天，忧心忡忡地问罗老师：“这段剪辑的时候能删掉吗？”

“额，这估计不会删。”开玩笑，这一段绝对是整季节目最大的爆点，而且是余驰自爆的，节目组怎么可能放过？罗老师看了看余驰，开了个玩笑圆场，“余驰不是想追回初恋吗？等节目播出了，那女孩子看到后，说不定会感动呢？人这辈子遇到个喜欢的人其实不容易，我祝你早日如愿。”

不用等节目播出了，因为本人就在场！

盛厘心跳得很快，耳根也在发热，她甚至有点忐忑地看向余驰，明明昨晚态度那么冷淡，今晚怎么突然就当众表白了？是真的想追回她，还是为了报复她故意这么说的？

不对不对，为了报复她何必自损八百。

余驰神色坦荡，嘴角微勾，“谢谢。”

“徐漾同学都被吓傻了，不用担心，余驰演技好有实力，他是演员，演员用作品说话，他出道以来拍的作品都可以被称为代表

作了，大部分粉丝不可能因为他有过一个初恋就不喜欢他了。”蒋晴笑嘻嘻地转头看盛厘，“厘厘，你说对吧？”

盛厘愣了一下，微笑道：“对，他值得更多人喜欢。”

余驰抬眸看她，心想，那你呢？你为什么不要我了？

两人就坐对面，盛厘目光一转，不可避免地跟他对上，她突然意味深长地冲他笑了笑。余驰盯着她看了两秒，垂下眼，端起桌上的酒杯，一口气喝光，压下心底的烦躁和不满。

节目录制到十二点，完美收官。

上楼时，蒋晴跟盛厘贴耳低语：“你说，哪个女生眼这么瞎，竟然连余驰弟弟都甩？三年前他就算没钱没名，那还有那张脸呢。”

可以预知，节目播出后，会有一大波粉丝要骂余驰的初恋眼瞎了。

二楼房间里的摄像机都已经撤了，徐漾跟着余驰走进房间，一进门就急切道：“你刚刚说的都是真的吗？你什么时候谈的恋爱啊？我把追过你的女生都想了一遍，都没对上号啊，就没见你跟哪个女生亲近过，难道是大学？什么女生这么瞎啊，还把你甩了。”

“真的。”余驰在床边坐下，神色恹恹地靠在床头上，“不过跟我谈恋爱的不是学生。”

徐漾愣了愣，猜测问：“那是剧组的演员？”

余驰不说话，默认了。

“真是啊？”徐漾相当震惊，以前他跟胡一扬还吐槽余驰这人太冷酷，无法想象他谈起恋爱来会是什么样子，谁能想到他十八岁就谈过恋爱了，他们却还是单身……

“赵殊彤追了你那么久都没追到，一个剧组拍摄周期就三四个月，你现在又这么忙，什么人把你甩了还让你念念不忘，上节目都要宣誓把人追回来？”

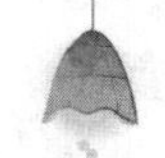

徐漾见余驰没说话，又小心翼翼道："在节目上说这些话，你经纪人不会说你吗？要不让你经纪人跟节目组交涉一下，这段删了？你要追人，私底下追也行啊。"

私底下怎么追？死缠烂打吗？余驰自嘲地想，盛厘跟他分手分得那么干脆，什么都替他安排好了，摆明了不想再纠缠，从她决定分手的那天起，她就没想过要跟他复合。

她在节目上说不会吃回头草。

她亲口对他说，她没后悔过。

所以，蒋晴问他有没有谈过恋爱，他其实可以不回答，或者绕过去，但他还是回答了。

他承认自己是故意的，他突然有种疯狂偏执的冲动，想让所有人都知道他跟她谈过恋爱，哪怕闹出个绯闻也好，总好过两人真的互不相欠，毫不相关。他就是想刺激盛厘，也是孤注一掷。

都这样了，盛厘还会对他视而不见吗？

这时，余驰的手机响了。

他低头看了眼，是黄柏岩打来的，大概是知道他在节目上搞事情了。

电话接通，黄柏岩就叹了口气，"余驰，你知道你在干什么吗？"

"我知道，小陈都告诉你了吧。"

小陈是余驰的助理，这种大事他报告给黄柏岩不奇怪，余驰冷静道："话都已经说出去了，也都是我的真心话，而且最近陈瑜的团队总捆绑我炒作，你就当我给自己辟谣了。"

黄柏岩无语片刻，说："这能一样吗？谣言是谣言，现在你自己说自己有个初恋，还要把初恋追回来，这节目播出去，观众怎么想？"

"我本来就有个初恋，大家迟早会知道的，你也知道。"

沉默几秒，余驰先开口："岩哥，陈渊导演有没有递过剧本？"

"你是想问《徐媛》这个剧本吗？有，女主角定的盛厘。"黄柏岩没好气地冷嘲热讽，"你行动力还挺快，这么快就想追着人进组了，你让我说你什么好？"

余驰沉默几秒，他骨子里本来就桀骜不驯，这两年又受观众欢迎，更加底气十足，直接说："那就别说了，省得给你添堵。"

徐漾今天跟几个前辈合影了，他盯着照片，脑子突然灵光一闪，余驰高考结束后给盛厘做过生活助理，他在《江山卷》剧组待了三个月，他管盛厘叫"姐姐"，当时他就觉得有点怪，而且盛厘还帮他骂过姜南……

余驰挂断电话，就见徐漾盯着自己。

徐漾咽了咽喉咙，"你的初恋不会是……厘厘姐吧？"

"是。"余驰承认得很干脆，"我的合约也是她解决的。"

半晌，徐漾憋出一句："要是胡一扬知道你十八岁就把他女神搞……"徐漾本来想说"搞到手"的，余驰冷眼瞥过来，他忙改口，"不是，我是说谈恋爱，胡一扬要是知道你当年在剧组就跟他女神谈过恋爱，估计要疯。"

余驰从行李箱里拿了套衣服，走向浴室，丢下一句话："等我把人追回来再让他发疯。"

余驰走到浴室门口，又回过头警告："以后你别再叫她姐姐。"

徐漾有些无语。

与此同时，盛厘房间里，圆圆兴奋得当场给她表演了五个转圈圈，盛厘抱着胳膊倚在衣柜上，冷静地看她发疯。

圆圆转完圈圈，跑过来抱了她一下，"呜呜，我太不容易了，情绪大起大落，昨晚都哭死我了，今天就起死回生了，姐夫太帅了！他就是专门为了你来这趟节目的吧！"

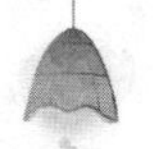

姐夫都叫上了……

盛厘不得不提醒她："我刚刚在楼下跟大家说我早上七点要走，他却连我微信都没加回去。"

圆圆冷静了些，想了想，说："他记性那么好，肯定还记得你的号码，你号码又没变。而且，他没删我微信，要想找你，随时可以找到啊。"

是这样没错，但余驰真的会来追她吗？

盛厘还是不敢确定。

第二天早上七点，盛厘跟圆圆离开时，二楼各屋房门紧闭，静悄悄的。

盛厘经过余驰房间，转头看了一眼。

昨晚睡得晚，早上又起得太早，盛厘上车后就准备休息，圆圆突然激动地喊道："姐……"她本来想说姐夫，突然想到这是节目组的车，及时改口，"姐，我看到余驰从后面跑过来了，是要来送你吗？"

盛厘打起精神，转头看向身后，透过挡风玻璃，看见余驰穿着一身黑色运动服沿着沙滩跑步，身形矫健挺拔，正朝着车子跑过来，距离几米远时，速度慢了下来。

他走到车子后面，漫不经心地瞥了眼挡风玻璃的方向，盛厘知道，他一定看到她了，也知道她在看他。

几秒后，余驰转身向右，走进餐厅。

竟然假装看不见她？

你还记得你昨晚说过什么话吗？

节目录制结束半个月后，金花奖电影节即将开幕，盛厘和容桦带着团队提前一天到颁奖现场，同行的还有路星宇。两人已经很久没有同框了，容桦也试着给两人解绑，但两人捆绑太多年，

解绑并不容易，除非一方公布恋情。

虽然路星宇现在人气下滑了，但他以前也确实人气不错，这两年沉稳不少，粉丝还是维持在一定数量上，他肯定不会犯傻去公布什么恋情，除非对象是盛厘。

前往酒店的路上，盛厘跟路星宇坐在后排，这家伙逮着机会就开始缠她。

他把手机塞到她眼底，“姐姐你看，咱俩同框粉丝高兴得像过年一样，别解绑了好不好？”

盛厘瞥了一眼，冷漠道：“不好。”

“为什么不好？”路星宇气急败坏，“你这三年多都没谈过恋爱，不肯跟我在一起，还要解绑，你是不是还想着你前男友，他现在入围最佳男主角了，你是不是后悔跟他分手了？”

盛厘斜了他一眼，“关你什么事？”

“姐姐你这话太伤人了。”路星宇把手机收回来，不屑地冷笑，“他不是跟陈瑜捆绑营销了吗？陈瑜家里很有钱，白富美，正在追他呢，两人在剧组拍戏几个月，说不定干了什么呢。”

盛厘鄙夷道：“你以为人人都像你似的？”

“我没有！”路星宇憋屈道，他跟余驰第一次见面就结下了梁子，两次试镜都被他抢了角色，而且都是极出彩的角色，加上代言也丢了几个，他不恨余驰才怪，“过了几年，你以为他还是像以前那么纯情啊？”

盛厘懒得理他，闭上了眼。

路星宇不依不饶，“姐姐，上次他去录你的节目，你们有没有发生什么？”

这话前段时间路星宇就在微信上追问过了，盛厘正烦着呢，余驰那小浑蛋，在节目组上说要把她追回来，结果半个月过去了，一点动静都没有。

浑蛋，玩她呢！

盛厘睁眼瞪他，“闭嘴。”

电影节当天，盛厘一袭星空拖尾长裙亮相，长发挽起，脸蛋漂亮精致，身材曼妙有致，削肩细腰，一出场就惊艳四方。她挽着《再一次初恋》的男主角一同走过红毯，大大方方地拗造型拍照。

这次《恶念》剧组跟《再一次初恋》剧组被安排在前后排落座，盛厘入座后，就看见余驰被一身白色公主裙的陈瑜挽着，在主持人的介绍下入场。

余驰一身黑西装，身材修长挺拔，五官英俊，西装把他身上那股冷酷的劲儿放大了，放眼全场，盛厘觉得没有哪个男演员能把西装穿得这么帅气。

如果他身边没有陈瑜，那就更养眼了。

盛厘靠在椅背上，抬手摸了摸耳朵上的星星耳钉，今天她身上的饰品全都是品牌赞助的，除了这个星星耳钉。那年七夕，余驰送了她一个礼物，那会儿她已经决定分手了，但担心自己犹豫不决，所以一直没打开看过。

那天录制完节目，她回到海市的家后，就把那个精致的锦盒翻了出来。这个礼物是她收到过的最特别的一件——里面只有一只星星耳钉。

耳钉本来应该是一对的，但余驰只送了她一只，还有一只，肯定在他那里。

盛厘看到这个耳钉时，愣了很久，或许当初她选择不打开礼物，是正确的。当初如果真打开了，她或许就舍不得分手了，十八岁的余驰冷酷又傲娇，有时候还很直男，两人在一起时间很短，就连唯一的一个七夕节都是在剧组度过的，那天两人连个吻

都没接，一个拥抱都没有。

她没想到他还会用这种方式给她送礼物。

参加电影节的造型早就定好了，造型师给她搭配的耳饰是一对耳坠，盛厘只有两个耳洞，前几天也不知道哪根筋搭错了，往右耳上又打了一个耳洞，之前造型师给她做造型时，她把这个耳钉给戴上了。

幸好耳钉小巧精致，跟今天的造型并不冲突，仔细看细节，甚至有点锦上添花。

过了一会儿，《恶念》剧组人员一同走向座位，余驰越走越近，盛厘的目光一直在他和陈瑜身上转，不只她，很多人都在看余驰，毕竟他是今天入围最佳男主角里最年轻的一位演员。

如果最后他真的得奖，那就是演员中最年轻的获奖者了。

余驰抬眼，目光跟盛厘的遇上。

盛厘像是早就等着他似的，轻轻挑眉，笑弯了眼。

余驰嘴角微勾，抽走陈瑜挽着的胳膊，正要转身落座，目光突然顿住，落在盛厘的右耳上，心神恍惚了一下，脚下就踩到了什么东西。这时，陈瑜红着脸回头看他，小声说："余驰，你踩到我的裙摆了。"

"抱歉。"余驰低下头敛去神色，帮陈瑜把裙摆弄好，转身落座。

他面无表情地低下头，自嘲地笑了笑。

盛厘是故意的吧？

他在节目上说要把她追回来，她就把三年前他送她的礼物戴上了。他终于明白录制节目那晚，她那个意味深长的笑是什么意思了。

姐姐等着你来追我。

盛厘确实是故意的，她就是想看看他的反应。

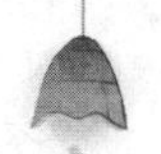

场内灯光稍暗，盛厘就坐在余驰的斜后方，她漫不经心地盯着余驰的侧脸，看着他的耳朵，他们谈恋爱的时候，余驰是没有耳洞的，后来看他拍的杂志封面上，戴过耳钉，不知道是什么时候打的耳洞。

是不是买耳钉的时候就打算打了？所以才送了她一只耳钉，但那会儿在拍戏，不能打。

颁奖典礼的时间越来越近了，灯光暗下，主持人站在旁边候场，组委会入席主席台。余驰的心神被盛厘勾走了大部分，情绪并不如其他入围演员那么紧张，他神色平静放松。

开场音乐响起，主持人走到舞台中央，颁奖典礼正式开始。

一个个奖项颁发出去后，终于等到公布最佳男女主角获奖的时候了。盛厘不出所料地只得了一个最佳女主角提名，最终获得最佳女主角的是一名五十岁的演员。

盛厘并不怎么惋惜，也觉得自己在《再一次初恋》里的表现，确实还不够格。

她屏息看向颁奖台，大屏幕上回顾了提名最佳男主角的演员，影片片花播放完毕，她的心高高悬起，紧张得手心都在发汗，她垂眸看了眼余驰冷酷的侧脸，心想他怎么看起来一点都不紧张？

台上，作为揭晓最佳男主角的颁奖嘉宾魏诚拆开信封，微笑地宣布："本届最佳男主角获得主是……"

"《恶念》，余驰。"

灯光瞬间打到余驰身上，余驰愣了一下，像是没想到，身旁的陈瑜激动地抱住他的手臂，导演刘殊则起身拥抱他，笑着拍拍他的背，"恭喜，上去领奖吧。"

余驰不动声色地把手臂抽回来，回抱了一下导演。

与此同时，四周响起一片掌声，所有人的目光都落在了他身上。

余驰走上颁奖台，魏诚跟他拥抱了一下，笑道："恭喜。"

"谢谢诚哥。"余驰说。

当沉甸甸的奖杯拿到手上，余驰站在星光璀璨的台上，周身轮廓如同洒了一层薄薄的光晕，他垂眸看着台下。

台下那么多的人，在他眼里却只有盛厘的脸是清晰的。

她眼睛亮晶晶的，正笑盈盈地看着他。

话筒有些矮，对于余驰来说有些将就，他伸手抬了一下话筒，对着台下说："谢谢评委的肯定，谢谢导演刘殊和剧组团队。一部优秀的影片是所有幕后工作者的心血和付出，我只是尽自己的努力去塑造和完成了一个角色，能得到这个奖我很高兴，因为我以前觉得自己挺倒霉的，我曾经放弃过这个行业，也放弃过想做一个演员的梦。在十八岁以后，我的运气似乎都好了起来，有个人说我是个宝藏，她让我重新回归演员这个行业，之后我遇到了很多优秀的前辈和导演，得到了许多帮助。"

他低头看看奖杯，朝台下鞠了一躬。

"谢谢。"

台下掌声热烈，欢呼声响起。

余驰带着奖杯走下台，目光在盛厘脸上停留两秒。

盛厘抿了抿唇，这时候才终于体会到了什么叫"势均力敌，你来我往"的爱情，她想等余驰来追她，余驰想要她服软，或者……哄他？

颁奖典礼后，"余驰最年轻的金花奖获得者""余驰踩到陈瑜的裙摆好甜""说余驰是宝藏的人是谁"等有关余驰的话题被广泛关注和讨论，各大影视新闻争相报道这位最年轻的金花奖获得者，一时间铺天盖地，到处都是他的通稿和采访。

深夜，酒店房间里，盛厘和周思暖懒洋洋地靠在沙发上刷微博，周思暖住在楼上，洗完澡就下楼找盛厘了。

盛厘正刷到余驰的一段采访。

记者问："你在领奖台上提到那个把你当宝藏的人，是指何元任导演吗？"

余驰没有直接回答记者的问题，笑了下，"何导是我的贵人。"

这个回答模棱两可，记者不是那么好糊弄的，但也没继续追问，网友也不太相信，所以都在猜测这个人到底是谁。

周思暖踢了踢盛厘，"你看你的宝藏现在人气多高，你还不快行动把人哄回来，别人可就要下手了。"她把手机塞到她眼皮底下，原来是余驰踩到陈瑜裙摆，低声道歉又帮她把裙摆弄好的画面被做成动图，图中陈瑜羞涩得恰到好处。

这张图看着意外和谐，确实有点甜。

盛厘瞥了眼，随口说："余驰当时在看我，所以才踩到她的裙摆。"

周思暖啧了声，"你还真是一点也不急。"

"也不是不急，只是……没找到合适的机会。"盛厘并没有表面上那么淡定，她是真的不知道要怎么做，"我们分手三年多了，我总不能见面就凑上去吧？而且今晚这么多人看着，记者媒体盯着，不知道的还以为我要蹭最佳男演员的热度呢。就算等这波热度过去，我们工作都忙，想要见个面都难吧，我要怎么办？而且他现在变化挺大的，我拿不准他还吃不吃我这套……最主要的是，是他先说他要追我的，他一点表示都没有，我直接蹭上去，以后岂不是被他拿捏得死死的？"

当年是她追的他，现在，换他追她，不是挺公平的吗？

"说得也是，最近他风头最盛，晾晾也好，免得一出手就被拍了。"周思暖打了个哈欠，困得不行，爬起来说，"我回去睡了。"

相比盛厘的悠闲，余驰今晚忙得脱不开身，晚宴上喝了不少酒，已经有些醉了。黄柏岩也喝了不少，整张脸都是红的，不过

他没醉，纯粹是激动的，他知道余驰总有一天能拿到金花奖的最佳男演员奖，但没想到这天来得那么快。他现在看余驰，就跟看双科、三科最佳男演员差不多，他笃定这都是迟早的事。

黄柏岩和小陈把余驰送回房，余驰皱眉扯开领带，解开两颗衬衫扣子，松懈地靠在沙发上，头昏脑涨地闭上眼。黄柏岩给他倒了一杯跟酒店要来的醒酒茶，笑着递过去，“喝一杯醒醒酒，今晚好好休息。”

余驰睁眼接过杯子，抬头看他，“剧本呢？”

黄柏岩不想让余驰接《徐媛》，剧本一直拖着没给他，他叹了口气，“你现在是最佳男演员的获得者，可以说国内几个大导演的剧本随便你挑了，《徐媛》是‘大女主’戏，你刚拿到这个奖就去给盛厘做绿叶？这不合适。”

“剧本你没看过吧？怎么知道这个故事不好？”余驰仰头一口气把醒酒茶喝了，把杯子放茶几上，“盛厘和容桦挑剧本的眼光一向很好，你至少让我看过剧本。”

黄柏岩感觉自己也头疼了，他劝道：“这个角色路星宇已经在接触了，你现在没必要跟他抢这个角色。”

余驰眯了下眼，冷哼道：“那正好，我就喜欢跟他抢。”

两人沉默了一会儿，黄柏岩看着余驰冷酷倔强的侧脸，妥协道：“行，回去之后我把剧本给你看看，我确实没看过剧本，等看完之后我们再商量行吗？”

他没告诉余驰，陈渊一直在等他们这边的答复。

等黄柏岩和小陈离开房间，余驰还靠在沙发上，敞着双腿，低头点开微博。盛厘最新一条微博发了六张照片，是今晚的造型照，有一张半身照是右脸对着镜头。

他盯着她耳朵上的那枚耳钉看了很久，把照片保存了下来。

第九章　无法通过的好友申请

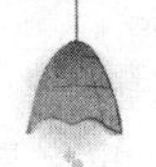

电影节结束几天后，容桦的女儿橙橙要过十二岁生日，正好盛厘和路星宇都没通告，容桦就把两人叫去家里吃晚饭。两人入圈的时候年龄都还小，容桦偶尔会把两人带回家里吃饭，橙橙一直很喜欢他们两个，经常在微信上给他们发消息，这次生日，她也在微信上邀请了他们。

盛厘准备了一份礼物，带圆圆去蹭吃蹭喝。

今晚正好是周五，每周五晚上十点是《度假餐厅》播出的时间，每个主题分两期播。今晚播的是“叙旧”的第一期，上周五放出预告后，粉丝都激动不已，表示果然节目最后一个主题有惊喜，看看这嘉宾阵容！

晚上十一点，容桦把橙橙的同学和朋友都送走后，盛厘跟路星宇还在沙发上坐着，陪橙橙拆礼物，客厅的液晶电视正在播放《度假餐厅》。

盛厘一边看节目一边帮小丫头拆礼物。

路星宇脸很臭，“能不能换个节目？我不想看余驰。”

盛厘笑盈盈，“我想看。”

橙橙说：“我也想看！”

圆圆小声说：“挺好看的。”

路星宇撇撇嘴，不再开口。

十几分钟后，节目播放到最后，放出下期的剪辑预告，画面

中余驰靠坐在椅子上，端着酒杯，垂眸说："我谈过恋爱，十八岁谈的，时间很短，两个月就分了。"

镜头切到盛厘身上，她笑着问："十八岁，初恋吗？"

余驰说："是初恋，我是被甩的那个。"

画面又一切，重新回到余驰身上，他低声道："如果有机会，我想把她追回来。"

虽然现场听过一次，但盛厘从电视里再听到时，心跳还是不可抑制地加快了。

路星宇呆愣几秒，不敢置信地转头看盛厘，"姐姐，这傻子在说什么？他在节目上说了什么？你不是他初恋吧？"不等盛厘回答，他就忍不住先开骂了，"就算是初恋，都已经分了好几年了，他有必要在节目上说这种话吗？"

盛厘抓起沙发上的枕头就往他身上砸，"你闭嘴。"

路星宇憋屈地瞪她，"我骂他几句你还心疼了啊？"

"我心疼，你别骂哥哥了。"橙橙小声说，她可是余驰的小粉丝呢。

盛厘和圆圆对视一眼，哈哈大笑。

路星宇低骂了一句，被容桦从身后一巴掌拍在后脑勺上，"别在橙橙面前说脏话。"

路星宇捂着后脑勺，委屈道："疼疼疼，我感觉自己已经彻底失宠了，你们谁都不想管我，也不喜欢我了。"

"你少惹点麻烦，多努力点，谁会不爱你？"容桦语气缓了缓。

预告已经播完了，盛厘心里有点忐忑，不知道网友会不会把她扒出来？

当初两人被拍过，虽然容桦处理得很干净，照片和视频不会被曝出来，但其他蛛丝马迹呢？真的不会被人扒出来吗？扒出来

了她要怎么办?

等盛厘和圆圆回到家，她的手机振了几下，路星宇发来几条语音。

盛厘直接点了播放。

路星宇语气讽刺，“姐姐，我先不管他的初恋是不是你，但我提醒你一句，余驰这人心机重得很，这三年抢了我多少资源就不说了，为了成名什么都豁得出去，什么人设都敢给自己弄——被父母卖了十年的小可怜人设，高考七百多分的学霸人设，天才演员人设等，就没有他不敢弄的。你就不怕自己从头到尾都是被他利用的吗？利用你给他赎身。”

圆圆小声说：“小路哥已经气疯了。”

更让路星宇气疯的事还在后面。

隔天早上，容桦终于接到陈渊那边的回复了，陈渊亲自打电话来说：“之前你问我关于《徐媛》里的程南这个角色是不是还有别的选择，我确实给黄柏岩递了剧本，那边之前一直没给我回复，昨晚确定接下这个角色了。路星宇这两年沉稳不少，确实不错，但跟余驰比，还是稍差了些。”

容桦沉默一会儿，一时间不知道这对她来说算好消息还是坏消息，好消息是针对盛厘的，坏消息是针对路星宇的，但她是他们两个人的经纪人。

盛厘刚起床，就接到容桦的电话，容桦笑了下，“恭喜你，又赌对了。余驰接下程南这个角色了，另外，周烙那个角色是景颐鸣，两个最佳男演员获得者给你搭戏，就算是文艺片，票房肯定也不会低于五亿。”

盛厘脑子一片空白。

她要跟余驰再次同组了。

余驰来剧组是为了追她？

盛厘之前还在发愁两人没办法见面，复合之路艰难，余驰就给她砸下一块馅饼，直接把路都给她铺上了。容桦还说了什么，她都没听清，回过神后急忙问：“开机时间确定了吗？”

她今年上半年拍了一部现代剧，就没再接出演女主角的戏，就为了把档期留给《徐媛》，因为题材和取景原因，拍摄时间估计要五六个月，从冬天拍到夏天，将近半年。

余驰档期能配合吗？他是新晋的最佳男演员，估计戏约都排到三年后了吧。

“还在协商，但角色基本敲定了。”容桦顿了顿，感慨了句，“我没想到余驰会接这部戏，现在主要是他的时间比较难协调，你……”

盛厘立即说：“我可以配合他的时间，就算等个半年都没问题。”

容桦默了几秒，才说：“行，我会安排。”

盛厘挂断电话，坐在床上放空了几秒，心中一时五味杂陈。

盛厘昨晚刷微博刷到半夜三点，这届网友不太行，竟然没多少人怀疑到她身上，盛厘一时间不知道该不该庆幸。

客厅传来声响，盛厘爬起来，走出卧室，看见圆圆提着两袋食材和水果走进厨房。

圆圆转头看她，“厘厘，你醒啦？你想吃什么？我等会儿做。”

“随便吧，清淡点，我要控制体重。”盛厘看着她把水果放进冰箱。

圆圆把东西放进冰箱后，她拿出手机一看，惊讶地叫了一声，瞪大眼睛，“姐夫发微博啦！”

盛厘有些无语，这八字还没一撇，姐夫倒是叫得越来越顺

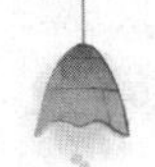

口了……

“发的什么？”盛厘也拿出手机，“算了，我自己看。”

一分钟前，余驰发了条微博。

余驰：关于我在节目说的话都是真的，但请大家停止人肉行为，不要再找我的同学，更不要乱发照片，影响别人。也请给我一点私人空间，她很好，不要再骂她，如果有机会，大家会知道她是谁的，谢谢。

有个人把当年余驰高考毕业聚会的照片发了出来，甚至还有当初徐漾、赵殊彤他们去剧组探班时，跟盛厘的合影。

几张照片里，余驰跟赵殊彤都是挨着站的，俨然一对小情侣，虽然余驰脸色很冷酷，但确实是大家能找出来的唯一一个对得上号的女生了。正好，赵殊彤是海传新闻系的，微博号将近十万粉丝，轻易就被找了出来，在学校都被骚扰了。

余驰不得已出来发声。

盛厘没想到会找到赵殊彤身上，无语片刻，点开微博翻找当初《江山卷》剧组的微信群，找到余驰的微信号，申请添加好友。

想了半天，在备注上写了三个字：余小驰。

这时余驰正在给赵殊彤私聊道歉，毕竟给她造成了影响。

赵殊彤：没事的，你不用自责，那些私信和评论我不看就好了，而且你已经澄清了，刚刚我看了一下，已经有粉丝私信给我道歉了。

余驰：那就好，如果还有什么事可以随时联系我。

赵殊彤感觉有些心酸，以前她找他聊天，他都很少回，更别说主动联系她了。如果她真是他初恋就好了，可惜当初她怎么也追不到，她想了想，还是忍不住发了一句话。

赵殊彤：你说的那个初恋，是盛厘吗？

余驰盯着屏幕，没有马上回。

赵殊彤：我就是猜的，如果不方便回就不用理我，我也不会告诉别人的。

余驰有点好奇赵殊彤是怎么猜到的，当初他跟盛厘在剧组待了两个多月，都没几个人能看出来。

余驰：你怎么猜到的？

赵殊彤没想到余驰会承认，她咬着唇回复了一句。

赵殊彤：以前没想过，但你说了十八岁那年谈过恋爱，毕竟喜欢了你那么久，直觉吧。

赵殊彤：就是有点意外你会喜欢姐姐，盛厘很美，你这么喜欢她，她一定是个很好的人，祝你早日把她追回来。

余驰：谢谢。

余驰退出对话框，就看见通讯录上面多了个好友申请。

盛厘的头像是自己的照片，一目了然，余驰盯着“余小驰”三个字，嘴角抽了一下，直接忽视。

盛厘吃完午饭都没等到余驰通过，她坐在餐桌前，支着脑袋看厨房里的圆圆，撇撇嘴，“我的圆圆啊，你姐夫不加我微信怎么办？”

圆圆正把碗筷丢进洗碗机，回头啊了声，“那、那……”那了半天，圆圆憋出一句，“不然你用我微信跟他聊？他还是我好友。”

“不用。”盛厘很有骨气地说，“我就不信我连他微信都加不上。”

圆圆愁眉苦脸地想办法。

“别急，他接了《徐媛》，过段时间我们就能同剧组了。”盛厘说。

圆圆兴奋疯了，直接尖叫道：“啊，真的吗？那你们搞快点！去对暗号！一切有我！”

盛厘忍不住翻了个白眼，这话你去跟你姐夫说吧。

余驰那条微博发出后，总算慢慢平息了这一风波。

晚上，盛厘又申请了一次好友，这次备注的是：驰哥。

第二天依旧没通过。

第三天，再申请，备注：哥哥。

第四天，继续，备注：难道要我叫老公你才加我吗?

第五天，继续，备注：老公。

第五天，余驰刚从棚里出来，拍了一天照片有点累，一上车就松散地靠在座椅上闭目养神。

手机振动时，余驰点开微信，看到“老公”两个字。

余驰盯着那一排的好友申请，感觉似乎回到了《江山卷》剧组的时候，她也是这么为所欲为地撩拨人，不达目的不罢休。不可否认他还是吃她这套，也被哄到，但这点甜头，跟她不后悔跟他分手，以及分手后就没想过要复合相比，完全不足以让他释怀。

他自嘲地勾了下嘴角，觉得自己现在这个样子跟小孩讨要糖吃没什么两样。

再一次忽视，退出微信。

盛厘有点没招了，正好周思暖告诉她，她要友情客串《徐媛》，便问她怎么办。

周皇后：问一下，你跟他有吻戏吧?

盛厘：有……两个男主角都有。

周皇后：文艺片就是刺激。

盛厘：请注意你的职业素养。

她正发愁时，《徐媛》剧组协调好了各演员的档期，前期准备工作就绪，最终定在一月十六号开机。剧组拉了个群，盛厘在群里看见了余驰，想想距离开机也就一个多月，就先忍住了。

我就不信了，进组天天见面，又要拍吻戏，你还能忍？

《徐媛》第一个取景地在西北一个比较有年代感的城镇，当地经济不好，没有什么大酒店，剧组就包了一个装修得比较新的酒店。

盛厘提前一天过去，当晚剧组主创和主演聚餐，却没看见余驰。

陈渊解释道："余驰今天考试，大概晚上十点才能到。"

众人聚餐、喝酒、聊剧本，一直到十点餐厅要打烊了，一群人才准备回酒店，景颐鸣随口说："我刚刚在微信问余驰，他在去酒店的路上了，他没吃饭，让厨房做点什么带回去给他吧。"

盛厘愣了一下，转头问："景老师，你什么时候加上余驰的微信的？"

景颐鸣说："上次录节目的时候。"

盛厘酸了，一起录个节目都能加上，她申请了差不多两个月都没加上。

圆圆站起来说："我去厨房问问吧，正好我打包点夜宵回去。"

"那你去吧。"盛厘暗道圆圆机智，对大家说，"你们先回吧，我等圆圆就好。"

半小时后，盛厘跟圆圆提着打包盒回酒店，进电梯前，她直接在群里找余驰，发了一句。

盛厘：弟弟，你住哪个房间？姐姐给你送饭。

景颐鸣：还没到吗？

余驰：到了。

余驰：1027，谢谢厘厘姐。

盛厘盯着屏幕，主演、主创都住在十楼，她住 1036，跟他的房间有点距离。到了十楼，发现余驰的房门敞着，房间是个小套房，盛厘站在门口，一眼就看见倚在电视柜前的余驰，陈渊和景

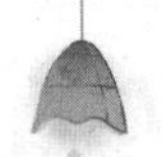

颐鸣坐在对面的小沙发上。

她正要抬手敲门，就见余驰转头看过来。

她接过圆圆手里的袋子，径直走进去。

余驰在外人面前表面功夫一向做得很好，他直起身朝她走来，接过她手上的袋子，低声道："谢谢厘厘姐，怎么这么多？我一个人吃不了这么多。"

上次见面还是在电影节上，盛厘抬头看他，余驰只穿了一件薄薄的黑色毛衣，看起来还是挺瘦的，但比上次见面要挺拔结实。程南这个角色是个年轻警察，陈渊要求他增肌，看来最近这段时间没少去健身房。

她莫名有些心猿意马，笑了笑，"你助理不吃吗？"

"他在飞机上吃过了。"余驰并不多看她，接过袋子转身，放在茶几上。

盛厘跟在他后面，追问："那你怎么没吃？不好吃？"

余驰弓身解开袋子，垂眼道："睡着了。"

"我帮你。"盛厘一本正经地过去，弯腰帮他把饭盒打开，"你要是吃不完，那这份甜点我等会儿带回去给圆圆。"

余驰瞥向她的手，淡淡地嗯了一声。

陈渊站了起来，笑道："小驰啊，那你先吃饭，早点休息，明天要早起。"

余驰点头，"好。"

景颐鸣也起身要走，盛厘一个女演员，也不好再待下去，她提着那袋甜点起身，跟他们一块儿出去。余驰把他们送到门口，盛厘走在最后面，还没跨出门槛，突然转头看他，"余驰弟弟，记得加一下我微信哦，我刚刚加你了。"

"嗯？你们没加微信啊？"景颐鸣有点惊奇。

盛厘笑盈盈地看余驰，“之前忘记加了。”

余驰不动声色地垂眼睨她，轻扯了下嘴角，“好。”

盛厘回到房间，把甜点塞给圆圆，急忙拿出手机一看，余驰压根就没加她。

她一咬牙，又申请了一次，这次备注：弟弟，饭钱？

还是没反应。

盛厘有点郁闷，“圆圆，你姐夫不吃我这套了。”

圆圆也愁，她小声说：“可能在吃饭，没看手机……”

半小时后，盛厘洗完澡出来，拿出手机看了眼，竟然还没通过。圆圆提着那份甜品起身，交代她：“厘厘，我回去睡了，你记得上门闩啊。”

“嗯。”盛厘跟过去，把门闩带好。

转身那一瞬，突然灵机一动，又点了一次申请，备注：吱。

她屏息盯着屏幕，一分钟后，通过了！

盛厘心里酸酸涩涩的，连兴奋劲儿都淡了，她没想到怎么也加不上的好友，简简单单的一个“吱”就给她通过了。

他会不会以为她忘记了？

她正准备打字，就见上方显示“对方正在输入”。

几秒后，余驰给她转了一千块钱。

余驰：饭钱。

盛厘忍住骂他的冲动，谁要你的饭钱啊！

余驰刚洗完澡，头发都还是湿的，他盯着手机屏幕，擦头发的手变得缓慢僵硬，看着那个“吱”字发愣。

他还以为她半点都不记得了，原来还记得这个丧心病狂的暗号。

等了一分钟，那边没再回复，也没接收转账。

他把毛巾丢到旁边，冷着脸回复了一句。

余驰：姐姐，你“吱”是什么意思？你是想吃回头草了，还是想……

盛厘脑子突然清醒过来，意识到自己这段时间表现得有点急切了。她是想吃回头草，但也不是急于现在，都怪余驰这小浑蛋太能忍了，十月底录《度假餐厅》放话要把她追回来，电影节上明里暗里地感谢她，甚至放弃高票房剧本，选择《徐媛》这部文艺片来给她当绿叶。

盛厘不知道他到底推了多少个剧本，又是怎么说服黄柏岩才接下《徐媛》的。虽然他对她态度还是冷冰冰的，但确实是在追她了，毕竟如果不是他努力促成这次合作，两人不知道何年何月才会拥有这几个月的相处时间。

但是，都四个月了啊！

吊胃口也不用这么久吧？加个微信都这么费劲，还想不想把她追回去了？

盛厘盯着手机思忖一会儿，把那点迫切给压了回去，这才进组第一天，不急不急，来日方长。

她点了收款，从容不迫地回复了一句。

盛厘：弟弟误会了，我可从来没说过“吱”就是想吃回头草的意思，怎么？你对我的记忆就只有“吱”吗？

那边，很久都没回。

盛厘都可以想象得到，他肯定正冷着眼，恨不得骂她渣女的表情了。

哼，都追我追到剧组来了，看你还能忍多久。

第二天早上，简单的开机仪式结束后，《徐媛》正式进入拍摄期。

这部电影的取景地有好几个，但大部分戏份都在这座城镇里

拍摄，因为年代背景很久远，跨越了十三年的时间线，跟现在相比，这部电影年代感比较重，很多戏份都需要在影棚里搭设实景。

拍摄前，陈渊拿着剧本，跟盛厘、余驰和景颐鸣讲戏。

徐媛十七岁那年，桉城镇发生了一起杀人强奸案，部分证据直指凶手是徐媛的父亲徐永良。没有直接证据证明徐永良是清白的，不到一年，徐永良就被执行了死刑。在那个年代的落后城镇上，大家对于杀人犯的憎恨特别深，自从徐永良被抓的那天起，徐媛一家先是被邻里排挤，后来去哪里都有人指指点点……

正好，徐媛跟死者的儿子周烙是同班同学，案子发生后，两人的关系发生了天翻地覆的变化。

后来，在某个冬夜，周烙把徐媛骗到城外，找了个借口脱身，把年纪轻轻的徐媛丢在原地……

文艺片讲究情感细腻、人设张力，盛厘当初就是被徐媛这个角色吸引了，她表面坏得张扬，实际上不管经历过多少苦难，她心底依旧保持着一份纯善。

以前盛厘看过陈渊的一个采访，他在采访里说："我拍电影，有时候喜欢先拍重头戏或者亲热戏，用最快的速度让演员熟络起来，把重头戏或者亲热戏先拍个几遍，哪怕后面要重拍也不要紧，这样能让演员迅速进入角色状态，之后再拍对手戏会更有默契。"

盛厘吻戏是拍过不少，但床戏拍得不多，毕竟她以前主要拍的是电视剧，所以并不露骨。

电影不一样，为了几个唯美细腻的镜头，演员牺牲会比较大。

这部电影绝对是盛厘接过尺度最大的剧本了。

盛厘紧张地捏着剧本，生怕陈渊一开口就让她演吻戏和床戏，好在陈渊看了看他们三个，对余驰笑笑，"厘厘跟余驰合作过，我之前也看过《江山卷》，你们默契度很好。而且程南这个角色身上

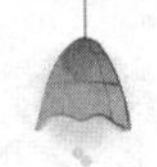

的某种特质跟杨凌风有点像，都是喜欢戏里的姐姐，只不过杨凌风和云兰生以悲剧结局了，听说当时很多观众意难平，这个剧本里，徐媛和程南最后是在一起了，从某种程度上来说，也算是圆了粉丝的梦了。”

“导演，你还知道这个呢？”盛厘意外。

陈渊用剧本敲在掌心，笑道：“偶尔看到的，就是看过《江山卷》，我才觉得程南这个角色很适合余驰。”

所以，在盛厘接触剧本的时候，他就已经跟黄柏岩提过了。但是黄柏岩直接拒绝了，他也不好太强求，毕竟这部电影票房没什么保证，还是“大女主”戏，余驰可选择的剧本那么多。

磨到最后，没想到余驰本人坚持要接，也算是意外惊喜了。

盛厘转头看向余驰，按照剧本的人物设定，如今的程南是个二十四岁的刑警，跟着刑警队抓获了好几起贩卖儿童妇女的犯罪团伙。

当年程南是徐媛的邻居，徐媛比他大六岁，程南是唯一一个对徐媛没有恶念的小孩。

盛厘一直很想看余驰穿警服的样子，应该会相当帅，但今天的戏份里他的衣着是便服，牛仔裤、黑色羽绒服，头发也剪短了，轮廓英俊利落，他的站姿像是训练过一样，挺拔笔直。

听着陈渊讲戏，她似乎就入戏了。

余驰似乎察觉到她的目光，偏头看她一眼，搭配角色需要，她今天的妆容很艳，长发烫卷了，有点复古港风的味道，眼尾一挑，风情万种，整个人的气质给人一种又浪又坏，绝对不是良家妇女的感觉。

跟剧本里的徐媛形象完美重合。

陈渊讲完戏，就说：“先试拍一遍。”

盛厘深吸了一口气，虽然不是吻戏，但这场戏也挺刺激的。

这场戏是多年后徐永良案件平反了，网上、报纸、电视都在播报这件冤案。

这天，失踪十二年的徐媛回来了，这条老胡同快要拆迁了，很多人都已经搬走，老胡同空荡寂静。她回来时，奶奶不在家，她寄回来的东西都在客厅角落里，放得整整齐齐。

就在她准备离开时，却在门口跟程南碰上了，程南站在门口盯着她看了很久，先是瞪，再是眼红。徐媛愣了一下，很快便笑了起来，从容不迫地在沙发上坐下，跷着腿点了根烟，十指纤纤，葱白如玉，涂着红色的指甲油，慢悠悠地抽着烟看他，“程南？没想到你长大了变得这么帅。”

程南情绪激动地走到她面前，质问道：“你去年就开始给奶奶寄东西了，为什么不回来？”

他瞥见桌上有一张报纸，版头就是“十三年冤案终于沉冤得雪”，他气焰消散，低声说：“我刚刚去过墓园，看到叔叔阿姨的墓地上有两束花，守墓的说送花的是个很漂亮的女人。”

所以，他是一路狂奔回来的，怕她又消失了。

“我奶奶一直是你帮忙照顾的吧？谢谢。”徐媛吐了口烟圈，突然想到什么，“之前是你去找过我？”

程南盯着她，“我一直在找你。”

徐媛哦了声，“我以为是周烙。”

所以，她跑了。

盛厘并不会抽烟，觉得抽烟对皮肤不好。抽着抽着，突然呛了一口。她眼睛有点红，陈渊没喊卡，所以她也没停下，接着演。

“你现在在做什么？”徐媛挑眉问。

“刑警。”程南说，“我一直在找你。”

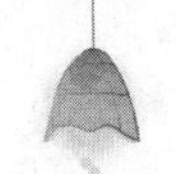

徐媛愣了愣，笑出了声，笑得眼泪都出来了。

她把烟掐了，起身走到他身旁，“跟我过来。”

程南不知道她要做什么，下意识地跟她走进房间，岂料，徐媛一进门就开始脱大衣，接着是毛衣，再然后是裙子，浑身上下只剩下一件紧身打底衣和一条黑色丝袜。

陈渊说：“可以了，等会儿正式开拍，要把丝袜脱了，拍到大腿的位置，不会太露。”

盛厘松了口气，点头，“好的。”

余驰瞥了眼盛厘笔直的双腿，虽然对这种尺度有心理准备，但还是忍不住皱眉。盛厘把衣服、裙子穿上，抬头看了眼余驰，余驰面无表情地走了出去。

这场戏需要清场，再调整一下实景现场，陈渊转头看向盛厘，“来个男同志，教教徐媛怎么抽烟。”

盛厘眨了眨眼，转头看向余驰，“程南弟弟会吗？”

“会。”余驰淡淡地说，瞥了眼盛厘，朝她伸手，“你的烟给我。”

盛厘一本正经道：“去门外抽吧，在这熏人。”

她拿了那盒女士道具烟走出去，余驰眯了下眼，跟在她后面。

西北冬日的寒风呼啸，老胡同里的房子供暖不足，冷风顺着楼道的小窗灌入，盛厘倚在墙边拢了拢大衣，倒出两根细细的女士烟，才发现自己忘带打火机了。

她转头问：“程警官，有带火机吗？”

余驰懒散地靠在她旁边的墙上，漫不经心地瞥她一眼，从裤兜里摸出一只打火机，递过去。盛厘没接，她叼着烟，挑起下巴斜睨他，示意他给她点上。

徐媛这个角色十七岁的戏份也有不少，盛厘今年二十七岁，

本来就还年轻，平日注重保养，素颜出镜演十七岁并无压力。现在的徐媛三十一岁，这个造型比盛厘以往任何的造型都要成熟美艳，一举一动都透着轻佻。

余驰没动。

盛厘挑眉催促道：“快点，不是要教姐姐抽烟吗？”

这感觉真熟悉。

三年前，她在他面前就是这样的，瞎话张口就来。

她是打算卷土重来吗？

余驰冷笑了声，把打火机随手一抛，盛厘手忙脚乱地去接，没接住。她瞪他一眼，弯腰捡起来，自己把烟点上了，把另一根递给他。

余驰面无表情地接过，叼在嘴里，忽然低头靠近。

盛厘心跳一滞，咬着过滤嘴抬头，两根烟触碰在一起，余驰垂眸轻轻吸了一口，烟便点燃了。他直起身靠回去，吐出一口烟圈，不咸不淡地说：“那是你自己说的，我没答应。”

盛厘盯着他问：“那你跟过来做什么？”

“烟瘾犯了。”

盛厘镇定地靠回去，试着吸了几口，也不看他，漫不经心地看着前方，“你还没回答我昨晚的问题呢。”

“姐姐想我怎么回答？”余驰表情很懒散，低头弹了下烟灰，“你可以试着吱一声，就知道了。”

盛厘目光下意识地往下，顺着余驰修长笔直的双腿往上瞟，她咳了声，转头对上余驰的目光，余驰垂眸直视她的眼睛，嗤笑了声，“姐姐这是卷土重来？”

这话真欠揍，演得也真浑蛋，不愧是最佳男演员。

盛厘刚想说话，隔着一堵墙给他们放风的圆圆重重咳了一声，

接着就听见陈渊高声说："把他们叫回来，准备开拍了。"

"嗯？"盛厘故作沉思状，像是认真考虑了好几秒，笑盈盈地勾住他的衣摆，压低声音说，"弟弟现在的身价水涨船高，姐姐考虑考虑，值不值得为美色买单。"

说完，低头把烟掐了，转身走进棚里。

余驰冷脸嗤笑一声，转身进去，跟杵在墙后面听墙角还没来得及走的圆圆正面撞上。圆圆两眼放光地盯着他，他略感不适，皱眉，"有事？"

"你……加油！"圆圆丢下一句话，转身就跑了。

十分钟后，这场戏正式拍摄。

徐媛站在老旧阴冷的老房子里，弯腰把丝袜脱掉，白皙笔直的双腿暴露在空气里，起了一层鸡皮疙瘩。她光脚踩在丝袜上，看向站在门口不动、胸膛剧烈起伏、仿佛愤怒和震惊到了极点的男人，轻笑了声，"怎么不进来？"

程南看她撩起衣摆，快步冲过去摁住她的手，低头瞪她，"徐媛，你在做什么？"

"你不是一直在找我吗？找了我十几年，肯定是喜欢我吧。我很漂亮吧？"徐媛无辜地冲他眨眼，"这么喜欢我，不想跟我上床吗？"

程南极端愤怒，"我没有！"

徐媛摸摸他的脸，笑得风情万种，"是不是觉得我年纪大了？"

"没有。"程南红了眼。

"熟女的滋味你不想尝尝吗？"

"那是觉得我脏？怕我有病？"徐媛轻轻推开他，光着脚走到床边，跷着二郎腿又点了根烟，神色平静地吞云吐雾，"抱歉，忘

记你是个根正苗红的警察了，跟别的男人不一样。”

她笑了笑，“知道吗？这是我第一次脱了衣服，还被男人拒绝的。”

程南从一开始就没想过要问她这几年经历过什么，他一言不发地弯腰捡起地上的衣服，走向她，丢到她腿上，沉声道：“穿上。”

“也是第一个让我穿衣服的男人。”她不为所动，仿佛也察觉不到冷。

程南眼睛微红，低声问：“你穿不穿？”

徐媛挑眉，“你帮我？”

“好。”

他答应得干脆利落，一把抢过她手里的烟摁在桌上，一股脑把毛衣套上她的脑袋。徐媛从来没被人这么对待过，蒙了几秒，挣扎起来，“程南，你有病啊！”

程南力气大，不费劲地把人扣住，粗鲁地把毛衣给她套好，然后开始套大衣，把她的头发弄得乱糟糟的。最后，他抓着一团皱巴巴的丝袜，皱眉扔掉，转身走了。

徐媛呆坐在床上，不一会儿，他回来了，手上抓着一条灰扑扑还绣着花纹的棉裤，这是徐媛给她奶奶买的裤子……程南拿着裤子走过来，她下意识往后缩，冷声道：“我不穿这个，丑。”

程南一把抓住她的脚踝，把人拖回来，按住她乱踢乱踹的双腿，挣扎间两人呼吸都有点喘，他低头瞪着她，“别乱动。”徐媛一愣，心脏剧烈跳动，眼睛微红，抬头紧紧地盯着他的脸。

程南皱眉，狠狠地把那条裤子给她套上。

床上只剩一个穿着臃肿的老奶奶棉裤、头发乱糟糟、坐在床上瞪人的女人。

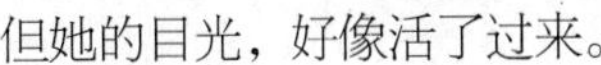

但她的目光，好像活了过来。

陈渊大喊：“过了！”

导演喜形于色，看得出来很满意也很兴奋。

盛厘狠狠松了一口气，之前她试镜的时候，陈渊一直还有点犹豫，他说她年纪太轻了，跟他心目中的徐媛还是有一点点差距的。

徐媛是一个表面浪荡又轻浮，看似什么都不在意的坏女人，其实内心非常自卑且极度渴望被爱。她觉得自己很脏，渴望洗净身体和灵魂里的肮脏，她羡慕程南拥有坦荡明亮的人生，也被他诚挚纯真的性格所吸引。

这种角色确实适合阅历更深的女演员，但盛厘觉得，既然三十岁的女演员能演得了十几岁，那为什么二十多岁的女演员不能演三十多岁呢？演技就是一层滤镜，只要演技过关，观众就会买账。

此刻，她心跳扑通扑通地跳得很快。

她抬头看向余驰，笑弯了眼，“弟弟演技真不错，比当年进步许多，直接带我一次过了。”

余驰垂眸看她，平静道：“姐姐也不错。”

两人这互夸，官方且生硬。不知道的，还以为两人多生疏呢。

片场静默一秒，景颐鸣先笑出声，“你们俩这客气什么呢？”

“都好。”陈渊满意地点头，“你们的对手戏比我预期的要默契不少，尤其是程南给徐媛套裤子那股狠劲，和徐媛最后那个眼神，都很好。”

在片场，盛厘向来是有什么说什么。她套上圆圆送上来的拖鞋，走过去，直接问：“导演，您觉得我跟您心目中的徐媛差距还大吗？”

陈渊笑道：“很惊喜，比试镜好很多。”

盛厘眨眨眼，转头看向余驰，“对手厉害呀。”

余驰懒得接茬，也走过去。

这场戏过后，就是一些比较零散的戏份，补几个镜头之类的。

一直到傍晚剧组吃盒饭，盛厘还穿着那条老奶奶棉裤，别说，还挺暖和的，就是真挺丑的。吃完晚饭，又拍了一场跟奶奶重逢的戏份，盛厘一天的戏结束了，赶紧跑去换下那条裤子。

这次拍摄场地都是租的，条件不比影视城，这里没有独立的休息室给主演，有房车的都把房车直接开过来了。

盛厘的房车就停在楼下，里面暖和干净也够宽敞，她在房车上换好衣服。

车灯照着路面，盛厘已经卸了妆，套了件白色棉被款羽绒服，在房车前踱步，模样跟今天戏里的装扮差别很大，干净漂亮，像个散漫的女大学生。

余驰在她面前站定，垂眼看她，“姐姐等我？”

盛厘两只手插在羽绒服兜里，笑盈盈地看他，“哦，没什么，就是想起今天拍的那场戏，有点感慨。当初我跟你谈恋爱的时候，你都没有这么温柔。”她靠过来，漂亮的双眼满是戏谑，抬头对上他冷漠的眼神，轻声挑衅，“弟弟，你好坏啊。”

风越吹越猛，余驰衣摆被风吹得敞开，里面就是一件单薄的毛衣，寒风刺骨，他却仿佛感觉不到冷，低头笑笑，“不坏怎么配得上姐姐？你说对吗？”

盛厘感觉冷风刮在脸上，生疼。

她捂了捂脸，赞同地点头，“你很有觉悟啊。”

余驰手插在兜里，冷着脸转身要走，盛厘却“哎”了一声，他停住脚步。盛厘偏头，看向他脖子上的黑色手编绳，突然问：“你脖子上戴的是什么？挺好看的。”

“抱歉，只有这一条，没办法割爱送给姐姐。”他冷冰冰地丢

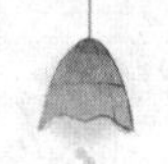

下一句，转身上了自己的车。

盛厘回头看了眼，琢磨了几秒，也转身上了车，接过圆圆递过来的暖手袋。圆圆不满地嘀咕：“姐夫都追你追到剧组了，你们俩干吗互相刺来刺去的？”

车子启动，回酒店。

盛厘懒洋洋地靠在椅背上，闭上眼睛，“情趣，你不懂。我们分开三四年，哪能一下子就消除隔阂回到热恋期，现在这样每天待在剧组拍戏，天天见面互相刺激对方，你来我往，不也挺有趣的吗？”

圆圆委屈，她就想看两人甜甜蜜蜜，容易吗？不容易！

她打开微博，切换小号，小号昵称“今天余驰追回初恋了吗”。

今天余驰追回初恋了吗：第一百二十一天，没有。

有很多粉丝摸到这个微博来了，微博粉丝已经将近两万，也有不少粉丝质疑。

吃瓜：节目播出才两个多月吧？怎么是第一百二十一天？博主你老实回答！是不是知道内幕？

圆圆：我从他们录制节目那天算起的啊。

吃瓜：哦哦，这样啊。

今天主要拍摄余驰跟景颐鸣的戏份。

因为三人的戏份是紧密相关的，他们拍摄时，盛厘都会在旁边看，顺便听陈渊讲戏。陈渊拿着剧本说：“程南跟周烙明里暗里斗了十来年，程南讨厌周烙。周烙这个角色也挺复杂的，他把徐媛骗出城，又在此后的人生中愧疚后悔，看着程南不断地找徐媛，他也踏上了寻找徐媛的路途。”

此时的周烙三十二岁，高大挺拔，五官英俊，但胡子拉碴，完全就是一个带着沧桑感的西北汉子。

盛厘当时看剧本的时候，就觉得人心复杂，周烙说他爱徐嫒，可他敌不过心底的仇恨把徐嫒推入地狱，接着又想把她找回来，想奢求她的原谅，想要她的爱。

周烙纵然也有可怜之处，却是个让人爱不起来的浑蛋，当然也更不配拥有爱。

这场是程南跟周烙打架的戏份，徐嫒就两个镜头，她站在窗户前，面露嘲讽地看着两人打得你死我活。

陈渊说："先试一下戏，打得要狠要真，周烙连夜赶回来，体力和耐力都不如年轻的程南，程南跟周烙打架向来狠，得往脸上和腹部招呼。"

余驰和景颐鸣试了好几次，这种打戏最好是能连贯，拍出来的效果才能酣畅利落，两人都是实力派演员，自然追求完美。

试戏试了一个多小时，才正式开拍。

第十章　接连不断的失误

老楼房下，有徐媛奶奶养的几盆花草，周烙风尘仆仆地回来正好跟程南在楼下撞上了，他一把抓住程南，急切地问："徐媛呢？她在哪儿？"

"走了。"程南冷声。

周烙不信，要自己上楼看。

程南拦住他，厌恶道："你上去做什么？徐奶奶不想见你，见你一次就犯一次病。"

周烙疯魔了，他推开程南，"你给我滚开，我要见徐媛，她肯定在楼上，我今天一定要见到她。"

"见她？你配吗！"程南怒吼。

两人互不相让，很快就扭打起来。

冬日昼短夜长，这场戏拍到天色昏暗才结束。

余驰和景颐鸣的脸上、身上都带着伤妆，余驰嘴角破了，景颐鸣也鼻青脸肿。

这场戏结束，接着要拍程南跟徐媛的戏份。

陈渊讲戏前，盛厘转头看余驰，低声问："你刚刚是不是真撞到腰了？"拍打戏磕磕碰碰很正常，刚才看他们打得挺狠的，景颐鸣有一个动作力道似乎没控制好，余驰的后腰撞到花盆边沿上，那一下他身上的衣服撩了起来，直接裸着腰撞了上去，她在旁边都听见声了，看样子磕得不轻。

北方室外很冷，身体的疼痛反应会比较迟缓，之前余驰只感觉后腰麻了一下，并没有感觉到疼，现在确定开始疼了。不过疼痛还在忍受范围内，应该不严重，余驰不太在意，却没想到她注意到了。

他低头看看她，随口道："还好，不算疼。"

盛厘刚想说话，就被陈渊叫过去了，"徐媛，程南，过来给你们讲讲戏。"

这场戏拍的是徐媛让程南脱衣服给他检查身上的伤。

半小时后，正式开拍。

徐奶奶耳朵不好，楼下那么大动静，她都没怎么听到，在厨房里忙活晚饭。徐媛开门，让程南进屋，她笑得没心没肺，"程警官，打架挺厉害的啊。"

程南笑了，"还行，他这些年没少被我打，你高兴吗？"

徐媛平静地看着他，盯了几秒，抓住他的手把人往屋子里带。

程南大概对她上次大胆浪荡的行为有了阴影，他有点抗拒，推开她的手，"干什么？"

"放心，姐姐不喜欢霸王硬上弓。"徐媛抱着胳膊站在房间里，扬着下巴，"我给你检查一下身上的伤。"

程南顿了顿，不好意思地"哦"了声，走进去。

"脱衣服。"

徐媛挑眉，"还怕我看啊？我看过的男人身体多了去了。"

程南受不了她说这个，他喉结滚动，皱了皱眉，一言不发地把上衣脱光。

男人身材修长挺拔，紧实的胸肌下面是漂亮的腹肌，精瘦的腰上人鱼线分明可见，延伸到裤腰里，徐媛吹了个口哨，"不过，

你身材确实是最好的一个。”

她看到他肩上青了一块，脖子上有一道红印，还在慢慢渗血。

“疼吗？”

“不疼。”

徐媛走过去，把手放在他身上，程南身体紧绷，低头问：“你干吗？”

她不动声色，把手放到他后腰上，用力按了一下。

“嘶……”

“还说不疼？程警官不老实。”

余驰皱眉，按住她的手。

这一段，是剧本里没有的，盛匣擅自加戏了。

但两人的反应都很对，陈渊没喊停，两人也没停下。

这场戏拍完，余驰套上衣服，景颐鸣才反应过来，关切道：“余驰，刚刚是不是摔到你腰了？”

“一点小伤，还好。”余驰说。

“真没事？”景颐鸣怕他硬撑，开了句玩笑，“男人的腰可是很重要的，不是要追回初恋吗？伤了腰可不行。”

其他人笑了笑，都看向余驰，陈渊也说：“不要强撑，我酒店里有跌打药酒，等下让助理给你拿药，这个很管用。”

“我车上就有，我爸妈给我准备的。”盛匣看向余驰，笑盈盈地说，“程警官，要不拿我这个先用一下？”

余驰套上外套，漫不经心地看她，“好啊，谢谢姐姐。”

盛匣一本正经道：“那你跟我去拿吧。”

两人一起下楼，圆圆和小陈跟在后面，盛匣转头看向余驰，慢悠悠地夸道：“余小驰，身材比以前好了，腹肌和人鱼线很好看。”

余驰面无表情地低头看她一眼，“不要这么叫我。”

盛厘应对如流：“那叫什么？驰哥？驰崽？”

“叫声老公吧。”余驰停下脚步，垂眼睨她，神色冷淡又恶劣，“姐姐那天不是在微信申请上喊老公喊得很自然？”

盛厘有些猝不及防，她盯着余驰冷酷的脸，觉得自己要是能叫得出口，她就不叫盛厘了。身后的圆圆尖叫了一声“啊”，她仿佛没听见，脑袋往他身前凑，轻笑出声，“弟弟，你现在顶着一张性冷淡的脸让我叫那两个字，不合适吧？”

“我有没有性冷淡，姐姐很清楚。”余驰嗤笑了声，表情变得更冷淡了。

盛厘镇定道：“以前是没有，现在我就不知道了，毕竟你现在又不是我男朋友。”

意思是，想做我男朋友，你得有点表示吧？起码开口说句好听的，或者……直接亲下来也可以。

结果，这小浑蛋就冷淡地“哦”了一声。

盛厘暗道，行，算你厉害，算你能忍。

她面无表情地朝自己的房车走去，爬上车后，才突然想起自己压根不知道药箱放在什么地方，只好回头问圆圆：“圆圆，药酒在哪儿？”

圆圆失落地走过去，经过余驰旁边，还叹了口气。

余驰置若罔闻，径直走过去，插着兜站在车边等。

结果，圆圆站在车门口，不好意思地说：“药箱还在酒店，我没放在房车里。”

盛厘无语片刻，尴尬道：“那你刚刚怎么不说？”

“你都当着那么多人的面说了，余驰也答应了，我要是说没带来，那你们岂不是很没面子吗？”圆圆小声嘀咕，“而且，我这不

是想给你们创造独处的机会吗？我也不容易啊！”

两人目光一接触，冷淡和镇定同时消散，像是冬日里的冰雪悄悄融化了一部分。

“那，等回酒店再拿给你？”盛厘试探问，“你还能忍吗？应该不用多久就可以收工了。”

余驰静静地看着她，“好。”

盛厘笑了下，从车上下来，“那回去接着拍戏吧。”

一行四个人空着手往回走，余驰脚步一顿，目光往旁边瞥了眼，盛厘抬头看他，“怎么了？”

“没什么，狗仔跟拍罢了。”

以前《玫瑰》爆火的时候，余驰被狗仔跟拍了几个月都没被拍到一条绯闻，他的日子除了上课就是赶通告，偶尔有几个饭局，都是见导演、制片人之类的。后来，连狗仔都不愿意跟拍他了，毕竟没新闻，被陈瑜捆绑营销之后，偶尔还是会有狗仔跟拍。

但自从他在节目自爆要追回初恋后，几乎每天都有狗仔蹲点，以至于现在他对偷拍镜头很敏感。

盛厘往那边看了眼，慢悠悠地问：“你怕被拍吗？”

“不怕。”余驰实话实说，“但也不想被拍，麻烦。”

回到片场，助理小陈不放心，还是悄悄去问余驰：“哥，你腰疼得厉害吗？要是太疼得去医院看，别留下什么旧伤。”

余驰说：“不用，我有分寸。”

晚上十点，剧组收工。

回到酒店，盛厘原本想借着送药的机会去余驰房里待一会儿，但陈渊说剧本有个地方要改改，让编剧和三个主演一起过去，说要开个会。

也不知道要开到什么时候，余驰都已经忍了那么久了，别忍出毛病来。

所以，开会前，她让圆圆把药酒先送过去了。

圆圆去敲门时，余驰正在洗澡，是小陈开的门。

圆圆叮嘱道："有瘀青的话要多推推，推开就好得快一点儿。"

小陈忙道："好的好的，谢谢厘厘姐了。"

"不客气，都是一家人。"圆圆笑眯眯地说。

虽然余驰从来没跟小陈说过初恋是谁，但来剧组之前，黄柏岩就告诉他了，并且交代了诸多注意事项。总结下来就是，余驰跟盛厘在剧组要是不注意分寸，要多提醒他，尽量避嫌。

十分钟后，余驰披着浴袍走出来，小陈拿着药酒看向他，"哥，我帮你擦药？"

余驰后腰那块确实挺疼，他嗯了声，套了条深灰色的运动裤，把浴袍丢一边，裸着上半身，懒散地趴在沙发上，后腰上一片青紫，看着就疼，亏他忍了几个小时。

小陈皱眉道："这么严重啊，都青了一大片，真不用去医院吗？"

"不用，没伤到骨头。"

茶几上的手机振了一下，余驰捞过来看了眼。

盛厘：拍个照给我看看，严不严重？

余驰看了眼正准备给他擦药的小陈，把手机递过去，淡声道："给我拍张照。"

小陈愣了下，他跟了余驰三年多了，知道余驰除了工作，平时并不喜欢拍照。不过，他不自拍，小陈倒是经常拍一些他的生活照，这也是黄柏岩交代的，隔一段时间就从他手机里挑两张，让余驰发微博。

这还是余驰第一次主动让小陈给他拍照片。

小陈愣道："拍哪儿？"

"拍上半身。"

这光着上身呢！难道自家驰哥终于懂得给粉丝点回馈了吗？小陈激动地接过手机，"好的好的，我一定拍得又欲又帅！"

他大学的时候玩过摄影，挺懂一些拍摄构图。

何况，余驰身材这么好，三百六十度无死角，随便拍拍都很好看。

两分钟后，盛厘收到一张照片。

照片滤镜调得比较暗，是从后侧方角度拍的，看不见脸，只能看见一个下颚轮廓。男人裸着上半身，慵懒地趴在沙发上，手松松地垂下，宽肩窄腰，背部肌肉线条流畅利落，裤腰松松地卡在胯骨上，露出一点黑色的内裤边。

腰窝上方一片青紫，乍一看，还以为是个特殊的刺青图案。

盛厘愣愣地看了几秒，感觉气血上涌，耳根都在发热，他是故意的吧！她傍晚才说他顶着一张性冷淡的脸，他就给她发了张这么荷尔蒙爆棚的照片，绝对是故意的。

她又打开照片看了看……

这简直是个妖孽啊！

世界上怎么会有这种妖孽弟弟，长相、身材、气质，就连冷着脸跟她说话的那股浑蛋劲，都是她的"菜"。

如果是以前，盛厘让他拍照，他不一定会拍。

现在不仅拍了，还拍成这个样子。

要说他不是故意的，她绝对不信。

长大了啊，弟弟。

她慢吞吞地打字。

盛厘：好好擦药，看着挺严重，要是明天更严重了得去医院看看。景老师说了，男人的腰很重要，你还要靠腰追回你的初恋女友呢。

那边，余驰看到她的回复，嘴角一抽，把手机丢开。

小陈弱弱地问："不发微博吗？我拍得那么好。"

"不发。"余驰懒洋洋地趴回去，"快点，我等会儿要去陈导那里。"

拍摄顺利进展了一段时间，这天正在拍一场余驰跟景颐鸣的外景戏份，黄柏岩来剧组探班了。当时，盛厘正在旁边补妆，黄柏岩主动到她面前打招呼。

"盛小姐，好久不见。"

盛厘笑道："也没有多久，电影节不是还见过吗？"

黄柏岩往余驰方向看了眼，笑了笑，"也是。"

化妆师给盛厘补完妆就走了，圆圆也识趣地走开。

"黄总，我想问你一件事。"盛厘先开了口，"余驰真的拒绝了《玫瑰 2》？"

网上各种说法都有，盛厘也想过直接去问余驰，但余驰不一定会说实话，想了想，还是直接问黄柏岩比较好。而且黄柏岩看起来也有话要跟她说，他对她的感觉应该挺复杂的，余驰是她推荐给他的，如今余驰小有成就，他作为经纪人，也是名利双收。

但余驰在人气攀升之后，突然自爆要追回初恋，他大概也被"打"了个措手不及。

事实上也确实如此，黄柏岩无奈地笑笑，"对，他去录制节目的时候，何导那边就来敲档期了，主要是何导那边以为我们肯定会把档期留出来给《玫瑰 2》，所以没提前一点沟通。毕竟你知道

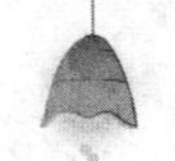

的，何导是余驰的伯乐，是他的老师。”

他看向盛厘，“我知道当初是你给余驰付的违约金，我很感谢你把他介绍给我，能把余驰培养成金花奖的最佳男演员，我很有成就感。所以，他执意要接《徐媛》，我从情感上来说可以理解他，也欣赏他的个性和为人，在这个圈子里像他这样的人不多。但作为经纪人，我确实不赞同，也很难办。余驰因为这件事差点跟公司闹翻了，我费尽心力才跟何导那边协调了档期，签下合约，才平息了老板的怒意。”

也就是余驰现在观众缘很好，要是别的演员敢这么闹，公司肯定不会容忍。

盛厘沉默了几秒，问：“那条件是什么？”

一个剧组肯等好几个月，总不可能什么条件都没有。

“片酬减了一半，余驰自己提的，他现在的片酬这个数。”黄柏岩比了个手势，笑容苦涩。

盛厘垂下眼，一时之间不知道说什么好，正好余驰那边下戏了，他朝这边走了过来。黄柏岩跟她对视一眼，两人心照不宣，同时闭嘴。

晚上，盛厘跟余驰有一场不太重要的戏份，是在场外拍摄的，这场顺利拍完之后，要换场地，回屋子里拍徐奶奶跟周烙的一场戏。

工作人员搬着机器进屋，盛厘妆容精致浓艳，倚在墙边，手里还夹着根女士烟，是刚才戏里没抽完的。她游刃有余地抽了一口，把正要离开的余驰叫住。

余驰今天穿了一身警察制服，挺拔英气，他站在半米开外，回头看她，“还有事？”

盛厘拢了拢大衣，慢悠悠地问：“弟弟，你追过女孩子吗？”

余驰手插在兜里，冷淡地说道："没有。"

"我就知道。"盛厘挑眉，"是不会吗？"

余驰神色平静地看她，自嘲地笑了声，"跟姐姐比，是没什么经验。"

深夜，余驰收工回到酒店，刚洗完澡，就收到盛厘发过来的一份文档，文档名为"泡到厘厘需要明白的二三百事"。

他面无表情地盯着那个文档，嘴角抽了一下，点开看了眼，比当年的八千八百六十八个字还多了三千八百一十个字，变成了一万两千六百七十八个字。

第二天早上，赶往片场的路上，盛厘靠在座椅上，闭眼想着今天要拍的戏份，圆圆憋不住问："厘厘，昨晚你叫我给你发'泡到厘厘需要明白的二三百事'的文档，是用来干吗的呀？"

盛厘睁开眼，随口道："哦，我怕你姐夫不会追人，帮他一下。"

"你们真会玩。"圆圆捂着心口，期待地问，"那姐夫什么表示啊？"

盛厘瞥她一眼，嘴角微翘，"他没回我。"

行吧，这两个人果然不走寻常路。

盛厘到达片场，化完妆就去听陈渊讲戏，今天主要拍徐媛和周烙的重逢戏，这是一场大戏，剧情激烈，比较难拍。陈渊说："徐媛对周烙恨之入骨，周烙对徐媛的爱是畸形的，等会儿徐媛要打周烙一个耳光，要那种用尽力气去打的感觉，等会儿先试一下戏。"

打耳光这种戏不好拍，盛厘跟景颐鸣失误了将近十次，她放不开，怕自己力道控制不好，真的一个大耳光打到景颐鸣的脸上。眼看快到中午了，景颐鸣说："这样，厘厘，等会儿你就真打吧。"

盛厘愣了下，犹豫道："这样不太好吧？"

打别的地方还好，要是打耳光真用力打，那不仅是疼，还挺难堪的。

景颐鸣笑笑，"大老爷们皮糙肉厚的也不会多疼，余驰腰上都撞得青了一大片，那疼的程度也不见得比挨耳光轻，他都能忍下来，我也当是为艺术献身了。"他说到这里，四处看了下，"今天余驰还没来？"

陈渊说："他腰伤还没好，黄总不放心，要求他去拍个片子检查，今天给他放一天假。"

盛厘皱眉，昨天她还问过余驰腰怎么样了，他说没事。这两天剧组正常拍摄，她看他好像也没什么事的样子，还以为真没事了。

有了景颐鸣的话，盛厘也就放开了拍这场戏，终于在中午之前完成了。

一下场，盛厘就拿手机给余驰发微信。

余驰正在回酒店的路上，黄柏岩又翻了翻拍片结果，皱眉道："你也是够能忍的，都青成这样了，也不说去检查一下，还好没伤到骨头。不过医生说了，你这肌肉损伤得有点严重，起码得休息个两三天，你前两天都没休息，我跟陈渊说了，你明天下午再去片场，休息个一天半。"

"不用了，小题大做。"余驰感觉这点疼还能忍受。

黄柏岩道："都已经说好了，就休息吧，你一年也没几天休息。"

手机振动，余驰点开看了眼。

盛厘：检查怎么样？有伤到骨头吗？

余驰无声地勾勾嘴角。

余驰：没有，姐姐放心。

盛厘：你去医院怎么不跟我说一声？

余驰：我们什么关系，我需要跟姐姐报备行程吗？

盛厘沉默片刻，敢情她那份文档一点用都没有？都教你怎么追我了，你还嘴硬！盛厘深吸了口气，告诉自己不要生气，她一个字一个字地回复。

盛厘：今天不是有我们的戏份吗？你突然不来了，至少要告诉我一声。毕竟，跟前男友拍吻戏这种事有点尴尬，我得做好心理准备。

余驰面无表情地盯着“尴尬”两个字，原来曾经的亲密无间和情难自禁，到了如今，只剩尴尬了吗？余驰冷着脸。

余驰：那给姐姐提个醒，你跟你前男友还有床戏。

盛厘被噎了一下，好几秒后，才打了几个字。

盛厘：谢谢提醒。

那边没再回复。

盛厘凭借一己之力，把天给聊死了，还把两人推进了一个尴尬的境地。

余驰被黄柏岩盯着，被强制休息了一天半，下午两点才去片场。

这部戏他依旧是素颜出镜，所以到片场只要换衣服和鞋子就行，一般他到现场之后，服化组的工作人员就会把衣服送过来，今天他都到了十多分钟了，衣服还没送来。

他环顾一周，看到平时给他送衣服的姑娘正在跟盛厘说话。

小陈对那个姑娘印象深刻，他们也待过好几个剧组了，可以说在剧组里，只要是个女的，就没有不喜欢余驰的，特别是年轻姑娘，几乎都是余驰的粉丝。

这个姑娘挺特殊的，虽然她表面算客气，但偶尔还是会表露出不耐烦，小陈说：“我去问问吧。”

“我去。”

余驰大步朝那边走过去。

那边，盛匣有点头疼地看着面前的姑娘，她怎么也没想到，在这个剧组里能遇上路星宇的忠实粉丝。

昨晚凌晨一点，路星宇的几通电话把盛匣从睡梦中吵醒，那家伙显然喝多了，一接通就大着舌头说：“姐姐，你是不是早就知道，当初何元任给容桦推荐过余驰，本来容桦应该、应该签的是余驰……哈哈哈我真是个笑话，容姐也挺后悔当初没签余驰，你呢？你是不是也会这么想？要是当初容桦签的是余驰就好了，这样你们早早就在一起了，一起长大，互相扶持，你喜欢他，他喜欢你，皆大欢喜啊。也不用解绑了，直接捆绑到老，是不是？

“你不用回答，我知道你就是这么想的，就算容桦没有签余驰，你们都能遇上，还谈了恋爱，你还帮他赎身，他踩着我往上爬，你也不在意，你不喜欢我了呜呜呜……”

路星宇又哭又骂，最后还是容桦把电话抢走了，跟她解释了几句，说路星宇偶然得知何元任当年给容桦介绍过余驰的事。

路星宇问容桦：“你是不是后悔没签余驰了？”

容桦实话实说道：“确实有点后悔。”

这话对路星宇打击很大，他当晚把自己关在家里喝酒，喝醉了还发了条微博。

路星宇：这个世界太无趣了，感觉自己这几年活得真没劲，我该何去何从？

一时间，盛匣的微博评论和私信都要爆了，有骂她的，有让她安慰路星宇的，还有叫她别管路星宇的……

大半夜闹这么一出，盛匣昨晚都没睡好。

眼前的姑娘是服化组的，年龄看着也就二十五六岁，她提着

个大袋子，小心翼翼地问盛厘："厘厘姐，最近小路哥会来探班吗？我不是想打扰他，就是看他最近很不开心，这是粉丝们给他送的小礼物，还写了一些信，想让他开心一下，振作起来。"

盛厘有些无奈，"给他的礼物你们直接寄给他就好了，或者在他探班接机的时候给他不就好了？"

"也不全是给他的，还有给你的。"姑娘有些不好意思，"粉丝寄的礼物那么多，他不一定能看到，姐姐寄过去，或者带去给他，他肯定会看的，也会高兴。"

不等盛厘拒绝，姑娘就双手合十朝她拜了拜，哀求道："拜托啦，姐姐，我们就是想让他振作起来。"

盛厘目光瞥向她身后，余驰手插在兜里，站在两米之外，漫不经心地看着她们。

她收回目光，想了想，说："那你放这里吧，我让圆圆寄给他。"

姑娘欲言又止，犹豫片刻才把袋子递给圆圆，踌躇道："小路哥最近很难过，姐姐多多安慰他一下，好不好？"

盛厘平静道："有机会我会传达给他，他的粉丝很关心他。"

"打扰一下。"余驰冷不丁出声。

那姑娘吓一跳，忙回头，看到余驰才突然想起自己还有工作，她不情不愿道："余老师抱歉，我不知道你来了，我这就去给你拿衣服。"

余驰淡声道："麻烦快一点。"

等那姑娘跑去拿衣服了，圆圆想起里面还有给盛厘的礼物，就把袋子拉开倒出来，想把礼物分出来，免得把给盛厘的寄给路星宇。

倒出来一看，竟然有好几个立牌，立牌上的人物姿态亲密，惟妙惟肖，一看就是盛厘跟路星宇，其中一个嘴对嘴接吻的立牌

从桌上滚落，在地面上弹了几下，落在余驰脚边。

圆圆和盛厘同时呆住，傻眼了。

余驰低头看了一眼那个立牌，抬头盯着盛厘看了两秒，冷笑一声，转身走了。

盛厘手肘撑在桌上，捂了捂脸。

圆圆回过神来，飞快跑过去把立牌捡起来，一股脑全塞进袋子里。她一边塞一边哭丧道："怎么办啊厘厘……都怪我，呜呜……"

盛厘一句话也不想说，她也不知道怎么办，只知道，一会儿两人要拍吻戏。

这下好了，要怎么拍？

这段时间两人培养出的那点默契，都被这两天一系列的事给破坏了，盛厘想起刚才那个不忍直视的立牌，以及余驰那声冷笑，简直尴尬郁闷到了极点。

该来的躲不过。

盛厘心情复杂地去补了妆，喝了一杯温水，就被陈渊叫去说戏了。

余驰垂眸看剧本，专注地听着戏，一个眼神都没给她。

陈渊看向盛厘，"这场戏很重要，这个吻一开始是徐媛主动，程南一开始有点抵触，他不是不喜欢徐媛，是怕徐媛那种随意的态度，他想让徐媛感受到那种被珍重的感觉，想让徐媛知道，他并不是只想跟她上床，他很尊重她。徐媛虽然是主动方，但这一次，她要带着一点献祭的感觉去亲程南，因为程南跟别的男人都不一样，他赤诚干净，她渴望他，却又害怕他真的喜欢她……"

"哦，好……"盛厘点头，情绪却不太对。

陈渊让两人先试了一下走位，余驰看起来坦然自若，盛厘表

面平静，心跳却一直在加快，还有些心虚和尴尬，这不该是徐媛的状态。试走位的时候不用真亲，但两人依旧很亲密，脑袋靠得很近，呼吸都喷在对方的脸上。

正式开拍前，陈渊又说了句，“要舌吻，激烈的那种。”

徐媛跟周烙见面后，就被他缠上了，哪怕她打了他一耳光，叫他滚。徐媛被缠了几次，直接打电话给程南，说：“程警官，你什么时候回来？有人骚扰我。”

当时程南正在出任务，没办法马上回来。

等待的那几个小时里，徐媛想起周烙，突然涌起一股报复心理。

天色灰暗，程南回到老胡同的楼道里，一抬头就看见二楼有个人影倚在门外，声控灯随着他的脚步亮起。徐媛转头看他，嘴角轻轻翘了起来，“程警官，我等你很久了。”

程南迅速跑上楼，站在她面前道歉：“对不起，我……”

“你什么？你怎么这么紧张我啊？一上来就道歉。”徐媛整个人贴上来，勾住他的脖子，仰起脸贴近他的唇，吐气如兰，低声道，“不准躲，别躲……”

程南僵直着脖子，没再躲开，却皱了皱眉。

“你谈过恋爱吗？”

“没有。”

“喜欢过哪个女孩子吗？”

“你喜欢我吗？”

程南喉结滚动，低哑道：“喜欢，但是……”

“我没什么不干净的病，每年都做身体检查，别拒绝我。”徐媛踮起脚尖，缓缓地、缓缓地把唇贴在他嘴唇上，舌尖在他的唇缝上轻轻一扫，咬住他的唇，语气又变得轻佻起来，“不嫌我脏的

话，就亲亲我呗，程警官。”

程南呼吸变得急促，却一动不动地僵持了好几秒，才突然低头按住她的后脑勺，把人抵在墙上，重重地回吻她。

盛厘心跳极快，她在余驰舌头抵进来时身体就有点发软了，唇舌相交的深吻持续了几秒，属于徐媛的情绪已经被破坏了，她不知道余驰有没有被影响，但她知道自己这场戏没演好。

果然，陈渊喊：“卡！”

这时，余驰在她唇上咬了一口，绅士地松开了她，他除了嘴唇有点红之外，看起来并没什么异样。

陈渊说：“徐媛，你的主动权都被拿走了，情绪和动作都不对，再来一次。”

盛厘抬头看了一眼余驰，脸有点发热，她深吸了口气，“好的。”

以前盛厘拍吻戏，多少有点漱口水或者牙膏的味道，那种味道反而不容易让人出戏。刚才那个吻戏，全是余驰纯粹干净的气息，跟他们以前接吻时的味道和感觉一样。

再加上她昨晚没睡好，以及跟余驰拍吻戏的种种复杂情绪，在心里不断反复，导致盛厘没办法完全代入徐媛的情绪，以至于这场戏失误不断。

盛厘从来没有哪场吻戏失误超过六次，她现在很崩溃，这已经是第十二次失误了，每一次都是这种激烈刺激的吻法，她感觉自己嘴唇都麻了，越失误越焦虑，感觉状态越来越差。

好在十二次失误里面有三次是余驰的问题，虽然次数跟她相比很少，但总比没有好。

陈渊就纳闷了，他皱眉道：“之前我还觉得你们两人默契十足，怎么拍吻戏能失误这么多次，徐媛，你是哪里没理解吗？还是状态不好？”

盛厘脸红得不行，她尴尬道：“我……昨晚没睡好吧。”

“对不起导演。”余驰看了眼盛厘，对陈渊道，“可以先休息一下吗？我跟厘厘姐聊一下，下次一定过。”

夜幕浓重，寒风凛冽，楼下的路灯泛着老旧的黄光，两人站在路灯下，余驰双手抱胸，肩膀倚在路灯杆上，侧头斜睨，“姐姐，你以前拍吻戏，也失误这么多次？”

盛厘没戴围巾，冷风从脖子灌入，她打了个激灵，整个人开始降温，清醒了不少。她从大衣口袋摸出烟盒，娴熟地点了一根，心想徐媛这个老烟枪，拍完这部戏，她要是染上烟瘾，那可就郁闷了。

不过此刻，烟却是个好东西，起码抽一口能让人镇定。

她还是徐媛的妆容打扮，举手投足皆是从容不迫的风情，“第一次。”

“所以，你在占你前男友便宜？”

一口一句前男友，你没有姓名吗？不会用第一人称吗？

盛厘直接忽略他这句话，转头问：“你怎么敢保证等会儿就能一次过？”

余驰似乎心情很好，语调懒洋洋道：“随口说的，能不能过就看姐姐专不专心了。”

又挖坑给她？盛厘盯着他看了几秒，发现他脸上没了开拍前的冷淡，哪怕现在两人都站在零下好几度的室外吹冷风，他脸上的神色却是进组以来最放松的样子。

因为跟她拍了吻戏，亲了她十几次，所以心情就变好了？如果能忽略那些机器运转的声音和工作人员，确实……挺让人心情愉悦的。

胡同口太窄，车开不进来，得从外面走进来。

盛厘看见黄柏岩从路口走进来，想起接下来三天都没有安排她跟余驰的戏份，不由得问：“你明天要回海市？”

“嗯。”余驰也看见黄柏岩了，“有个通告。”

盛厘一根烟抽了大半，冷风也吹够了，感觉整个人都冷静下来，她似乎有点明白余驰为什么把她叫到楼下吹风了，当着摄影机和那么多工作人员接了十二次吻，两个人都需要冷静一下，不然这吻戏没法拍下去。

黄柏岩快步走到他们面前，瞥了眼站在楼道口的两个助理，无奈道：“你们两个这么明目张胆地站在这里，不怕被狗仔拍啊？虽说你们姿态并不暧昧，但也太不避嫌了。”他顿了顿，看向余驰，“别说盛厘了，现在是个长得好看点的女孩跟你单独在一起，都可能会被认定是你初恋。”

余驰斜了盛厘一眼，语气嘲讽：“那你可错了，我跟她闹不出绯闻。”

盛厘把烟掐了，拢拢大衣，撩了下长发，笑盈盈地看向他，“弟弟，下了血本追我追到剧组来，只拍十几次吻戏，是不是有点亏？攻略都给你了，欢迎你来拆。”

说完，她转身往回走了。

余驰嗤笑了声，手插在裤兜里，懒散地跟在她身后。

黄柏岩呆在原地，这两人谈恋爱是这种画风？

其实在剧组倒不用时刻担心狗仔，前些天因为被拍了一些路透，这两天剧组都安排了保安在四周维护。狗仔上上下下跟了他十几天了，他除了片场和酒店，就去了趟医院，也偷拍不到什么新闻。

何况今天气温这么低，狗仔不一定这么勤快。

回到片场后，两人都调整好了状态，失误了十几次的吻戏总算拍完了。

晚上十点收工，回酒店的路上，盛厘看圆圆一直盯着手机傻笑，凑过去问："看什么呢？这么高兴。"

屏幕上是她跟余驰站在路灯下的照片，光线不太好，两人的轮廓很朦胧，但氛围很好，拍得也很有胶片感。

圆圆不止拍了这一张，最近她可没少偷拍两人的同框照。

盛厘挑眉，"给我看看？"

圆圆专门建了一个相册，放他们两个的照片，她叹了口气，"就是有点郁闷，这些照片只能我自己看，没有姐妹一起看，就少了好几百倍的快乐啊……"

盛厘点开相册，发现竟然有一百多张，连三年多前的照片都有，她不满道，"以前你拍的照片怎么都没给我看过？"

圆圆很委屈，"你那时候连姐夫送的礼物都没拆开看过，怎么会想看照片……"

也是。

盛厘有点理亏，摸了摸耳垂。

第十一章　我不想欺负病人

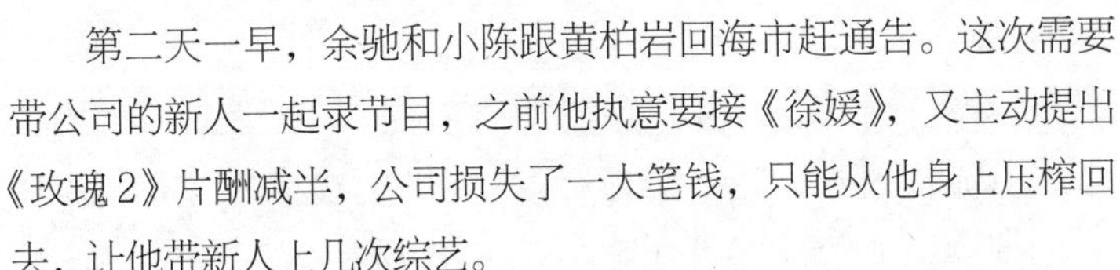

第二天一早，余驰和小陈跟黄柏岩回海市赶通告。这次需要带公司的新人一起录节目，之前他执意要接《徐媛》，又主动提出《玫瑰2》片酬减半，公司损失了一大笔钱，只能从他身上压榨回去，让他带新人上几次综艺。

录了两个晚上的节目，他们第三天一大早又马不停蹄地赶回剧组。黄柏岩开车送他们去机场，他看了眼后视镜，“剧组过年放假五天，你只有一天休息时间，你想年前搬到新房吗？我叫人帮你收拾东西。”

这三年余驰一直住在之前那套两居室的公寓，哪怕他成名了，赚了钱，也没搬家。他知道盛厘住哪个小区，具体地址却不知道，黄柏岩在圈子里人脉广，想知道很简单。

确定出演《徐媛》后，余驰就让黄柏岩帮他在盛厘住的小区租了套房。

余驰低头回复微信上的消息，想了想说：“卧室里的东西不要动，其他的可以先帮我搬过去。”

回复完消息，却看见盛厘刚刚发了一条朋友圈：八点了，准备开工啦。

附带了一张照片。照片里，化妆师正在给她弄头发，头发别在耳朵后面，露出右耳上那只星星耳钉。

桉城比较偏远，下飞机还有几个小时的车程才能到达，司机直接把车开到剧组正在取景拍摄的地点。

桉城墓地，今天剧组一整个白天的戏份都在这里拍摄。

余驰下车时，陈渊正在跟盛厘讲戏，他一路走过去都有人跟他打招呼。

盛厘听到声音，一抬头就看见他了，她愣了愣，才笑道：“程警官，我以为你晚上七点才到。”好巧不巧，她下一场戏是跟景颐鸣的吻戏，本来还以为能跟他的时间错开……

余驰看着她，“提早了一点。”

陈渊看看手表，笑道：“现在才四点，你可以回酒店休息休息，拍完这场转回棚里，估计八点以后才轮到你的戏。”

余驰说：“没事，在车上睡够了，我在这看着。”

现在要拍的戏份是电影开头的第一幕，徐永良案件平反后，徐媛回到桉城的第一件事就是买一份报纸，来到墓地烧给徐永良，告诉他，他清白了，他没有罪。

盛厘走了两遍戏，就正式开拍了，余驰跟陈渊站在监视器后面，发现盛厘的长发被风一吹，露出了右耳上的星星耳钉，他愣了一下，说：“导演，她的耳钉不用摘下来吗？”

陈渊拿剧本拍了拍掌心，高声喊：“对，徐媛，这场戏要把耳钉摘下来。”

徐媛喜欢戴首饰，平时各式各样的耳环、耳钉、耳坠都戴过，今天早上盛厘戴了那枚耳钉来片场，陈渊说不用取，戴两只不同的耳钉挺像徐媛的个性，她就这么戴着拍了一天戏，但这场戏她一身黑衣，首饰是不应该戴的。

盛厘忙把耳钉取下来，回头却没看见圆圆，只好把耳钉先塞进大衣的口袋里，又重拍了一次。

这场戏结束，剧组搬东西回棚里。

路上，盛厘一直犹豫着要不要先跟余驰打声招呼，说她跟景颐鸣的吻戏调整到今晚拍摄了呢？转念一想，两人现在还不是男

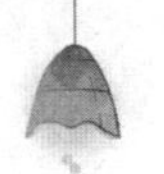

女朋友，她跟他报备什么？

以前的余驰确实是个醋王，她拍吻戏时他让她少失误，她求他别在现场看。盛厘至今还记得当年拍完吻戏的那晚，余驰的索求无度简直让她无法招架。不过，几年过去了，他自己也是演员，应该能理解吧？而且，他从一开始就知道这部戏的尺度，不至于因为一场吻戏就给她记上一笔。

盛厘胡思乱想了一路，下车后被冷风一吹，忍不住鄙视自己的未雨绸缪。

所以，等她换好衣服，补完妆，漱完口，已经十分镇定了。

余驰去了趟洗手间，他站在洗手台前洗手时，景颐鸣拿着漱口水和杯子进来了，看见他，随口道："这舟车劳顿大半天，挺累的吧，你不回去休息一会儿？"

"不了。"

洗手间很小，余驰关掉水龙头让位，目光随意一瞥，却突然定住。他盯着景颐鸣手上的东西看了两秒，皱了皱眉，才抬头，"等下……拍吻戏？"

景颐鸣嗯了声，拧开漱口水瓶盖，想到上次余驰跟盛厘失误了十几次，笑了声，"我看盛厘状态很好，这场戏应该不会太难拍。"

余驰垂眼，低低嗯了声，"我先出去了。"

一转身，整张脸都冷了下来。

他面无表情地走出去，环顾一周，目光定在某一处。盛厘正拿着剧本在默念台词，让自己入戏，圆圆递过来一杯水，她低头咬住吸管，轻轻吸了两口，就推开了。

余驰冷眼盯着她看了一阵，小陈在旁边有些毛骨悚然，余驰这眼神像是要把盛厘盯出一个洞来，不对，更像是要把她生吞活剥了似的，他赶紧咳了声，低声提醒，"哥，咱能收敛收敛不？你

盯着厘厘姐的眼神，太露骨了……”

旁人一看就有猫腻啊！

余驰嘴角冷淡地勾了勾，没说话，径直走向盛厘。

圆圆拉了拉盛厘的衣角，盛厘一抬头，就看见余驰面无表情地朝她走来，心猛地一跳，却因情绪沉浸在徐媛这个角色里无法立即抽离，还没来得及思考，余驰就已经在她身侧站定。

她反应迟钝地抬头，对他眨了眨眼。

余驰微微倾身，低头在她耳边轻声说：“姐姐，失误超过三次，今晚我就去找你算账，暗号跟当年一样，不准不开门。”

用最温柔的语气，说最放肆的威胁语，大抵就是如此了。

盛厘耳郭发热，心跳骤然加快，愣了那么两秒，等回过神，转头看他，他已经退开走了。

盛厘瞪着他的背影，陷入了迷茫和纠结，所以，她到底是要争取别失误，还是要努力失误四次，好给他一个台阶下，让他今晚来找她对暗号呢？

这题太难了，比高数还难！

这时候，陈渊高声喊：“徐媛，周烙，过来试戏。”

盛厘深吸一口气，平复心跳，走过去听戏。她跟景颐鸣有过合作，加上容桦的关系，两人一直挺熟悉的，但没演过情侣，也没拍过吻戏。哪怕从业多年，盛厘每次拍吻戏都会有点紧张，当然是希望越少失误越好了，毕竟失误不好看，也显得不够专业。上次跟余驰那场吻戏失误了十几次，已经是她职业生涯里的滑铁卢了。

这场戏是徐媛决定报复周烙后，放任周烙接近她，甚至蓄意勾引的一场戏。

光线昏暗的楼道里，周烙站在门外敲了几下门，没多久，门被人从里面打开。徐媛站在门后冷冰冰地看他，就在周烙以为她

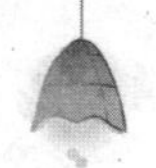

又要赶他走时，她转身走进去，“进来吧。”

房子很小，灯光暗淡，徐媛坐在床边跷着二郎腿慢悠悠地抽烟，她总是浓妆艳抹，身上永远喷着香水，看起来就不安于室。周烙站在门口，看着她，想到大家在背后议论徐媛的那些难听话，就觉得难以呼吸。

徐媛抽了一口烟，抬头看他，“你上次说，想补偿我。好，我给你个机会，你想怎么补偿？”

周烙看着她，“你让我做什么都可以。”

徐媛笑了声，“好，那你去坐牢。”

周烙沉默。

“不想去？”徐媛站起来，走向他，“也是，你其实只是把我骗到城外，什么也没做，你有什么罪呢？”

周烙抓住她的肩，声音颤抖沙哑：“徐媛，别说了，我知道自己罪该万死。我这些年一直在找你，天南地北地找，我从来没放弃过。”他情绪激动地看着她，“我们结婚，我这辈子都会对你好。”

徐媛看了他一眼，突然笑了，点头，“好啊。”

周烙愣住，不敢相信她竟然答应了。

徐媛看着他，“当年我特别喜欢你，你知道吗？”

“我知道。”周烙声音沙哑，低头紧紧抱住她。

两人安静地抱了一会儿，徐媛仰头看他，她的眼睛很漂亮，周烙深深地看着她，缓缓低头。两人的唇距离还有几厘米，徐媛冷不丁说：“周烙，我有艾滋病。”

周烙脸色唰的一下白了。

“骗你的，瞧把你吓的。”徐媛朝他脸上喷了一口烟，笑得花枝乱颤，她把烟摁在门板上，留下一个黑点，两手勾住周烙僵硬的脖子，仰脸看他，“周烙，有些事做了就是做了，错了就是错了，改变不了。”

“你看，你说你要跟我结婚，我一句话就把你吓到了。”

“其实……”

徐媛话没说完，周烙便疯了似的吻她。

一直到这场戏结束，陈渊都没喊停，但几个人已经在剧组拍了二十多天戏了，很清楚陈渊的拍摄手法，他不喊停，不代表这条就过了，尤其是遇上这种细腻的情感戏时，陈渊不愿意打断演员的情绪。

陈渊把盛厘和景颐鸣叫过来，看回放。

余驰面无表情地站在陈渊身后，盛厘看了他一眼，硬着头皮走过去。她站在余驰前面，看着回放，感觉如芒在背。陈渊一边放一边说，揪了几个问题，接着道：“再来一条。”

盛厘说：“好的。”

刚转身，就听到导演助理说：“余老师，你怎么表情……像是想杀人似的……”

盛厘僵硬地回头，确实看见了余驰一副想杀人的表情。

余驰不经意地看她一眼，嗤笑道：“没什么，入戏太深了而已。”

盛厘咳了一声，微笑地强行解释：“也是，徐媛刚找完程警官，紧接着又说要跟周烙结婚，程警官如果知道的话……确实很想杀人。”

其他人笑了起来。

余驰自嘲地扯了扯嘴角，“确实。”

陈渊也笑了下，摆摆手，“行了，继续吧。”

这场戏一共失误了四次，等陈渊终于喊“过”的时候，盛厘整个人都放松了下来，抬头看向陈渊的方向，却没看见余驰。

余驰倚在门外抽烟，修长白皙的手指夹着烟，垂在身侧。

盛厘走出房间，经过大门，余光瞥见了那只手，脚步倏地

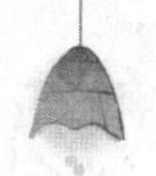

顿住。

余驰听到那声“过”，最后抽了一口，低头把烟掐了，转身走进去，一跨进门槛，就看见盛厘了。二人四目相对，他朝她走过去，盛厘心怦怦跳，看着他走到面前，咽了下喉咙。

“姐姐。”余驰在她面前站定。

盛厘强装镇定，“嗯？”

余驰垂眸睨她，很低地说了两个字。

“等我。”

晚上十点收工，盛厘上了自己的车，车刚开出去两分钟，周思暖便发来消息。

周皇后：你跟余驰弟弟怎么样了？和好了没？

盛厘：应该还没有。

周皇后：什么叫应该？都进组快一个月了还没搞在一起？他不是花了血本吗？不抓紧时间岂不是亏了？

盛厘撩了下头发，正要回复，突然想起一件重要的事，急忙往前扒住座椅背，大喊道：“等等！刘叔，回头回头！”

圆圆和老刘都吓了一跳，老刘差点把方向盘都打歪了，他心有余悸地问：“厘厘啊，你吓死个人咧！回剧组吗？落下什么东西了？”

“对，我耳钉放在那件大衣口袋里，忘记拿了。”

盛厘神色焦急，都怪余驰，要不是因为他扰乱她的心绪，她也不会忘记。

圆圆忙问：“是姐夫送的那个吗？”

盛厘嗯了声，又催促道：“刘叔，开快点！”

“那么小一个耳钉，你怎么塞大衣口袋啊，给我保管啊。”圆圆也跟着急，她嘀嘀咕咕，“这是姐夫送你的第一件礼物吧，也是唯一一件……”

两人都还没复合，要是丢了，多不吉利啊！

棚里机器多，有几个工作人员晚上睡在那里守夜，盛厘跟圆圆一到那边，就去放衣服的房间翻出她下午穿的那件大衣，她在口袋里掏了掏，却什么也没摸到。

盛厘心里一沉，急道："怎么不见了？"她换下这件衣服，服化组的工作人员就挂起来了，应该不会有人动过，但两个口袋都掏了一遍，只摸到一个小小的透明耳堵。

圆圆打开手机的手电筒，蹲在地上仔细看，"是不是掉地上了，我找找……"

几个工作人员知道她们找东西，也帮忙找了找，结果，棚里棚外找遍了都没找到，车上也没有。

要不是掉在这里，那就是掉在下午的拍摄地了。

这么小一个东西，掉了就很难找回来了，盛厘心里空落落的，感觉很难受。

十一点半，盛厘身心俱疲地回到酒店，脱掉鞋子和羽绒服，往床上一趴。

圆圆把她羽绒服挂起来，小声说："要不，跟姐夫直说吧？等你们和好，再让他送一个……"

"再送的也不是那一个了。"

盛厘有气无力地摸过手机，感觉今晚她要完蛋了，失误四次就算了，还把余驰送的定情耳钉丢了。她打开手机，收到一条气象信息，提醒市民今晚凌晨可能要下雪。

"我先去洗个澡。"盛厘郁闷地爬起来，坐在床边烦躁地抓抓头发，"等会儿他来找我再告诉他吧。"

圆圆不敢置信地啊了声，激动得语无伦次："姐夫要来找你？你、你们什么时候和好了？要对暗号了吗？"

盛厘站起来，看她这个样子，总算笑了一下，"你姐夫是个醋

王，下午拍吻戏前，他威胁我，失误超过四次就要来找我算账。”要是没有弄丢耳钉，她现在的心情大概是期待又紧张，但耳钉丢了，那种期待紧张的情绪都被冲散了。

圆圆欢天喜地道：“那我回去了，不当电灯泡。”

圆圆刚打算走，手机便响了，一分钟后，她收到摄影大哥发来的一段视频，是下午拍摄过程的一个花絮片段。视频里，盛厘摘下耳钉放进大衣口袋，正好一阵风把衣摆吹开，耳钉并没有落进口袋里，而是擦着边缘，掉在了地上。

盛厘看完视频，精神大振。

圆圆激动道：“知道掉哪里就好了，明天去找吧。”

“气象预报说今晚要下雪，等明天就找不到了。”盛厘皱眉。

圆圆缩了缩脖子说：“那……也不能现在去吧？大半夜去墓地？太可怕了吧……”

就在这时，盛厘丢在床上的手机响了，她过去看了一眼，手机屏幕上闪着“余小驰”三个字。盛厘愣了一会儿，要知道他们分手后，余驰把她号码拉黑了，他们已经三年多没打过电话了。

余驰没换号码，她也没删过他的号码，备注都没改过，“Y”这个字母排在倒数第二，她平时翻通讯录也很少翻到最后。

她屏息点了接通。

“咔嗒”一声，传入耳朵里，是开门的声音。

紧接着，是余驰低沉的声音：“姐姐，没睡吧？给我开个门。”

夜里太安静，盛厘听到他关门的声音，以及细微的脚步声，一步一步像是踩在她的心尖上，她走向门后，小声说：“好啊，等你对暗号，我就开门。”

从 1036 到 1027，余驰走了十八步。

酒店隔音并不太好，偶尔还能听到紧闭的房门传出一点声响。

三年多以来，他无数次做梦都梦到这样的场景，有她站在出

租屋外跺脚赶蚊子的，有自己面无表情地站在酒店门口的。

曾经他觉得丧心病狂的暗号，却一直念念不忘。

他站在1027门前，低声开口："吱。"

盛厘把门打开，门外的余驰抬眼看她一眼，很快走进来，手往后一压，门"咔嗒"一声关上。屋子里瞬间陷入安静，盛厘抬头看余驰，挑眉一笑，"真的是来找我算账的？"

余驰低头睨她，嗤笑道："不然你以为我在开玩笑？"

说起来还得感谢那场失误了十几次的吻戏，两人之间那种疏离感几乎完全消除了，毕竟曾经那么亲密过，又还喜欢对方，就连身体的记忆都是喜欢的反馈。

"那……"盛厘往前一步，勾住他的脖子，笑眯眯地仰头，"你想算的，是今天吻戏的账，还是当年分手的账？"

你还挺有自知之明。

余驰面无表情地看着她，"一起算。"

"那个……"

圆圆默默从旁边走出来，提醒两人，她还在这里呢！圆圆满脸笑意地指指门口，"姐姐姐夫，你们要算账，能不能等我出去了再算？"

余驰愣了一下，才知道这屋里还有一个人。

盛厘扑哧笑了声，对他眨眨眼，"你来得正好，算账之前，能不能陪我去个地方？"

"去哪儿？"余驰皱了皱眉，看起来有些不满。

盛厘抿了抿唇，不想马上告诉他自己把耳钉丢了的事，只笑着问："那你去还是不去？"

余驰不知道她又要做什么，但直觉不是什么好事，冷笑道："去啊，为什么不去？"

盛厘回头看圆圆，圆圆立马就懂了，她胆小地问："真去啊？"

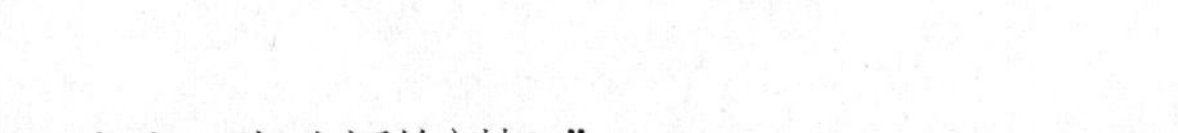

盛厘点头，“打电话给刘叔。”

“不用这么麻烦，去哪里，我开车。”余驰打断她。

盛厘去把羽绒服套上，出门前对余驰说：“把小陈也叫上吧，人多……好一点。”

余驰看了她一眼，拉开门，给小陈打了个电话。

小陈还蹲在安全通道口那边望风，刚准备下楼回房睡觉，就接到了电话。

五分钟后，四人从电梯出来，盛厘和余驰都戴着帽子和口罩，遮挡得严严实实。小陈快步走在前面，拉开后排的车门，两人一前一后上车。

小陈开车，圆圆坐副驾驶。

车开出去后，小陈才问：“额，我们去哪儿？”

这里对他们来说是个陌生的城市，圆圆点开导航，输入目的地。小陈看了一眼，大惊失色，“去墓地？你……没输错吧？”

圆圆看了眼时间表，已经过了十二点了，她也觉得三更半夜去墓地阴森森的，但又不得不去，只好硬着头皮说：“没有。”

小陈问：“去墓地干吗？”

“额……”圆圆不知怎么回答。

“你丢东西了？”余驰羽绒服敞开着，懒洋洋地靠在椅背上，把口罩取下来，转头看盛厘。

盛厘心虚地眨眼，“你怎么知道我丢东西了？”

余驰冷笑了声，“不然你大半夜去墓地是想盗墓？”

小陈没忍住，笑出了声，又赶紧咳了几声来掩饰，正正经经地开车。

半晌，余驰低声问：“耳钉掉了？”

行吧，什么都瞒不过他。

盛厘无奈地叹了口气，“嗯。”

余驰手肘支着车窗，懒散地敞着腿，没再说话了，偏头看向车窗外。一路的霓虹从他脸上滑过，盛厘觉得他跟十八岁相比变化还是很大的，五官轮廓没怎么变，可能就是长开了，同样是散漫地靠在座椅上，气场却比当年强了许多，气质也更吸引人。她痴迷地盯着他看了一会儿，贴过去低声问："你在想什么？"

余驰回头看她，"在想耳钉要是找不回来，该怎么算这笔账。"

这时，两人的手机同时振了几下，盛厘低头点开微信，是主创群里的消息。

景颐鸣：盛厘，你耳钉掉墓地那边了？是很贵重或者很重要的东西？

陈渊：用不用叫人帮忙过去找？

好几个男士都表示可以帮忙，虽然大半夜去墓地挺阴森，但人多也没什么好怕的。

盛厘：嗯，是很重要。

景颐鸣：气象局说今晚要下大雪，我看这天估计真要下雪了，要找的话得赶紧去，不然雪一覆盖，到时候就找不着了。

盛厘抬头看了眼余驰，余驰正低头看群消息，手指在键盘上快速打字。

余驰：我们已经在路上了。

景颐鸣：嗯？余驰，你陪盛厘去了？

盛厘：刚刚在走廊上偶遇余驰弟弟，就跟他说了一下，他很好心地跟小陈一起陪我们来了，马上就快到了。

偶遇？很好心？

余驰哼笑出声。

余驰：对。

陈渊：那你们注意安全啊，需要帮忙就打个电话，明早还要给我当男女主角呢。

盛厘：导演，你这话说得阴森森的。

车子疾行一路，停在墓园门口。

守墓人大概没想到这么晚还有人来，拿着手电筒走出来，用方言说："谁啊？来干啥？"

小陈把车停稳，按下车窗喊了声："大叔，我们有点事。"

那大叔压根没听清楚小陈说什么，大声喊："说啥？"

外面山风呼啸，寒气逼人，余驰推开车门下车，逆着风大步走过去，车灯照着他挺拔的背影，看着格外潇洒利落。盛厘把帽子戴上，拉开车门下车，一下车就打了个寒战，太冷了。

圆圆胆小怕鬼，哆哆嗦嗦地下了车，赶紧跑到盛厘和小陈旁边。

等他们走过去，余驰已经跟守墓人沟通好了，守墓人还记得他们是今天下午在这里拍摄的演员，还借了个大手电筒给他们。

老实说，盛厘胆子不算小，但天寒地冻的深夜，寒风穿堂，一眼望去全是高高低低的坟墓，还是挺瘆人的，感觉像是进了恐怖片的场景。要不是余驰看起来太淡定，她压根不敢进。

可怜的圆圆害怕得要死，又怕影响他们，只能拽着小陈的衣服，哆哆嗦嗦地说："借、我拽一下，我有点怕鬼……"

墓园修缮管护得一般，余驰一手插在兜里，一手拿着手电筒走在最前面，盛厘落后他一步，不慎被石头绊了一下脚，忙抓住他的袖子。余驰顿住脚步，回头看她，"姐姐，你也怕？"

盛厘一本正经道："是啊，我好怕怕。"

余驰无声地笑了笑，继续往前走，盛厘的手从拉着他的袖子，慢慢变成挽住他的手臂，最后得寸进尺地顺着他的手腕，滑进他的兜里，冰凉的手指贴上他温热干燥的手。

她的手在他兜里动来动去，余驰攥住她的手，低声说："干吗？"

盛厘满意了，笑眯眯地说：“没干吗，你手好暖。”

几分钟后，到达拍摄地点，盛厘又把那个视频看了一遍，找到视频里耳钉掉落的位置，把手机的手电筒打开，蹲下就开始找，可她就算把那片土给刨了也没找到，“明明就掉在这里的啊，怎么就不见了，明明是掉在这里的啊。”

圆圆蹲在她旁边，感觉害怕极了，“呜呜，不会这么邪门吧？”

余驰看了眼满脸焦躁的盛厘，低声说：“别乱猜，一个小小的耳钉也没什么重量，山上风大，大概被风吹走了也不一定，往旁边找找吧。”他拿着手电筒转身，顺着风的方向开始找。

山上气温极低，冷风刮得脸生疼，盛厘感觉手和腿都已经冻僵了，她回头看了眼余驰的背影，十分后悔下午的草率，她应该更谨慎小心地把耳钉妥善放好的。

盛厘朝冻僵的手呵了口气，起身往旁边找。

大家都安静地找耳钉，一时间都没人说话，耳边只有寒风刮过的呼呼声。这种感觉太糟糕了，盛厘找了十多分钟，心态开始崩了，这么大的风，耳钉真的不会被风卷走吗？这让她上哪去找啊！

她咬着唇，又回头看了一眼余驰，脸上突然一凉，她不禁哆嗦，伸手一摸，却摸到一片白色的雪花。

下雪了。

来之前，盛厘满心以为会顺利找到耳钉，却没想到找了将近一个小时都没找着，现在又下雪了，这么大的雪，不用半小时地面就白了，到时候还怎么找？她不由得心生绝望，要不算了吧，让余驰再送她一个？再这么冻下去，几个人说不定都要感冒。

她抑郁地撑着膝盖起身，僵硬地迈开腿，走向余驰。

余驰蹲在隔壁的那座墓碑前，一手拿着手电筒搁在腿上，一手拨开地面上杂乱的枯草，目光沉静仔细地搜寻，他羽绒服拉链

敞着，仿佛感觉不到冷似的，这里找不到，又继续往前扩大范围。

突然，他目光定在某一处，小心翼翼地拨开那堆枯草，那枚小小的星星耳钉被灯光一照，泛起柔润的微光。

余驰重重松了一口气，捡起耳钉吹吹上面的灰，吹不干净，直接扯开衣角包裹起来，仔细地擦拭干净。他看着掌心里的耳钉，无声地勾勾嘴角，可真不好找。

“啊！”

一声惊叫划破墓地的阴森沉静，听起来格外瘆人。

盛厘吓得第一反应就是冲向余驰。

余驰刚站起来转身，就被人扑了个满怀，下意识抱住她。

接着，就听见圆圆哀号道：“下雪了，怎么办啊？”

盛厘紧紧抱着余驰，又惊又吓还冷得不行，被他这么一抱，鼻尖忽地一酸，情绪濒临崩溃，“呜呜，余小驰，怎么办啊？你送我的耳钉丢了。”她胡搅蛮缠地晃着他，红着眼仰头，“我不管，你不能怪我，也不准生气，还得再送我一个，不然……你别想把我追回去。”

余驰低头看着她，“分手都没见你哭，丢个耳钉你哭什么？”

盛厘眼泪汪汪，“那你是送还是不送？”

“姐姐不是说不吃回头草吗？”余驰垂眼睨她，漫不经心地笑了下，“那你现在是威胁我复合？”

她都哭了，他竟然还笑得出来，盛厘忍不住在他腰上掐了一把，恶狠狠地说：“是，你最好赶紧答应，过了这村就没这店了。”

余驰还是第一次看她这样气急败坏，红着眼要哭不哭的模样，但他被打动了，仿佛看她急，看她哭，他才能感受到她对他的喜欢。

他抬手，抹掉她眼角的泪，然后摊开掌心，低声说：“我找到了。”

盛厘眼睛瞪圆了一圈，不敢置信地抬头看他，“真是我那颗?不是你拿自己的来哄我的吧？”

“我的在酒店。”余驰笑笑。

山风依旧在咆哮，寒风冷冽，鹅毛般大的雪花簌簌落下，被风吹得肆意飘散，轻飘飘地落在两人的身上，给这死气沉沉的墓地添了几分人间浪漫。

盛厘把脸在他衣服上蹭了蹭，从兜里摸出那个耳堵，递给余驰，“你帮我戴上吧。”

余驰抬手把她的头发别到耳后，微凉的手指摸摸她的耳垂，深深地看着她，低声问：“姐姐，你真的不后悔跟我分手吗？”

盛厘笑盈盈地仰头看他，语气认真道：“我还是不后悔，因为如果当时不分手，不一定会有现在的余驰。我说过你是我挖到的宝藏，你看你多厉害啊，奖项一个个地拿，还是最年轻的最佳男演员奖获得者，我很为你高兴，也证明了我的眼光。”

他沉默片刻，低头把耳钉给她戴上，“戴上了以后就不能再提分手了，你要是再敢提一次分手。”他在她耳边低声威胁，“我做鬼也不会放过你。”

盛厘身体一颤，在墓地说这种话是想吓死谁啊！

“宝贝，你知道你现在多受欢迎吗？是多少少女的梦中情人呢？”盛厘仰头，在他唇上亲了一下，“我傻了才会提分手。”

余驰按着她的腰，低头含住她的唇咬了几下，冷声道：“你最好是。”

“回去了。”余驰揽着她的肩转身，对上圆圆的手机镜头，嘴角抽了抽。

快走到墓园门口，余驰松开盛厘，两人并肩而行。

到了门口，圆圆突然转身，朝墓园鞠了个躬，神神道道地说：“打扰叔叔阿姨、哥哥姐姐们了，保佑我长命百岁……谢谢谢谢……”

回去的路上，群里又发来消息，问他们找到东西了吗？回来了吗？

盛厘：东西找到了，已经在路上了，大概还有二十多分钟就回到酒店了。

车内暖气十足，回完信息，盛厘就懒洋洋地往余驰怀里靠，昏昏欲睡地打了个哈欠，没几分钟就睡着了，余驰低头看了她很久，抬手在她耳朵上摸了摸。

将近凌晨两点，几个人才拖着疲倦的身体回到酒店，盛厘跟余驰一出电梯，就见景颐鸣从房里探头出来，“可算回来了。”

就连陈渊都出来看了一眼，说：“回来就早点睡吧，折腾了一晚上，明天还要拍戏呢。”

盛厘不好意思道：“抱歉啊，让大家跟着熬夜了。”

余驰住景颐鸣隔壁，他手插在兜里，漫不经心地走过去，从兜里摸出房卡开门。回到房间，他给盛厘发了条信息。

余小驰：好好洗个热水澡，别感冒了。账回头再算。

第二天早上，盛厘头昏脑涨地靠在椅子上化妆，狠狠打了个喷嚏，化妆师关心道：“我听说你们昨晚去墓地找耳钉，凌晨两点才回来，气温那么低，不是感冒了吧？”

盛厘抽了张纸擦鼻涕，声音有点哑：“嗯，有点难受。”

这时，圆圆拿着手机跑过来，“厘厘，你跟……你跟余老师上微博了！”

盛厘拿过手机点开微博，果然看到“盛厘余驰深夜密会”的热搜。

标题是“深夜十二点，盛厘和余驰携助理走出电梯，上了余驰的车，随后驱车离开酒店”。后面附带一个五分多钟的视频，视频里盛厘跟余驰帽子口罩遮挡严实地上了车，狗仔一路跟拍，一

路解说，一开始激动不已地表示自己跟了余驰几个月了，总算是蹲到了！本来兴奋得要死，结果一路跟到了墓地，满屏幕的问号代表了狗仔的疑惑。

评论区更是好笑，有些连视频都没看完就直接评论了。

什么？余驰跟盛厘？这两个人？是真的吗？他不追初恋了吗？

墓地幽会第一人。

去墓地幽会？这么重口的吗？

谁幽会去墓地啊！又来黑我驰崽，狗仔没有心，这个标题简直误导大家，根本就不是什么幽会，事情都没搞清楚，就乱说。

盛厘刷着微博沉思几秒，心说她跟余驰还真是去墓地约会了。

昨晚盛厘跟余驰去墓地找耳钉的事，剧组的人都知道，所以这条微博，在他们眼里就是一个大笑话，都在哈哈大笑。化妆师笑得眉笔都拿不稳了，边笑边吐槽道："这年头狗仔真不容易，就这个视频，也敢说盛厘和余驰深夜约会，不说你们还带了两个助理，谁家约会去墓地啊？去坟头蹦迪吗？"

盛厘本来还有点慌张，怕剧组的人怀疑她跟余驰的关系，看看大家的反应，根本就没把两人往暧昧关系上去想。

圆圆嘴角疯狂上扬，心想你们只看到了墓地，我看到的却是吻戏！

在一片笑声中，盛厘又狠狠打了个喷嚏，同时手机响了，容桦打来的。她抽了张纸巾捂住鼻子，跟化妆师打了声招呼，出棚外接电话了。

这个微博确实好笑又诡异，别人约会被拍起码是拥抱或接吻之类的亲密举止，而视频里盛厘和余驰从头到尾都很规矩。粉丝和网友们大骂狗仔标题欺诈，本来以为这是开年大瓜，结果呢？竟然是标题诈骗。

连容桦都无语了，她说："所以，你们到底去墓地做什么？"

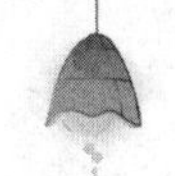

盛厘把昨晚的事说了一下，又打了个喷嚏。

“感冒了？那边大雪，昨晚气温那么低，如果严重了就请个假去医院看看，还有三天剧组就放假了。”容桦顿了顿，才接着说，“你跟余驰的事曝光是迟早的事，这次上热搜不管网友怎么想，也算是打了个预防针。”

盛厘也是这么想的，她说：“不然，我发个微博？”

容桦说：“可以，直接说你们是去找耳钉就行。”

两人聊了几分钟，盛厘挂断电话，把纸巾丢进门口的垃圾桶，一回头，就见余驰抱着胳膊倚在门边，两人看着对方，似乎都觉得有点好笑。剧组人来人往，不能明着调情，盛厘只能一本正经地说：“余驰弟弟，他们说我们去坟墓约会，要不我发个微博澄清一下？”

余驰挑眉，“你想怎么澄清？”

盛厘认真想了想，说：“嗯……实话实说吧，就说你陪我去找耳钉。”

“可以，我配合姐姐。”余驰懒洋洋地点头，趁着门外没人，他用身体挡住了门内的视线，抬手在她额头上贴了一下，皱了皱眉，“等下量一下体温，你发烧了。”

早上醒来，盛厘只觉得有点头晕乏力，并没有感觉发烧。

她自己摸摸额头，好像是有点烫了。

回到化妆间，盛厘把耳钉摘下来，放在手心拍了一张照片。圆圆拿着体温枪过来，在她额头测了一下，皱眉道：“三十八度三，我去拿退烧药给你。”

盛厘低头编辑微博，发了一条微博。

盛厘：昨天下午在墓地取景拍摄，把耳钉弄掉了，谢谢余驰弟弟帮忙，已经找回来了。

余驰给她点了个赞，评论上写了一句“找回来就好”。

两人算是回应了那条微博，字里行间并没有否认两人的关系，粉丝和网友怎么理解是他们的事了。

盛厘刷到了一条评论。

他们两个都没互关呢，两人除了三年前合作过《江山卷》，后来也没互动了啊，两人都不太熟，怎么可能呢？

三年前，时间好像对得上？

对不上吧，之前盛厘还跟路星宇炒得热乎呢。

盛厘看着这条评论下的吵吵闹闹，有些郁闷了，她跟余驰就这么不像情侣吗？要不关注一下余驰，转念想了想，还是算了。

盛厘放下手机，接过圆圆递过来的退烧药，她吞下药片，有些郁闷，“昨晚一起吹的风，一起挨的冻，怎么就我发烧了，你们三个都还生龙活虎的。”

圆圆小声说：“你最近太累了吧，昨晚情绪起伏大，抵抗力不好。”

盛厘无法反驳，她也大半年没感冒发烧了，这会儿感觉整个人昏昏沉沉的，就怕影响今天的拍摄进度。手机振了一下，她低头看了眼。

余小驰：多少度？

盛厘：三十八度多，退烧药吃过了。

盛厘：没事的，我就是有点头晕，其他感觉还好，今天戏份挺多的，不能请假。

余驰一直知道盛厘不算个娇气的女人，她从十四岁就开始在剧组拍戏了，对导演的要求，都是极力去完成的，她一直是个很敬业、很认真的演员。

余驰：如果实在不舒服，不要硬撑。

拍摄布景已经准备好了，陈渊喊了声：“徐媛，过来准备了。”

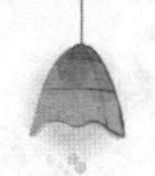

盛厘今天脸色有点差，不过徐媛这个角色一直是浓妆艳抹，化好妆就看不出来了，但精神状态终究差了些，一场戏失误了好几次，好在退烧药有用，中午退烧之后就舒服了不少。

午饭是跟陈渊和几个主演一起吃的，大家说起早上那个微博还忍不住笑呢，景颐鸣调侃余驰："看你上次在节目里自爆追初恋，狗仔估计蹲你好几个月了，蒋晴还给我发微信八卦，问我有没有看到你偷偷带初恋进组。"

余驰低头吃饭，不动声色地笑笑，"那你跟晴姐说，没带。"

景颐鸣说："我说了，她不信。"

盛厘就坐在余驰旁边，抬脚踩在他脚上，余驰漫不经心地斜看她一眼，盛厘笑眯眯地问："我也不信，真的没带吗？"

余驰意味深长地睨着她，"你看见了？"

盛厘一噎，突然反应过来。

他是没带，毕竟她是自己进组的。

盛厘咳了一声，转开目光，"那倒没有。"

景颐鸣哈哈大笑，盛厘莫名有点发窘，她今天没什么胃口，便放下筷子。陈渊看向她，"你今天状态不太好，是不是生病了？"

"上午有点发烧，已经退烧了。"盛厘言简意赅，不想因为自己的原因拖延剧组进度。

中午短短休息了一会儿，就继续拍摄了。

晚上七点，拍摄盛厘今晚的最后一场戏。

这场戏是程南出任务回来，听到了徐媛和周烙的风言风语，他去找徐媛，徐媛毫不避讳地承认了，两人大吵了一架，程南看穿徐媛想用自己报复周烙，说服不了她，只能去找周烙算账。

徐媛拦着他不让去，程南恼怒地推开她。

盛厘被余驰一把推开，头晕目眩地晃了晃，接着整个人软绵绵地往前一栽。

这样子怎么看都不像是戏里的反应，也不像是被余驰推的，更像是晕倒，有人急切地喊了一声。

余驰手疾眼快地转身把人抱住，盛厘浑身无力地靠在他怀里，嘴唇贴近他脖子，呼出的气都是热烫的。余驰皱眉，一手搂着她的腰，一手抬起，手背贴在她额头上。

陈渊很快走过来询问："怎么回事？"

"发烧，很烫。"余驰脸色微沉，低头看盛厘，她妆比较浓，看不出脸色差，晚饭时看着还正常，没想到一个小时就烧成这样了。

盛厘脑子混沌，没什么力气，又怕被人看出什么，勉强站直身体。圆圆忙扶住她，焦急道："刚刚烧到三十九度了，我说让她休息一下，她说今晚最后一场了，还是拍完比较好。"

余驰皱眉，低头看盛厘的脸，"得去医院看看。"

陈渊说："虽然剧组赶进度，但还是身体重要，这场戏放明晚拍吧，你先去医院看看。"

盛厘不再逞能，低声说："好。"

她手垂着，跟余驰的手轻轻碰了一下。

余驰不动声色地说："昨晚下了一夜雪，路很不好开，厘厘姐，我陪你去？"

"不用了，有圆圆和刘叔就够了。"

虽然盛厘也想余驰陪着，但昨晚两人刚被拍，去墓地有个胆大的弟弟陪着很正常，要是发烧去个医院也陪着，那问题就大了。

余驰深深看了她一眼，低声道："有事打电话。"

在大家的关怀声中，盛厘捂得严严实实地下楼，她头昏昏沉沉地靠在后座上，给余驰发了条微信。

盛厘：晚上来房间陪我。

盛厘去医院挂了急诊，打了三小时吊瓶，不过打吊瓶见效挺

快，打完就退烧了。深夜十一点多，盛厘回到酒店，洗漱完毕，接过圆圆递过来的药，皱眉吃完，给余驰发微信。

盛厘：余小驰，你可以过来了。

余小驰：嗯。

圆圆小声说："姐夫准备过来了吗？那我走了哦。"

"快走。"

圆圆背着包出去了，走廊上没人，但并不算安静。

她刚要关门，就见前面1036有人走出来了……

余驰穿着件黑色连帽卫衣，手插在兜里，耳朵塞着蓝牙耳机，朝这边走过来，手机振了一下。

他低头看了眼。

盛厘：记得对暗号，我要听你吱吱叫。

再抬头，就见圆圆笑眯眯地指指留着一条缝的房门，兴奋地扭身走了。

余驰走到门口，直接推门进去。

盛厘坐在沙发上，低头看手机，以为是圆圆去而复返，头也不抬，声音有点沙哑："我的圆圆啊，你怎么还不走啊？你姐夫等会儿要来了，你快走，别在这里当电灯泡。"

没人回答她，脚步声也很沉稳。

她下意识地回头，就见余驰已经走到沙发旁边了，正垂眼睨她。

盛厘仰着头，慢半拍地眨眨眼，"你……怎么进来的？"

"你的圆圆给我留门了。"余驰说。

盛厘心道，圆圆这个小叛徒！

盛厘很遗憾没听到余驰吱吱叫，在心里把圆圆骂了好几遍。余驰看她脸色有些差，但精神还可以，微微倾身，手背贴上她的额头，退烧了。

“打完吊瓶就退烧了。”盛厘笑着抓住他的手，把人往沙发上拽，余驰顺势在她旁边坐下。

盛厘直接翻身跨坐在他腿上，双手捧住他的脸，幽幽叹了口气，“好吧，还是弟弟魅力大，圆圆都成你的粉丝了。”

“她不是喜欢看咱们在一起吗？”余驰背靠着沙发，微仰着头看她。

盛厘惊讶，“你竟然知道？”

余驰对镜头很敏感，当然发现圆圆经常偷拍他，尤其是他跟盛厘在一起的时候。他轻轻挑眉，“昨晚去墓地怕得要死，都不忘拿手机拍照录视频，而且，她一直叫我姐夫。”

说起昨晚，盛厘不免想到那个微博，想到那个微博下面的评论，她哼了声，“你粉丝不太喜欢我，觉得我们两人不太般配，看着也不像情侣。”

“你觉得这赖我吗？”余驰面无表情地看着她，嗤笑一声，“你怎么不说你和路星宇的粉丝四处帮你辟谣，说你跟路星宇好着呢。”

盛厘暗道，完蛋，不小心踩到醋王的雷点上了。

她笑盈盈地抱住他的脖子，考虑到自己感冒了，就凑过去在他嘴角上轻轻亲了一口，软着嗓子哄道：“我从小跟他一起长大，容桦当年炒得有点过了。我的粉丝一直不喜欢他，而且我跟他本来就没有什么，我又不瞎，怎么可能看上他。”

他冷笑，“如果不是他太坏，你跟他也不是没可能。”

盛厘不知道他还这么在意这个事，她病了一天了，哪有精力跟他翻旧账，她耍赖地贴到他身上，在他耳边吹气，“哎余小驰，先别翻旧账了行吗？姐姐病着呢，我头疼，抱我去睡觉。”

“药吃了吗？”

余驰瞥了眼茶几上的药袋。

盛厘埋在他肩窝里，蹭了蹭，含糊道：“你来之前就吃了。”

余驰没再说什么，一手按着她的腰，一手托着她的臀，轻松地把人抱了起来。两人很久没有这样独处一室了，盛厘整个人挂在他身上，心跳得有点快，她摸摸他的耳垂，嘀咕道："刚刚忘记叫你把耳钉戴上给我看看了。"

"下次吧。"

"你什么时候打的耳洞？"

走到床边，余驰脚步顿了顿，抬眸看她，"分手后第三天。"

盛厘被他看着，莫名有点心虚，还裹着一丝心疼，但又很想知道他的事情，想知道他分手后怎么过的，想问他在剧组拍戏勾搭他的女演员多不多，想知道他有没有把她送他的东西丢掉……

余驰把她放在床上，盛厘还勾着他的脖子不放，余驰顺势倚着床头，拉开被子给她盖上，低头自嘲地笑了下，"姐姐，分手那天晚上，我也生病发烧了。"

盛厘翻身，半个身体压在他身上，脑袋埋在他胸膛上，"我也生病发烧了，这就是报应，咱们扯平了。"她脑袋有些昏昏沉沉的，大概是吃的药有安眠成分，她突然想到什么，抬头看他，"那你之前有戴过那个耳钉吗？"

现在的粉丝和网友厉害着呢，很多恋情是被扒同款和细节给扒出来的。

余驰想了想，低头冷睨她，"私底下戴过几次，怎么？姐姐怕被曝光？"

当初两人就是因为被拍，盛厘才跟他提的分手。

"我不怕被曝光，我们现在跟以前不一样了，现在谁都知道你是余驰，我也一直是盛厘，不用担心你被贴上诸如'盛厘男朋友''盛厘前男友'之类的标签，没有自己的姓名。"盛厘感觉有点不对，怀疑他是不是分手后得了应激创伤，忙往上爬了一下，几乎整个人贴上去，她穿着一件宽松的家居服，领口很大，她伏

在他身上，那白皙柔软的曲线完全暴露在他眼底。

余驰冷淡的表情收敛了起来。

他抬手，把她脑袋摁下来。

其实他从来就不介意贴上她的标签，“盛厘的男朋友”对他来说一直是渴望。

盛厘被他按得有些呼吸不过来，手撑在他胸膛上，挣扎着起来，认真地看着他，“我真的不怕，就是随口问一下，也不会再因为这种事情分手了。但是，我觉得你跟我一样，还不希望那么快被曝光吧。”

余驰漫不经心地抬眸看她的脸，嗓音微沉：“嗯。”

“我之前怎么也没想到你会送我耳钉。”盛厘笑盈盈地看着他，突然被他的目光烫了一下，突然后知后觉地低头看了眼，脸蓦地红了。

余驰看着她，手按在她后脑袋上，忽然翻身将她压在身下，一口咬在她唇上，不给她任何喘息的机会，舌头长驱而入，吻得很用力。盛厘呜咽两声，不轻不重地推推他，“感冒呢，会被传染……”

“传染不了。”余驰嗓音低哑，一手捧着她的脸颊，一手扣住她的手按在枕边，反复啃咬她的唇舌。盛厘心跳得很快，大概被他亲蒙了，意乱情迷地抱住他的脖子开始回吻他，管他呢，传染就传染吧。

两人喘声交错，呼吸交缠，盛厘头昏脑涨地在他背上乱摸。余驰埋头在她颈窝里，慢慢停了下来，在她发间吻了吻，往旁边侧开，低头看她意乱情迷的脸。

盛厘眼睛湿漉漉的，脸也很红，她眨了眨眼，“不继续了？”

余驰从枕头边拿过手机，看了一眼，已经过了十二点了。

他把手机放到床头柜上，又把灯关掉，只留了一盏暖光的壁

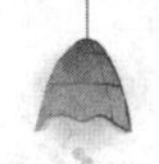

灯，他捋捋她脸颊旁凌乱的发丝，在昏暗的光晕中注视她的眼睛，脸上已经恢复冷静，“姐姐想继续的话，先把病养好再说，我不想欺负病人。”

盛厘抱着他劲瘦的腰，仰头看着他说：“以前你不是挺急切的吗？怎么现在转性了，不是真的性冷淡了吧？”

“以前年纪小。”余驰冷哼了声，他侧身抱住她，烦躁地盖住她的眼睛，“闭上眼睛，睡觉。”

盛厘故意眨眨眼，用睫毛刷他的掌心，笑嘻嘻道：“是吗？那幸亏我下手快。”

余驰嗤笑了声，没回答。

盛厘用睫毛刷了一会儿他的掌心，就老实闭上了眼，大概感冒药的安眠成分发挥作用了，她感觉很困倦，挣扎着含糊道：“你还没说呢，为什么送耳钉？”

余驰垂着眼，沉默了一会儿，低声说：“其实我当时不知道要送什么，我那会儿所有的钱只有四万块，本来想都拿出来给你买礼物的，但你能缺什么呢？你什么都有。松山市区也没什么大牌子，我逛了三个多小时，看中这一副耳钉。”

盛厘小声问：“那……为什么只送了一只？”

“高中的时候，我跟徐漾玩过一阵子乐队，认识一个街边乐队的主唱，他跟他女朋友就经常一人戴一只，听说他们十几岁就在一起了，感情很好，我高三的时候，他们结婚了。”余驰低头，看她老老实实地闭着眼，“从小到大对我好的人不多，我承认我缺爱，谁对我好还是不好，我其实很敏锐。你是我唯一喜欢的人，有时候我能感觉到你很喜欢我，有时候又觉得你在玩我，那时候容桦一直在剧组，你跟我私底下连见面都难，其实我有点感觉了，就是突然很没有安全感。只送一只是故意的，你就当我迷信吧。”

盛厘很想转身过去抱抱他，但又怕一转身，他又什么都不愿

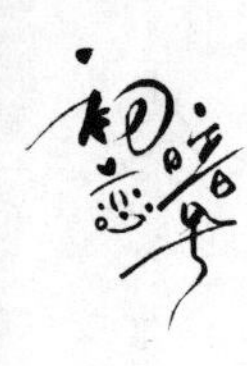

意说了。

于是，她继续闭着眼，“就是你在节目上唱的那个乐队的歌？”

余驰嗯了声，低头在她耳朵上咬了一口，冷冰冰道：“姐姐，你之前是不是一直没打开看过？”

“没有。”盛厘忙否认，心虚地眨了下眼睛。

余驰压根不信，冷笑了声，“睡觉。”

“那你什么时候走？”盛厘很困了，声音有些含糊。

“明天早上六点。”

盛厘转身抱住他，脑袋在他温热的胸膛上蹭了蹭，软声道：“那你给我录个起床音吧，我定的是七点的闹铃，这两天特别想赖床，圆圆叫我起床我都有点起不来，明天早上我听到你的声音，我肯定三秒爬起来。”她把手机密码告诉他，“顺便跟圆圆说一声，你六点就走了，免得她早上不好意思进来。”

“录什么？”余驰低声问。

“吱吱吱吱吱。”

行吧，她还是遗憾今晚没听到他吱吱叫。

第二天早上六点五十，圆圆站在十楼的电梯口，犹豫要不要去叫盛厘起床，又怕看到什么少儿不宜的场面。不过，应该……走了吧？昨晚十二点多，她收到厘厘的微信。

盛厘：早上照常过来。

语气不像厘厘，应该是姐夫发的。

圆圆踌躇片刻，还是拿出了房卡开门。

客厅里只开了一盏台灯，光线昏暗，跟往常一样，盛厘还没醒。她站在套间外，仔细看了看卫生间和客厅，没什么异常，跟往常一样。

于是，圆圆便轻松地走进去。

卧室的窗帘遮得严严实实的，光线更暗，她刚走到门口。

大床那边，突然响起一道低沉清冷的嗓音。

“姐姐，起床给我开下门。”

“姐姐，起床给我开下门。”

圆圆脑子一炸，当场惊得捂住眼睛，飞速跑出去，“呜呜，我什么都没看到，我什么都没看到。”

同时，床上的盛厘迷迷糊糊地往旁边摸索，却只摸到了冷冰冰的床单，哪里有余驰？她呆愣了几秒，脑子清醒过来，倏地坐起来，寻着声音看向床头柜，手机倒扣着，那个铃声还在重复“姐姐，起床给我开下门”。

她顿时哭笑不得，把手机拿过来，关掉铃声。

好了，她完全清醒了。

余驰这小浑蛋，竟然没录“吱吱吱”。

她拿着手机，走出卧室。

圆圆已经反应过来了，呆愣地转头。

她低头看向盛厘的手机，问：“这是……录音？”

“起床音。”

半晌，圆圆捂着胸口嘀咕：“你们真会玩……我很满意。”

盛厘发烧反复了两天，晚上又去了一趟医院，她躺在病床上一边输液，一边跟周思暖打电话。周思暖有时候也挺迷信的，知道盛厘去了墓地回来就反复发烧后，有些阴森森地说：“你说你们吧，在哪里复合不好，非要在人家的坟头接吻，这下好了，鬼都看不下去了，指不定是个女鬼，看上余驰了，所以忌妒你，让你病一场。”

盛厘的鸡皮疙瘩都起来了，忍不住搓搓手臂，皱眉说：“周皇后，你别跟我说鬼故事，很瘆人的好吗？”

周思暖说：“说不定是真的，你没看过鬼故事啊？要么就是你

现在体内阴气太重，需要采阳补阴，方能药到病除。”

盛厘翻了个白眼，“你扯半天就为了说这个？”

“哈哈哈哈。”周思暖笑了一阵，问她，“你们那场床戏是什么时候拍？”

“明天，拍完剧组就放假了，他拍完就得赶去机场。”盛厘想到明天的戏份，有点紧张，“我还挺有压力的，没拍过尺度这么大的。”

周思暖说：“你知足吧，余驰第一次拍床戏，要是跟别的女人拍，你怕是不只有压力，还得吃醋。”

盛厘无法想象余驰跟别的女人拍床戏的样子，其实他的戏路很广，要不是因为她，他也不会接这部文艺片。

这么一想，确实应该知足……

深夜十一点，余驰依旧过来陪盛厘。

巧的是，他又在门口遇上了圆圆，圆圆再一次贴心地给他留了门。余驰进门时，盛厘正在沙发上看剧本，琢磨明天的戏份，徐媛这个人物太让人揪心了，她的情绪沉浸在戏里，有些难受低落。

她听到脚步声，回头看到余驰，不禁皱眉，“圆圆怎么又给你留门？”

余驰目光落在她的剧本上，嘴角微勾，“正好碰上了，她也不好当着我的面关门吧。”

盛厘撇撇嘴，重新看了一眼剧本，转头问余驰：“你怎么不问我为什么接《徐媛》这个剧本？这个剧本跟我之前的戏路差异挺大的。而且，尺度也大……”

“你都已经接了，我还能说什么？让你毁约还是让你别演？”余驰面容冷淡地看着她。

“以后应该不会再接这种尺度的电影了，你第一次拍床戏，就是跟我拍的，想想我也不是很亏了。就是有点可惜，你的荧幕初

吻不是我。”盛厘说完还惋惜地叹了口气，看他脸色更冷了，不禁笑出声，手指勾住他的下巴，“弟弟，你之前跟陈瑜拍吻戏，失误了几次？”

余驰一直知道，她最会胡搅蛮缠和倒打一耙，他斜睨着她，“三次。”

还好，不算多。

盛厘满意地点点头，接着问：“没舌吻吧？”

余驰冷淡地问：“你没看过？”

“当然看过了，看了三遍。”

余驰懒得回答她，拿下她的剧本放桌上，把人打横抱起，走向卧室，“你该睡觉了，病号。”

盛厘抱着他的脖子，提醒道：“明天拍床戏之前，你要用漱口水，最好是薄荷味的，没有的话，我叫圆圆送过去给你。”

“嗯？”余驰垂眸。

盛厘说：“不然全是你的味道，我会出戏。”

余驰把人放到床上，低头看她，“好。”

《徐媛》这部戏已经拍了一个月了，因为余驰档期问题，他的戏份主要集中在前三个月，拍到四月中旬就可以杀青了。而盛厘还要拍十七岁时的徐媛，拍摄期大概是一个多月，六月份才能杀青，那时候余驰差不多毕业了。之后，余驰就要马不停蹄地赶去《玫瑰2》剧组了，今年下半年余驰大概要比她忙，两人能在一起度过的时间不多。

所以，每一天都是珍贵的。

盛厘勾住他的肩膀，霸道地说：“过年你只有一天休息时间，那天时间归我了，知道吗？”

余驰在她旁边躺下，低声反问：“不然呢？我还能去别的地方？”

他本来就没有家，如果没有盛厘，今年过年大概会被黄柏岩

叫去他家吃顿饭，或者自己在公寓待一天。

感冒药的安眠作用依旧强大，盛厘刚沾枕头脑袋就晕乎了，她抱着他的腰，迷迷糊糊地说："以后过年要是没有通告，我们都一起过，姐姐每年都陪你。"

第二天下午，陈渊跟盛厘讲过戏后，让两人试戏走位了几次，陈渊看向盛厘，"这场戏一开始还是徐媛主导，程南后面拿回主动权，徐媛要记住，这是你前半生里最投入的一次。"他又看向余驰，发现他皱着眉，以为他第一次拍床戏放不开，便道，"无关人员都出去了，也不会拍得太露骨，毕竟在国内上映，尺度还是有规定的，主要还是要拍得唯美一点。"

盛厘坐在床边沉淀情绪，抬头看了一眼倚在墙边的余驰。

余驰垂眼看她，眼底神色复杂，他看向陈渊，"导演，我可以先出去抽根烟吗？"

"可以，不是很着急，等你们的情绪调动好了，再开始。"陈渊说。

余驰很快出去了，他在窗口抽了两根烟，冷静了一会儿，拿了那瓶圆圆送过来的薄荷味漱口水，去洗手间漱完口，才回到棚里。他一进去，盛厘就抬头看向他，眼神里的情绪有些复杂。

一切准备就绪，无关人员也全部清场，这场戏终于开拍。

徐媛跟程南因为周烙的事争吵过后，冷战了一段时间，但程南觉得这是他单方面的冷战，徐媛看起来根本就不在乎他，她看起来就像没有心，也像故意刺激他，远离他。

这天下午，程南出任务回来，去找徐媛，他试图说服她："我知道你想报复周烙，但你为什么要搭上自己？你明明恨他，远离他不好吗？忘掉那些吧。"

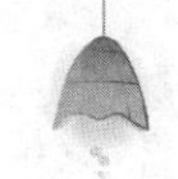

“怎么忘？”徐媛转头看他，笑容残酷，“你知道我试图逃走被打了多少回吗？你知道我有多脏吗？”

她三年前就获得自由了，可是她不敢回来，小时候在学校里被欺凌，镇上人的唾骂和暴力，是她永远不敢面对的回忆。直到她父亲得到平反，她才敢回来。

但是，那又如何，所有的伤害已成定局。

徐媛当年是高三，差不多就要高考了，她其实特别想上大学。

程南盯着她看了好久，低声说：“媛媛姐，你不脏。你在我心里，永远是那个干净漂亮的徐媛。这个世界上，只有人心是脏的。”

徐媛看着他身上的制服，看着他挺拔修长的身材，慢慢走过去。

她解开他的扣子，程南忍着没动，她一把将他推到床上，爬到他身上，居高临下地说：“既然你觉得我不脏，那你怎么不愿意跟我上床？程警官，你跟我上一次床吧，我从来没跟像你这样干净的人上过床，那些男人都丑陋恶心……”

这场戏，其实带了一点悲情情绪的，余驰翻身覆在盛厘身上，被子盖过他的腰窝，露出紧实流畅的腰线，他低头凶狠地吻着盛厘，被子下的动作也同样凶狠，他抚摸着她的脸颊和头发，摸到她额头上的汗。

盛厘呼吸不畅，脸颊通红，仰着细白的脖子。

这场戏只失误了一次，陈渊喊：“余驰，你的手挡住盛厘的镜头了，拿开一点，看不见脸。”

拍摄一结束，余驰就把被子拉起，把盛厘遮得严严实实，他自己下床，背对摄像机套上裤子，弓着背，坐在床边闭了闭眼，深吸了几口气。

然后套上衣服，等所有人和摄像机都撤走了，他才离开。

楼下的雪还没化，白茫茫的一片，枯枝上沉甸甸地积着雪，余驰已经换上了自己的衣服，一件简单的黑色长款羽绒服，拉链依旧敞开着，手插在裤兜里，站在车边。

小陈正在往后备厢里塞行李。

盛厘跟圆圆下楼，手里提着袋吃的，走过去。

余驰看见她过来了，转身拉开车门坐进去。

盛厘站在车前犹豫了一下，拉开车门坐进去，门掩着，她转头看他冷酷的侧脸，凑到他面前笑了声，“干吗这副表情？欲求不满啊？”

“姐姐。”余驰抬手罩住她的后脑勺，不让她动弹，低头盯着她的眼睛，眼神深不见底，像是透着极大的不满，又极度地忍耐，语气听着可怜，“以后真的不要再接这种尺度的戏了，想到你跟别人拍这种戏，我就想杀人。”

他知道自己占有欲很强，甚至有点病态，他就连听到徐漾喊她一声姐姐都不舒服。

盛厘愣了一下，冷风从门缝灌入，她回过神来，抱住他的脖子，凑上去亲亲他，“好，我尽量。”

余驰垂下眼，低声说：“为什么是尽量？”

盛厘又说：“好，我答应你。”

从她嘴里说出来的话，信一半就够了。

余驰盯着她看了几秒，把她推开，冷淡地说道：“你上去吧，我走了。”

盛厘站在楼下，看着车开远，转身回去。

圆圆走在旁边，小声问：“姐夫跟你拍床戏怎么脸这么臭？”

盛厘拢了拢大衣，低头无奈地笑了下，“大概是想到我还有一场这种戏，抑郁了吧。”

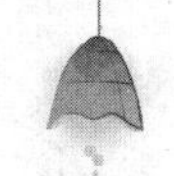

除夕夜，盛厘跟陆女士一起包饺子，她包得不太好看，却乐此不疲，陆女士问：“今年怎么想吃饺子了？你不是不喜欢吃饺子吗？”

盛厘是南方人，他们家过年确实没有吃饺子的习惯，但余驰喜欢，他喜欢吃面，也喜欢吃饺子。盛厘捏完一个饺子，笑眯眯地说：“你们后天早上不是要回去了吗？包点饺子给我冻冰箱里，我饿了可以煮。”

她是独生女，如果过年有工作不能回去，她父母就来海市陪她过年，不过他们比较传统，过年得走亲戚，一般待个两三天就要回去了。

“以前我说给你包，你都不要。”陆女士说。

盛厘嘀咕道：“我换口味了不行？”

陆女士哼了声，“行，你换什么口味都行，但你能不能赶紧找个男朋友？都二十七八了，你表妹比你小三岁，今年都要结婚了。”

又来了。

自打她过了二十五岁，每年都要被这么念叨。

盛厘左耳进右耳出，突然笑眯眯地问：“妈，你觉得跟我有过绯闻的，谁比较好？”

陆女士翻了个白眼，“得了吧，你那些绯闻没一个靠谱的，之前看到你跟那个余驰上热搜，说你们俩约会，把我给激动的，我还以为你真跟人家有什么呢，结果你们俩竟然去墓地？”

“你喜欢余驰啊？”盛厘有点意外。

“我们办公室的姑娘喜欢，经常听她们说起来，听着是挺不错的，主要是长得真不错。”陆女士斜她一眼，“不过，你们不是去找耳钉吗？又不是真的。”

盛厘慢条斯理地包着饺子，满口瞎话：“你要是觉得他不错，我可以去追他呀。”

陆女士皱眉道："他比你小五岁呢，不太合适。"

盛厘随口道："我就喜欢弟弟，不喜欢老男人。"

陆女士还想说什么，旁边的老盛冷不丁说："那个余驰不是在节目上说要追回自己的初恋吗？本来看着挺沉稳的一小孩，在节目上说这话，看着就浮躁，没诚意。"

盛厘眨眨眼，也不能这么说……

陆女士不赞同，"你怎么知道人家没诚意？我看那孩子很有诚意，又深情，还是个学霸呢。"

盛厘点头，"对对对。"

"你刚刚说什么？"陆女士突然反应过来，回头瞪向盛厘，"你说要追他？全国人民都知道他要追回初恋了，你瞎掺和什么？别回头人家说你当小三！"

盛厘有些无奈，我给自己当小三吗？

陆女士严肃地说道："听到没有啊？你可别乱来啊。"

盛厘本来想说自己就是余驰的那个初恋，但想了想，万一她爸妈心血来潮催她结婚怎么办？余驰才二十二岁，不可能早婚，她自己目前也没有结婚的想法。

于是，忍住了。

她咳了声，故意说："他说要追回初恋，又没追到，这不还是单身吗？我怎么就小三了？"

"就算是这样，那也不好听，你别乱来啊，我知道你跟他现在在一个剧组拍戏呢。"陆女士拍了她的手背一下，"听到没？"

盛厘说："疼！"

她搓搓手背，都红了。

当晚，在春晚的节目声中，盛厘被陆女士和老盛逼着承诺，绝对不会去做破坏别人感情的事。

第十二章　初恋我追回来了

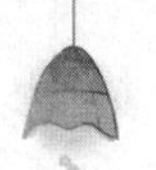

大年初二的早上，盛厘送走父母，回到空荡荡的家，有些不适应。

中午，她给余驰发微信道："你明天几点的飞机，我去接你？"

余驰大概在忙，他之前客串了一部他们公司投资的奇幻电影《擒妖》，戏份加起来就十多分钟，但他人气高，又是新晋最佳男演员，电影从一开始宣传就带着他的名字，连海报占位都很大。

他跟着剧组去外地参加两场路演，明天才能回来。

一直到晚上七点，余驰才有时间回复信息。

余小驰：晚上十点下飞机，不用来接我。

盛厘想了想，打了一行字。

盛厘：那我去你家等你？你家是密码锁吗？

余小驰：是。

盛厘：密码是我生日吗？

过了一会儿。

余小驰：是。

盛厘得意地笑笑，发了一条语音："具体地址交出来。"

那会儿余驰已经登机了，关闭飞行模式前，低头勾勾嘴角，给她发了自己之前那个公寓的地址，他还有行李没搬过来。

盛厘收到后，看对方一直显示正在输入。

两秒后。

余小驰：不用去我家，我去找你。

深夜十一点半，余驰站在盛厘家门前，他戴着一顶渔夫帽，手搭在行李箱的杆子上，蓝牙耳机里传来盛厘慢悠悠的声音：“我在门后面了，弟弟，吱一声，姐姐给你开门。”

余驰把口罩取下，塞进口袋里，嘴角抽了一下，无奈地低声：“吱。”

盛厘笑出声，很快把门打开，抬头看向门外的人。

两人四目相对，彼此的目光都有些热，眼底的情绪无声无息地浓烈缠绵。

余驰提着行李箱进来，刚关上门，盛厘就贴过去捧住他的脸，踮起脚尖仰头吻他，她闭上眼睛，舌尖在他唇缝上扫了一下，就钻了进去。余驰紧紧抱住她的腰，低头含住她的唇舌，吻得越来越深，也越来越有力道。

盛厘感觉自己快不能呼吸了，忍不住仰起头。

屋子里暖气十足，余驰身上还套着长款羽绒服，他感觉浑身燥热，一边吻盛厘一边脱掉外套，放在行李箱上。盛厘刚悄悄喘了一口气，就被他重新勾回怀里，低头咬住了唇。

“姐姐。”余驰细密地吻着她，低声问，“你是不是想我了？”

盛厘抬头看他，脸色微红，目光盈盈地问：“你不想我？”

两人看着对方，想念在彼此热切的目光里融化。

余驰直起身，在她被揉乱的后脑勺拨了拨，“我先去洗个澡，在外面一天了。”

盛厘问他：“你吃饭了吗？冰箱里有饺子。”

“吃过了，不饿。”余驰第一次来她家，站在玄关扫了一遍，装修风格很温馨，处处透着精致，和她这个人一样。

盛厘给他拿了双拖鞋。

余驰盯着那双男士拖鞋，没动。

盛厘说：“我爸的。”

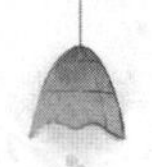

他点点头，换上拖鞋，推着行李箱走进去，回头看她，懒洋洋地问："我直接去主卧？"

盛厘心跳加快，挑眉问："不然呢？"

这套房子是盛厘二十一岁时买的，两百多平方米，主卧面积挺大，是她亲手布置的，处处充盈着精致和温馨的舒适感，灯光温暖柔和。盛厘心不在焉地陷在沙发里，浴室里的水声让她情绪浮躁。

门"咔嗒"一声开了，她突然就紧张起来，转头看过去。

余驰头发还是湿的，他上身赤裸，随意套了条运动裤就出来了，盛厘目光落在他身上，他比当年要有魅力得多，宽肩窄腰，肌肉线条利落流畅，满身都散发着荷尔蒙。她看着他朝她走来，手撑在沙发两边，把她整个人圈住。盛厘心跳如鼓，几乎要跳出胸口，她抬头看他。

余驰垂眸，紧紧盯着她，低声问："姐姐，要剧本吗？"

盛厘一时有些呆滞，玩这么刺激吗？

她忍不住咽了下喉咙，双手勾住他的脖子，有些不好意思地看着他的脸，轻声说："想要温柔一点的剧本，可以吗？"

盛厘想要把沙发旁边的落地灯关了，被余驰抓着手腕阻止了，他把她打横抱起，转身走向她的床。盛厘整个人被摔上去的时候，感觉心都要跳出来了，余驰欺身而上，漆黑深沉的眼睛盯着她看，看得盛厘脚趾蜷缩，刚想说话，他却突然低头吻她，有那么一丝急切和粗暴，像是压抑了许久，终于爆发了。

盛厘脸颊贴着他的侧颈，耳朵被亲得很痒，她感受他脖子上脉搏的跳动，忍着没躲开，他在她耳边哑声问："姐姐，你家里有别的男人来过吗？我是第一个来的吗？"

这个问题不太好回答，简直是送命题。

余驰抬头，眼睛盯着她，盛厘莫名情绪紧张，他神色暗沉，

动作毫不温柔，“路星宇来过？”

“没、没单独来，跟容桦一起来过几次。”盛厘声音变了调，怕了他了，说好的温柔呢？

“还有吗？”

“没有了，只有你。”盛厘抬头亲他，两人呼吸相缠，她声音含糊断续，“分手没多久，我还没敢回味，你就出名了，哪里都能看见你，听见有人议论你，感觉……没人比得上你。”

“没骗我？那你为什么说不吃回头草？没人比得上我，你还是不打算回来找我。”余驰盯着她，眼底似乎有光在燃烧，又觉得自己还是太好哄了，被她骗过几次，还是这么轻易地被取悦。

盛厘攀着他的肩，“我不敢后悔啊，谁知道你还喜不喜欢我呢，你要是不喜欢我了，这回头草，我怎么啃？”

“姐姐。”余驰埋头在她颈窝里，低低地说，“我故意的。”

“什么？”

他吻她的耳朵，哑声说：“我怕你忘记我，拼命努力工作，拼命刷存在感，想让你知道，你没看错，我就是你挖到的宝藏。我成名之后，一直在想，你什么时候来把你的宝藏捡回去。”

但是，你一直没来，我就去找你了。

两人平时都忙，都是难得有休息时间的人，余驰正常情况下是不睡懒觉的，今天难得抱着盛厘昏天暗地睡到上午十一点。

两人手机都关了，他摸过手机开机。

一看时间，已经十一点了，他低头看了眼旁边的人，盛厘完全没有要醒的趋势，昨晚折腾得太晚了。

手机一开机，微信消息就足足有九十多条未读信息，未接电话提醒有好几个。

他下床，捡起运动裤套上，又去行李箱里拿了件卫衣穿上，

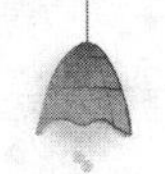

走出卧室给黄柏岩打电话，黄柏岩先问了句：“你跟盛厘在一起？”

“嗯。”余驰简言意赅。

黄柏岩没再多问，直接说：“我跟陈渊打了招呼，你晚一天回剧组，海市这里还有一场路演，你再去一次。之前因为你执意接《徐媛》这个事，公司损失挺大，我已经尽力交涉了，我保证这是最后一场了，就当是给哥一个面子。”

余驰皱了皱眉，最终只说：“行。”

他挂断电话，翻了翻其他未接电话，有两个是余曼岐的，他顿了顿，直接放下手机。

卧室里光线昏暗，窗帘拉得严严实实，盛厘醒来时，感觉不到朝阳，只觉得浑身酸痛，整个身体都要散架了。她挣扎着爬起来，按开床头的台灯，拿过手机开机，一看已经一点半了。

她坐在床上缓了缓，拿了套衣服穿上，走出房间。

客厅里也没开窗帘，灯光大亮，余驰正懒洋洋地靠在客厅的沙发上，手里拿着剧本在看，闻声抬头。盛厘走过去，直接在他腿上坐下，余驰搂住她的腰，低声问：“饿了吗？”

盛厘说：“你什么时候起来的？”

“十一点。”

“冰箱里有菜，还有饺子，我妈包的。”

余驰说：“你想吃什么？”

盛厘想了想，说：“想吃鸡蛋饼，你会做吗？”

余驰顿了顿，说：“会。”

只是，很久没做过了。

盛厘洗漱完毕，出来时，看到餐桌上放了一盘鸡蛋饼和一盘饺子。余驰调了两个味碟出来，放在桌上，两人面对面坐下，盛厘拿了块鸡蛋饼咬了一口，嚼了几下，咽下一口，抬头对余驰笑笑，“好吃。”

余驰盯着她看了一阵，冷淡地“哦”了声。

盛厘一阵迷茫，怎么了？昨晚还没让你尽兴吗？

吃完这顿饭，余驰把碗筷丢进洗碗机，盛厘大概是吃饱了，体力和脑力恢复了一半，走到厨房门口盯着他挺拔的背影，突然过去从身后抱住他，“以前你给我带的鸡蛋饼不是买的，是你做的吧？”

余驰顿了顿，点了清洗键，转身倚在橱柜上，低头看着她，“是。”

盛厘总算明白他刚才为什么那么冷淡了，她搂着他的腰，仰头说：“原来你以前就给我做过饭了啊，我还以为你是买的。”她笑了声，捧住他的脸，“驰哥，厉害。”

余驰冷淡道：“夸晚了。”

盛厘说：“那怎么办？”

“换个称呼试试。”

这小浑蛋又想让她叫老公了吧？

盛厘刚想说话，余驰的手机就响了。

两人走出厨房，看到桌上亮着屏幕的手机，上面闪着一个字母“M”，余驰看了两秒，拿起手机接通。盛厘正在想这个“M”是谁，就听到余驰平静地说：“妈，有事吗？”

原来“M”是妈的意思啊。

盛厘倚着餐桌，拉着余驰的手，看他打电话。

“不回去。”余驰语气很冷淡，“没有时间，是，一天都没有。”

余曼岐沉默了片刻，低声说：“你都三年多没回来了，妈想见见你，什么时候有时间回来一趟吧。不管怎么说，我们都是母子，你不想见你叔叔，就跟妈在外面吃顿饭也行，或者，我去看你……”

余驰说：“不用来看我。”

余曼岐又静默几秒，才说：“你弟弟今年高二了，他总归是你

亲弟，你以前成绩好，偶尔在微信上跟他聊几句，让他学习认真一点。”

“哦，我还以为你要让我带他进圈子呢。”余驰冷笑了声，不欲多说，“没事的话，我就挂了。”

他挂断电话，盛厘晃晃他的手，“你妈想让你弟弟当演员？”

余驰侧身，也倚在餐桌边，漫不经心道：“一开始是有过这种念头，给我打过几次电话，想让我帮忙，被我拒绝了。”

“你弟弟长得好看吗？”

“不难看吧。”

余驰打开微信，找到余曼岐的朋友圈，让盛厘自己翻。

余曼岐还挺爱发朋友圈的，一天至少一条，还经常带上余驰的剧照宣传，今天她发了两条朋友圈，一条余驰的《擒妖》剧照，英气挺拔，另外一条是一个皮肤微黑的少年，少年正趴在桌前做作业。

余驰这个同母异父的弟弟长得像他爸爸，没遗传到半点余曼岐的长相，真的就是不难看。两条朋友圈放在一起，对比有点惨烈。

盛厘退出朋友圈，把他手机放桌上，抬头问：“他们问你要钱？”

余驰没什么情绪地点了下头，自嘲地说：“我给过三十万，当买回当年的自尊吧。”他已经不太在意当年被卖了三十万的事了，毕竟已经过了这么多年，余曼岐不管怎么说也是他妈，以后的赡养费他也会给，只是他并不想见她。

桌上的手机突然振个不停，余驰拿起手机，点开微信看了眼。

微信又多了一个小群，群里只有胡一扬、余驰、徐漾。

群是胡一扬拉的。

胡一扬先是发了两张照片到群里，在群里疯狂找余驰。

照片是前年期末考试结束后照的，余驰抽空跟他们两个吃了一次饭，那天他右耳戴了那只星星耳钉，当时胡一扬还说他闷骚，只戴一只。

徐漾拉着他拍了两张照片，一张是他跟徐漾的，一张是三个人的。

今天上午，华娱官博放出盛厘年前录制的一个春节祝福视频，视频里盛厘又戴了那只耳钉。胡一扬看到这个视频后，突然哪根筋搭对了，立刻去翻徐漾前年的朋友圈，翻出照片一对比，越想越不对劲。

胡一扬：驰哥，你跟我说清楚，你跟盛厘什么关系？你的初恋是不是盛厘？

胡一扬：我之前就问了你好几次了，你都不说，我就说什么女人这么神秘！

胡一扬：这个照片，你戴的耳钉跟盛厘去墓地找的那个，是同款吧？

胡一扬：我认真想了想，越想越不对劲，你高中的时候哪有过什么初恋，高考毕业那两个月的事吧？当时你给她做助理，后面又进组拍戏做了演员，以你那种冷酷的性格，除了盛厘还能有谁能让你心动？我猜了好几个月，怎么都没想到会是盛厘！但是除了她肯定没别人了。

胡一扬看余驰没反应，又疯狂找徐漾。

胡一扬：徐漾，你出来说一下，我就不信你不知情。

徐漾：额，一胖，你冷静。

胡一扬：我冷静不了！你就跟我说是不是吧？

过了一会儿。

盛厘低头，看向余驰的手机屏幕，她忍不住笑出了声，“这个一胖还挺可爱的。”

余驰嗤笑了声，快速打字。

余驰：是。

群里瞬间安静了。

盛厘被余驰带到沙发上坐下，余驰回了几条信息，胡一扬都还没反应，盛厘嘀咕道："一胖同学不是手机掉厕所了吧？还是抑郁了？"

余驰想了想，轻笑，"可能在憋话准备骂我吧。"

"去年电影宣传路演，他去过现场，给我送过礼物，我挺惊讶的，没想到他喜欢我这么久。"盛厘对胡一扬的印象很深，毕竟他是余驰的同学，看得出来，余驰跟他的关系也不错。不过，她还是问了句，"他会说出去吗？"

"我早说了，他是你的忠实粉丝。"余驰把手机放下，懒洋洋地靠在沙发上，勾着她的肩把人拢到怀里，拿起之前的剧本，"他不会说出去的，不过不是为了我，是为了你，不然也不会单独又拉一个群了。"

盛厘不禁笑出声，这会儿余驰手机振了一下，他重新捞起手机点开微信。

胡一扬在群里发了两条语音。

每条都卡着时间，五十五秒。

余驰不太想点开这个语音，觉得没什么好话，盛厘靠在他怀里，食指一戳，点开了第一条语音。胡一胖同学中气十足地用一分钟骂余驰闷骚，骂他不够义气，不把他当好兄弟好朋友，害他自个瞎猜了好几个月他的初恋是谁，名单都列出来一串，却怎么都对不上号……

第二条自动播放，胡一扬语气更激动道："你到底靠什么追到盛厘的？我不是说你不配，我知道驰哥你长得帅，但你当时才十八岁啊！跟盛厘相比不说天差地别，但还是差得很多啊，我特

别好奇你是怎么追到她的。我现在就像失恋了一样，老婆还是被兄弟抢的……”

盛厘憋着笑看向余驰，果然，这位弟弟黑着脸打字。

余驰：谁是你老婆？

胡一扬：比喻，比喻你懂吗？就那种切心之痛！

余驰冷淡地按着语音键，“我不懂。”

徐漾：一胖，我劝你别乱说话，老婆是你能叫的吗？我叫声姐姐都被警告了，你小心被灭口，我们驰哥那醋劲是深藏不露，世界第一。

盛厘忍不住哈哈大笑，余驰面无表情地把手机锁屏，起身要走。

“不准走。”盛厘怎么可能放过他，急忙把他按回去，抬腿跨坐到他腿上，捧住他的脸，笑盈盈地问，“怎么警告的呀？跟姐姐说一下呗。”

余驰被推了回去，反而不急了，懒洋洋地靠在沙发上，自嘲道：“是，我不喜欢别的弟弟叫你姐姐，我听你叫别人弟弟我也不爽。”

盛厘一愣，挑眉问：“还有呢？”

余驰冷淡地睨她一眼，不回答了。

“我知道了，拍吻戏和床戏的事，不过这个咱们都是演员，姐姐相信你还是能理解的。”盛厘低头在他唇上用力亲了一口，“我这招惹了什么人间极品醋王啊。”

余驰抿了抿唇，烦躁地瞪她，“是啊，我没有你那么心大。”

余驰这会儿被她这么盯着，心突突突地跳，血液上涌，耳根竟然有点发热，眼睛一瞬不眨地盯着她不放，像是期待她说点什么。

盛厘把脑袋搁在他肩上，在他耳边低语：“姐姐真的很喜欢你，

就算是醋王，也是我一个人的。”

话音刚落，唇就被人重重咬住，余驰翻身把人压在沙发上，摸着她细腻软滑的腰，居高临下地盯着她，低声问：“姐姐，还来吗？”

盛厘她是真的没有这么好的身体素质，再陪这个精力旺盛的“小狼狗”折腾一回。

余驰的手机就被压在她腰下，消息不断，震得她腰发麻，她咬牙从腰下摸出手机递给他，建议道：“要不，你再跟一胖同学和徐漾聊聊？不然……”她手一伸，把他刚刚放在沙发角落的剧本抓回来，“我陪你看看剧本？这是新戏吗？”

“不确定要不要接，先看看。”

余驰轻笑一声，接过手机，懒洋洋地坐回去。

点开微信，胡一扬和徐漾还在聊天。

余驰顺手点了一条语音，胡一扬还不死心地追问余驰是怎么追到盛厘的。

余驰：靠脸。

盛厘盘腿坐在他旁边，看热闹不嫌事大，按了语音键说：“其实是我追的他。”

闹了一阵，余驰接了个电话，是小陈打来的，问他什么时候去旧公寓搬剩下的东西。卧室里的东西，余驰没让别人帮忙收拾，他对小陈说：“我等下就过去。”

他挂断电话，盛厘问：“你要出去？”

余驰看向盛厘，笑了一下，“有件事还没跟你说，我搬家了，你隔壁那栋，有些东西还在原来的公寓里，我现在出去一趟，把东西搬过来。”

“啊？”盛厘惊讶不小。

“我走了，等会儿回来。”余驰揉了揉她的头发，拿起手机和

外套，朝门口走。

盛厘跟在他后面，皱眉说：“你之前怎么没跟我说过，什么时候搬的？”

余驰在玄关换好鞋，戴上帽子，低头看她，“进组前找好的房子，之前忙没来得及搬。”

“为了追姐姐，真是费尽心机啊。”盛厘嘴角忍不住翘了起来，她不得不承认，余驰这么费尽心思追求她，让她感到惊喜和甜蜜的同时，虚荣心也得到了巨大的满足，哪个女人不希望被喜欢的人放在第一位？

余驰面无表情地戴上帽子、口罩，准备出门。

“你租了多久？”她拉住他。

这个小区属于高档公寓，位置和户型都很好，住户基本是富豪，租金可想而知，虽然他们两个都不缺钱，尤其是余驰现在身价水涨船高，但总归是一笔挺大的开销。

“一年。”

盛厘说：“要不我跟你一起去？”

“那边估计会有狗仔蹲我，你真的想跟我过去？”余驰垂眼睨她，昨晚他开的是新车，狗仔也不认识，而且这个小区狗仔一般进不来，之前的公寓就没限制。

盛厘想了想，还是算了，她踮起脚尖在他喉结上亲了一下，“我在家等你吧，圆圆大概五点到这里。”

下午五点，回了趟老家的圆圆开门进来，进门时跟做贼似的，小心翼翼地探头探脑。

盛厘捧着一杯水，从厨房出来，看她诡异的行径，扑哧笑了出来，“你姐夫不在，去搬家了。”

说着，手机振了一下。

余小驰：我到了，家里有点乱，我整理好了再过去。

圆圆先是愣了一下，然后推着行李箱进来，满脸笑意，“姐夫要搬过来跟你同居了吗？”

哎呀，她家这对的速度，简直像坐火箭一样。

刚复合没多久，就同居了。

就是同居有风险，应该瞒不了多久……

盛厘听了圆圆的话，同样愣住了。

她十四岁就进这个圈子，有时候一年都没几天休息，但偶尔休假，她还挺享受自己一个人在家的日子。同居？她之前没想过这个问题，毕竟两人刚复合，没有一下就往那方面想。

盛厘挑眉道：“不是同居，他搬到这个小区了，在隔壁那栋楼。”

她住的这栋没有出租的房子。

圆圆有点失望，“好吧。”

“圆圆，等你姐夫这部戏杀青，你就带带新助理吧，以后就让新助理跟着我，你去公司。”盛厘睨着她，“不准耍赖。”

圆圆委屈巴巴，“好吧。”

晚上，几个人在余驰那边暖居，黄柏岩也来了，弄了一锅热气腾腾的鸳鸯锅。黄柏岩让小陈拍几张照片，小陈很懂事地拍了一张餐桌上的火锅，丰盛的菜类，几副碗筷。

黄柏岩让小陈挑几张照片发给余驰，又看向余驰，“搬新家，发个微博吧。”黄柏岩怕狗仔拍到他进出这个小区会瞎写，但他要是住在这里，就很能理解了，毕竟这个小区住的演员很多，以余驰现在的身价，别说搬进这个小区了，直接买套房也完全没问题。

余驰把碗碟放到盛厘面前，瞥了眼黄柏岩，嗤笑道：“这能瞒多久？”

“没有说要特意瞒着，就当你搬新家，过年了，跟粉丝问个

好。”黄柏岩拉开椅子坐下，叹了口气，“哎，我这命苦的，好不容易培养出实力演员，你就给我自爆恋情。”

盛厘漫不经心地看了余驰一眼，笑道：“黄总，人是我介绍给你的，现在归还给我，不是正常的吗？你也没多大损失啊，余驰是演员，就算被拍也没事。”

余驰在她旁边坐下，偏头看他，冷不丁问：“这么说，姐姐不反对公开？”

盛厘就是下意识给余驰找台阶，才这么跟黄柏岩说的，她笑眯眯地说：“当然不反对，总有那么一天的，对吧？”

黄柏岩笑笑，“我知道，就感慨感慨。来来来，开吃了啊。”

余驰从小陈发来的照片里挑了两张，一张他整理行李的生活照，一张火锅照，发上微博，配文只有七个字。

余驰：新年好，今天搬家。

黄柏岩确实有先见之明，因为余驰回旧公寓搬行李确实被拍了，但因为余驰先发了微博，再报道余驰搬家的事就激不起什么水花了。

假期结束，剧组重新进入紧张的拍摄期。

几天后的一个下午，棚内清场，要拍摄盛厘跟景颐鸣的重头戏。

棚外，余驰身上穿着警察制服，是程南的扮相。他面容冷冰冰地倚在外面抽烟，地上已经堆了好几根烟头了，他咬着过滤嘴，腮帮子都咬紧了。

小陈胆战心惊地看着他的神色，觉得这场戏再不拍完，他哥就要提着刀进去砍人了。

棚里，这段戏份的拍摄已经快拍完了。

徐媛香肩半露，白皙修长的手臂拥着被子遮挡身体，懒洋洋

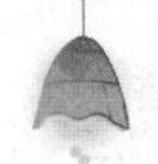

地靠在床头点了支烟，淡淡开口："别忘了给钱。"

周烙站在床边套上裤子，拉链还没拉，猛地回头看她，咬牙切齿道："你说什么？"

徐媛纤细白皙的手臂垂下，烟头轻轻烫在他的牛仔裤上，笑了声，"周烙，别忘了十二年前你把我卖给了什么人，我这些年是做什么的，你不知道？"她抬头看他，笑容很残忍，"我是妓女，跟我睡，是要给钱的。"

那烟头像是烫在了周烙的心尖上。

他眼睛猩红，感觉比死了还难受。

陈渊喊："过了。"

这场戏总算结束了，盛厘有点不敢出去面对余驰，她换好衣服，看向圆圆，"程警官呢？"

圆圆小声嘀咕："在外面抽烟。"

趁着没人注意，又小声补了句，"抽了好多。"

盛厘挠挠头发，想着今晚要怎么哄人。

这时，圆圆手机振了一下，她摸出来看了看，没想到竟然是余驰发来的。

姐夫：李圆圆，把你之前在坟地拍的视频和照片给我。

圆圆愣了一下，把手机递给盛厘看，不懂余驰怎么突然要看这个。圆圆不懂，盛厘隐约能猜到为什么，她无奈又心疼，对圆圆说："你发给他。"

那些视频和图片盛厘早就看过了，当时光照全靠手电筒，光线昏暗，背景又是阴森森的墓地，要不是她跟余驰颜值能打，要不是正好下雪让背景多了几分浪漫，那照片真挺瘆人的。

刚刚那场戏情绪太重，盛厘还没从徐媛的角色里出来，她想缓缓情绪，再去找余驰。她看圆圆把照片和视频发过去，想了想，又说："把以前的照片也发给他吧。"

于是，余驰手机一连振了几十下，圆圆给他发了几十张照片和几个视频。

他有些意外，没想到圆圆当年就偷拍了那么多他跟盛厘的照片，很多时候，摆拍的精修照片都不如抓拍的生动，尤其是盛厘。他一直觉得盛厘本人比精修照好看许多，她眼睛很有灵气，精修照有时候并不能把她身上的那股灵气韵味呈现出来，但圆圆抓拍的照片里，不管是他还是盛厘，都是最自然、最生动的状态。

余驰神色暗沉地靠在棚外的墙边，慢慢翻着照片，总算把心底那股憋闷难受的情绪压下一部分，起码能保证不影响等会儿的拍摄。

突然，有个女人高兴地喊了他一声，“哎，余驰弟弟。”

余驰转头看向台阶下方。

蒋晴跟她的助理站在那里，笑眯眯地看他。

“晴姐。”余驰把手机放下，收敛神色，笑了一下，“您来探班景老师？”

蒋晴性格有些大大咧咧，她高兴地踏上台阶，边走边说：“我就不能是来看你跟盛厘？非得是来看他吗？”

“那就谢谢晴姐了。”余驰客气道，虽然上次蒋晴跟他加过微信，但两人从来没在微信上聊过天，盛厘跟蒋晴的关系还可以，但也没那么亲近，所以蒋晴说她特意来看他跟盛厘，显然是开玩笑的。

蒋晴一到他身边，就看到一地的烟头，不禁问：“你抽这么多烟啊，跟陈导拍戏压力这么大吗？”

余驰不动声色道：“烟瘾大。”

“这也太大了。”蒋晴说，“少抽点儿，年纪轻轻的。”

“晴姐，你怎么来了？”

盛厘走到门口，看到蒋晴有些惊讶，随即回头喊了声，“景老

师，晴姐来看你了。”

“哎！”蒋晴嗔怪地瞪她，“谁说我来看他的，我就不能来看你吗？”

盛厘直言：“我没这么大魅力。”

景颐鸣很快走过来，看到蒋晴挑了下眉，笑道：“真的不是来看我的啊？”

蒋晴抿了抿唇，笑盈盈道：“这几天陪我妈来外婆家小住，待在家里无聊了，想着剧组离这里就三个多小时的车程，就开车过来探个班。怎么？你不欢迎啊？”

“怎么可能，求之不得。”景颐鸣过来抱了她一下，回头跟大家笑道，“难得蒋老师来探班，今晚我请大家吃夜宵。”

众人欢呼。

蒋晴已经跟景颐鸣进去和陈渊打招呼了，她以前也跟陈渊合作过，一时间棚外就剩下盛厘和余驰了。

盛厘漫不经心地走到余驰旁边，脚轻轻踩在他脚上，很有节奏地嗒嗒嗒三下，啧了声，“程警官，这么抽烟伤肺懂不懂？”

余驰低头看她，眼神暗沉隐忍，“哦。”

盛厘抬头看他的眼睛，感觉他现在像一只受伤的小狼狗，表面上冷静克制，实际上心里难受得要命，那眼神怎么看都觉得可怜。

盛厘心疼了，特别想抱抱他。

上次拍吻戏，还能跟她放狠话说要找她算账，这回连狠话都说不出口了，看来是真难受。

盛厘肩膀贴着余驰的手臂，手握住他的手，低声说：“今晚姐姐去找你，好不好？”

余驰手有点凉，大概是在外面吹风吹久了，他还是盯着她，半晌，才冷淡地勾勾嘴角，“好啊，记得对暗号。”

盛厘眨眨眼，完了，已经到了要登门哄人的地步，看来这次

很难哄了。

剧组拍摄到十点多才收工，夜宵是预订好送过来的，陈渊对蒋晴抱歉道："最近拍摄比较紧张，过些天就要换地方了，也没时间出去吃。"

蒋晴笑笑，"我就是来玩玩，过两天也要回海市了。"她目光在余驰和盛厘身上打转，这两人气氛有点不对，具体哪里不对，又形容不准确，她开了个玩笑，"你们俩上次半夜去墓地探险，遇到什么可怕的事没有？"

盛厘想了想，认真说："我回来就发烧了，病了几天，算吗？周思暖说这是鬼气入体。"

"哈哈哈哈。"蒋晴大笑，"她这么迷信的吗？"

蒋晴笑完，又看向余驰，余驰身上还是警察制服，敞着两条长腿，微弓着背，手里端着碗吃东西，他吃得很快，但看着气质很正，特别养眼。她好多年没看到气质和长相这么优越的弟弟了，关键人家还有实力，二十一岁就拿下最佳男主角奖项了。自从他自爆要追回初恋后，不只粉丝和网友好奇，她也很好奇是什么女人能把他给拿下了，忍不住问："哎，余驰弟弟，你追回初恋，会跟大家说吗？"

"会。"余驰抬头看她一眼，轻笑了声，"就算我不说，迟早也会曝光的，这个圈子能有几个秘密？"

蒋晴愣了下，笑道："也是。"

又问："你初恋是什么类型的？清纯可爱的？不想说就不说，我就是好奇问问。"

景颐鸣斜睨她一眼，无可奈何地对余驰说："她这个人就是喜欢八卦，别理她。"

余驰把碗放下，抽了张纸巾，低头笑了下，"这个没什么不可

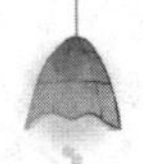

以说的，她性格坦荡肆意，比我大一点。”

蒋晴惊讶了几秒，很快就理解了。

也是，余驰这个性格，不是一般小女生能拿得下的，确实要个有手段的姐姐才能追到手，她目光倏地落在旁边的盛厘身上。

深夜十二点，盛厘小心翼翼地出门，关门右转，朝余驰的房间走过去。

一路上还能听到各个房间传出的轻微动静，之前都是余驰来找她，这还是她第一次去余驰房间，她脚步加快，手机贴在耳边，还没走到门口，就小声说：“余小驰给我开门。”

余驰走到门后，冷淡道：“你还没到门口吧。”

“到了。”盛厘站在门前，左右张望了一下，生怕有人突然开门出来，她没办法解释自己为什么半夜在走廊游荡，她低下头，急切道，“吱吱吱吱吱。”

等了三秒，没动静。

她深吸了口气，笑眯眯地轻语：“驰哥，给我开个门。”

余驰这才开了门，盛厘迅速钻进去，扑到他身上，他大概刚洗完澡，身上混合着沐浴露的味道，很好闻。盛厘勾住他的脖子，眯着眼抬起头，“弟弟，你是故意的吧？”

余驰垂眸睨她，“姐姐很怕被人看到？”

“也不是，毕竟还在拍摄期，被大家看到影响不太好，万一有人说我们公费恋爱也不好听，对吧。”

过年那会儿，盛厘就感觉到余驰想公开了，她在他唇上安抚地亲了亲，又忍不住笑问：“别的演员谈恋爱恨不得藏着掖着，你怎么尽想着公开啊？”

那是别人。

余驰似笑非笑地看着她，“可能是怕你又要甩我，公开我比较

放心。”

“就这么不相信我啊？”盛厘恼怒地在他唇上咬，捧着他的脸细密地吻他，“等我杀青吧，拍完这部戏，随便你用什么方式公开，好不好？”

余驰抱着她抵在门背上，突然失控了似的低头重重吻住她，盛厘有点受不了他这种激烈的吻法，仰起脖子试图喘口气，他却捏着她的下巴抬高，吻得更深入。

盛厘有些腿软，加上生理期的不适，她伸手推了推余驰，“余小驰，下次好不好。”余驰见盛厘确实难受的样子便放过了她。

盛厘去卫生间，拆开一包一次性牙刷，刷牙刷到一半，余驰跟了过来，肩膀倚在门框上，眼睛看着镜子里的她。两人目光在镜子里相遇，她眨了眨眼，低下头抿一口水，咕噜咕噜，吐掉。

余驰又冲了个澡，十分钟后，两人躺在床上，盛厘抱着他的腰，脑袋贴在他肩上，问他：“还难受吗？”

她指的是下午那场戏。

余驰把被子盖到腰上，支着一条腿，手指拨了拨她的头发，低头看她，“还有一点，不能细想。”

“那就别想了，闭上眼睛，睡觉。”盛厘捂住他的眼睛，命令道。

余驰闭上眼，却不太想睡。

盛厘却是困极了，她闭上眼，嗓音含糊：“明天早上六点叫我起来。”

夜里安静得过分，只闻她熟睡后绵长的呼吸声，余驰低头瞧了她一阵，抬手把壁灯关掉，屋子陷入黑暗，静谧而温柔。

早上六点半，盛厘的脑子还很混沌，她准备回房间再睡半个小时，余驰穿着一身运动服，要去楼下的健身房跑步，他搂着她的腰走到门口。

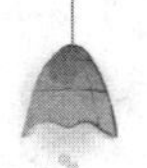

走廊上安安静静的，听不到一点声音。

余驰拉开门走出去，盛厘把脸埋在他肩上打了个哈欠，跟着迈出房间。

房门关上，两人刚要走，对面的门“咔嗒”一声，突然开了。

蒋晴跟景颐鸣站在门后，一抬头，四人同时呆滞在原地。简直就是大型“社死”现场。

两个秘密同时曝光。

盛厘当场就清醒了，慌张又尴尬，但也只慌张了两秒，更多的是尴尬。

蒋晴回过神来，目光在她跟余驰身上来回转，眯着眼笑道：“我就说感觉你们两个气氛怪怪的，余驰在节目上说了那些话，接着又跟你同一个剧组，还真是追初恋……”

盛厘有些不好意思地笑了下，挑眉道：“彼此彼此。”

蒋晴指指余驰，抿嘴笑，“还是你厉害，三年前就拿下来了。”她顿了一下，又笑着补充，“挺好的，很般配。”

余驰嘴角无声地勾了勾，看景颐鸣是一身运动服，“景老师要去跑步？”

这里不是什么说话的好地方，景颐鸣把门关上，笑了笑，“昨晚吃夜宵了，怕长胖影响角色形象，去跑一会儿，消耗一下。”

于是，这个尴尬的早上，盛厘跟蒋晴各自回房间补眠，余驰跟景颐鸣一起去健身房跑步。

早上化妆时，盛厘忍不住好奇，给余驰发微信，问他：“今天早上，你跟景老师有说什么吗？”

余小驰：他恭喜我追回初恋。

盛厘心道，姜还是老的辣，景颐鸣太镇定了。

下一秒。

余小驰：礼尚往来，我祝他跟晴姐百年好合。

盛厘不禁感叹，你们厉害，一个比一个镇定。

中午吃完饭，盛厘被蒋晴拉到化妆间聊天，两人心照不宣地看着对方，同时笑了笑，蒋晴说：“你放心，我跟景颐鸣不会说出去的。”

盛厘相信他们不会说出去，蒋晴性格大大咧咧，虽然喜欢八卦几句，但嘴巴很严，在圈内人缘一直很好，她挑眉笑，“礼尚往来，我们也不会说的。”

“哎。”蒋晴用肩膀碰碰她，挤眉弄眼道，“跟姐姐说说呗，你是怎么拿下余驰的？他给人的感觉挺难追的。”

盛厘半开玩笑半认真道：“他当时年纪小，好骗。”

“你把人家追到手，又把人甩了。”蒋晴嗔她一眼，又忍不住笑着问，“能问下你们当初为什么分手吗？我看余驰也是真深情，这个年纪谁敢自爆恋情？他竟然敢上你的节目，还当着你的面自爆说要追回初恋，不得不说，胆子是真的大。”

盛厘坦然道：“也没什么不能说的，当时我们被拍了，他刚出道，对他影响不好，我就提了分手。”

说到这里，蒋晴就明白了，她羡慕道：“圈子里像他这样的男人太少了，估计都抓不出第二个，好好把握，你们现在这样，就算再被拍也不用怕了。”

“估计也瞒不了多久，之前他自爆的行为太招摇了，等我杀青，我们应该会公开吧。”盛厘倒是有点好奇，蒋晴跟景颐鸣都在这个圈里这么多年了，各自公开的恋爱都有两段，应该不怕被拍和公开，“你跟景老师……”

蒋晴撩了撩头发，笑容明艳洒脱道：“我们跟你们不一样，他今年三十五岁了，我三十四岁，两人加起来都快七十岁了。我们两人当年没成，但也做了这么多年好友了，转变关系也是下了决心的，我们是奔着结婚去相处的，要是合适，就直接结婚，不合

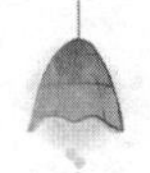

适，就默默回归原来的位置，这种关系不公开最好。”

盛厘真诚道：“结婚记得给我们发喜帖哦。”

“行啊，你们也是。”蒋晴哈哈笑道。

蒋晴在剧组待了两天就走了，紧张的拍摄进行到三月底，剧组更换了拍摄取景地。

到达取景城市当天，周思暖也进组了。

周思暖是晚上六点多到的，当时剧组布景还没弄好，拍摄得明天才能进行，所以，晚上剧组组织了聚餐。

包厢里，盛厘左边坐着余驰，右边坐着周思暖。

这还是周思暖第一次这么近距离接触余驰，她挨着盛厘，笑眯眯地看向余驰，“余老师，总算是见到了。”

余驰知道这是盛厘最好的朋友，他客气道：“你是前辈，叫我名字就行。”

“不用谦虚，《玫瑰》和《恶念》这两部电影都特别好看，我都刷了三次，你演技这么好，又拿了最佳男主角，我叫一声余老师是应该的。”周思暖说的都是实话，她确实很佩服余驰，“说起来我们还挺有缘，你知道为什么吗？”

余驰说：“为什么？”

周思暖往那边凑了凑，盛厘被她挤得都要半挨在余驰怀里了，她面无表情地往后靠，给周思暖让了点位置，已经猜到她想说什么了。果然，周思暖调侃道：“她十八岁的时候过敏住院你知道吧？当时闹得挺大的，原因在我，我不知道她芒果过敏，给她喂了一口带芒果的蛋糕。”

“知道。”余驰勾了勾嘴角。

盛厘挑眉，意味深长地看他，“就说你很早就关注我了。”

周思暖压低声音：“所以说我们有缘，得给她下过毒，才能做她身边最亲近的人。”

这话似乎也没错，如果当初余驰没有买芒果，而是买了菠萝，他跟盛厘大概这辈子都不会交集在一起，他斜睨了一眼盛厘，懒洋洋地笑道："你说得对，确实很有缘。"

盛厘瞪了他一眼，把周思暖推开。

刘渊笑着喊了声，"你们三个开小会呢？嘀嘀咕咕什么呢？说来给大家听听。"

周思暖一本正经道："交流交流演技，我可是余老师的粉丝。"

众人哈哈大笑，余驰嘴角带笑，趁着包厢声音嘈杂，偏头在盛厘耳边低声说："姐姐，今晚想不想出去玩？"

盛厘转头看他，对这个提议很是心动，小声问："去哪儿？"

"看电影？"余驰在她耳边低语。

他们两个因为身份问题，甚至没有像普通情侣那样好好约过一次会，一是没时间，二是没机会。当然，两人实际上在一起的时间也比较短，当年在一起的那两个月，时间基本耗在剧组里，这次复合了，也基本是在剧组。

盛厘眼睛微亮，挑眉道："好啊。"

聚餐结束，已经是晚上九点了。

回到酒店，盛厘换了一身不常穿的衣服，粉丝认不出来的那种，圆圆在旁边担忧道："真的不带我跟小陈一起吗？万一你们被人认出来，被围观了怎么办？怎么冲出人群呢？"

盛厘奇怪地看她，"有你姐夫在，还护不住我吗？"

圆圆心说我就想跟去看你们两个约会不行吗？

当然是不行。

难得今晚剧组不拍摄，也不开会，盛厘跟余驰打定主意要出去过二人世界，怎么可能带两个电灯泡。

因为不知道有没有狗仔盯着余驰，小陈把车开到酒店门口停

了十几分钟，而余驰则跟盛厘在地下车库上了一辆路虎，盛厘系上安全带，转头问："你跟景老师借的车？他有说什么吗？"

余驰把车开了出去，漫不经心地笑笑，"祝我们玩得开心。"

盛厘高兴地笑起来，情绪十分放松，她开了一点窗，透了点风进来。

余驰看了她一眼，"不冷吗？"

"不冷。"盛厘舒服地叹了口气，"徐媛这个角色太压抑了，我从来没拍过这么让人难受的角色，有几场戏拍完后，很久才能走出那个情绪。"

余驰开车的姿势很放松，右手控制方向盘，抽空看了她一眼，表情冷淡，"那么多剧本，你还不是挑了这个？"

盛厘就知道他又吃醋了，忍不住侧身，伸手去摸他的下巴，笑盈盈道："都快拍完了，后面的亲密戏都是跟你拍的了，别吃醋啦。我是想说，要不是你在这个剧组，帮我调节情绪状态，拍完这部戏，我大概要难受很久。我是喜欢徐媛三十岁时身上那种清醒洒脱的性格，也喜欢她骨子里纯良自卑的本性，要是不接的话，以后可能遇不上这种类型的角色了。"

"姐姐，在你二十七年多的人生里，我参与的部分只有几个月，你的职业选择我或许不应该干涉太多。"余驰踩下刹车，等红灯，他转头看她，自嘲地笑了下，语气冷淡，"反正我这么好哄，你回来哄哄我这事就过了，我还能把你怎么样？"

盛厘听着这话，真是委屈又浑蛋。

盛厘看着他，眨眨眼，"那我以后的人生让你参与，好不好？"

这话就跟当年的"只有你甩我的份"异曲同工，余驰拿下她的手，把车开出去，淡淡地说："暂时相信你。"

"怎么又是暂时？"

"我乐意。"

这个点商场已经关门了，余驰把车停在停车场，盛厘低头在手机上挑影片，有点发愁，最近也不是黄金期，没什么好电影上映，她挑了一部评价稍好的片子，递到余驰面前，试探问："这个怎么样？评价还行。"

余驰瞥了眼主演栏上的路星宇，冷淡道："换一部。"

盛厘利落地选了一部看起来就比较无聊的爱情片，毕竟也没得选了。

电影是晚上十点二十五开场，两人戴着口罩、帽子从安全通道上了四楼，盛厘穿着一件宽大的黑色连帽卫衣，搭配牛仔裤，她把帽子也扣到了头上，戴着口罩，只露出一双灵气漂亮的眼睛。

今天不是周末，时间又晚，电影等候厅里的人不多。

两人虽然遮挡严实，但身材和气质却遮不住，依旧吸引了不少目光，光看背影也能感觉是一对颜值很高的情侣。

余驰勾着盛厘的肩，低头问："要喝什么？我去买。"

"水就行，再买一份爆米花吧。"

电影院的爆米花特别甜腻，她并不爱吃，吃多了也怕发胖，就是为了营造气氛。

余驰戴着顶渔夫帽，压低帽檐走过去，跟售卖员说："两瓶矿泉水，一份爆米花。"

售卖员是个男的，盯着他看了几秒，才去拿水和爆米花，递过来时笑道："兄弟，你长得有点像一个演员啊，像余驰，眼睛挺像，我女朋友特别喜欢他。"

如果他知道眼前这个人就是余驰，估计会恨自己眼瞎。

余驰没什么表情地付款，点了下头，拿过东西走了。

等候厅墙边放着几台娃娃机，盛厘正站在一台娃娃机前抓娃娃。

等余驰走到她身后，她已经抓空五次了，她回头看他一眼，撇嘴道："刚刚我看人家都抓起来了，我怎么就抓不到呢？"

余驰想说这种机器大多是调了概率的，能不能抓到，多数时候看运气，他提醒道：“还有五分钟开场。”

“你帮我抓，我买了十次的。”盛厘接过他手上的水和爆米花，让开位置，“别浪费，快点。”

余驰瞥了眼娃娃机里丑不拉几的一堆娃娃，懒洋洋地撑在机器上，右手操控摇杆，目光专注地盯着那堆娃娃，低声问：“想要哪个？”

“还能选吗？不是应该挑最好夹的？”盛厘摸出手机，点开照相机。

“试试。”

“那夹那只小熊吧，可爱一点。”

盛厘手机镜头对着余驰，拍了几张照片。

“哐当”一声，最后一次机会，那只小熊掉进筐里了。

盛厘不禁兴奋道：“哇，余小驰你好厉害！”

身后走过两个女孩，脚步顿了一下，看向他们的背影，正好检票员喊了声，她们便急匆匆地跑过去。余驰弯腰，从下面掏出那只小熊，接过盛厘怀里的爆米花和水，把小熊塞进她怀里，“走了。”

两人检票入场，放映厅灯已经暗下，大屏幕上广告已经播放完毕，整个放映厅只有十来个人。余驰牵着盛厘走到后排，两人坐下后，前几排的两个姑娘又回头看了好几眼，两个脑袋凑在一起讨论着什么。

电影剧情很无聊，盛厘一心三用——吃爆米花，跟余驰聊天，回复圆圆的消息。

圆圆：你们没遇上粉丝吧？没被认出来吧？

盛厘：没有，放心。

圆圆：那拍几张合照给我看看可以吗？

凌晨十二点半，电影放映结束，灯光重新亮起。

等别人都离场后，盛厘拉着余驰拍了几张合影，发给圆圆，满足了她的愿望。

两人不紧不慢地走出放映厅，一路上都碰不上几个人，电梯门口站着几个人，两个女孩转头看过来，盛厘戴着口罩和鸭舌帽把头低下来，半个身子都躲在余驰身后，自然也看不见脸。

两人走到安全通道口，正要下台阶，突然被人喊住了。

“驰崽！”

竟然在这个关头被人认出来了？

盛厘第一反应就是把脸埋进余驰怀里，余驰无声地笑了笑，抬手罩着她的后脑勺。

那两个女孩已经跑到他们身边，女孩子个子矮，一抬头就看见余驰帽檐下的眼睛，顿时激动得晃起同伴的手，语无伦次地说：“我、我就说是余驰，你还不信！”

“也不能怪我，我不知道他会来我们城市啊……”

两个女孩看着就二十出头，兴奋了好几秒，接着，目光落在余驰怀里的女孩身上，神色复杂得快要扭曲了，羡慕又心酸地呜咽道：“呜呜呜，驰崽，这是你初恋吗？”

余驰把帽子往上抬了一下，神色镇定地点头，“是。”

女孩们盯着盛厘的后脑勺猛瞧，像是要透过她后脑勺看清她的脸，想要知道她长得够不够好看，能不能配得上她们的男神。要知道，很多女粉都是花了好几个月，才接受余驰要追回初恋的事。

也不知道她们运气是好是坏，竟然碰上了余驰抱着初恋的扎心画面……

“驰崽女朋友是圈外人吗？可以看一下她吗？”女孩看到盛厘

的背影，觉得应该比她们年纪小，她举手保证道，“我们绝对不会说出去的。”

盛厘在余驰腰上掐了一下，提醒他想想办法。

“抱歉，她有点害羞。”余驰从容不迫地拉起她卫衣上的帽子扣住她的脑袋，低声道，“乖，你先下去，在下一层等我。”

害羞你个头啊，她忙侧身，拉下帽檐，低头快速往下走。

余驰手插在兜里，看向神色复杂、不知所措的两个粉丝，轻笑道：“要合影和签名吗？”

女孩们立即回过神来，“要要要！”

“驰崽，我没有带本子，签名可以多签几个吗？包上面，还有手机壳后面，衣服上可以再签一个吗？”

“可以。”

“驰崽，你是来这边拍电影的吗？都没听说。”

“是，比计划提前了两天过来。”

“那、那个女孩，真的是你初恋吗？”

“不然还能是谁？”余驰声音带笑，反问。

“呜呜呜呜，你放心，我们肯定不会乱说的，虽然不知道她是什么样的人，但你这么好，你喜欢的人一定也很好。”

“谢谢，她是很好。”

“呜呜，我怎么这么想哭呢？那……你会公开吗？”

“会的。”

盛厘站在三楼的台阶上，听着余驰跟那两个粉丝说话的语气，能感觉到他很高兴，也很耐心。其实余驰这个人情绪一直不太外露，给人的感觉很酷，话也比较少，但他并没有情感缺失，相反他情绪很丰富，内心极度敏感，感官也极度敏锐，否则演技也不会这么好。

只不过，能让他放在心上的人不多。

喜欢的人就她一个。

亲近的好朋友就那么两三个，徐漾和胡一扬，恩师何元任以及经纪人黄柏岩。

还有就是粉丝了，他拿出好的作品，就是给粉丝最好的回馈和底气。

喜欢他的人，从来不会受到伤害，也从来不会失望。

这种性格的人，喜欢上一个人不容易，被他抓在手里、放在心底，就别想逃出去了。当然，盛厘不会想逃，她只是突然庆幸自己当初死皮赖脸也要把人勾搭到手的决定。

换成现在，那些手段不一定对余驰有用。

盛厘正胡思乱想，余驰已经下楼走到她面前，她抬头看向他，“她们走了？”

余驰点了下头，垂眼睨着她，嗤笑了声，“姐姐，你跑这么快，很怕被别人看到？”

寂静的楼道里，一点点声音都清晰入耳。

楼下的脚步声和说话声越来越清晰，一男一女，听着像是情侣。

两人同时往下方看了一眼，眼看着人就要上三楼了，余驰突然搂着她的腰把人抵到墙角，盛厘被卡在墙角里，蒙了一下，他已经低头吻住了她。盛厘没想到他会这么大胆，抬手勾住他脖子。

那对情侣已经走到台阶下方，一抬头就看见了这幅画面，男人微弓着背把女人抵在墙角缠绵热吻，女人纤细葱白的手指涂着红色指甲油，揪着男人的后领，大概是男人背影太好看，女人勾缠的手指过于艳丽，那画面竟有种说不出的香艳带感，堪比电影画面。

甚至，比电影画面更让人移不开眼。

“咳，别看了，快走。”男人尴尬地咳了声，拽着自己女朋友飞快地上楼。

女人经过时，还忍不住回头看了一眼余驰的背影，踏上四楼时，忍不住小声嘀咕："那男的好帅。"

男人嗤笑道："一个背影就能看出帅了？"

女人说："就是能看出来。"

"那我还说那女的漂亮呢，手好看，腿直。"

两人的声音渐行渐远，直到听不见。

余驰终于松开盛厘，盛厘微喘着气，手摸着他的后颈，指尖勾住那条黑色的手编绳，顺着他温热的皮肤一路滑到男人清晰的锁骨上，把吊坠从他领子里拽了出来。

她摸着那条金色的小鱼。

虽然她早就猜到他脖子上戴的是这个，但亲眼看到，还是很触动。

盛厘抬头问："怎么换了根绳，之前的坏了吗？还是你故意的，怕被我看出来？"

"不是。"

"那……"

余驰不冷不热地说："跟你分手那天晚上，我拽断了，所以换了一根。"

盛厘愣了一下，摸摸他的脖子，问："你扔掉了？"

楼道里寂静无声，余驰手插进兜里，别过眼看一旁，没吭声。

"又捡回来了？"

余驰抿了抿唇，面无表情地转回头看她，反问："不然呢？"

她摸摸他的后颈，低声问："很疼吧？"

当年余驰生生拽断绳子，后颈留下一道破了皮的红色伤痕，他皮肤白，看着特别明显，但那点疼跟心里的疼相比，根本不算什么。

余驰低声说："还好。"

那就是疼了。

盛厘垂眸，长而翘的睫毛在眼底落下一片温柔的阴影，她轻轻亲了亲那条小鱼，拉开他的领口把吊坠放进去，抬头温柔地看着他，“余小驰，以后姐姐再也不让你疼了。”

第二天早上，盛厘跟周思暖一起吃早餐，她叮嘱坐在旁边的圆圆：“昨晚我们出电影院被你姐夫的粉丝认出来了，不过没看到我，你今天多上上网，看看有没有人曝光什么。”

圆圆小声问：“那用不用跟容姐说一下？万一曝光了，她可以及时公关。”

“不用，容姐也管不着我跟余驰的事了，曝光是迟早的事，还能怎么公关？否认吗？肯定不行，到时候不是打脸吗。”盛厘漫不经心地笑笑，“等我杀青，找个时间公开吧。”

周思暖挑眉道：“以余驰现在的身价，又自爆要追回初恋在先，你们要是公开了，微博不瘫痪一下都不尊重你们的恋情。还有，你出道这么多年，虽然从小跟路星宇绑定，但从来没承认过恋情，真真假假大家并不清楚，公开以后大家发现余驰的初恋对象是你，肯定会惊掉下巴。”

“你真是的，就不能盼着大家祝福我们吗？”盛厘白了她一眼。

周思暖说：“我先祝你们百年好合，行了吧？”

结果证明，盛厘的担忧是多余的，余驰的那两个粉丝并没有发什么奇奇怪怪的东西，她们信守诺言，守住了这个秘密。

《徐媛》的拍摄已经到了尾声，徐媛用最残酷的语言，成功让周烙对她的愧疚达到了巅峰，周烙开始疯了似的去调查徐媛这些年的遭遇，哪怕他已经找了很多年。大概是上天怜悯，或者说是上天终于要给他一个惩罚了，在他寻找了半年多后，一次偶然的

深夜，让他发现了一起拐卖女孩的现场。

周烙救下了那个女孩，不要命地拦住要逃跑的人贩头目，结果中了两枪，差点丧命。

徐永良死后十几年得到了平反，他不再是一个强奸杀人犯，可他永远也不会知道了。

徐媛受了十二年的苦难和等待，终于得到了她想要的公正。

可是，那些刻在心灵上的伤害，是一辈子也没办法消除磨灭的。

这就是人性的温柔与残忍。

徐媛带着程南留下的戒指盒去了一趟刑警队，她把戒指交给了那个卧底女警，“帮我交给程南，再转告他，我们不是一个世界的人。”

他永远向着阳光。

而她已经在黑暗里走了太久，早就迷了路。

程南是在一座寺庙里找到徐媛的，当时徐媛穿着一身艳丽的民族服饰，化着淡淡的妆，她神色平和认真，目光纯净，像是在祈祷着什么。

程南远远地看了她许久，走到她身后，拉住了她的手。

徐媛看清来人，愣了一下，惊慌失措地问：“你怎么找到我的？”

程南没有回答这个问题，他低头看着她，轻声说：“以后你跑一次，我就找一次。反正，我有的是时间和耐心，总会把你找回来的。”

阳光洒在他们身上，徐媛的眼睛湿漉漉的，她仰起头，望向刺目的红日，眼泪顺着眼角流了下来。

这个男人，强势地把阳光带进了徐媛的世界。

她祈祷，愿这个世界和人们，永远向着阳光。

“过！”陈渊大声喊，笑得很开怀，“恭喜余驰杀青！”

很快，众人跟着喊：“恭喜杀青！”

整个片场热闹喧哗。

盛厘眼泪止不住，还没从徐媛的情绪里出来。余驰抬手抹掉她眼角的泪，她愣了一下，吸了吸鼻子，才扬起嘴角，过去抱了他一下，“恭喜杀青，谢谢你参与这部戏。”

余驰嘴角勾了勾，低声说：“不用谢，你值得。”

盛厘被他难得的情话逗乐了，露齿一笑，总算是出戏了。

两人朝人群走过去，周思暖笑嘻嘻道：“余老师好有排面，我杀青的时候可没这么热闹。”

周思暖扮演的是那个女警卧底，昨天就已经杀青了，特意留下来看这场戏的。

盛厘笑道：“你们都杀青了，我还得接着拍一个多月。”

陈渊过来问：“余驰是今晚走吗？这么急啊？”

“嗯，得回学校了，忙毕业的事。”余驰确实没时间停留了，行李都已经放在车上了，等会儿就得赶去机场。

陈渊真诚道：“合作愉快，你是我见过最有实力的年轻演员，希望以后还有机会合作。”

余驰点头，“谢谢陈导，会有机会的。”

余驰换好衣服，跟大家道别后，四处都找不到盛厘。

他给她打了个电话。

“马上就来了，你等我一下！”她的声音听起来有点喘。

余驰问：“你去哪儿了？”

盛厘笑，“等会儿你就知道了。”

两分钟后，盛厘跑到他面前，她脸颊微红，额头冒着几颗汗珠，她递给他一个平安符，“听说这间寺庙很灵，我去求了个平安符，给你。”

余驰伸手接过，低声问：“你刚刚就是去求这个？”

“嗯。”盛厘点头，余光瞥见站在旁边的小陈一脸焦急地看时间，便往前一步，低声说，“你回去吧，时间要来不及了。等我杀青，你应该正好毕业，到时候我去找你。”

毕业这么重要的事，她想陪着他。

更何况，她还想看他穿学士服呢。

六月初，《徐媛》杀青了。

盛厘前脚刚杀青，后脚就得启程去国外拍广告，不过回来正好赶上余驰的毕业典礼，老刘找了个地方停车，她坐在车上刷微博，看到热搜上挂着个话题“余驰毕业”。

一点开，就看到余驰穿着学士服的照片。

她看了看下面的评论。

余驰都毕业了，初恋追回来了吗？

今天余驰依旧没有追回初恋。

盛厘轻笑了声，退出微博，给余驰发个定位。

盛厘：驰崽，我在这里等你。

余驰正被同学和校友拖着一起拍照，平时他很忙，也很少住宿舍，加上外表看着太冷酷，又是演员，对于他的同学和室友来说，哪怕他就坐在自己旁边上课，晚上睡在自己隔壁床，却依旧觉得跟这个人很有距离感。

也不知道班里同学是不是商量好的，都在这一天说要帮同学好友或家里人要签名。

六月的天气，余驰被大家重重围着，实在闷热，便解开了两颗衬衫纽扣，露出清晰的锁骨和脖子上的黑色手编绳。他低头飞快签名，班长站在他面前嬉皮笑脸道：“余驰，同班同宿舍四年了，我特别好奇你脖子上戴的是什么，问了你也不给看，你粉丝怎么扒都扒不出来同款，大家都要好奇死了。”

大家附和道："是啊是啊！"

甚至有个男生喊："我女朋友说了，今天要是能知道你脖子上戴的是什么，她就不跟我分手。"

女生目光盯着他的锁骨看，有样学样："我闺蜜说了，今天要是能知道你脖子上戴的是什么，她就不跟我绝交。"

班长又说："余驰，驰哥！不然，今天就让你这个项链见个光吧？"

余驰一张张签过去，嘴角淡淡地勾了勾，刚要说话，突然脖子一热，有个男生趁他不注意，抓住绳子拽了一下，把吊坠从衬衫领口下拽了出来。

余驰皱了皱眉，目光冷淡地瞥向那个男生。

男生被他看得一怵。

大家都惊呆了，目光齐刷刷地落在那个被拽出来的吊坠上，是一条金色的小鱼，竟然是黄金？男生很少戴这种黄金吊坠，怎么说呢？大家嫌土。

不过，余驰戴着很好看。

班长责备地看向那男生，"你这是干吗啊？还直接上手……"

有个男生突然喊了声："这条项链……这个吊坠，这条金色小鱼盛厘有一条！她以前经常戴的，还说那是她十七岁在剧组挖到的宝藏，还给项链起名字叫宝藏……"

"对对对，我也记得。"

"我还记得……余驰在颁奖典礼上提过宝藏两个字……"

"盛厘跟余驰？"

同学们不敢置信地看向余驰，被这个惊天秘密震惊到神情恍惚。

这么多张嘴，余驰不可能完全堵住，也不想堵，但他并不喜欢这种被动的感觉，他面无表情地看了一眼拽他项链的男生，抬手把吊坠放回领口里。

余驰继续低头签名，还剩下三张，签完最后一张，放下笔。

余驰站了起来，目光在大家脸上扫过一眼，最后目光落在喊盛厘的那个男生身上，勾勾嘴角，“这条项链，确实是盛厘送给我的，她是我女朋友。”

“啊——”有个女声尖叫起来。

愣怔的众人被唤醒，瞪大眼睛看向余驰。

“我先走了，祝大家一切顺利。”

余驰丢下一句话，转身走了。

他一走出人群，就发了一条微博。

盛厘在车上等了半个多小时，正百无聊赖地在微博上保存余驰穿学士服的照片，微博不知怎么突然卡了，怎么点都点不了。她以为是手机卡了，退出来重新点进去，却怎么也进不去了。

微博崩了？

车窗外一阵嘈杂，她转头看过去。

余驰穿着简单的白色短袖和休闲裤匆匆走过来，两个保安和小陈拦着拥挤上前的粉丝和记者，小陈一边拦人一边高声喊：“大家别挤，注意安全，注意安全！”

盛厘一看这阵仗，连忙打开车门，余驰迅速钻了进来。

有人眼尖看见了盛厘，顿时尖叫道：“盛厘！”

“真的是盛厘！盛厘来接余驰！他们是真的！”

“啊，竟然是真的！”

“怎么会是盛厘呢？”

盛厘转头看向余驰，小声问：“你……刚刚发微博了？”

车缓缓开了出去，余驰懒洋洋地靠在座椅上，拧开矿泉水，仰头喝了半瓶，偏头看她，轻笑出声，“嗯，你没看到？”

盛厘心跳扑通扑通的，愣了两秒，才说：“微博瘫了，我进

不去。”

一路上，两人电话和消息不断。

挂断容桦的电话后，盛厘终于点开了微博，她手心冒汗，点开余驰的微博，看到了余驰一个小时前发的微博。

余驰：感谢大家这段时间的关心，初恋我追回来了，盛厘。

在此之前，盛厘想过两人公开恋情大概会很轰动，毕竟没多少人把他们联系在一起，但也没想到会轰动成这样，微博瘫了十来分钟不说，这条微博刚发一个小时，转发评论都已经逼近百万了。

盛厘从来没有过这么不真实的感受，如同踩在云端上的感觉，她转头看了一眼余驰，深吸了一口气，才去看评论。

什么？宝贝你说你初恋是谁？盛厘？是我认识的那个盛厘吗？

还有第二个盛厘吗？

我点进去看了，是我们认识的那个盛厘！

我的天啊！所以墓地约会是真的吗？

就冲着你在节目里说要追回初恋，追回来还敢大方公开，我就祝福！余驰牛！

一定是假的，肯定是为了《徐媛》这部电影炒作，我不信，怎么看两人都不像一对！

评论区里有震惊的，有谩骂的，有不接受的，也有祝福的……虽然是意料之中的事，但盛厘还是有些始料未及，她咬了咬唇，思考自己是转发一下，还是直接发一条微博呢？

余驰手肘抵在车窗上，支着脑袋懒洋洋地欣赏她的神态，挑眉道：“姐姐，你这是什么表情？是你说的，等你杀青后就公开。”

盛厘眨眨眼，问他：“我什么表情？”

“被吓到的表情。”余驰语气淡淡的，“被吓到也没用，已经晚了。”

车停在地下车库，老刘一直专心开车，他还没看到网上的盛况，他回头看了一眼，盛厘说："刘叔，你先回去吧。"

老刘走后，车上两人似乎都没打算下车，余驰偏头看盛厘，提醒道："姐姐，不给我一句话吗？"

他这神态语气，就像是在说"你不准备对我负责吗"。

盛厘扑哧笑出声，她先去点了个关注，放在特别关心的分组里，发现他之前已经关注她了，两人现在是互关了。接着，盛厘发了一条微博。

盛厘：我会负责的，余驰。

余驰的特关响了一声，他垂眸看向手机屏幕，无声地笑了一下。

"满意了吗？"盛厘笑眯眯地看他。

"满意。"余驰懒洋洋地回答，目光含笑地盯着她看了几秒，拉开车门下车，绕到另一边给她开门，盛厘抬头看他一眼，扶住他的手下车，一下车才发现腿有点软，果然受刺激太过。

等待电梯时，盛厘的手机又响了，这回是陆女士打来的。

陆女士极度震惊，"闺女，你真的是余驰初恋吗？不是你把人家勾搭到手，又怕被大家骂，然后让他故意这么发微博的吧？"

电梯门打开，盛厘走进去，无奈道："我真的是他初恋，上回跟你们开玩笑呢。"

余驰闻言低头看了她一眼，才按了楼层键，手插进兜里，倚着电梯壁低头看盛厘。

陆女士还是不太相信，"那你们是真的？"

盛厘一脸无语，只好重复解释："是真的，比珍珠还真，我保证没有做小三，也没有故意让他发微博骗大家，妈……你闺女有这么恶劣吗？"她抬头，却发现余驰在笑，她眯了下眼，"不信，你问余驰。"

说着，她把手机贴到余驰耳边。

余驰愣了一下，对上盛厘幸灾乐祸的眼神，无奈地站直身体，接过手机低声道："阿姨，您好，我是余驰。"

那边陆女士也愣了下，忙道："哎哎，你好你好，你真的是余驰？"

余驰回答道："是。"

盛厘催促道："你快跟我妈解释一下，我就是你那个初恋，是你非要追我的，我也没威胁你发微博骗人。"

不等余驰说话，陆女士便说："驰崽啊，你跟阿姨说，你的初恋真的是盛厘吗？"

余驰忽略那句"驰崽"，看着盛厘一本正经地回答道："是真的，我就谈过一个女朋友，她也没有威胁我发微博，是我求她同意让我公开的。"

两人走出电梯，手机重新回到盛厘手上，陆女士在电话里叮嘱："驰崽这男孩子跟我办公室的姑娘说的一样好啊，虽然年纪小了点，但性格稳重，又专一。你在这个圈子里待久了，别仗着自己年纪大、资历深就欺负人家，感情是要互相扶持的，知道吗？"

到底谁才是亲生的啊？盛厘翻了个白眼，"知道知道，您还有别的指示吗？"

陆女士又说："有时间带他回家吃饭，你们都搞成这样了，不结婚很难收场了。"

盛厘愣了一秒，就被余驰拖着进了家门口。

家里有一段时间没住人了，窗帘紧闭，光线昏暗，空气浮躁闷热，余驰倚着玄关柜，看着微信上堆积成山的信息，难得去发了条朋友圈，统一感谢大家的关心。

最后，给黄柏岩发了条消息"别把节奏带到她身上"，就把手机关机了。

"我知道，我又不是在玩。"盛厘低头换鞋，刚把一只脚穿进拖

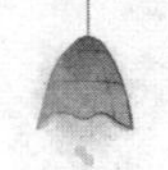

鞋里，肩上就一沉。余驰俯身抱着她，埋头在她耳朵上咬了一口。

陆女士还在那边说个不停，盛厘已经没有心思听了，匆忙应付了几句，把电话挂了。

刚挂断，手机又响了。

这次是周思暖打来的，她看了一眼余驰，余驰睨着她，“给你一分钟。”

电话一接通，周思暖先抱怨一句：“你这电话一直占线，我打进来可不容易。”不等她回答，又笑嘻嘻地问，“采访一下，你现在什么心情？是不是特别激动兴奋？虚荣心得到了巨大的满足？我觉得吧，这个恋爱谈成这个样子，轰动成这个样子，不结婚真的没办法收场了。”

盛厘听到余驰很低地笑了一声，显然是靠得太近，都听到了。

她抬头看他，笑了笑，“余驰弟弟还没到法定婚龄呢。”

“他不是这个月底生日吗？我刚刷微博，看到有个评论说‘你们得庆幸余驰没满二十二岁，不然就是左手毕业证，右手结婚证了，那你们是真的要哭’，我觉得很有道理。”

盛厘现在很享受谈恋爱的感觉，她还没满二十八呢，结婚怎么着也得三十吧，急什么呢？何况余驰才二十二岁呢，这么早公开恋情已经是大忌了，再早婚，黄柏岩估计要吐血。

她笑了声，“我们俩恋爱都还没好好谈，结婚还早，红包暂时给你省下了。”

一分钟到，余驰重新俯身把她压在门背上，低头继续解她的扣子，目光晦涩不明地看着她，眼底有说不出的滚烫温度，盛厘匆忙对周思暖说：“晚点再跟你说，有事。”

她一把挂掉手机，余驰接过去，低声问：“帮你关机？”

盛厘勾住他的脖子，轻笑了声，“好啊。”

那些纷纷扰扰先丢一边吧，粉丝们怎么想、接不接受，她跟

余驰都不可能分开了，也不想分开。

两人有一段时间没见了，盛厘被余驰从浴室里抱出来，躺在床上，一根手指都不想动弹，但她又很想看看微博上怎么样了。

她趴在枕头上，指使道："我要看手机，你给我拿手机。"

余驰去玄关上拿回两人的手机，一起开了机，把她的手机递过去。

他套了条裤子，赤着上身去客厅打电话。

不过四个小时，微博上已经把两人的过往扒了个遍，粉丝们不得不相信，余驰十八岁那年的初恋，就是盛厘。

盛厘去墓地找的星星耳钉只有一只，徐漾两年前的朋友圈照片里，余驰左耳戴着一只同款。

余驰戴了三年多的项链，在毕业典礼上曝光了，有人拍了照片，发现那条"宝藏"是盛厘十七岁就跟粉丝炫耀过的东西，几年前她还戴过呢，这几年却不见踪影了，原来是送给余驰了。

余驰在颁奖典礼上说过，有人说他是个宝藏，那个人说的就是盛厘啊。

当初余驰参加《江山卷》试镜是盛厘推荐的，那时候路星宇不是也参加试镜了吗？对外说是去玩玩，其实是被余驰的演技打败了吧？所以才故意在网上说什么三个月之约。这些年余驰为什么跟路星宇成为死对头？因为盛厘啊！这该死的占有欲，还不够吗？

一个个实锤落下来，两人真得不能再真的了，甚至有点甜！

当然，还有人说余驰踩着路星宇上位不够，还要抢走姐姐。

同时，许多圈内人都转发祝福，比如景颐鸣、蒋晴、周思暖、罗老师等。

《玫瑰》剧组：恭喜恭喜！恋爱、事业两手抓的余老师最厉害，另外《玫瑰2》延迟开机的原因是剧本需要调整，跟余老师的档期无关，请大家不要造谣，以及《玫瑰2》开机在即了，敬请期待。

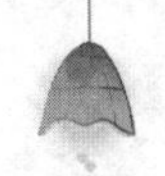

《玫瑰》剧组给余驰辟谣后，扭转了粉丝对余驰的看法，毕竟余驰演技好，当初也降了一半片酬，剧组并不亏，这么做也是双赢。

盛厘的一颗心总算是落下了，她做演员这么多年，积累了不少人脉，不用担心没戏拍，也不怕被骂。余驰刚拿下最佳男主角不久，当然也不用担心，但她也不乐意看他被骂没有事业心，他这几年都没几天休息，工作努力认真到了拼命的程度了，这还没事业心吗？

她给容桦发了个语音，"给我发个声明吧，我跟路星宇本来就没谈过。"

容桦：我跟他谈谈。

盛厘跟路星宇已经很久没联系了，以前也不怎么联系，但路星宇经常单方面发很多消息给她。盛厘退出容桦的对话框，却见路星宇的对话框跳到最前面，这才想起来那晚路星宇发酒疯后，她把他设置成了消息免打扰。

路星宇：姐姐，你是不是很讨厌我？

盛厘心情有点复杂，讨厌倒不至于，毕竟两人是真的互相扶持过两三年。

盛厘：没有，你以后好好拍戏吧，都快二十五岁了，稳重点。

消息刚发出去，手机就被抽走了。

她抬头。

余驰站在床边，垂眸睨她，语气冷淡道："姐姐，不准哄他。"

盛厘眨眨眼，表示无辜。

"松山影视城那套老房子，我还没退租。"余驰有三天假期，盛厘也有几天假期，他抬手捋了捋她的鬓发，"你想回去看看吗？"

盛厘惊讶道："这么久都没退啊？"

余驰嗯了声，迟疑道："你……想去吗？或者去别的地方也可以。"

结果，两人哪里也没去成。

那套房子的地址被邻居和房东女儿透露了，每天都有粉丝去打卡，还蹲了不少狗仔，加上两人如今的热度，去哪都是被堵的结果。

几天后，路星宇接受了一个采访，被记者追问："你对余驰跟盛厘的恋情怎么看？"

路星宇沉默了几秒，才说："我祝福他们，姐姐一向理智又清醒，她做什么都能做到最好，眼光也是最好的，她的选择没有错，我不会怨恨。"

记者追问道："你是在夸余驰吗？"

路星宇表情瞬间变得很尴尬，他别扭道："算是吧，毕竟他是获得金花奖的男演员，演技是有目共睹的。"他顿了顿，像是做了某个决定，看向镜头认真道，"我谢谢他能把我当成对手，有时候对手是激励自己最好的武器，今后的日子里，我希望我不会再让我的粉丝失望。"

他说完这段话，不想再继续回答相关问题了。

记者却穷追不舍，"你跟盛厘在一起过吗？"

这次，路星宇沉默得更久了，才苦笑了声，"没有，追不到。"

第二年六月，《徐媛》全国上映，这是余驰跟盛厘第一次合作的电影作品，一开始大家想看的并非是电影内容，而是想看看两人在电影里的表演碰撞，不少人是抱着看八卦的心态走进的电影院。

当然，不可否认预告片看起来不错，但毕竟不是主流电影，文艺片受众比较小，尤其是这种现实主义的片子，很看口碑，许多影迷还在观望。

第一批走进电影院的影迷大部分是粉丝，但电影结束后，没有人后悔走进电影院观看这部影片。

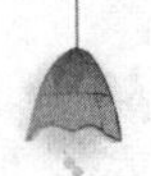

影片的最后，大荧幕变成了黑色。

随着键盘敲击的声音，荧幕上出现了一行字。

愿这个世界永远向着阳光，公正永远不会缺席。

几天后，《徐媛》影片口碑开始上升，票房也开始上涨，这个现实又真实的故事感动了许多影迷。

老实说，本来是奔着余驰去看的，余驰的演技从来不会让我失望，他跟盛厘在电影里也很有感觉。而且，这绝对是盛厘演得最好的一个角色，我被她圈粉了！

看完电影很难过，虽然徐永良得到了公正，虽然徐媛悲惨半生，在最后收获了爱情，但伤害永远无法磨灭。

我哭得好厉害，感觉徐媛一家太惨了，那个年代的冤案啊，随便就是一条人命，十几年后得来的公正和补偿，又有什么用？看到徐媛几次想自杀，我太难过了。

愿这个世界永远向着阳光，人心也向着阳光。

当然，一开始还是有很多粉丝痛骂余驰没有事业心，这部影片明显是“大女主”，余驰顶着最年轻的金花奖获得者，竟然为了女朋友接这种文艺片。

一时间，骂余驰恋爱脑、没有事业心的通稿铺天盖地，好在电影口碑逆袭后，票房一路高涨，最让人意外的是，何元任导演竟然发了一条几百字的微博夸《徐媛》拍得好。

何元任毕竟年纪比较大了，微博估计一年也就发那么几条，这条微博大概表示了拍文艺片还是得服陈导，不仅拍得好，演员也选得很合适，盛厘饰演的徐媛让人惊艳，余驰就是程南，景颐鸣就是周烙，缺一不可。

总之，把导演到演员都夸了个遍。

盛厘没想到何元任导演会发微博支持她，有些受宠若惊，毕竟在这个圈子里混了这么多年，容桦跟何元任导演也熟，但她从

来没在何元任的电影里拿到过比较重要的角色。

不管怎么说，这都是一种极大的认可，她转发了微博，又给何元任导演发了一条微信表示感谢。

黄柏岩和容桦也没放过这个机会，联手公关，狠狠地给盛厘和余驰刷了一波热度，其中有一条热搜词条为“何元任上一次夸女演员”。

盛厘看到这条微博时，突然想起何元任导演上一次发微博夸的女演员是洪妍——金花奖最佳女演员奖获得者。她顿时有点头皮发麻，容桦胆子也是大……

她马上给容桦发微信。

盛厘：电影才刚上映呢，虽然口碑不错，何元任导演也夸了，但也不能说明我能靠《徐媛》获奖啊……

盛厘：而且，你不是一向挺谨慎的吗？万一明年没拿奖，我不是被笑话了吗？

余驰坐在她旁边，看她一脸纠结地飞快打字，扫了眼她的手机屏幕，低笑了声，“姐姐，你怕什么？”

盛厘抬头看他，皱眉道：“我不是怕，就是……压力很大。”她抿了抿唇，叹了口气，“好吧，我就是怕，我很喜欢徐媛这个角色，我也为这个角色付出了很多努力，心里当然也期待能拿奖。”

不仅是她想拿奖，陈导也想靠这部影片冲奖。

但希望越大，越是怕失望。

这时，手机响了一声。

容桦：怕什么？看现在票房的涨势，就算不能拿奖，肯定也能提名。梦想有多大，胆子就有多大。

盛厘看着消息忍不住笑了笑，余驰把她揽入怀里，在她头顶亲了亲，低声说：“不用怕，我相信你。”

盛厘盯着他，眨眨眼，“如果《徐媛》没拿奖，以后再有导演

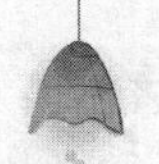

请你来给我做绿叶，你还来吗？”她故意说，“应该不会来了吧，毕竟初恋已经追回去了。”

余驰看着她，笑笑，“来。”

为你做任何事，我都心甘情愿。

之后几天，《徐媛》电影票房一路领跑，单日票房一直排在第一位。有了何元任那条微博，网上对余驰的骂声渐渐稀少，当然，也只是少而已，这个圈子就是这样，无论你做得多好，总有人不喜欢你。

六月二十九号那天，余驰和盛厘跟剧组跑宣传，宣传结束，大家离开舞台。盛厘那天穿了件黑色小礼服，下了台阶才发现自己的耳钉掉了，有粉丝眼尖，提醒道：“耳钉掉在舞台上了！”

余驰按住盛厘，低声说：“我去捡。”

不等他上台，有个记者已经帮忙把耳钉捡起来了。

余驰站在舞台上的侧面，接过记者递过来的耳钉，捏在手里，说了声谢谢。记者连忙抓住机会，把话筒递过去，“这是你们的情侣耳钉吧？”

“是。”余驰说。

记者生怕余驰会转身离开，语速飞快地说：“现在网上很多人说你没有事业心、是恋爱脑，是为了成就盛厘才接的《徐媛》，对此你有什么想要为自己解释的吗？”

余驰看了一眼记者身后的摄影机，嘴角勾了勾，“我觉得我有没有事业心，我的粉丝和影迷应该很清楚，她们为我辩解的时候一直都是理直气壮的，我想，我给了他们底气。至于恋爱脑，我这辈子就谈这一次恋爱，如果真的是恋爱脑的话，那这辈子估计没救了。”

突然，有个粉丝大声喊道：“驰崽，你永远是最棒的！我从来

没有失望过！”

很快，粉丝们都跟着鼓起掌来，大声喊加油，说他们从来没有失望。

余驰对粉丝们笑了一下，拿过记者的话筒，认真地看着镜头，“最后一个问题，《徐媛》是一部好电影，就算我接《徐媛》是为了盛厘，那也不能否认这部电影的价值。更何况，我也没做错什么，我之所以重新成为一名演员，是因为她的鼓励，就连我当年的合约都是她帮我解决的。如果非要论谁成就谁，那也是她先成就的我。”

说完这段话，余驰转身下台，朝盛厘走过去。

盛厘一直笑盈盈地抬头看他，余驰在她面前站定，低头帮她把耳钉重新戴上。

盛厘挽住他的手臂，柔声道：“余驰，你刚才好帅。”

余驰低头看她一眼，漫不经心地问：“还有呢？”

“还有，你今天想许什么愿？姐姐都满足你。”

余驰低头，在她耳边低语：“我想要你每年都陪在我身边。”

番外

英年早婚

毕业前余驰每天都很忙碌，毕业以后，盛厘发现这人似乎比她还有时间，主要是因为余驰跟她不一样，她是童星出道，以前演电视剧多一点，而余驰除了《江山卷》之外，就再也没接过电视剧的剧本。

黄柏岩一开始就把他往高端捧，接的代言和广告都是高端的，自从拿了最佳男主角后，余驰的代言、广告、活动等，都是精挑细选的。

盛厘这边还是有很多电视剧剧本的邀约，她现在这个阶段，只要是感兴趣的剧本，不管是电影还是电视剧都会接，商业活动也比余驰多一点。

两人公开恋情后，接通告和剧本之前，都会提前和对方核对一下行程表，尽量把假期统一，给恋爱留出时间。

今年的冬天来得似乎比往年早，十一月初，盛厘的一部电影刚杀青，就回到家跟余驰厮混了三天。

蒋晴一个电话打过来，“你之前是不是说想养猫？我家的猫生了三只小猫崽，我养不了那么多，打算送两只，你见过的，就是布偶猫。”

盛厘以前养过一只猫，不过她太忙了，很多时候顾不上，后来就送给陆女士养了。

她马上来了兴趣，“好啊，是在海市吗？我这几天都有空，可

以过去领回来。”

蒋晴笑道：“不着急，猫还太小，等再大一点你再领回去。你确定要，我就帮你留着。”

“嗯！谢谢晴姐，你们最近有时间吗？我请你跟景老师吃饭。”

“客气什么。”蒋晴笑道，“景颐鸣还在剧组，等他回来我约你们。”

两人聊了一会儿，盛厘挂断电话，走到沙发前坐到余驰腿上，搂住他的脖子笑道：“明天不用去挑猫了，晴姐说送我们一只，布偶猫，你知道什么样子的吧？”

“知道，在朋友圈里见过。”余驰搂住她的腰，低头看了眼手机，胡一扬和徐漾正在群里聊天。

胡一扬毕业以后就回松山市了，不过每年都要来海市出差几次。

胡一扬：余驰、徐漾，两位好兄弟，我明天到海市，有空接待我吗？

徐漾：一胖，你可真会挑时间，我明天正好有空，必须招待。

胡一扬：驰哥呢？

余驰把手机屏幕竖到盛厘面前，挑眉问：“明天跟他们吃顿饭？”

去年毕业季，余驰带着盛厘一起请胡一扬、徐漾他们几个吃了顿饭，胡一扬别提心情多复杂了，最后跟盛厘和余驰碰杯的时候，憋出一句“肥水不流外人田，也是件喜事，我祝你们百年好合”。

盛厘现在想起来还有点好笑，“好啊，问他们想吃什么？”

余驰直接发了条语音过去。

徐漾：火锅啊，这种天气当然吃火锅了。

胡一扬：同意！

余驰：你们想吃哪家？

徐漾：要不买食材去你家煮可以吗？还是去厘厘姐那边？

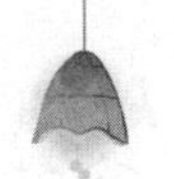

之前余驰搬家发过一条微博，徐漾是个火锅爱好者，当时余驰搬家他没蹭到那顿火锅，后来找时间又蹭了一顿。盛厘一直看着手机屏幕，说："那明天让圆圆和小陈去买点食材吧，把他们也叫过来。"

盛厘给圆圆发微信。

圆圆马上回复了一条语音："是在你那边，还是姐夫那边？"

盛厘一抬头，就跟余驰的目光对上了，她眨眨眼道："在哪边？"

两人公开恋情也有一年多了，却一直没有正式同居，但也跟同居没什么区别，两人从外地回来，不是住余驰那边，就是住盛厘家。

之所以没有同居，是因为黄柏岩大男子主义发作，觉得余驰要是搬到盛厘这边，说出去不好听，万一有人说他吃软饭怎么办？

于是，黄柏岩自作主张，又给余驰续了一年房租。

"姐姐。"余驰靠在沙发背上，懒洋洋地问，"我们什么时候同居？"

盛厘笑眯眯道："我们现在跟同居有区别吗？"

余驰反问："没区别吗？"

盛厘从容不迫道："我就怕黄柏岩又要念叨你，他怎么年纪越大，越像老父亲了呢？你都二十三岁了，他还这么操心。"

手机一直在振，余驰低头看了一眼，回复徐漾道："我那边。"

盛厘看了一眼，也给圆圆发了语音消息："你姐夫那边。"

圆圆：姐夫今年是不是交够社保，可以买房了啊？

盛厘：你还关心他买不买房？

圆圆：我等他买房，看你们同居，等了一年了！

圆圆：你知道吗？你们这么久没正式同居，又很少同框参加活动，连秀恩爱都少，都有人怀疑你们要分手了！我在你们的超话里辟谣辟得手都要断啦！

圆圆想想都觉得心酸委屈，这两个人除了公开恋情那天轰轰烈烈，之后便低调得连她这个头号粉丝都要看不下去了，当初她

注册的微博“今天余驰追回初恋了吗”，一直打卡到两人复合，然后在两人恋情公开的第一时间，就把名字改成了“今天余驰盛厘结婚了吗”，至今已打卡五百二十天。

不过，既然有“今天余驰盛厘结婚了吗”，那必定有“今天余驰盛厘分手了吗”。

“今天余驰盛厘分手了吗”这个账号已经风雨无阻地打卡一年多了，盛厘跟余驰依旧没有分手。虽然每隔一段时间就有两人分手的传闻，圆圆每次看到都忍不住开小号澄清：你们是没看见余驰爱盛厘爱得不要不要的样子，有生之年是绝对不可能分手的。

盛厘没想到圆圆操心成这样，她无语片刻。

盛厘：就你操心。

圆圆：毕竟我参与了你们恋爱分手再复合的全部过程！这多么的珍贵！我还想看你们俩结婚生孩子，带孩子，送孩子上学，再看你们孩子结婚……

盛厘：咳咳。

疯了，圆圆疯了。

盛厘跟余驰刚公开恋情那几天，黄柏岩和容桦的手机都被打爆了，各种专访和情侣档广告、封面、节目，都想邀请他们，但余驰和盛厘都拒绝了。归根到底，两人都是演员，风头大盛是好事，但过度消费对彼此并不利。

两人除了公开时轰轰烈烈，过了那个劲头便低调了。不过，虽然两人不上节目和专访之类的，但毕竟两人在谈恋爱，出门约会总会被拍到，日常生活里的小细节，也会被喜欢两个人的粉丝放大再放大。

比如，恋情曝光后，余驰偶尔也会戴那个耳钉，粉丝就把两人的照片拼在一起，做成甜蜜的同框照。再比如，粉丝会把当年两人拍《江山卷》的花絮视频翻出来，视频里余驰的目光总是不

经意落在盛厘身上，盛厘笑盈盈的几句“余驰弟弟”也成了调戏小男朋友的证据。

盛厘正在打字回复圆圆，肩上忽然一沉，余驰下巴搁在她肩上，垂眸睨着她的手机屏幕，也不知道看了多久，她抬手摸摸他的脸颊，打趣道：“你看圆圆，比我妈还操心。”

陆女士和老盛很早就有觉悟了，女儿是女演员，现在有几个女演员早早结婚生子的？所以他们最开始期望盛厘能在三十岁结婚，当盛厘跟余驰恋情公开后，两人又一想，余驰比盛厘还小五岁呢，哪有男演员英年早婚的？

于是，二老又默默把要求放低，盛厘能在三十三岁之前结婚，那就算是皆大欢喜了。不过，他们只跟余驰见过一面，虽然觉得余驰性格很沉稳，但他们还是担心恋爱谈太久感情会变质，总觉得还是早点结婚好。

盛厘这个月二十一号就要过二十九岁的生日了，最后一个二字开头的生日。

最近两个月，陆女士又操心起来，明里暗里地问两人这两年有没有结婚的打算，真是操碎了一颗老母亲的心。

“李圆圆说得对，我今年确实可以买房了。”余驰握住她的手放在腿上，十指交握，重新懒洋洋地靠在沙发上，“姐姐，过几天我们去看房吧，在我进组前把房子定下来。”

余驰还有二十天就要进组拍戏了，这个盛厘知道，但他要买房这件事，盛厘不知道，因为余驰从来没有说过。

盛厘出道早，早年工作又拼命，她真的不缺钱，自然也不太关心余驰的资产，以及两人结婚买房的问题，余驰的商业价值摆在那里，这两年赚的钱并不比她少，而且还会投资，买两套别墅都不是问题。

不过以盛厘对余驰的了解，他这时候要买房子，还叫她一起去

看，百分之九十九是要准备两人的婚房了。她假装不明白，笑眯眯地点头，“好啊，要我帮忙参考吗？买公寓还是买别墅呀，余老师？”

余驰面无表情地看着她，就差把“你是白痴吗”写在脸上了。

盛厘已经挺久没见他这副傲娇的模样了，她转身坐到他腿上，捧住他的脸，挑眉道：“不会是买婚房吧？你打算英年早婚吗？余小驰，你的粉丝会伤心的。”她顿了一下，叹息道，“她们会哭着喊，驰崽你还是个孩子，你不能结婚啊！我不允许，你别冲动……”

余驰面无表情地把她整个人端起来，丢到一边，拿着手机起身，居高临下地低头睨她，冷声道：“姐姐想多了，不是婚房，只是买套房子而已。”

盛厘盘腿坐在沙发上，仰着脸笑，“哦，那我也会好好帮你参考的，毕竟是我男朋友的家，我肯定会经常去住的。”

“哦，那谢谢姐姐了。”

余驰冷笑一声，弯腰拿起剧本，转身要走。

盛厘连忙抓住他的手，飞速站起来，跳到他背上，“不准走。”

余驰怕她摔了，几乎是下意识就把人托住了，他冷着脸偏头，皱眉道：“盛厘，你幼不幼稚，逗我很好玩是吧？”

“谈恋爱可不就是既幼稚又甜蜜的事吗？”盛厘趴在他背上，低头在他侧脸上亲了亲，声音软下来，“弟弟，你昨晚有点过分了，我好困，背我回房间，我要去睡觉。”

有个这样的男朋友，有时候真的招架不住。

第二天下午四点多，圆圆跟小陈就提着一大堆火锅材料去了余驰那边，盛厘和余驰走进家门时，他们两个已经在处理火锅材料了。

厨房是开放式的，盛厘走过去问：“要我帮忙吗？”

小陈正在处理虾线，他动作很利索，转头笑道：“也没什么要做的，就是要把鲜牛肉切一下，厘厘姐不用管，等会儿我弄好这

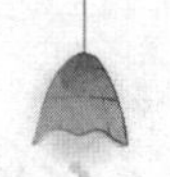

些虾再切，反正时间还早，你跟我哥出去玩吧。”

圆圆在《徐媛》杀青后就进公司做事了，虽然不再是盛厘的助理，但她已经习惯照顾盛厘了，抬头看了一眼在客厅里打电话的余驰，笑眯眯道：“对，你跟姐夫去玩吧。”

盛厘看了一眼放在砧板上的牛肉，还是去洗了下手，想帮点忙。

刚拿起刀，就被人从身后夺走了。

“我来。”余驰把她拽到身后，不容拒绝。

盛厘也不喜欢碰生的东西，有余驰动手，她也乐得自在，不过样子还是要做做的。于是，她虚情假意道：“那不太好吧？你们都忙着，我闲着不好吧？”

余驰慢条斯理地挽袖子，闻言偏头看她，似笑非笑道：“那姐姐给我们唱歌跳舞助个兴？”

盛厘眯了下眼，这小浑蛋，还记仇呢。

圆圆抿嘴偷笑，转头看他们，一双眼睛亮晶晶的，手上的活都忘了。

盛厘看着余驰，轻笑一声，“不跳，腰疼。既然不用我帮忙，那我去看电视了。”

说完，转身走出厨房。

圆圆看向余驰，她姐夫面无表情地切牛肉，刀工娴熟，想来在家没少给厘厘做饭。

盛厘看了二十分钟电视，门铃响了。

是徐漾和胡一扬来了。

两人不是空手来的，徐漾背着吉他包，胡一扬手上提着几个袋子，看着是水果和一些吃的。盛厘给他们开了门禁，站在门边等客人。

很快，两人从电梯里出来了。

胡一扬没什么变化，跟当年一样还是个小胖子，也跟当年一样，看见盛厘眼睛就发亮，脸也有些红，但情绪比以前克制了许

多，毕竟这是兄弟的女朋友了。

徐漾笑容灿烂地走过来，“厘厘姐，好久不见。”

盛厘挑眉道：“要来个拥抱吗？”

徐漾忙摇头，“不敢不敢，我怕余驰暗杀我。”

盛厘哈哈大笑，侧身把他们请进屋，从鞋柜里拿出两双拖鞋，胡一扬连忙接过去，语无伦次道：“谢、谢谢厘厘姐，我自己来就行。”

“那东西给我吧，不是说让你们别带东西了吗。”盛厘笑盈盈地接过他手里的东西，拿到手上才发现很沉。

正好余驰从厨房出来，接了过去，看向胡一扬，“是什么？”

胡一扬笑道：“我妈知道我要来你这儿，做了点吃的让我带来给你们，什么腊肠、牛肉干之类的，还有辣椒酱。”

胡妈妈手艺很好，高中那会儿余驰、徐漾跟几个同学去他家吃过两次饭。余驰这人话不多，但人长得太帅，成绩又好，是所有家长都喜欢的那种小孩。胡一扬每周日回家都带一大堆吃的回宿舍分给大家，那会儿宿舍里就余驰不回家，胡一扬每次都会先分给余驰。

“谢谢阿姨。”余驰嘴角勾了勾，拍拍他的肩膀，“下次少背点，不嫌沉？”

“还行，好歹我这大块头，脂肪是多了点，力气还是有的。”胡一扬乐呵呵地跟他抱了一下。

盛厘指指徐漾背上的吉他，对余驰说：“能给你开演唱会的人来了。”

余驰嘴角微抽，徐漾不明所以，笑嘻嘻道：“其实我今晚有个直播，晚上八点开始，就播一个半小时，我在这里播没问题吧？就随便跟粉丝聊聊，给他们唱几首歌，不会闹腾。”

“随你。”

余驰懒洋洋地说，提着胡一扬带的那堆特产走进厨房。

才下午五点半，吃晚饭有点早，盛厘本来说等半小时再开吃，但徐漾摸着肚子羞涩地说道："我午饭都没怎么吃，就空着肚子来吃这顿，反正吃火锅，边吃边聊，不在乎早晚。"

于是，晚上六点不到，大家就围着桌子坐下，余驰开了瓶红酒，盛厘从柜子里拿出六只杯子。徐漾对着桌子和红酒杯拍了几张照片，看向余驰："我发条微博可以吧？"

余驰正给盛厘涮牛肉，闻言语气不耐烦道："你的微博，问我干吗？"

徐漾无语，他尊重一下主人的意见还有错了？

徐漾对盛厘做了个鬼脸，"厘厘姐，你看驰哥这人……"

盛厘咬了一口滑嫩的牛肉，看向徐漾，随口道："其实，有个问题我早就想提醒你们了。"

你们？

"我跟徐漾吗？"胡一扬抬头问。

盛厘说："对啊。"

徐漾忙问："什么问题啊？"

盛厘慢条斯理地抿了一口红酒，笑盈盈道："你们叫余驰驰哥，叫我厘厘姐，是不是不太对？"

胡一扬小心翼翼地问："那该叫什么？"

徐漾也看向盛厘，等她明示。

"叫嫂子啊。"盛厘冷不丁说。

"咳咳——"

圆圆正在喝红酒，猛地被呛了一口，忙转过身捂住嘴，咳得天崩地裂。小陈忙抽了几张纸给她，嘀咕道："李圆圆，你好歹是见过'墓地接吻'的场面，镇定点。"

徐漾耳朵尖，忙道："什么？墓地接吻？还有这种事？我驰哥跟嫂子吗？"

胡一扬吃了一口大瓜，神情恍惚几秒，看向余驰和盛厘。

接着，他端着酒杯站起来，“那我敬驰哥和嫂子一杯。”

徐漾一看，也端着酒杯站起来，笑嘻嘻道：“我也来敬一杯，谢谢驰哥这些年的帮助，才有我的今天，也谢谢嫂子把他给收了，我祝你们长长久久！”

盛厘偏头看向余驰，眼睛微亮，笑容温柔明艳。

余驰嘴角勾了勾，端着酒杯站起来，低声说：“谢谢。”

几个人笑着碰了一下杯。

盛厘抿了一口红酒，看向余驰微翘的嘴角，凑过去小声问：“高兴了吧，驰哥？”

余驰觉得自己这辈子都逃不过她的手掌心，三两句就能被她惹毛，同样的，三言两语就能被她轻易地哄好。他低头看了她几秒，自嘲地笑了笑，“高兴死了。”

徐漾是个自来熟，跟谁都能聊几句，圆圆坐在他旁边，很快就被扒了底。

徐漾问：“圆圆姐，你有男朋友了吗？”

圆圆指指旁边的小陈，“这不就是。”

徐漾感叹道：“哇，真的啊！那你们真般配，你们谁追的谁啊？”

圆圆不好意思道：“谢谢，他追的我。”

“恭喜恭喜，你现在不做助理了吗？”

“不做啦，厘厘让我去公司带艺人，但我不想做经纪人，现在做公关。”圆圆回答道。

小陈跟圆圆是今年年初开始谈的恋爱，盛厘觉得，两人之所以搞在一起，是因为圆圆整天跟小陈询问余驰的事，比如“姐夫去国外拍广告，给厘厘带礼物了吗”之类的问题。

久而久之，小陈会主动跟圆圆汇报“今天我哥连夜坐飞机回去看厘厘姐”这类的话。

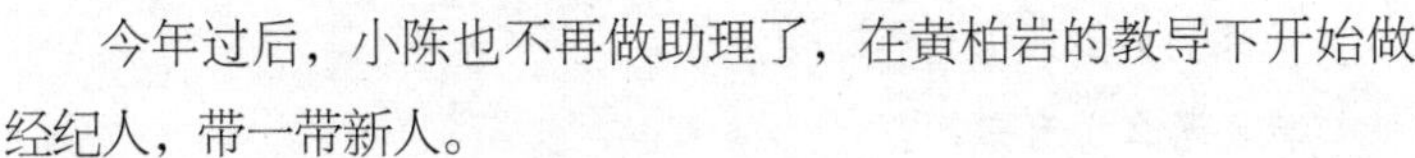

今年过后，小陈也不再做助理了，在黄柏岩的教导下开始做经纪人，带一带新人。

晚上七点半，大家吃饱喝足，徐漾去洗了把脸，又打理了下头发，把客厅窗帘拉起来当背景，搬了把椅子过来，再把手机架好，八点准时开播。

奇怪的是，一开播就卡了，因为人太多了。

徐漾一脸蒙，“怎么回事？我这么受欢迎了吗？直播间都卡了？”

弹屏卡了好一会儿，才恢复正常，密密麻麻的弹屏刷过去。

漾漾，你说你是不是在驰崽家里？你在他家吃火锅呢吧？我一看你微博照片里的柜子就知道是他家！

老娘等了一个多小时了，总算等到你开播了，驰崽！爱你！

厘厘在吗？在吗？漾漾啊，你让他们露个脸好不？求求你啦！

驰崽，快点出来秀恩爱！又有人造谣你们分手啦！

就是！漾漾啊，你可以假装手抖，不小心把摄像头弄歪了，再不小心一下……让他们入个镜！

徐漾傻眼了，好几秒才回过神来，无奈地笑笑，“你们真是魔鬼啊……”他挠挠头，又哈哈大笑，“我问问他们啊，但愿我低调的驰哥不打我。”

徐漾咳了声，喊道：“那什么，驰哥，嫂子，你们的粉丝顺着微博爬到我直播间了，想看你们一眼，让我问问，你们能不能赏个脸？”

徐漾话音刚落，弹幕就像疯了似的刷起来，一大片“啊啊啊嫂子”刷过去，看得徐漾都快不认识“嫂子”这两个字了。

接着他才反应过来，之前在饭桌上叫嫂子叫得太顺口，刚刚一不小心就叫出来了。

这时余驰和盛厘正在厨房切水果弄果盘，房子面积大，厨房跟客厅的阳台有一段距离，余驰正低头跟盛厘说话，并没有听清徐漾的话。

弹幕上不少人都刷屏提问。

驰崽怎么没有回答？

是不是弄错了？漾漾你是在跟我们开玩笑吗？

因为有很多粉丝是在粉丝群或超话里得到消息的，压根没考究过“徐漾今晚在余驰家吃火锅，可能还要在他家直播”的消息是真是假。

圆圆刚把碗筷丢进洗碗机里，转身走出厨房，就听到徐漾的话了，她愣了下，正巧这时小九发来几条消息。小九是圆圆给盛厘找的新助理，今年二十三岁，还很年轻，性格跟圆圆有点像。晚上六点多的时候，圆圆给小九发了几条信息，还拍了几张照片，小九知道徐漾今晚在这里吃饭。

小九：姐，徐漾是真的在姐夫家里直播吧？都上热搜啦！

小九：好多粉丝都去直播间了！你快劝劝低调的姐夫和厘厘姐露个面吧！免得总有人造谣他们分手！

圆圆抬头，看见徐漾挠挠下巴，有些为难地说：“完了，我驰哥不理我，大家饶了我吧，这次真的是意外，我哪知道你们这么厉害，一个柜门都能认出来。”

这时，余驰和盛厘端着果盘出来了，正好听到徐漾的话。

圆圆忙解释了两句，把微博的热搜截图给他们看，不用多说，余驰和盛厘就明白了。

热搜第三位：徐漾在余驰家直播。

徐漾被粉丝缠得没办法，朝余驰送上求助的目光，余驰把果盘放桌上，牵着盛厘走过去，平静道：“刚刚在厨房切水果，没听到。你刚刚说什么？”

徐漾一看弹幕，一排“啊啊啊啊”飘过去。

他咳了声，“我粉丝、啊不对，是你们的粉丝到我直播间来蹲你们。”他推卸责任，“要怪就怪粉丝们都是火眼金睛，一个柜门

就能认出是你家。”

徐漾看着噌噌往上涨的人气，又说：“粉丝们问你们愿不愿意在我直播间露个脸。”

余驰低头，发现盛厘已经点开徐漾的直播间，他低声问：“姐姐，你愿意吗？”

他声音很低，但有些粉丝戴着耳机，声音开得大，还是听到了。

姐姐啊！我也想驰崽叫我姐姐！

驰崽好甜啊！他竟然也有这么甜的时候！

我也想听他叫姐姐！

盛厘当然也看见了，平时也有很多粉丝给她发私信和留言祝福她跟余驰，说想看他们秀恩爱。每次两人有分手传闻，这些粉丝总是积极辟谣，她平时看到这些都觉得很感激，但并没有在直播上看弹幕这么直观。

几千万的粉丝抱着手机，守在直播间里等着，她不忍心拒绝。

“可以啊。”盛厘抿抿唇，有些懊恼，“不过我今天没化妆。”

“一样。”余驰说。

弹幕马上整齐刷过一排。

没化妆也一样好看！

驰崽的情话太简洁啦！

懂的都懂！

有生之年听到他们俩当面调情，就算不出镜也值了！

盛厘的皮肤状态很好，是女演员里出了名的素颜好看，她看到弹幕里的呼唤，随手撩了撩头发，牵着余驰过去了。

徐漾马上要起身让位，盛厘说：“不用，你是主角，让位干吗？”

今天的直播是徐漾答应粉丝的达成一千万粉丝的福利，也是为了下个月的新专辑做宣传，很快，余驰和盛厘出现在镜头里。

啊，我竟然真的等到了！他们真的出现了！

耳钉，耳钉！这次是真的同框，不是假的！

今天是过年了吗？有生之年我竟然真的在直播间里看到他们了！

屏幕只照到两人上半身，余驰站在徐漾旁边，手轻轻搭在盛厘肩上，盛厘穿着家居拖鞋，身高比余驰矮不少，后脑勺挨着余驰肩膀，笑着对镜头招招手，“大家晚上好呀，都吃饭了吗？”

弹幕上弹过许多“愣着干吗！截屏”的话语，之后才开始刷“没吃，就等你们出现”，还有人说“不吃，今晚看你们就饱了”，还有更夸张的“你们要是肯直播秀一次，我愿意辟谷十天”。

盛厘哈哈大笑道：“为了不让你饿死，我跟余小驰还是不直播了吧。”

屏幕上又瞬间多了不少希望余驰开口说话的弹幕。

余驰从来没自己直播过，只参加过节目的直播，节目上有主持人问他，只要回答问题就行。他轻轻挑眉，语气随意道：“说什么？你们想问什么？我挑几个回答。”

圆圆正坐在沙发上，兴奋地看着直播弹幕，闻言抬头看向那边。

姐夫啊，你知道这句话意味着什么吗？

你们的粉丝可都是狼啊，他们一点也不会客气，什么问题都可能问的！

徐漾几乎每个月都直播一次，他很懂得如何跟粉丝互动，他提议道：“不然我截屏？截到哪一页的问题，你挑着回答？”

余驰说：“可以。”

徐漾摸出另一部手机，打开直播，截图前倒数“三、二、一……”。

咔嚓！

第一张截图，余驰就站在他旁边，垂眼就能看见他的手机屏幕。

徐漾咳了声，“第一个问题，驰崽喜欢小孩吗？男孩还是女孩？跟厘厘要生几个小孩啊？”

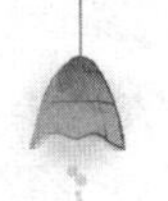

余驰无语道："这是一个问题？"

徐漾回答说："额，同一个粉丝发的一条弹幕。"

余驰语气平淡："女孩吧。"

他只回答了其中一个。

一旁的盛厘挑眉，你说生女孩就生女孩吗？问过我了吗？

生男孩生女孩都想过了，离结婚还远吗？

啊啊啊请你们原地结婚！

第二张截图，截到了事业粉的问题，徐漾说："你们还会再合作吗？很久没看到你们合作了，是不是在避嫌？"

盛厘抬头看余驰，笑盈盈道："有合适的剧本会再合作的，其实也没有很久，就一年多而已。"

余驰附和道："嗯。"

第三张截图，徐漾挑了个中规中矩的问题，"想知道你们在一起是谁哄谁更多？"

自然是盛厘哄余驰更多，当然也怪盛厘爱逗余驰，把人惹毛了，再去顺毛是她的乐趣，也是他们之间的情趣……

盛厘挑眉反问："你们看余驰像是会哄人的那种吗？"

"不像"两个字瞬间就铺满了屏幕。

盛厘眨了眨眼，"其实他也会哄人的，刚刚不是夸我素颜也一样漂亮了吗。"

弹幕很整齐地刷过"嫂子怎么都漂亮"。

余驰嘴角无声地勾了勾。

同时，"余驰盛厘在徐漾直播间"这个话题上了热搜第一，因为太突然，后面还跟了个红色的"爆"字，直播间的人气更是不断攀升，徐漾从来没见过这么高人气的直播间，他甚至怀疑，这场直播是不是已经破了平台纪录。

这时，胡一扬拿着手机从洗手间出来，手机播放的正是徐漾

这场直播，他在沙发上坐下，旁边是圆圆和小陈，两人脑袋挨着，看向同一个手机。

小陈有点费解道：“他们就在我们旁边，为什么我们还要捧着手机看呢？”

圆圆翻了个白眼，小声嘀咕：“现场我抬头就能看，而且我看得还少吗？但跟这么多粉丝们一起吃糖的快乐千载难逢，可能这种事情这辈子就这一次了，这种快乐你不懂。”

小陈眨眨眼，好吧，他确实不懂，不过也确实千载难逢。

徐漾也不知道余驰会回答几个问题，截到第四张截图，他挑了一个问题问：“你们会合体参加综艺吗？”

盛厘用手在余驰后腰挠了一下，示意他回答。

余驰回答得很官方：“现阶段不会，半年之内的工作计划里没有，以后不一定。”

弹幕哀号一片。

徐漾哈哈笑了起来，“大家要学会满足，虽然他们一起上综艺的概率比较低，但今晚不是在我直播间出现了吗。看看这直播间的人气，应该算是我这辈子的高光时刻了吧，我经纪人大概要乐死了。

“下次再来余驰家直播？不了吧……一次就够了，再来一次意外，我怕我下次进不了驰哥家门。

“好好好，继续截图！”

徐漾抬头问余驰：“我再截几张？”

余驰垂眼，淡淡道：“一张。”

弹幕又是一片哀号，喊着“不要啊，不可以”。

徐漾笑道：“那我最后一张肯定要好好截了，保证截个你们满意的，行吧？”

岂料，第五张截图上只有三个问题，还都是质疑两人恋爱的问题。

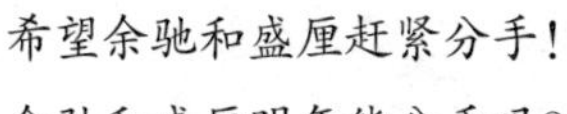
希望余驰和盛厘赶紧分手！

余驰和盛厘明年能分手吗？

今晚这个直播真的是意外？我怎么感觉你们在故意秀呢，假低调吧！

徐漾尴尬地挠挠头，“额，这张不算，换一张。”

弹幕不知所云，都在问是什么问题。

余驰垂眸扫了一眼屏幕，冷淡道：“不用，就这张吧。”他搭在盛厘肩上的手轻轻碰了碰她的耳垂，今天私下聚会，两人都戴了耳钉。

徐漾把手机屏幕竖起来，给大家看了一眼。

余驰漫不经心地笑了声，像是在开玩笑，语气却很冷：“我上辈子是挖了你们祖坟吗？不然怎么总诅咒我们分手？”

他顿了一下，说：“不分，我们不可能分手。”

还有什么比亲自辟谣分手传言更爽的事吗？

那天晚上的直播，盛厘跟余驰只露面十分钟，但对比之前一年多的低调，加上余驰亲自上阵辟谣分手，在微博上引起的轰动跟当初公开恋情的盛况也就差那么一点。

一时间，十分钟的同框视频被剪辑成多个版本。而且，盛厘从那晚之后，经常在微博留言里看到“嫂子”两个字。从此之后，再有营销号说两人分手，粉丝们的留言就像提前商量好了似的。

怎么？我们驰崽挖你家祖坟了吗？又来造谣他分手！烦不烦啊！

他们挖你家祖坟了吗？又来？人家都说了不可能分手不可能分手。

别再造谣他们了！他们这么甜！

除了粉丝欢天喜地过大年之外，徐漾的经纪人也乐坏了，那场直播让徐漾一晚上暴涨了两百万粉丝，直播人气更是破了平台纪录。

徐漾是偶像组合出道，组合里有九个人，他们活动很多，代言也不少，但每次酬劳都是九个人分，其实分到他手上的钱并不

多，这张新专辑是他第一张个人专辑，销量自然很重要。

虽然总有人说他蹭余驰热度，但这也是事实，他一直接受得很坦然。

那晚之后，他接到了好几个个人通告。

徐漾给余驰发消息，说要请客吃饭时，余驰跟盛厘正在签购房合同，其实房子余驰早就看好了，连订金都交过了，好房源一向稀缺，看好了不赶紧买就没了。手续办好后，盛厘懒洋洋地晃晃余驰的手，“刚刚晴姐给我发微信了，她在家里，我们顺便去他们家看看猫？”

余驰嗯了声，给徐漾回了几个字“最近没时间，下次”。

景颐鸣就住在这片别墅区里，蒋晴这段时间没工作，也一直住在这里。盛厘跟余驰到的时候，景颐鸣正在做午饭，蒋晴给他们拿拖鞋，笑道：“刚才忘记问你们想吃什么了，就自作主张煎了牛排，我们家景老师煎的牛排很不错，可以尝尝。”

盛厘笑盈盈道：“好啊。”

她一进门就迫不及待地要去看猫。

蒋晴带她到阳台上，她是养猫大户，三只成年猫，还有三只刚出生没多久的小猫。小猫毛茸茸的特别可爱，盛厘蹲在猫窝前看得心都化了。

“你们买了这儿的房？那我们以后就算是邻居了。”蒋晴笑问，“什么时候装修？”

房子是一个电影投资人前年买下来当投资用的，之前投的一部电影效果不好，需要活动资金，这才打算卖掉。房子不管是位置还是面积格局都很好，余驰得到消息就接手了。盛厘笑道：“应该快了，余驰已经联系好设计师了。”

蒋晴调侃道：“这么快，你们不是要准备结婚了吧？”

盛厘咳了声，“那倒还没有。”

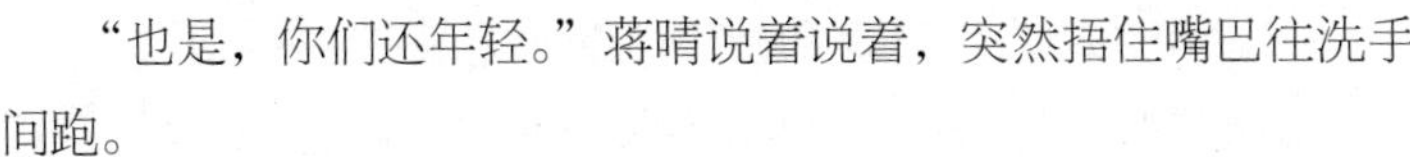

“也是，你们还年轻。”蒋晴说着说着，突然捂住嘴巴往洗手间跑。

盛厘吓了一跳，忙跟过去。

一起跟过去的还有听到动静的景颐鸣，男人神色紧张地冲进洗手间，扶住撑着马桶干呕的蒋晴。盛厘站在门口，眨了眨眼，隐约猜到什么了。

蒋晴不是怀孕了吧？

几分钟后，蒋晴红着眼虚弱地被景颐鸣扶出来，她看向盛厘，摸了摸肚子，大方道：“有了，小家伙烦人得很，才两个月就闹得我难受得要死。”

盛厘看看他们，真诚道：“恭喜你们啊。”

厨房里，余驰接手了景颐鸣的活，把煎好的牛排放到盘子里，景颐鸣给蒋晴倒了杯水，把人安顿在沙发上，又回了厨房。他看向余驰，笑道：“还是我来吧。”

余驰也不客气，给他让出位置，问了句：“晴姐没事吧？”

“没什么，就是这两天吐得厉害。”景颐鸣叹了口气。

余驰疑问道：“嗯？”

吐得厉害还没事？

隔了几秒，他才反应过来。

半小时后，四人坐下享用午餐，余驰跟景颐鸣聊他的新戏，是一部民国题材的电影，十二月六号开机。蒋晴看向盛厘，“你这刚杀青，他就要进组啊。”

盛厘抿了一口红酒，笑道：“是啊，这也没办法。”

蒋晴问：“那你下部戏什么时候开机？”

“估计明年三月份，没那么快。”盛厘这两年对剧本越发挑剔了，她的合约马上就到期了，她不会再续约，准备成立个人工作室，那部戏留着等合约结束再签。

“那还挺久的。”蒋晴笑笑，“你可以去余驰剧组探班。”

盛厘在桌子底下踢踢余驰的脚踝，转头看他，慢悠悠问：“弟弟，我去给你探班好不好？欢迎吗？”

余驰面无表情地把切好的一块牛排放到她盘子里，淡声道：“当然欢迎了。”

蒋晴被他们俩这装模作样的本事逗乐了，她没什么胃口，吃了几块牛排就起身去了书房，过了一会儿，把一张请柬递给盛厘，半开玩笑半认真地问：“不知道你们愿不愿意给我们当伴郎伴娘？日期是一月一号，在巴厘岛，不知道你们有没有时间？”

盛厘还没当过伴娘，她愣了一下，笑道：“我是可以，不知道余驰有没有时间。”

要当伴郎，怎么也得提前一天过去，总共至少也得花个三四天时间。

余驰去参加婚礼应该还行，当伴郎还不一定有时间。

景颐鸣笑道：“我们邀请了何导当证婚人，你们剧组应该能放个三天假，你看时间能安排就帮哥一个忙，你们晴姐就喜欢你们俩。”

余驰没有马上答应，只说：“我回去跟经纪人对一下行程，看能不能调整。”

下午，两人回到家。

盛厘把请柬放进柜子里，心想蒋晴现在怀孕两个月，等到办婚礼那天，都差不多四个月了，应该挺明显了吧？这个行业里，不少夫妻都是怀孕了再办婚礼，要么就是等孩子生出来再补办婚礼。

盛厘多少有些浪漫主义，觉得大着肚子办婚礼不够美好，等孩子出生再办婚礼，那更不行了。

她走出书房，看到余驰正在客厅跟黄柏岩打电话。

等他一挂断电话，她就跨坐到他腿上，捧住他的脸，余驰把

头埋在盛厘的肩窝里，在白皙细嫩的颈脖上轻轻地咬，他的声音有些闷，语气很懒散："姐姐，过了明天你就三十岁了。"

明天是盛厘二十九岁的生日。

过了明天，盛厘虚岁就是三十岁了。

三十岁对于女演员来说还算是黄金期，如果偶尔能忽视自己男朋友比自己小五岁这个事实的话，盛厘也不觉得自己三十岁就老了，她还是很漂亮，事业也还处于上升期。

她偏偏有个比自己小五岁的男朋友，偶尔想起这个，就忍不住叹口气。

现在这家伙还欠揍地提醒她，她马上就要三十岁了。

"怎么？"盛厘推开他的脑袋，冷冰冰道，"三十岁怎么了？姐姐三十岁就不美了？"

余驰懒洋洋地靠在沙发上，嘴角勾了勾，"姐姐一直很漂亮。"

其实他很少这么直白地夸她漂亮，在床上倒是会说，盛厘心情好了几分，她坐在他腿上，抱着胳膊傲慢道："那你提醒我三十岁干吗？不知道女人到了三十岁比较介意年龄吗？"

"我只是想起之前阿姨说过，她希望你三十岁能结婚。"余驰盯着她，语气有些轻佻散漫，"姐姐，你要是许愿三十岁之前嫁出去，我可以满足你的愿望。"

盛厘眨眨眼，盯着余驰年轻英俊的脸，心想这人还真想英年早婚啊？她心绪微动，笑盈盈地挑眉，"余小驰，就算明年我们结婚，你也才二十五岁。从来没有像你这么高人气就英年早婚的男演员，你想做第一个啊？"

说来说去，她就是不想这么早结婚。

余驰脸色淡了下来，他也不是非要马上结婚。因为从小没有完整的家庭，让他很渴望有个自己的家。而且，他这辈子也不可能跟别人结婚，早结婚跟晚结婚对他来说影响不大，所以他更愿

意让这件事发生得早一点。

“生气了？”盛厘问。

“没有。”余驰面无表情地说。

话音刚落，手机就响了。

这次是小陈打来的，说是房东问房子还续约吗。

余驰抬头看盛厘，直接说：“不续，没钱了。”

小陈惊讶道：“哥，你说啥？”

你说你没钱？

“嗯，没钱，不续了。”余驰语气淡淡地说，“过几天我就搬到这边来，你跟房东说一声。”

余驰挂断电话，盯着盛厘看了几秒，撒谎撒得一点都不真诚，非常敷衍地卖可怜：“姐姐，你知道那套房子租金挺贵的。我刚买了房子，没钱了，可以收留我吗？”

盛厘面无表情地看着他，心想你跟我说没钱？演也演得逼真一点好吗？

余驰看她没反应，按着她的后脑勺压下来，在她耳垂上咬了咬，恼怒道：“姐姐，可以吗？”

竟然还真咬？

盛厘被咬疼了，捂着耳朵搓了搓，抬头盯着他的眼睛，故意道：“那你求我啊，要那种可怜的语气，别这么拽。”

余驰埋在她颈窝里，嗓音闷闷的，听起来特别可怜：“求你，姐姐。”

第二天，盛厘二十九岁生日，余驰送给她一件大礼——同居。

余驰十二月初进组拍戏。

盛厘休息了一段时间，也开始忙起来，她的工作室选址已经定下来了，就是经纪人还没谈好。她跟容桦合作这么多年，除了

因为路星宇的事闹过几次矛盾，还算合作愉快。

而且，她暂时找不到比容桦工作能力更强的经纪人。

两人约了一顿饭，把圆圆也叫上了。

饭桌上，盛厘问容桦："容姐，考虑得怎么样？我知道你在华娱很多年了，但你这么多年，其实除了景颐鸣，就捧出了我。你要是……"

"考虑好了，老实说，让我现在放弃你，我还真有点舍不得，所以……"容桦笑了笑，伸出手，"合作愉快。"

月底，盛厘工作室成立。

盛厘忙完手头上的事情，还有三天假期，她想了想，订了机票去探班男朋友。

她没告诉余驰，准备给他一个惊喜。

没想到，刚下飞机就被粉丝给堵了，从飞机场到片场开车要三小时，盛厘还没到片场，就先上了热搜。余驰中场休息时，小陈拿着手机跑过来，说："厘厘姐来探班了，应该马上就到了。"

余驰愣了一下，他昨晚跟盛厘打了一个视频电话，问过她忙完了没有。

她说："没有，忙死了。"

这么多年了，那女人睁眼说瞎话的本事日渐娴熟。

一个小时后。

盛厘抵达片场，她戴着口罩和帽子，穿着羽绒服，遮挡得很严实。小陈把她带到片场，有些紧张道："刚刚有个演员摔了一跤，脚踝扭伤了，导演安排了驰哥拍另外一场戏，现在正在那边讲戏，厘厘姐，这么冷的天，你要不去休息室等？"

"还好，我不冷，我贴了两个暖宝宝。"盛厘随口道，去跟认识的演员打了声招呼，看余驰跟何导停了下来，便走了过去。

小九跑着跟上来，在她身后郁闷道："姐，我刚刚问小陈了，

等会儿姐夫要拍的……是吻戏。”

盛厘愣了一下，回头问：“吻戏？”

小九满脸忧愁道：“对啊，就……吻戏。”

怪不得小陈态度那么奇怪，还想把她骗去休息室，余驰交代的？

盛厘抿了抿唇，之前余驰跟她打过招呼，说这部电影会有两场吻戏，问她介不介意，盛厘当时很大方地表示不介意，换来余驰一记冷眼，“姐姐真大方。”

当时她也没想到自己会撞上余驰演吻戏啊！而且她一直觉得两人都是演员，尊重彼此的工作是应该的，所以只要不是太过火的戏份，她都能接受。当然，余驰也不会接那种太激情的戏份，他唯一一部有床戏的就是《徐媛》。

余驰穿着民国军装，挺拔英俊，转头看过来，目光落在盛厘身上。

何导也看见她了，笑着喊了声：“盛厘来了啊，我们正准备试戏呢。”

盛厘明知故问：“什么戏啊？”

余驰语气平静：“吻戏。”

旁边是饰演女主角的女演员林绮，她是模特出身，身高一米七五，穿着一身裁剪合身的旗袍，一双修长白皙的腿若隐若现，看起来格外性感妩媚。

她尴尬地笑了笑，开了个玩笑：“厘厘姐，你来得太巧了，不是来监工的吧？我会紧张的。”

林绮也就比盛厘小两岁，盛厘漫不经心地扫了一眼她的腿，笑盈盈道：“没事，你们拍你们的，该怎么拍就怎么拍，都是演员，我理解的。”她顿了一下，挑眉笑，“凑巧罢了，正好这两天有空，你们这场戏不是临时安排的吗？”

余驰闻言，目光淡淡地扫过来，跟她对了一眼，又平静地移开。

何导咳了声，“对，那就走一下戏吧。”

这场戏是在室内拍的，男女主角从门外拉扯到门内，男主角把女主角抵在门背上亲吻，肢体动作比较激烈，盛厘本来以为自己可以接受，但看着余驰跟林绮走戏，心里突然有点酸……

不对啊，她酸什么啊！这是演戏！

盛厘你已经在这个圈子里混了十五年了，别这么小气巴拉的！

可是越这么想，心里越酸。

余驰试过戏后，何导发现布景有点问题，暂停十分钟调整。

余驰走到盛厘旁边，手插在兜里，低头在她耳边问：“姐姐，你看起来很淡定，一点都不着急。”

盛厘深吸了一口气，抬头笑眯眯地看他，“余小驰，你低下头。”

“嗯？”

余驰漫不经心地看她一眼，配合地低头。

盛厘轻声说：“再低一点。”

余驰弓了一下背，继续低头，把耳朵凑到她嘴边。

盛厘在他耳边低语：“余小驰，失误超过三次，今晚我就找你算账。”

不知道是不是错觉，盛厘感觉自己说完这句话，余驰眼睛亮了一下，他嘴角微翘，声音散漫而低沉：“好啊，不超过三次也让姐姐算账，怎么算都行。”

盛厘有些恼怒，意思是怎么算你都不吃亏是吗？

盛厘面无表情地把人推开。

余驰嘴角勾了勾，揉揉她的头发，低声说：“我尽量少失误。”

不知道是不是盛厘在场的原因，林绮发挥得不好，第一场就失误了。风水轮流转，盛厘终于明白余驰为什么那么爱吃醋了，看着男朋友跟别人拍吻戏的感觉就是难受，酸楚。

盛厘笑着给自己一个台阶，说怕自己在场影响演员发挥，先

去休息室休息。

眼不见为净。

盛厘回到休息室，把帽子口罩摘了，面无表情地坐在余驰的休息椅上，小九给她倒了杯水，站在旁边小心翼翼地说："姐，要不要我去数一下姐夫的失误次数呀？"

盛厘差点被水呛到。

圆圆跟小九不愧是一家人，都是什么宝贝啊！

不过，两人还是有些差别的，圆圆更机灵，小九比较单纯。盛厘抿抿唇，抬头看她："小九，你看到你姐夫拍吻戏什么感觉？"

小九表情痛苦道："特别难受，感觉比我男朋友出轨还难受。"

小九赶紧又补充了一句："当然，全天下的男人都出轨了，姐夫也不会的，但就是这么一个人……要拍吻戏，我就觉得难受。"

好了，盛厘觉得舒服多了，起码很多粉丝跟着她一起酸。

"你有男朋友了？"盛厘问。

小九连忙道："没有，就是比喻……"

盛厘被她逗笑了，拿手机刷了一会儿微博，突然听到外面何导拿喇叭喊了声"过"。

过了？

休息室距离拍摄场地有点距离，要是导演没拿喇叭喊话，是听不到那边的声音的，盛厘问小九："你刚刚听到导演喊停了吗？"

小九说："没有……"

盛厘抿抿唇，所以刚刚失误了几次？

晚餐是在剧组吃的，不过不是剧组盒饭，余驰提前让小陈预订的，基本是盛厘喜欢吃的。

余驰拆开筷子，递给盛厘。

盛厘接过，漫不经心地瞥他一眼，本来想问他失误了几次的，但话到了嘴边又变成："等会儿你们要拍到十点多吧？吃完饭我先

回酒店吧。”

余驰把一只剥干净的虾放到她碗里，看着她，“累了？”

“嗯。”盛厘确实有点累了，今天赶飞机，又坐了一路车，而且她不想在片场看他跟林绮演戏了，虽然没吻戏，但看着也碍眼，“我还要吃虾。”

余驰看了她几秒，看她神色平静，有点失落，在一起这么久，好像从来都只有他在吃醋，难得看她吃一次醋，才那么一会儿就风平浪静了。

她真的可以不计较？这么大方吗？

余驰脸色慢慢冷下来，垂眼继续给她剥虾。

两人心思各异地吃完晚饭，余驰拿着车钥匙起身，说："我送你回去。”

盛厘挑眉道："你有时间吗？”

“从剧组到酒店就二十分钟，距离下场戏开拍还有四十多分钟吧，来回一趟够了。”余驰朝她伸手。

盛厘把手放在他掌心，被他拽着站起来。

二十分钟后，车停在酒店门口，小九迅速从后座下车。

盛厘转头看驾驶座上的余驰，凑过去勾住他的下巴，低声说："我忘记说了，你今天穿这身好帅。”

余驰转头盯着她，挑眉道："姐姐喜欢的话，今晚我穿回来？”

盛厘面无表情地把人推开，皮笑肉不笑道："不了吧，我还是喜欢平时的你，我先上去了，你早点回去。”

余驰看着盛厘和小九走进酒店，就驱车离开了。

深夜十一点，余驰回到酒店，盛厘已经洗过澡了，她穿着睡袍坐在床上跟周思暖打电话，看到余驰回来，只抬头看他一眼，对电话说："你说那个广告啊，拍得还不错啊。”

周思暖在另一头完全不知道发生了什么，满脸的问号。

余驰眯了一下眼，站在衣柜旁看她几秒，从柜子里拿了浴袍去洗澡。

电话里，周思暖还在追问："什么广告？突然转移话题干什么，是不是余驰回来了？"她一下兴奋了起来，"你还没说呢，看到男朋友跟别人拍吻戏什么感觉？"

盛厘翻了个白眼，嘴硬道："哪有什么感觉，都是专业演员，基本的职业尊重还是要给的。"

话音刚落，一抬头，就看见余驰去而复返。

余驰淡淡地睨她一眼，径直走过来，盛厘总觉得他听见了，她抬头冲他眨眨眼。结果，余驰只是回来给手机充电的，手机插上电，转身就走了。

浴室里很快传来水声，盛厘往浴室方向看了看，周思暖说："那你可真够淡定的，是我的话，我可忍不住。"

盛厘比余驰大了五岁，又在圈里混了这么多年，要是真这么斤斤计较，好像不太像话。盛厘想了想，才说："好吧，我也没那么淡定，但我又不想显得太小气，毕竟他是一个醋王，我要是也成了醋王，两人不得常年互相吃醋？"

周思暖哈哈大笑，"是有点道理，那你狠话不是白放了？"

说得也是。

挂断电话后，盛厘在床上琢磨了几分钟，想起下午的画面还是难受，不行，不能就这么过了。

浴室里水声停止，电动牙刷响了一阵，三分钟后，浴室门才打开，余驰正要出来，就被人扑上来推了回去，他低头看了看盛厘，顺势往后退了两步，后腰贴上洗手台边沿。

盛厘双手撑在他腰侧的大理石上，抬头看他，"余小驰，失误了几次？"

余驰愣了一下，整个人放松地倚在洗手台边上，轻笑出声，“你不是没什么感觉吗？都是演员，这点敬业精神还是要尊重的。”

“故意的是不是？看我吃醋是不是特别爽？”盛厘在他腰上用力捏了一把，有些咬牙切齿。

这人腰上都是硬邦邦的肌肉，不怕痒又耐疼，她这回是下了狠手，余驰“嘶”了声，低头看着她，眼睛漆黑幽深，突然挺委屈地说：“你平时都不会吃醋的。”

盛厘理直气壮道：“这说明我对你足够信任，足够放心。”

余驰反问道：“你是说我对你不够信任，不够放心？”

她本来想说“是”，但这个回答估计两人得吵架，而且她又要落下风了。

“现在是我在跟你算账，别转移话题。”盛厘抬头瞪他一眼。

余驰笑了，漫不经心地问：“姐姐想怎么算？”

“失误几次？先回答我。”盛厘勾住他的脖子，把人往下压。

余驰配合地弓身，搂住她的腰，看着她，“两次。”

盛厘知道他不会骗她，满意地哼了一声，“这还差不多。”至于怎么算账，她其实还没想好，毕竟她跟余驰不一样，余驰的算账基本都是在床上，从来就只有她求饶的份，要是她算账也这么算的话，岂不是便宜他了。

两人有段时间没见了，余驰扣着她的腰把人提溜起来，转身放在洗手台上，两人调换了位置，他低头吻住她，盛厘搂着他的脖子回吻他，当他的手碰到她腿上时，她突然想起林绮的那双长腿，忍不住说：“余小驰，林绮是你合作过最漂亮的女演员了吧？”

“不是。”余驰埋头在她肩上，嗓音有点闷。

“不是？”盛厘愣了下，声音一冷，“那还有谁？”

她怎么不记得还有哪个女演员比林绮漂亮，总不能是陈瑜吧？不对，陈瑜长了张清纯的脸，但并不算特别漂亮，肯定比不上林

绮，难道是周思暖？周思暖是挺漂亮的……

盛厘回过神时，发现余驰正低头看她，目光晦暗不明，又像是痴迷地欣赏，嗓音低沉道："盛厘。"

"嗯？"盛厘一时间没反应过来，以为他只是单纯地叫她的名字。

她有心勾他，手摸摸他的后颈，余驰抬眸，目光落在她身后的镜子上，她一身莹润白皙的皮肤在灯光下清亮动人，蝴蝶骨像一对展翅欲飞的漂亮的小翅膀，他看了几秒，目光又回到她脸上，才低声说："没听懂？我说我合作过最漂亮的女演员叫盛厘。"

盛厘心跳漏了一拍，抬头笑盈盈地问："真的？"

余驰嗯了声，盛厘被他弄得意乱情迷，却在最后关头把人推开了，余驰眉心微跳，隐约有种不好的预感，但他不太敢相信盛厘会这么恶劣，他声音压抑得变了调："姐姐不想要？"

盛厘深吸了一口气，慢条斯理地把浴袍拉起来，"不是要算账吗？今晚就这样吧。"

这下余驰是真蒙了，他难以置信地瞪她，气笑了，"就这样？"

盛厘低头看了他一眼，咳了声，别开眼从洗手台上滑下来，腿有点软差点没站稳，她反手扶了一下洗手台，镇定道："你不是说随便我怎么算账吗？今晚就这样，别反悔啊余小驰。"

说完，也不看余驰想吃人的目光，转身出去了。

盛厘躺在床上快睡着的时候，余驰终于从浴室出来了，他掀开被子上床，从后面抱住她，低头在她耳朵上啃咬，盛厘瞬间清醒了，喊了声"疼"。

余驰冷哼了声，又咬了一口才解恨，"睡觉。"

盛厘在昏暗中眨眨眼，突然想起关于纪念日的事，对这个有一点分歧。盛厘一开始认为，复合那天才算是两人在一起的纪念日。

余驰则皱眉道："难道不应该是七月八号？"

七月八号是当年两人在一起的日子。

两人从当年在一起开始，除了她来大姨妈和生病之外，两人一遇上就是干柴烈火，从来没有过这样盖被子纯睡觉的时候。

第二天早上，余驰在酒店陪盛厘吃完早饭才去剧组，小九看他脸色不太好，等他去剧组后，她才小心翼翼地问盛厘："姐，你跟姐夫吵架了吗？"

盛厘挑眉道："没有啊。"

小九不太相信，但也不敢多问，只在微信上跟圆圆汇报。

小九：姐跟姐夫肯定吵架了，因为昨天那场吻戏。

圆圆：厘厘状态怎么样？

小九：很……悠哉？

圆圆：几点起来的？

小九：七点多就起来了，跟姐夫一起吃早餐。

圆圆跟在盛厘身边很多年了，她比小九更了解盛厘。

过了一会儿，小九收到圆圆的回复。

圆圆：那姐夫大概是欲求不满吧。

小九：不可能吧，两人那么久没见，肯定干柴烈火啊！

圆圆：厘厘就是嘴硬，她昨天绝对生气了。

圆圆：她今天早上七点多就起床了，这肯定不对劲，说不定姐夫昨晚睡的沙发，如果真做什么了，厘厘不睡到中午是绝对不会起来的。

圆圆：你还小，你不懂。

过了一会儿。

小九：我悟了。

醋王吃醋

这一年的开年大新闻就是景颐鸣和蒋晴在巴厘岛举行的盛大婚礼，邀请了许多人，当中最引人注目的是伴娘伴郎团里的一对真情侣。

这一对就是余驰和盛厘，而且盛厘还拿到了新娘捧花，她并没有刻意去抢，偏偏捧花就抛到了她的头顶，余驰抬手轻松接住，把捧花塞到她怀里。盛厘呆了一下，才抱住捧花抬头冲余驰笑。

这一个片段也被录了下来，放到微博上，引起了不小的轰动。

有粉丝在那条微博下预言。

我觉得这两人最迟明年会结婚。

当初余驰公开追回初恋的时候，不就有人预言他会英年早婚吗？他今年二十五岁，明年也就二十六岁，要是预言成真，那就真的是英年早婚了。

年末，余驰乔迁新居的当天，求婚成功。

第二年春，余驰跟盛厘的婚礼在爱尔兰举行，婚礼低调奢华，邀请了不少人，也没有特意低调，毕竟公开恋情后两人低调了那么久，婚礼就大大方方的，怎么甜蜜怎么来。

以至于那场婚礼的热度空前高，从春天一直延续到夏末，粉丝已经从婚礼讨论到了两人生几个孩子，连孩子的性别和小名都给想好了。

九月底的一个下午，盛厘正靠在大露台的躺椅上刷微博，脚

边躺着一只懒洋洋的布偶猫，正是当初从蒋晴那里领回来的那只奶猫，现在已经是只毛色漂亮的大猫了。

当初给猫起名字时还发生了一件小插曲，盛厘抱着小奶猫笑盈盈地问余驰："跟我姓还是跟你姓呢？"

余驰对养宠物并没有什么兴趣，如果非要养的话，他更喜欢狗，最好是德牧或边牧。不过，他知道很多女孩子喜欢养猫，盛厘喜欢养就养，但他不明白，为什么她这么问。

他随口道："都可以。"

这么随便？

盛厘想了想，又问："那以后咱们要是生孩子了，跟我姓还是跟你姓？"

余驰手里拿着剧本，漫不经心地翻了一页，抬头瞥她一眼，"随你。"

是随你姓？

还是随便你？

这人说话怎么只说半句？

盛厘故意说："那跟我姓吧，你……觉得怎么样？"

"可以。"余驰对这个是真的无所谓，而且他爸和爷爷奶奶都不在人世，余曼岐大概会有意见，但她的意见微乎其微，甚至都不敢跟他提。

只是个姓氏而已，有什么可纠结的。

他顿了一下，抬头盯着她看了几秒，意味深长地笑了声，"姐姐，既然都想到孩子跟谁姓了，那是不是该先结婚？"

盛厘眨眨眼，没说话。

余驰轻笑一声，"还是你想未婚先孕？"

盛厘有些头疼，失策了，没想到给猫起个名字也能被逼婚……

盛厘赶紧咳了声，一本正经道："我现在是跟你讨论猫的名字，

谁说结婚了？”

余驰嗤笑一声，低头继续看剧本。

最后，盛厘给猫起名叫盛绵绵，因为小奶猫摸起来手感太绵软了。

余驰打着电话从书房里出来，走到露台，盛绵绵一看见他，马上从躺椅上跳下来蹭他的脚踝。

盛厘忍不住骂了一声“白眼狼”。

猫虽然跟她姓，但是它更喜欢黏着余驰。

她在心里庆幸，还好余驰不是猫奴，不然她还得跟只猫争宠……

余驰没搭理猫，垂眸看盛厘，对电话里的何元任导演说：“我等会儿问问她。嗯，好的，晚点给您回电话。”

他挂断电话，看向盛厘，“何导想约我们吃顿饭。”

盛厘懒洋洋地问：“什么时候啊？”

何元任导演正在筹备新戏，想让他们演男女主角。自从《徐媛》那部戏后，余驰除了客串过盛厘的一部电影，两人就没再合作过。当然，这期间很多导演捧着剧本来请他们，毕竟两人热度和演技都有。

这两年催他们合作的粉丝越来越多，已经催到了导演那边，何元任导演就是被催的导演之一。

据说，这个剧本是何元任导演为他们量身定制的。

“今晚。”余驰低头看她，“你还难受吗？不想出门的话，我跟何导说一声，改天也可以。”

“不难受了。”盛厘今天早上肠胃有点不舒服，吃过药后就没什么了，就是有点懒，她朝余驰张开双手，“抱我去选衣服吧。”

余驰弯腰，一把将她打横抱起，走进衣帽间。

盛厘被他放在衣帽间的沙发上，她盘腿坐在上面，指使他，

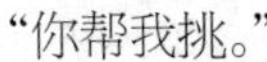

“你帮我挑。”

余驰眼光一直很好，审美在线，给盛厘挑的衣服除了有点保守之外，没什么缺点，而且两人情侣款越来越多，有时候他穿什么，就给她挑什么。

这次，余驰干脆利落地给她挑了套舒适的休闲服，转头看她懒洋洋的模样，挑眉问：“要我帮你换吗？”

盛厘想起上次两人本来想出门约会的，挑衣服的时候接了个吻突然就擦枪起火了。

结果，约会不得不取消了。

于是，她果断摇头，“不用，谢谢。”

开玩笑，姐姐现在经不起这小狼狗的折腾。

余驰低笑了声，把衣服放旁边，就先出去了。

晚上六点整，两人走进包厢，黄柏岩和容桦已经到了，两人在余驰和盛厘复合前是死对头，现在利益关联，关系倒是好了起来。

黄柏岩抬头看见他们，笑着说：“来了啊，何导他们估计也快到了。”

余驰跟盛厘刚坐下，包厢门就被推开了，何元任导演跟编剧还有魏诚几个人一起走进包厢，魏诚身边是他的妻子，是一个很漂亮的女人。

以前在《江山卷》剧组的时候，盛厘就见过她两次，后来在《玫瑰2》的庆功宴上又见过一次，还算熟悉。魏诚大概也是怕妻子无聊，安排妻子坐在盛厘旁边。

这个饭局主要是为了聊新剧本的，何元任导演想让余驰跟盛厘演男女主角，魏诚演一个重要反派，也算是男主角之一，但认真算起来，余驰才是第一男主角，魏诚算是男二。

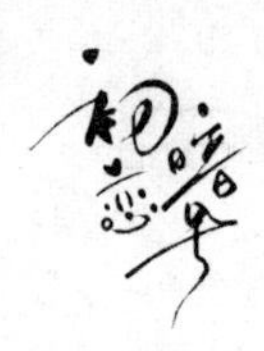

饭局上少不了要喝酒，盛厘面前是半杯红酒，跟大家碰杯后，正要抿一口，就被人夺了过去。余驰直接把那半杯红酒喝光了，他放下杯子，低声说：“今晚你就别喝酒了。”

盛厘抬头看他，抿抿唇没吭声，不喝就不喝了吧。

何元任导演问：“盛厘今天怎么不喝？”

“我喝就行了，等会儿回家，她开车。”余驰说。

何元任导演似乎是松了口气，笑笑，“我还以为你们要准备生孩子了。”

要是盛厘真要备孕，那这电影还怎么拍？

盛厘有点无语，笑道：“没有。”

余驰看了她一眼，低笑道：“没那么快。”

不仅何元任导演，容桦和黄柏岩都松了一口气，容桦笑道：“他们都还年轻，这个事情肯定不急，咱们接着说剧本吧。”

这个剧本很有意思，不管是剧情还是人设反转都很大，余驰和盛厘都很感兴趣，谈到晚上十一点多才散场。

余驰酒量一直不错，盛厘跟他在一起后，最多看到他有三四分醉意，人还是很清醒的。今晚大概是喝了两个人的量，也或许是红白酒混着喝的原因，总之，余驰好像醉了。

深夜零点过了，盛厘把车停进车库里，转头看了一眼靠在副驾驶上闭着眼的余驰，嘴角翘了翘，下车绕到那边，打算扶他下车。刚拉开车门，余驰就抬脚踩在地面上，扶着车门站了起来。

他甩上车门，身体微微晃了晃，盛厘连忙过去抱住他的腰，抬头看他几秒，忽然笑了笑，伸手比了个三，问他：“余小驰，这是几？”

余驰确实喝多了，头昏脑涨，有点难受，他抓住她的手，包在掌心，嗓音低哑：“无聊，我又不是傻子。”

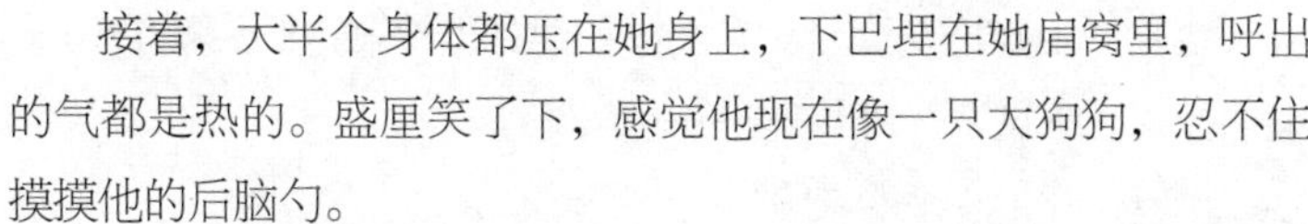

接着，大半个身体都压在她身上，下巴埋在她肩窝里，呼出的气都是热的。盛厘笑了下，感觉他现在像一只大狗狗，忍不住摸摸他的后脑勺。

她把余驰扶回房间，经过浴室，余驰按住门框不走了，他难受得皱眉，“我去洗个澡。”

盛厘把人弄到二楼，不累是假的，她出了点汗，微微喘气道：“我怕你在里面摔倒，今晚别洗了吧？我不嫌弃你。”

“不行。”余驰按开开关，突然把盛厘给推了进去，反手把门关上，大概是喝酒的原因，眼睛有点红，还有些湿漉漉的，他看着盛厘，嘴角微翘，“姐姐担心的话，那就……帮我洗。”

盛厘敢肯定这个人是醉了，平时绝对不会说“帮我洗澡”这种话，要说也是说“我帮你洗”之类的话。

盛厘看他慢条斯理地调水温，脱上衣，看样子醉得也不算太严重，刚转身要出去，就被人勾住领子拽了回去。她撞进余驰怀里，热水哗啦啦从头顶淋下来，很快，她浑身都湿透了。

盛厘闭上眼，深吸了一口气，告诉自己，不跟喝醉的弟弟生气。

余驰从身后抱住她，整个人都是湿漉漉的，下巴抵在她头顶上，头发也在淌水，他低声说：“老婆。”

盛厘抹掉脸上的水，转头看他，故意说：“谁是你老婆？”

“盛厘。”余驰低声说。

浴室里热气腾腾，两人浑身湿透，湿衣服黏在身上非常不舒服。盛厘被他抱得很紧，呼吸都有点短促，她转身看他，挑眉道：“不是让我帮你洗吗？穿着裤子怎么洗？”

盛厘取下花洒，对着他身上冲，一边冲一边欣赏，不愧是当年十八岁就吸引住自己的人，八年过去，身材褪去了少年的清瘦，肌肉线条流畅紧绷，湿淋淋的样子，看起来又性感又欲。

余驰任由她把花洒当玩具一样在他身上冲刷，低头看了一阵，突然把花洒拿过来，放回去。

接着，开始脱她的衣服。

盛厘挣扎了几下，没想到一个醉鬼力气还这么大，挣扎不过，只能任他为所欲为，盛厘头发都湿透了，刚想抬头骂人，就被他咬住了嘴唇，低声说："老婆，你也叫我一声。"

盛厘心里一软，抱住他的脖子，"老公。"

第二天早上，盛厘比余驰先醒，去给猫放了猫粮，又去厨房倒了一杯水。

突然想起自己刚刚忘记关门了，连忙放下杯子，跑回房间。

余驰从床上爬起来，赤着上身，头发微乱，皱眉拎起盛绵绵，一人一猫对视着。

盛绵绵"喵呜"几声，毛茸茸的尾巴还一摇一晃的，看起来格外乖巧。尤其是跟余驰冷淡的表情对比。

盛厘站在门口看着他们，有点无语，每次她只要忘记关门，盛绵绵就会趁机钻进主卧，这是余驰不能忍的。她走过去，抱起盛绵绵，凑过去亲了一下余驰的嘴角，"早啊，老公。"

两天后，圆圆得知盛厘和余驰确定再次合作后，当即给盛厘发了一排喜极而泣的表情包。

圆圆：什么时候官宣啊？

圆圆：我迫不及待想跟姐妹们一起分享了！

盛厘：圆圆，你是个已婚的人了，稳重一点。

圆圆：我八十岁还是你们的粉丝，你们能让我少女心永存。

是的，圆圆跟小陈也领证结婚了，比盛厘晚两个月而已。两人结婚的时候，盛厘跟余驰都送了大礼，毕竟两人能走到今天，圆圆可得记头等功。

一个月后，陆陆续续有消息透露，盛厘和余驰时隔四年再次合作新电影，粉丝们顿时欢天喜地，把两人送上了热搜。徐漾在录音室忙完，休息时刷微博才看到这个消息。

深夜十点，余驰收到徐漾的微信。

徐漾：你们什么时候进组啊？好久没见了，约个球？

高中的时候，余驰跟徐漾他们经常打篮球，余驰三分球投得特别准，还被追问要不要进校队。这两三年，他们偶尔也约着去球馆打两场。

进组前几天，余驰空出一晚上，带盛厘一起去了球馆。

他本来不想带盛厘去的，但那天盛厘正好没事，他又不可能丢她一个人在家自己出去。不想带盛厘去的原因，是徐漾有个队友在出道前是盛厘的忠实粉丝，跟胡一扬比起来，有过之而无不及。

这个队友叫骆辰，年龄跟余驰一样，都是二十六岁。

骆辰有两个酒窝，笑起来挺可爱的，盛厘第一次见他的时候，夸了他一句长得可爱，那家伙竟然还脸红害羞了。

还是害羞得特别明显的那种，连正眼看盛厘都会红耳朵，纯粹的乖弟弟。

当时盛厘看着他，笑得格外甜，一副被打动的表情，还夸了一句：“你怎么这么可爱。”

两人的婚礼前，本来结婚是余驰这辈子最高兴的事，准备婚礼的那段时间他几乎每一天都过得幸福舒心，除了那一晚。

以至于到了现在，余驰想起盛厘那个笑容，还是有点不爽。

当时因为快办婚礼了，余驰不想拿这种事情跟盛厘生气吃醋，所以表现得很自然，盛厘到现在都不知道余驰当时吃醋了，在路上，她低头看手机，问了一句：“徐漾的几个队员都在？”

余驰扶着方向盘转头瞥她一眼，语气平静道：“六个。”

他顿了一下，补充道："骆辰也在。"

老实说，九人男团的名字盛厘倒是记住了，但真的没办法把名字和人脸都对上，有时候会认错。她转头看余驰，不太懂他为什么特意补充后面那句。

这个篮球馆是一个热爱篮球的男演员开的，半私人的，不怎么对外开放，会来这里打球的基本是这个行业里的人，倒是经常能看到熟人。

两人到达篮球馆还不到八点，正是热闹的时候。

徐漾的组合热度也还可以，但毕竟是九人团，人气不一样。徐漾他性格好，也确实很努力，这两年越来越受人欢迎，热度是团里第二，骆辰在组合里排第四吧。

两人一到场，徐漾、骆辰他们就过来打招呼，盛厘看骆辰兴奋又害羞的样子，有点好笑，只当他天生比较害羞。馆里有不少女孩子是陪着男朋友或老公来的，盛厘看到旁边长椅上坐着一个眼熟的人。

是赵殊彤，她愣了一下，才抱着余驰的外套走过去。

赵殊彤看见她，有些不好意思地笑笑，"厘厘姐。"

盛厘在她旁边坐下，挑眉问："你来陪谁？"

赵殊彤抿唇笑道："徐漾约我来的。"

盛厘哦了一声，"他在追你吧。"

赵殊彤嗯了声，还是有点不好意思。

两人聊了几句，那边已经分好队了。

余驰跟骆辰、徐漾以及两个盛厘叫不出名字的人一个队，徐漾往这边看了一眼，赵殊彤大方地喊了声："徐漾加油。"

这时，有人热身时把球砸到了这边，差点弹到盛厘脸上，幸亏她反应很快，用手挡住了脸，余驰很快跑过来，揉揉她被砸红的手腕，低头问："疼吗？"

盛厘抬头看他，笑了下，“没事，你去打球吧。”

余驰对赵殊彤点了下头，算是打招呼，捡起球转身跑进球场。

男人们在场上挥汗打球，盛厘一边刷微博一边跟赵殊彤闲聊。

其实，盛厘跟余驰的婚礼上，余驰邀请了几个高中同学，徐漾和胡一扬都当了伴郎，徐漾又喜欢赵殊彤，跟余驰提了一句，所以余驰也邀请了赵殊彤。

她转头看了看她，笑问：“徐漾追你挺久了吧？你是不喜欢他还是……”

“不是不喜欢。”赵殊彤顿了一下，“他是去年年底才开始追我的，我之前不知道他喜欢我，我也没想好……我跟你们不一样，你们都是一个行业里的，我可能是长大成熟了吧，没那么大的勇气去跟他谈恋爱，感觉压力会很大……”

“徐漾应该是都想好了才来追你的，他都不怕，你怕什么？”盛厘放下手机，漫不经心地笑道，“喜欢就谈吧，别浪费时间啦。”

中场休息，盛厘旁边已经没人了，赵殊彤给徐漾送水去了。

余驰朝盛厘走来，他穿着白色球服，身形修长挺拔，看起来像个帅气的大学生，盛厘给他递了一瓶水，朝他勾勾手指头，“我有一句悄悄话跟你说。”

“什么？”余驰拧开瓶盖灌了半瓶水，才在她旁边坐下。

盛厘笑盈盈地转头看他，“弟弟，你看起来还是很嫩的。”

过了几秒，他说：“姐姐也不赖。”

盛厘心情愉悦地拿起手机，调了前置摄像头，“拍几张照片。”

余驰配合地靠过去。

盛厘自拍了几张，想拍几张全身的，只能找别人了，本来想叫赵殊彤的，但赵殊彤跟徐漾在说话，两人四周都冒着粉红泡泡，她不想打扰。

她只能对靠得比较近，又比较熟悉的骆辰喊了声：“骆辰弟弟，

麻烦帮个忙。”

余驰捏着水瓶，不动声色地转头看她一眼。

骆辰很快跑过来，笑容腼腆，“厘厘姐，帮什么忙？”

盛厘把手机递给他，俏皮一笑，“帮我们拍几张照。”

骆辰乖乖接过手机，笑出两个酒窝，语气有点得意，“我拍照技术很好，是我们团里最好的。”说完又怕盛厘笑话，小声补充，“是他们说的，不是我自己说的。”

盛厘哈哈大笑道：“我相信你。”

余驰眯了一下眼，放下水瓶，勾住盛厘的肩，“这样拍一张？”

盛厘自然地靠在他肩上，两人长成这样，怎么拍都是好看的，她就是想留点生活纪念。

几分钟后，骆辰把手机递给盛厘。

不得不说，骆辰还真挺会拍照的，会找角度，照片拍得很有感觉。

盛厘哇了声，“真的拍得不错，谢谢啦。”

骆辰笑得有些腼腆，没说话，看着特别乖。

正好休息时间到了，有人喊了声，余驰站起身，盛厘笑眯眯地说：“加油啊，弟弟们。”

余驰面无表情地揉了一把她的脑袋，顺便掐了一下她的脸。

盛厘被掐疼了，捂着脸抬头瞪他：“干吗？”

干吗？

别的弟弟是不是很可爱？

余驰面无表情地嗤了一声，转身走了。

盛厘莫名其妙地看着他的背影，过了几秒才反应过来，这家伙不会是吃醋了吧？只怪新婚生活太甜蜜，她都快忘记这家伙是个醋王了，听不得她叫别人“弟弟”。

两场比赛结束，有人提议去吃宵夜，徐漾支吾了几声说有事，

队友们心知肚明地看了看赵殊彤，哄笑起来，徐漾和赵殊彤脸都有点红。

余驰淡声道："你们去吧，我跟盛厘先回去了。"

盛厘笑笑，"我们过几天就要进组了，不能吃，你们去吧。"

骆辰酝酿了很久，才终于鼓起勇气，先是看了余驰一眼，才腼腆地笑着问："厘厘姐，可以跟你要个签名跟合照吗？上次没好意思问。"

"可以啊。"盛厘笑盈盈地点头。

余驰脸上没什么表情，平静道："我去洗个澡，换身衣服。"

盛厘眨眨眼，"好，我在这里等你？"

有人喊："余老师，我们也一起拍一张？等会儿再一起去。"

余驰顿了一下，点头，"好。"

拍完照，余驰去洗澡，男人洗澡快，余驰十多分钟就出来了，微润的发丝随意搭在脑袋上，盛厘转头看他，突然想起当初他跟徐漾参加《度假餐厅》的那天，他也是这样随意散漫，清爽帅气。

盛厘挽着余驰的手臂跟众人告别，走去停车场。

回家的路上，盛厘漫不经心地说："徐漾这些队员都挺可爱的，不过……为什么都叫你余老师，叫我厘厘姐？就你是艺术家，我不是？"

下一秒。

余驰冷笑道："可能是因为我没叫人家'可爱的弟弟们'吧。"

盛厘反驳："我没说'可爱'这两个字吧？"

"确实没说。"余驰面无表情，"你把那两个字写在了脸上。"

"我哪有？"

别污蔑我！

余驰冷淡道："你有。"

那个骆辰确实挺可爱的，但她真的只是单纯觉得他性格可

爱而已，但这话她也不能说……而且，醋王吃醋一般不需要太多理由。

盛厘笑眯眯地伸手摸了摸他的下巴，真心道："哪有我老公可爱。"

回答她的是余驰的冷笑。

盛厘收回手，兀自说："打了快两个小时的球，你真的不饿吗？回去我给你煎牛排？我们两个人吃一份，我也有点饿了。"

余驰沉默了几秒，才说："好。"

回到家，盛厘在厨房煎牛排，余驰去把脏衣服塞进洗衣机，又接了个电话，挂断电话去厨房找盛厘，中途被盛绵绵缠住了，盛绵绵两条腿扒着他的裤脚不放。

他刚洗过手了，等会儿要吃东西，并不打算撸猫。

盛厘把牛排放桌上，想去酒柜拿瓶红酒，就看见余驰走过来，腿上缠着一只毛茸茸的大猫，她无语片刻，指责盛绵绵："你是个优雅的小姐姐，不要这样缠着我男人好吗？"

盛绵绵无动于衷，依旧缠着盛厘的男人。

余驰抬眼看她，"你要是也这么缠着我就好了。"

余驰是嫌她不够黏人？她最近还不够黏人吗？

她觉得她最近都快成黏人精了，还要怎么黏啊？

盛厘走到他面前，突然抱住他的脖子一跳，整个人挂到他身上，余驰拖着她的臀，低头笑了声。

"总算是笑了。"盛厘低头在他唇上亲了亲，弯着笑眼，"以后就做你身上的挂件了，可以吧？"

余驰点头赞同，"可以。"

他顿了顿，低头看着她，补充了一句："姐姐，记住你是有家室的人了，以后别再看外面的弟弟。"

浮生若梦

新婚喜宴后，盛厘穿着一身婚纱拖着圆圆回到休息室。

"我的圆圆，实在受不住了，我稍微躺会儿，一会儿你叫我。"

交代完，盛厘便轻靠在躺椅上，闭上眼小憩一会儿。

盛厘听说，容桦签回来一个长得很好看的男孩，关键这个男孩才十三岁，叫余驰，是公司里年龄最小的。这个消息还是路星宇发微信告诉她的，路星宇十五岁，比她小三岁，两人是同时期进的公司，本来以为是由容桦一起带他们，但不知道出于什么原因，容桦没带路星宇，只负责带盛厘。

原本公司里年纪最小的是路星宇，余驰来了，就变成余驰了。

第二天，盛厘去公司时，容桦跟她提了一下这件事，她说："以后我带你们两个，你们经常会有合作的时候，你比他大五岁，平时照顾他一下。"

盛厘好奇道："他那么优秀吗？"

容桦挑眉笑笑，"他出演了何元任导演的电影《花杀》，是何元任导演推荐给我的，说他在演技上很有天赋，我看了他的片段，确实是个好苗子。"

盛厘有点郁闷，容桦都没这么夸过她呢，也不知道会不会偏心余驰。

盛厘跟余驰第一次见面是在片场，容桦带他来探班。

那会儿盛厘还在拍戏，余驰跟容桦就站在监视器后面看，导演喊“过”的时候，他嘴角抿了抿。容桦发现了，转头问他：“这是你师姐，你感觉演得怎么样？”

余驰年纪小，加上成长环境的问题，挺会察言观色的，也知道怎么把话说得比较圆滑。他比这个年纪的小男孩要成熟，少了几分天真，多了几分圆滑。

他说：“这个导演比何导要求低。”

这话正好让跑过来的盛厘听见了，她刹住脚步，双眼盯着余驰。

她看过余驰的照片，知道这小男孩长得很好看，才十三岁，个子似乎已经超过她了，又好像差不多，她身高一米六五。长相自然不用说，一双眼睛尤为灵气漂亮，演技在同年龄段里肯定是不差的，不然容桦这个金牌经纪人也不会看上他。

可是，这人刚刚说什么？说导演要求低？

这不是变相说她演技差吗？

她抿抿唇，不高兴地看向他，“你什么意思？”

十七八岁的少女漂亮得张扬，凶巴巴地瞪人时颇有几分盛气凌人，余驰到底才十三岁，也知道这个女孩是自己的师姐，容桦在车上要求他，以后要跟师姐好好相处。

他看着她，“我说得不对吗？”

盛厘无法反驳，一般电视剧导演确实不如电影导演要求那么严苛，尤其是何元任导演，他是出了名的高要求。

而她，还没演过电影。

余驰已经演过电影《花杀》了，何元任导演的电影，跟最佳男演员魏诚合作，这个起点算很好的了。

两人的初次见面不太愉快，盛厘对这个师弟没有太多好感，觉得他小小年纪一点都不谦虚，甚至过于傲慢了。

盛厘这场戏拍完，今天就可以下班了。

容桦带他们两个去附近的餐厅吃了顿饭，说了说之后的工作安排。

盛厘看了一眼余驰，他乖乖坐着的样子，倒是挺能激发她的保护欲的。

于是，她笑眯眯地对他说："可以啊，余小驰，以后叫我姐姐，姐姐罩你。"

余驰抬头说了个"不"，顿了一下，改口道："好的，谢谢。"

"谢谢什么？"盛厘笑眯眯地看他。

余驰说："谢谢盛厘姐。"

盛厘暗中吐槽，叫一声姐姐会死啊，死小孩。

两人年龄差别有点大，余驰才十三岁，戏路比较窄，而且容桦有心让他往电影界发展，一般电视剧不接，所以他的通告并不多，但每一次出现都必然让人眼前一亮。

比如年底《花杀》上映，他出色的演技很快就被观众认可了，导演圈子也就这么大，何元任导演也从来不吝惜夸赞有天赋的演员，很快，各大导演也都认识了余驰，一有合适的角色第一个想到的就是他。

虽然如此，但毕竟年龄限制在那里，他的戏路不如盛厘是真的，盛厘这个年纪正是发展的好时机，风头上也差了不少，还有许多网友评论说"自古童星多长残，余驰才十三岁，谁知道以后会不会长残呢"，很快有人反驳，"当初盛厘刚出道的时候也有人说她会长残的，现在呢？越长越漂亮了，我相信容桦的眼光。"

因为这个评论，盛厘跟余驰突然就被绑定在了一起。

前两年两人一直没有合适的剧本合作，只合作拍了几个广告，上过几次节目。直到余驰十六岁那年冬天，才有个合适的剧本，他要跟盛厘出演一部古装剧。当时二十一岁的盛厘已经是人气很

高了，演过不少女主角，国民度也很高。

余驰在剧里出演一个少年将军，盛厘演的是他嫂子，对手戏并不多，但余驰的戏份也不少，要在横店待将近两个月。当时路星宇就在隔壁的影棚拍戏，一有空就往这边跑，找盛厘一起吃饭。

路星宇已经过了十八岁生日，这个行业里的小孩都早熟，他也不例外，盛厘当然看出来路星宇在追她，不过他没明确说，她也不好直接拒绝。

每次路星宇约她吃饭，她都把余驰叫上。

本来盛厘以为余驰会拒绝，毕竟两人这两年关系并不算很好。

看看别的弟弟！别人见了她都乖乖叫声“姐姐”，余驰呢？气质过于清冷傲慢，怎么看都是天才独美。

但盛厘每次叫余驰一起出去吃饭，余驰都答应了。

几次之后，路星宇有些不满，有一次在休息室门口等盛厘换衣服时，他直接对余驰说：“余驰，我又没叫你，你每次都来蹭饭，好意思吗？”

余驰瞥他一眼，“等会儿我买单。”

路星宇黑下脸，“我是说钱的问题吗？你是真傻还是装的？”

“那是什么问题？”余驰平静地问。

路星宇怎么看这家伙都不像是傻白甜吧，虽然不想承认，但这家伙长得确实很不错，十六岁的身高已经超过一米八了，跟他差不多高。路星宇靠过去，拍拍他的肩膀，在他耳边低语：“小朋友，我在追姐姐，别那么不识趣。”

余驰面无表情地看着他，没说话。

正好，盛厘从休息室出来，站在余驰旁边，随口道：“走吧。”

余驰手插在兜里没动，他垂眸看她几秒，低头在她耳边低语：“姐姐，路星宇说他在追你，让我别那么不识趣去当电灯泡，你说我是去还是不去？”

盛厘愣了一下，发现他的声音虽然不大，但路星宇站得很近，看他难以置信、恶狠狠地瞪了一眼余驰，应该是听见了。

场面一度十分尴尬。

盛厘一时间不知道说什么好，余驰倒是很镇定，低头专注地看着她，像是在等她的回答。

路星宇沉不住气，眼巴巴地看向她，“姐姐……”

盛厘咳了一声，看向路星宇，“你真的在追我？”

路星宇本来还想好好表白的，被余驰一搞，什么仪式感都没有了，看盛厘的表情，拿不准自己还有没有戏，他深吸了口气，“姐姐，能单独跟你聊聊吗？”

盛厘想了想，从容道：“可以，去休息室聊吧。”

盛厘转身回休息室，路星宇经过余驰，又狠狠瞪了他一眼。

两人在里面谈话的时候，余驰并没有离开，他塞上耳机，懒洋洋地倚在休息室墙外，等了几分钟，路星宇就从休息室里出来了，他在门口停了一下，冷冷地瞪向余驰。

余驰面不改色地跟他对视，路星宇低骂了一句，转身走了。

盛厘拒绝了路星宇。

中午，盛厘跟余驰在休息室一起吃饭，盛厘慢悠悠地问：“弟弟，你是故意的吗？”

余驰抬头，“我说了不要再叫我弟弟。”

“余小驰。”盛厘从容地改口，直视着他。

余驰无奈叹气，不过余小驰总比弟弟好一点。

“这个重要吗？你又不喜欢他，早点拒绝比较好。”余驰低头扒了口饭，似乎在逃避她的眼神。

盛厘挑眉道：“你还能看出来我喜不喜欢谁啊？”

“别人我不知道，但路星宇不一样，如果你真的对他有意思，何必每次都叫我去当电灯泡？”余驰抬眸看她，语气微冷，“姐姐，

不喜欢就早点拒绝，我不想当你的挡箭牌。”

盛厘眨眨眼，不让她叫弟弟，却突然转性叫她姐姐了，而且他平时看起来并不太关注她的私生活，怎么琢磨都有点怪异，但怪异在哪里她又说不出来。

余驰吃饱了，看她不说话，起身走了出去。

从这天起，路星宇很长时间没来找盛厘吃饭，盛厘跟余驰单独相处的时间多了起来，加上最近对手戏比较多，余驰在盛厘的休息室待的时间越来越长，有时候甚至懒得挪窝了，连书包也放在她这里。

某天吃完晚饭，盛厘盯着靠在椅子上写数学习题的余驰，他一身古代贵公子的扮相，身高腿长，英气蓬勃，她才恍惚发觉，当年那个小少年已经长大了。

她突然想起来，他成绩似乎很好。

盛厘喊了他一声："弟弟，你期末考试在班里排第几啊？"

他笔尖顿了顿，没抬头，"第二。"

余驰念高二，理科班的，还是尖子班，排第二的话，那年级排名肯定在前十了。像他们这样一边拍戏赶通告一边上学的，成绩还能这么好的实在不多。

盛厘又问："那年级排名是不是很高？"

余驰笔尖飞快地写着，语气淡淡："第三。"

"哇，厉害了。"盛厘感叹，突然凑过去看他做题。

靠得太近了，她的发丝都几乎贴到了他脸上。

余驰身体微僵，默默往后靠了一点，拉开了些距离，很细微的一个动作，却被盛厘发现了，她直接问："你躲什么？我就看看你刷题，还能吃了你不成？"

"我不习惯跟女的靠这么近。"余驰语气有些生硬。

盛厘挑眉道："那你以后拍吻戏什么的，怎么办？让容姐给你

找个替身？”

余驰皱眉道：“那不一样，拍戏是拍戏。”

“那你分得倒是很清楚，以后应该不会跟人因戏生情。”盛厘也往后靠了一点，看着少年好看的侧脸，突然想起昨晚刷微博看到关于余驰的热搜，前两天有粉丝来探班，偷拍了几张路透照，照片当然是被疯狂夸的。

盛厘啧啧了几声，用惋惜的语气说：“这么好看的弟弟，也不知道你的荧幕初吻会给谁呢。”

余驰顿了一下，偏头看她，“姐姐这个语气，似乎对我的初吻很感兴趣。”

她不是，她没有。

她连忙说：“别误会啊，你才多大啊，姐姐再怎么样也不可能对个未成年的弟弟下手啊。”

“十七。”

余驰脸色不太好看，面无表情地看着她，“过了年就十七了，不是小孩。”

盛厘心说我过了年就二十二了呢，比你大五岁，你怎么就不是小孩了？她想了想，才说：“可能是我第一次见你的时候，你才十三岁，才这么大一点，所以总觉得你是个小孩。”

余驰皱眉，正要说话，盛厘又慢悠悠补了句：“昨晚看热搜才发现，你已经不是小孩了，哪有一米八的小孩。”

余驰面无表情地看她一眼，合起习题本，塞进书包，“那真是谢谢你了。”他看了眼她的剧本，想起她今晚要跟男主角拍吻戏，“唰”地一下，用力拉上拉链，把书包丢在一边。

然后，起身走了出去。

盛厘有些莫名其妙，指指门口渐远的背影，问助理圆圆：“圆圆，你说余小驰是不是到叛逆期了？”

圆圆正对着门口发呆，目光痴痴地望着余驰。

“圆圆？”

“啊？”

圆圆回过神来了，茫然问：“你说什么？”

盛厘翻了个白眼，抱着胳膊睨她，“你最近老盯着余小驰看，你是不是成他的粉丝了？”

她不好意思跟盛厘直说，直接把保存的几个视频和一堆图给她看。

结果，整整四十分钟，盛厘不务正业地在休息室里看自己跟余驰的剪辑视频，突然回想起一些细节，余驰从上高中以后，确实对她“好”了很多。以前她当他是小弟弟，出去参加活动什么的都会照顾他，现在慢慢反过来了，变成了余驰照顾她，比如给她提过裙摆，挡过冲撞上前的粉丝，在节目上替她解围等。

尤其是关于恋情绯闻的问题，几乎每次都能帮她解围，说得最多的一句话就是“姐姐谈恋爱了？我怎么不知道？假的”。

粉丝还给他做了一张表情包，上面写着“专业打假”四个字。

盛厘盯着这张表情包笑出了声，主要是余驰平时看起来挺酷的，被做成这种表情包，实在是好笑，她把手机塞给圆圆，“这个表情包发给我啊。”

下一秒，她整个人突然僵住，目光瞪着门口。

盛厘顺着圆圆的目光看过去，余驰手里提着两杯热可可站在门口，正面无表情地看着她。盛厘尴尬得脸红，掩饰地咳了声，余驰提着热可可走进去，放在她手边，一句话也没说，转身走了。

盛厘有些无语。

半小时后，两人在片场对戏，余驰已经恢复了正常，正常跟盛厘对戏，表情上没有任何破绽，盛厘用剧本拍拍脑门，觉得自己想多了。

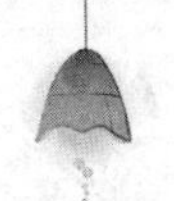

两人保持着一种微妙的平静，直到余驰杀青。

余驰跟盛厘住一个小区，一栋楼，不同楼层，不过两人都忙，余驰要上学要拍戏。盛厘事业上升期，她又很拼命，这两年几乎是住在剧组了，就算住得那么近，余驰跟盛厘也很少能在家里见面。

回到家，余驰把盛厘送的杀青礼物放到柜子里，这个柜子里放的都是盛厘这几年送他的礼物，数量不少，但几乎都是饰品，帽子、手表、手链、耳钉等。

余驰烦躁地关上柜门。

四个月后，柜子里又添了一个新礼物，盛厘送余驰的十七岁生日礼物，礼物是寄过来的，这次还是手表。余驰面无表情地对着柜子拍了张照片，发给盛厘。

余驰：姐姐，下次送礼物走点心。

盛厘：最近怎么总叫我姐姐了？

余驰心说不是你喜欢吗？他冷哼了声。

余驰：别转移话题。

盛厘：我很走心。

盛厘：不过你这柜子有点乱啊，手表和帽子都放一起不太好，好好整理归纳一下吧，弟弟。

当时盛厘在机场贵宾室候机，去录一个节目，等上了飞机都没收到余驰的回复，她点开图片又看了看，才发现这一柜子的东西……好像都是她送的。

她放大图片仔细点了点，好像还真是。

这家伙专门留了个柜子放她送的礼物。

暑假余驰进组拍戏拍了几个月，时间一晃到了年底，之前两人合作的那部剧定档了，进入宣传期后，两人的通告行程密集重合，在宣传开始前，容桦给两人安排了一次双人刊。

盛厘跟余驰有三四个月没见了，在摄影棚看见他时，有些恍神，大概是近一年来见面不频繁，每一次见面都有种感觉，哇，这个弟弟怎么又变好看了？

真的每一次都觉得余驰又变好看了，五官轮廓更清晰利落，好像还长高了。

余驰是跟容桦一起来的，余驰看到盛厘便朝她走来，盛厘抬头问："你长高了吧？我来猜猜，一米八五？"

"嗯，眼光不错。"余驰笑了下。

"也变帅了。"

盛厘不吝惜地夸了他一句，很快就被造型师叫走了。

今天两人的造型一出来，连容桦都看愣了，她本来只是想让两人试试的，没想到两人竟然这么带感。

拍了一段后，摄影师让余驰躺在地板上，微微弓着上身，让盛厘贴在他胸膛上。

"可以说话，我抓拍几张。"摄影师喊了一声，"小驰把手放厘厘身上，脸往这边侧一点。"

盛厘突然不知道说点什么。

摄影师提醒道："盛厘别发呆，眼神看镜头。"

盛厘连忙调整情绪，目光看向镜头，余驰则不再说话，两人敬业地拍完杂志照。

结束后，容桦带两人去订好的餐厅吃饭，余驰表现一切正常，盛厘看到一个十七八岁的弟弟都这么镇定，自然不能输。

于是，她表现得比他还云淡风轻。

容桦说："你们两个今天怎么客气起来了？平时不都互呛吗？"

盛厘抿了口茶水，借口说："嗓子有点疼，不太想说话。"

"你房子装修好也放了几个月了，想什么时候搬家？"容桦问。

盛厘出道这些年赚了不少钱，那套房子是前年买的，两百多

平方米，买得早价格比较便宜，年初就装修好了，本来打算中秋前后搬家的，后来她妈妈算过日子说要年底搬。

余驰抬头，冰冷的目光笔直地看向她。

盛厘被他看得心虚，搬家这件事她还没跟余驰说过，本来想的是准备搬了请他过去暖居吃饭再说的，现在突然觉得自己犯了错似的，她低下头说："就元旦搬，我爸妈过来。"

也就是还有十几天。

盛厘和余驰现在住的房子都是租的，小区管理好，位置也好，她的房子还有几个月到期，容桦问她要不要转出去，盛厘看了余驰一眼，说不用。

回到小区，两人一起走进电梯。

盛厘住十二层，余驰住十五层，他按了电梯，手插在兜里，面无表情地看楼层数字。

盛厘偷偷看他几眼，想说几句话，还没酝酿好，就"叮"一声，十二层到了。

她只好对余驰笑了下，"晚安，余小驰。"

余驰的手按在电梯门边，阻止电梯闭合，低头看她，语气很冷："搬家需要我帮忙吗？"

"不用……"

"搬家不告诉我，是想离我远一点吗？以后除非有工作，你是不是都想躲着我？"余驰显然是生气了，脸色阴郁，一字一句逼问。

盛厘一直觉得当初十三四岁的余驰身上有点阴郁气质，性格也不讨喜，不可爱。后来相处时间久了，觉得这弟弟挺酷的，可能是脱离原生家庭时间长了，性格没那么冷了，但他确实也不是那种阳光的性格，一直是个酷哥，工作认真，话不多。

他说完就把手放下了。

盛厘看着电梯门缓缓地、缓缓地关上……

她要是不出去，就得跟他上楼了。

她身体比脑子快，迅速跨出电梯，然后转身挡住电梯门，电梯门又缓缓退回去了。

盛厘看着余驰，实话实说："搬家的事我也没跟别人说过，容姐知道是我请她帮了忙，至于躲你……其实也不算，毕竟我们都忙，你又上高三，几个月不见面也正常。"她顿了一下，"你跟他不一样，我怎么可能跟你划清界限。"

余驰站在电梯里，面无表情地看着她，看起来不太相信。

这么卡着电梯，不知道会不会被等电梯的人骂……

盛厘想了想，说："等你高考结束再谈，可以吗？"

余驰表情微动，终于点了下头。

还有几个月就高考了，容桦没给余驰安排多少通告，他是何元任导演推荐的，这是何元任导演第一次给经纪人推荐演员，余驰跟容桦签约后，还一直跟何元任导演有联系，管他叫老师。

这几年只要有适合余驰的角色，何元任导演都会联系容桦，余驰这几年拍了不少电影。如今长大了戏路更广，递过来的剧本也更多，余驰拿下何元任导演的新电影《玫瑰》的男主角之一，安排在他高考后开机。

票房肯定不会差，但如果爆了，那余驰的风头估计会压过盛厘。

成绩好，演技好，长得还帅，还可能大红……

余驰高考分数出来时，在热搜榜上挂了一天，因为分数太高了，学霸人设立得稳稳的。

当时盛厘正好在宣传新剧，记者趁机问盛厘："余驰考得那么好，你作为师姐，有没有觉得骄傲？"

"当然。"盛厘微笑道，"毕竟学霸弟弟谁都喜欢，对吧？"

"那你们会庆祝一下吗？"记者问。

盛厘回答道："当然会，我给他准备了礼物，不过最近不是在

跑宣传吗，等有时间见面的时候，再送给他，就当……庆祝他高考结束。”

余驰本人在高考结束第三天就进组了，盛厘本来还以为他一高考完就会来找她要答案，没想到弟弟这么沉得住气，微博上给她转发了新剧，微信上跟她说了句。

余驰：考完了，三天后进组，姐姐有空来探班。

就没再多说，比她还稳。

盛厘白白做了几个月的心理建设，在他高考结束当天，紧张了一晚上。

余驰十八岁生日前一晚，盛厘带着圆圆去剧组探班，到的时候已经是晚上九点多了，正好当时余驰在拍夜戏，他助理说要拍到凌晨十二点左右。

剧组的人都当她是余驰的师姐，对她很客气，盛厘也不小气，给全剧组订了消夜。

余驰拍完一条，朝盛厘走过来，他漫不经心地看着她，装模作样道：“谢谢师姐。”

“不客气，正好宣传结束就过来，离你们剧组也不远，两三个小时的车程。”盛厘笑盈盈地看着他，“你明天十八岁生日呢，怎么说也要来看看，不然白当你师姐了，对不对？”

这些话都是说给外人听的。

余驰瞥了她一眼，嘴角微翘，“是。”

盛厘给他递了一份蒸饺，“你喜欢的牛肉馅。”

“谢谢。”余驰接过，盛厘又给他掰开一次性筷子，他看了她一眼，接过去。他低头塞了一个饺子，声音含糊低沉，“姐姐，你现在对我这么好，是认真对我好，还是拒绝我之前的补偿。”

盛厘从容道：“好好吃你的，别乱想。”

余驰低声说：“不可能不乱想，控制不住。”

“那……我去休息室等你？眼不见为净，免得你失误。”盛厘好心提议。

余驰面无表情地转头看她。

盛厘冲他笑笑，转身走了。

这次盛厘来探班并没有特意遮掩，大大方方的，容桦也知道，她也是支持她来探班的，一路上也被粉丝和狗仔拍到了。盛厘刚在休息室坐下，圆圆就说：“厘厘，上热搜了。”

盛厘刷了一会儿热搜，手机突然响了。

是容桦打来的电话，容桦说：“等下你踩点给余驰庆生吧，最好有个合影。”

盛厘深吸了口气，拍拍脸，“好，不过他还没下戏，不知道他能不能在十二点之前过来。”

容桦说：“发旧照也可以。”

盛厘刚答应下来，余驰就走进休息室了。

“他回来了。”

“我跟他说两句。”

盛厘把手机给余驰，“容姐。”

余驰接过手机，此时距离六月二十九号他十八岁生日，还有几分钟而已。

盛厘不知道容桦跟余驰说了什么，只听见他“嗯”了声，又说“可以”，便挂了。

余驰又转头看了一眼圆圆，圆圆福至心灵，立马溜出去，“我去上个厕所。”

还顺便把门给带上了。

余驰漫不经心地勾勾嘴角，走到她面前，居高临下地盯着她的脸，“姐姐。”

余驰又逼近一步，盛厘下意识退了一步，脚被椅子绊住，整

个人跌进椅子里，余驰得寸进尺地倾身，一手撑在椅背上，一手压在扶手上，把她困在自己的范围之内，他垂眸看她，低声问："姐姐还不跟我谈恋爱吗？"

时间一分一秒地划过去，六月二十九号零点整。

余驰在他十八岁生日这天收获了他人生中最喜欢，也是最重要的礼物。

"姐姐。"余驰的声音在耳边响起，"姐姐，我们可以回家了。"

盛厘睁开眼，看着眼前的男人，一时间有些恍惚。

"我先收拾东西，姐姐再缓会儿。"余驰低头在盛厘额头上烙下一个吻。

五分钟后，盛厘才回过神来，梦里十三四岁的余驰也挺不错的。

盛厘看着余驰收拾东西的背影，她站起身，蹑手蹑脚地凑过去。

低头收拾东西的余驰，嘴角无声地勾了勾，等着背后的人行动。

盛厘一个虎扑冲向余驰的后背，余驰大手一捞，将盛厘牢牢背在身后。

"余小驰，我做了一个梦。"

"嗯？"

"如果我们能早点相遇就好了。"

听到这，余驰便知道盛厘做了个什么梦。

"现在也不晚。"

早晚你都是我的初恋。

赌约

一月中，盛厘跟余驰合作的电影《共生》杀青了。这是两人时隔四年的第一次合作，剧组和几个主演晒了杀青合影之后，很快就上了热搜。

粉丝和影迷们纷纷表示期待，希望能尽早上映。

盛厘自从拍了《徐媛》之后，表演方式就开始偏向体验派，每次拍了情绪重的戏份，都恢复很久才能出戏。

《共生》这部影片的故事基调比较深沉，盛厘在家休息了一个星期，才勉强出戏。当时余驰有通告在国外拍摄一个奢侈品手表的广告，为期正好一个星期。

盛厘去医院体检的那天，正好是余驰回国的日子，他一下飞机就直奔医院去找盛厘。

盛厘平时有点贫血，抽了好几管血后，脸色不太好看。

余驰抬手摸摸她的脸，低声道："回去给你做点补血的。"

盛厘马上说："我不吃猪肝。"

她这人其实特别挑食，忌口的东西除了芒果，还有动物的肝脏。她连毛肚都不吃，周思暖就经常吐槽她，说她这样挑食会失去很多人生快乐。

"姐姐，谁跟你说补血一定要吃猪肝的？"余驰低头看她，挑眉笑了笑。

"这种常识我还是知道的，我只是以防万一，先提意见。"盛

厘看着他眼底的疲劳之色，就知道他在飞机上没休息好，有些心疼，“你先回去休息吧，让小九和圆圆陪我就好。”

余驰低声道：“我不累，等你一起回家。”

盛厘往他身边挪了挪，趁没人注意，偷偷仰脸在他的下颚上亲了亲。余驰按住她的后脑勺，低头吻住她的唇。

中午回到家，两人吃过午饭，盛厘就被余驰拖进卧室，打着陪他倒时差的名义，鬼混了半天，才肯睡觉。

直到晚上七点多，盛厘的手机响了，两人才醒过来。卧室里光线昏暗，盛厘挪开拴在腰上的手臂，刚拿开，那只手就又伸了回来……

余驰埋在她颈脖间，声音沙哑道：“不接。”

弟弟撒娇呢？

盛厘乐了，在他脑袋上揉了揉，笑眯眯地哄道：“乖啊，我看下是谁的电话，万一有急事呢？”

余驰又抱了几秒，电话都快挂断了，才心不甘情不愿地松开她。盛厘连忙伸手去床头柜摸手机，是她妈打来的。

刚要接，就挂断了。

盛厘走出卧室就被盛绵绵缠住了，她给小猫倒了猫粮和罐头，才给陆女士拨回去，“妈，怎么了？”

陆女士问：“我刚刚在网上看到你跟余驰的新闻了，说他陪你去妇产科，说你怀孕了，是不是真的？”

盛厘不禁扶额，无奈道：“妈，你什么时候能不在网上看这些乱七八糟、博人眼球的娱乐新闻呢？这都第几次了。要按照狗仔和娱乐新闻写的，我这都怀了第八胎了吧。”

陆女士那边开着免提，坐在旁边的老盛正在喝茶，直接喷了一口茶，咳得惊天动地。陆女士连忙去给他拍背，一边拍一边骂

盛厘："你好好说话，我在跟你说正事。"

什么正事啊，还不是催她早点生孩子。

盛厘无奈道："知道了，我会考虑的。"

陆女士又开始念叨："你们又不是打算不要孩子，既然有打算，就早点生了，女人生孩子太晚恢复不好。"

自从盛厘跟余驰结婚以后，陆女士就经常打电话催她生孩子。通常盛厘都是左耳进右耳出，不管陆女士说什么她都"嗯嗯""好的""我知道"，挂断电话后，马上就把事情抛到脑后去了。

挂断电话，盛厘坐在沙发上给容桦回完信息，刷了下朋友圈。她的通讯录里加的人很多，导演、制片人、圈内朋友等，加起来都上千人了。

经常晒自拍的，屏蔽。

经常打广告的，屏蔽。

关系不太熟的，屏蔽。

最后剩下一些关系亲近的，好几个都在晒娃，尤其是景颐鸣和蒋晴，两人自从有了女儿之后，朋友圈便经常晒女儿。

他们的女儿已经一岁多了，正是最可爱、最好玩的时候，盛厘很喜欢那小丫头，每次刷到视频和照片都会反复看几次。

盛厘并不排斥生孩子，她很喜欢小孩，想跟余驰生个孩子，再一起把孩子养大。她就是有点害怕和担心，圈子里很多生完孩子的女明星都会隐退一段时间。她既想要孩子，又害怕隐退的状态……

算了，以后的事情以后再说，而且还有余驰呢。

她点开微博，打算看看那些狗仔和无良媒体是怎么造谣她怀孕的。刚点开还没仔细看，就瞥见吃饱喝足的盛绵绵迈着猫步，悄无声息地往主卧走去。

盛厘连忙起身，追过去。

盛绵绵这只小妖精，又要趁着她不注意，偷偷跑进被窝霸占她老公了。

盛厘腿有点酸，跑不过一只想要跟她抢老公的猫。走进卧室时，盛绵绵已经跳上床，拱着脑袋往余驰怀里钻了。她正要跑过去把它揪出来，就见余驰提着盛绵绵，皱眉坐了起来。

卧室里没开灯，客厅的灯光从半掩着的门透进来，男人赤裸着上身，头发有些乱，浑身上下还透着刚睡醒的惺忪。

不知为何，盛厘突然觉得，要是她以后生了个女儿，绝对会是另一个“盛绵绵”……

可是，她又喜欢女儿……

余驰看向她，语气有些不满，“怎么接电话那么久？”

“妈打来的。”盛厘过去，钻进他怀里，再把盛绵绵抱在怀里，“我们早上从医院出来被拍了，又说我怀孕了。妈以为是真的，就打电话来问，顺便催我生孩子。”

余驰已经见怪不怪了，低笑出声。

盛厘抬头看他，认真问：“你想要孩子吗？”

“我说过了，小孩子挺烦的，你如果喜欢，我们就要。你要是不想要，那我们就不要。”余驰知道她在担心什么，他在她鼻尖亲了亲，“我尊重你所有的选择。”

盛厘还是想要个小孩的，男孩女孩都行。她跪坐起来，捧着他的脸笑眯眯地说：“我们打个赌吧。”

余驰懒洋洋地问：“赌什么？”

“何导说《共生》想要在国庆上映，如果《共生》票房破二十八亿，或者，如果我们两个不管谁，因为这部电影拿了影帝或影后，我们明年就生个孩子，怎么样？”盛厘似乎找到了生孩子的理由，高兴地看着他。

“为什么是二十八亿？”余驰疑惑道。

盛厘解释道：“因为你二十八岁。”

这个理由成功取悦了某位醋王，他把她耳边的碎发撩到耳后，漫不经心道：“可以，以后如果孩子问他怎么出生的，你可以跟他说‘因为妈妈赌赢了’。”

容桦让她自己发微博，隐晦地辟谣一下，比如健身的时候晒个照片。

盛厘把余驰拖起来，两个人大晚上去吃了顿火锅。余驰不怎么吃辣，但她喜欢，两人点了个鸳鸯锅，她对着镜子自拍，只把余驰的手拍了进去。她把自拍发上微博，再配上文字。

都说酸儿辣女，这第八胎应该是女儿了。

没几分钟，转评和点赞就过万了，评论里的粉丝也都是“编剧”。

恭喜厘厘第八胎生了个女儿，余驰真不容易，等了八胎，终于喜得爱女。

哇，厘厘居然还记得自己生了多少胎！原来厘厘跟我们冲的是同一片浪！

传下去，厘厘第八胎生女儿啦！恭喜厘厘！

现在的女演员真不容易，去一次医院就要怀一个孩子，狗仔能不能别老偷拍，坐等厘厘自己官宣！

余驰看到特别关注提醒，点进去看了眼，低笑出声，给她点了个赞。

几天后，周思暖来他们家做客。余驰在厨房做饭，周思暖便要盛厘带她去参观两人的奖杯。

书房玻璃柜里，放着大大小小的奖杯，都是这些年盛厘跟余驰拿到的。数量上，盛厘拿的奖比较多，毕竟出道早。中间挨着的两座奖杯分别是最佳男主角和最佳女主角，盛厘当年因为《徐媛》拿下了最佳女主角了，这还是她演艺生涯里最重要的一个奖杯。

“你老公都拿了两个最佳男主角，真厉害啊。”周思暖羡慕地说，“呜呜呜，我也想要个影帝老公……”

“那你去勾搭一个。”盛厘随口道。

“我倒是想，但是已经拿下影帝的男演员，全都是已婚的啊！而且最年轻的就在你家。”周思暖抓狂道，“我又不像你这么禽兽。”

盛厘挑眉道：“那只能说明我眼光好、运气好，挑到个宝藏。”

“是是是，你眼光好、运气好。”周思暖是真的羡慕，转头问，“你们什么时候生个儿子？”

盛厘奇怪道：“为什么一定要生儿子？我跟余驰都更喜欢女儿。”

“你们生儿子，过几年我就努力生个女儿，然后咱们订个娃娃亲，这不是正好吗？”周思暖理所当然地说，突然想起盛厘大余驰五岁，又笑眯眯地改口，“你们生女儿也行，我生个儿子，想来你们应该挺支持姐弟恋的。”

她服了，原来周思暖是这个打算。

探班

盛厘怀孕的时候，又聊到孩子跟谁姓的问题，陆女士的意思是生两个，一个跟爸爸姓一个跟妈妈姓，男孩女孩都行。

盛厘跟余驰之前就商量过了，没打算生二胎。

陆女士问："那跟你姓，余驰同意啊？"

"同意啊，有什么不同意的。"盛厘对这种事情并不在意，跟谁姓不是姓。

其实余驰的原话是："我家又没有皇位要继承，姓什么有那么重要吗？"

不过，他虽然没有皇位继承，但有影帝奖杯啊。

当然，这些都是开玩笑的。

孩子出生后，老盛同志给孩子起名余琰。

余琰小朋友长得很像余驰，而且越长越像，几乎是一个模子刻出来的。盛厘对这个"作品"很满意，为了儿子推了几个工作，连余驰都被冷落了不少。

盛厘知道余驰是醋王，平时她多看哪个弟弟几眼，多跟哪个弟弟说几句话，他都能吃闷醋。但她怎么也想不到，他连自己儿子的醋也吃，更没想到余琰小朋友从几个月大开始，就跟爸爸争风吃醋了。

余驰对此也很无奈，小家伙打不得骂不得，还整天霸占他老

婆，他还得忍着让着宠着。

转眼间，余琰小朋友已经两岁了，他两周岁生日过了没多久，盛厘就进组拍戏了。她进组前一晚，余驰刚从国外拍广告回来，两人一个星期没见，他一进家门先抱了抱盛厘，低头亲吻她。突然腿上被人推了一把，余琰小朋友挤到两人中间，正试图推开他，奈何他人小力气弱，怎么也推不动，急得大喊："妈妈！抱我！"

余驰翻了个白眼，这小家伙又来争宠了。

余驰低头看了眼小家伙，无可奈何地松开盛厘，低声问："我们为什么要生孩子？"

盛厘笑着推推他，弯腰抱起儿子，挑眉道："打赌赢了啊，《共生》票房破二十八亿了。"

余驰沉默了片刻，伸手掐了一把儿子肉乎乎的脸蛋，小家伙立即蹬腿挥手反抗，颇有半点也不肯吃亏的架势，奈何人小力气也小，半点威力都没有。

余驰哼笑了声，"你凶什么？"

盛厘觉得好笑，把他的手拿开，说道："你干吗呀，别欺负我儿子。"

此时已经快九点了，一般这个点小家伙就该睡觉了，今晚是为了等余驰才没睡。余驰去洗了个澡，出来把儿子从盛厘怀里抱走，意味深长地低头看她："我抱他去睡觉，晚点再跟你算账。"

盛厘闻言，挑眉笑笑，"好啊，我等你。"

小家伙却抱着盛厘不放，委屈巴巴地喊："我想要和妈妈一起睡……"

余驰揉揉他的脑袋，耐心哄了两句："妈妈今晚要背剧本，我们不能打扰她，听话。"看儿子一副委屈得马上要哭出来的表情，又加了一句，"不准哭，你是男孩子。"

盛厘在他脸蛋上亲了一口，"乖，爸爸很想你的。"

大概也是遗传，余琰小朋友天生就不爱哭，他眨巴着眼睛，心不甘情不愿地抱住爸爸的脖子，勉为其难地说：“好吧。”

余驰给儿子换好睡衣，给他塞了个奶瓶，拿了本故事书念给他听。小家伙躺在床上，翘着小脚丫一边喝奶一边听故事，脚趾头还动来动去，一副很享受的模样。

余驰低头看了一眼，嘴角勾了勾，心想小孩还是很可爱的。

过了一会儿，他轻手轻脚地关上房门，回到主卧，盛厘已经洗完澡，正靠在床头看剧本。他走过去，把她的剧本抽走，盛厘急忙喊：“等一下，我背完这一段。”

“不差这一段。”余驰毫不留情地把剧本丢开，欺身而上，垂眼睨着她，“你想要什么剧本？”

盛厘被他压在身下，抬手抱住他的脖子，笑盈盈地反问：“你想要什么剧本？”

余驰低头在她唇上亲了亲，低笑出声，“我啊，我想要‘妻子有了孩子之后，便冷落了丈夫’的剧本。”

怨念不小啊，这醋王。

她实在没忍住笑出了声，抬起下巴亲了亲他，笑盈盈道：“那我给你改个剧本，就叫‘厘厘哄跟儿子吃醋的余驰’。”

第二天早上，盛厘差点爬不起来，但小九跟司机已经到了，她不得不走。她换好衣服出来，小九正在院子里陪小家伙玩，余驰倚着秋千架看着。

余琰小朋友一看到盛厘，立即迈着小短腿跑过去，“妈妈！”小家伙已经两岁多了，可精着呢，一看到小九跟司机来家里，就知道妈妈要去工作了，有可能很久才回来。

盛厘今天没化妆，只涂了口红。虽然马上就要三十五岁了，但岁月并没有在她身上留下什么痕迹，反而越发有气质和韵味。

她抱起儿子，额头亲昵地蹭蹭他的脸，哄道："妈妈过两天就回来了。"

"不要，妈妈不要走，不给走……"余琰小朋友紧紧抱着她的脖子，已经快要哭了。

盛厘求助地看向余驰，虽然两父子争风吃醋是日常，但小家伙还是很听余驰的话的。余驰走过来，却揽住她的肩，漫不经心地说："不要走，不给走。"

盛厘心里翻了个白眼，幼不幼稚啊，学儿子说话。

小九在旁边已经见怪不怪了，这个圈里分分合合的情侣和离婚夫妻那么多，但盛厘跟余驰在一起那么多年，孩子也有了，什么七年之痒在他们这里从不存在，反而越发甜蜜。她在旁边小声提醒："姐，姐夫，再不走要误机了……"

余驰这才抱过儿子，低头在盛厘的唇角亲了亲。小家伙一看，也凑过去抱住盛厘的脑袋，吧唧一口亲在她另一边的嘴角上，奶声奶气地交代："妈妈，你要想我哦。"

盛厘心都要化了，差点就不想走了。

余驰说："过段时间，我带他去探班。"

盛厘这次拍的是一部古装电影，后期的取景地在松山影视城。两个月后，余驰带着儿子去探班。小家伙在车上睡着了，到达拍摄地点都没醒，盛厘正在等戏，听到有人惊呼，一回头便看到余驰抱着儿子走过来，小家伙在他怀里睡得香甜。

余驰来之前，并没有告诉盛厘。

她愣了一下，惊喜地跑过去，小声道："你来了怎么都没跟我说？"

余驰这两年气质越发沉稳成熟，笑容也温和了几分，他低头笑笑，"惊喜。"

“太惊喜了。”盛厘笑眯眯地靠到他肩上，低头看熟睡的儿子，忍不住摸摸他的脸。

余琰小朋友在睡梦中似乎闻到了妈妈的味道，用脸颊蹭了蹭她的手，长而密的睫毛微微颤动，睁开眼睛茫然地看向她，奶声奶气地喃喃："妈妈。"

“宝贝儿，想妈妈吗？”盛厘心都化了，低头亲亲他。

小家伙这才清醒过来，兴奋地扑过去，“妈妈！我好想你啊！”

平时两人从来没晒过儿子的照片，但也并没有刻意遮掩，有时候还是会被狗仔偷拍。虽然很多人都见过余琰小朋友的照片，但是余琰小朋友真人还是第一次见，甚至有很多人是第一次见到余驰本人。

要不是有工作，这会儿估计很多人都要围上来了。

托余驰跟盛厘的福，剧组今晚六点就宣布收工了。一群人刚欢呼完，就听导演宣布道："余老师说请大家吃饭，全剧组都去。"

剧组顿时欢呼声更胜，一群人浩浩荡荡地往饭馆走。

聚餐结束，余驰跟盛厘没有跟剧组一起回酒店。他们避开剧组人群，绕了一段路开到松山影视城附近的一个老小区。

当年余驰租的那套小公寓，后来被他买了下来，还重新装修过了。但是两人很少有时间回来，上一次回来这里，还是盛厘怀孕的时候。两人每次回来这里，都得小心避开狗仔，除了经纪人和助理，几乎没人知道他们在这里有一个家。

小家伙第一次来这里，对新环境很好奇，他趴在爸爸怀里，小脑袋转来转去，看着老旧的楼梯口，好奇地问："爸爸，这是在哪里？"

盛厘站在家门口，捏捏他软乎乎的脸蛋，笑眯眯道："这是我们家。"

“啊？”小家伙满脸迷茫，然后摇头，“这不是我们家。”

盛匣没跟他争辩，先打开家门，从鞋柜里拿了三双拖鞋出来，又把灯全部打开。小家伙换上拖鞋，迈着小短腿四处查看，像巡查领地的盛绵绵。

余驰跟盛匣坐在沙发上，好笑地看着他。

余琰小朋友巡视一圈，在卧室看到了一张小床，跟自己在家里睡的小床一模一样。他茫然地走到小床边，摸摸自己的小床。过了一会儿，他抱着一只小抱枕，一路小跑到沙发前，蹭到盛匣的怀里，奶声奶气地说：“这里跟我们家不一样。”

他还是不相信，这里是他家。

余驰一手搂着盛匣的肩，一手揉揉他的脑袋，微笑道：“这是爸爸妈妈以前谈恋爱的地方。”

亦是他此生念念不忘的记忆。

图书在版编目（CIP）数据

初恋暗号：全2册 / 陌言川著. -- 南京：江苏凤凰文艺出版社，2022.3

ISBN 978-7-5594-6014-1

Ⅰ. ①初… Ⅱ. ①陌… Ⅲ. ①长篇小说 – 中国 – 当代
Ⅳ. ① I247.5

中国版本图书馆 CIP 数据核字(2021) 第 268744 号

初恋暗号：全 2 册

陌言川 著

责任编辑 白 涵
策划编辑 李 艳
特约编辑 连 慧
装帧设计 RECNS
责任印制 刘 巍
出版发行 江苏凤凰文艺出版社
南京市中央路 165号，邮编：210009
网 址 http://www.jswenyi.com
印 刷 河北照利印刷有限公司
开 本 880毫米 ×1230毫米 1/32
印 张 16
字 数 360千字
版 次 2022年 3月第 1版
印 次 2022年 3月第 1次印刷
书 号 ISBN 978-7-5594-6014-1
定 价 65.00元（全 2 册）